U0038910

金 學 叢 書
第二輯 15

吳 敢
胡衍南 霍現俊
主編

陳昌恆《金瓶梅》研究精選集

陳昌恆 著

臺灣 學 ⼄ 書 局 印行

金學叢書第二輯序

　　2013 年 5 月第九屆（五蓮）國際《金瓶梅》學術討論會期間，胡衍南、霍現俊忙裏偷閒，時而小聚，漢書下酒，就中便有本叢書編輯出版一事。當時即擬與吳敢商談，以期盡快成議。只是吳敢當時會務繁多，此議終未提及。2013 年 7 月 3 日，胡衍南到徐州公幹，當晚至吳敢舍下小酌，此事即進入操作程序。此後電郵往來，徐州、臺北、石家莊三方輾轉，叢書編撰框架日漸明朗。2013 年 11 月 23 日，胡衍南再度到徐州公幹，代表臺灣學生書局與吳敢詳盡商談編輯出版事宜，本叢書遂成定案。

　　此「金學叢書」之由來也。

　　中國古代小說研究，重大課題眾多。近代以降，紅學捷足先登。20 世紀 80 年代，金學亦成顯學。明代長篇白話小說《金瓶梅》是中國文學史上一部里程碑式的重要作品，其橫空出世，破天荒打破以帝王將相、英雄豪傑、妖魔神怪為主體的敘事內容，以家庭為社會單元，以百姓為描摹對象，極盡渲染之能事，從平常中見真奇，被譽為明代社會的眾生相、世情圖與百科全書。幾乎在其出現同時，即被馮夢龍連同《三國演義》《水滸傳》《西遊記》一起稱為「四大奇書」。不久，又被張竹坡譽為「第一奇書」。《紅樓夢》庚辰本第十三回脂評：「深得《金瓶》壺奧」。魯迅《中國小說史略》認為「同時說部，無以上之」。

　　自有《金瓶梅》小說，便有《金瓶梅》研究。明清兩代的筆記叢談，便已帶有研究《金瓶梅》的意味。如明代關於《金瓶梅》抄本的記載，雖然大多是隻言片語的傳聞、實錄或點評，但已經涉及到《金瓶梅》研究課題的思想、藝術、成書、版本、作者、傳播等諸多方向，並頗有真知灼見。在《金瓶梅》古代評點史上，繡像本評點者、張竹坡、文龍，前後紹繼，彼此觀照，相互依連，貫穿有清一朝，形成筆架式三座高峰。繡像本評點拈出世情，規理路數，為《金瓶梅》評點高格立標；文龍評點引申發揚，撥亂反正，為《金瓶梅》評點補訂收結；而尤其是張竹坡評點，踵武金聖歎、毛宗崗，承前啟後，成為中國古代小說評點最具成效的代表，開啟了近代小說理論的先聲。明清時期的《金瓶梅》研究，具有發凡起例、啟導引進之功。

　　20 世紀是人類歷史上可足稱道的一個百年。對中國人來說，世紀伊始，產生了驚天動地的兩件大事：1911 年封建王朝的終結，1919 年「五四」新文化運動的興起。中國人

心裏承接有豐富的傳統，中國人肩上也負荷著厚重的擔當。揚棄傳統文化，呼喚當代文明，這一除舊佈新的文化使命，在中國用了大半個世紀的時間。觀念形態的更新、研究方法的轉變、思維體式的超越、科學格局的營設一旦萌發生成，便產生無量的影響，具有劃時代的意義。《金瓶梅》研究即為其中一例。

以 1924 年魯迅《中國小說史略》出版，標誌著《金瓶梅》研究古典階段的結束和現代階段的開始；以 1933 年北京古佚小說刊行會影印發行《金瓶梅詞話》，預示著《金瓶梅》研究現代階段的全面推進；以 30 年代鄭振鐸、吳晗等系列論文的發表，開拓著《金瓶梅》研究的學術層面；以中國大陸、臺港、日韓、歐美（美蘇法英）四大研究圈的形成，顯現著《金瓶梅》研究的強大陣容；以版本、寫作年代、成書過程、作者、思想內容、藝術特色、人物形象、語言風格、文學地位、理論批評、資料彙編、翻譯出版、藝術製作、文化傳播等課題的形成與展開，揭示著《金瓶梅》的研究方向。一門新的顯學——金學，已經赫然出現在世界文壇。

20 世紀 70 年代以來的當代金學，中國的吳曉鈴、王利器、魏子雲、朱星、徐朔方、梅節、孫述宇、蔡國梁、甯宗一、陳詔、盧興基、傅憎享、杜維沫、葉朗、陳遼、劉輝、黃霖、王汝梅、周中明、王啟忠、張遠芬、周鈞韜、孫遜、吳敢、石昌渝、白維國、陳昌恆、葉桂桐、張鴻魁、鮑延毅、馮子禮、田秉鍔、羅德榮、李申、魯歌、馬征、鄭慶山、鄭培凱、卜鍵、李時人、陳東有、徐志平、陳益源、趙興勤、王平、石鐘揚、孟昭連、何香久、許建平、張進德、霍現俊、陳維昭、孫秋克、曾慶雨、胡衍南、李志宏、潘承玉、洪濤、楊國玉、譚楚子等老中青三代，辨章學術，考鏡源流，營造了一座輝煌的金學寶塔。其考證、新證、考論、新探、探索、揭秘、解讀、探秘、溯源、解析、解說、評析、評注、匯釋、新解、索引、發微、解詁、論要、話說、新論等，蘊含宏富，立論精深，使得金學園林花團錦簇，美不勝收，可謂源淵流長，方興未艾。中國的《金瓶梅》研究，經過 80 年漫長的歷程，終於在 20 世紀的最後 20 年登堂入室，當仁不讓也當之無愧地走在了國際金學的前列。

此「金學叢書」之要義也。

本叢書暫分兩輯，第一輯為臺灣學人的金學著述，由魏子雲領銜，包括胡衍南、李志宏、李梁淑、鄭媛元、林偉淑、傅想容、林玉惠、曾鈺婷、李欣倫、李曉萍、張金蘭、沈心潔、鄭淑梅，可說是以老帶青；第二輯為中國大陸 20 世紀 80 年代以來學人的《金瓶梅》研究精選集，計由徐朔方、甯宗一、傅憎享、周中明、王汝梅、劉輝、張遠芬、周鈞韜、魯歌、馮子禮、黃霖、吳敢、葉桂桐、張鴻魁、陳昌恆、石鐘揚、王平、李時人、趙興勤、孟昭連、陳東有、孫秋克、卜鍵、何香久、許建平、張進德、霍現俊、曾慶雨、楊國玉、潘承玉、洪濤諸位先生的大作組成，凡 31 人 30 冊（其中徐朔方、孫秋克，

傅憎享、楊國玉，王平、趙興勤，因字數兩人合裝一冊），每冊 25 萬字左右。

　　天津師範學院（今天津師範大學）朱星是中國大陸金學新時期名符其實的一顆啟明星，他在 1979 年、1980 年連續發表多篇論文，並於 1980 年 10 月由百花文藝出版社結集出版了中國大陸新時期《金瓶梅》研究的第一部專著《金瓶梅考證》。朱星的研究結論不一定都能經得住學術的檢驗，但朱星繼魯迅、吳晗、鄭振鐸、李長之等人之後，重新點燃並高舉起這一支學術火炬，結束了沉寂 15 年之久的局面，這一歷史功績，應載入金學史冊。遺憾的是，朱星先生 1982 年逝世，後人查訪困難，只能闕如。

　　香港夢梅館主梅節可謂《金瓶梅》校注出版的大家，1988 年由香港星海文化出版有限公司出版《全校本金瓶梅詞話》；1993 年由梅節校訂，陳詔、黃霖注釋，香港夢梅館出版《重校本金瓶梅詞話》（該本後由臺灣里仁書局 2007 年 11 月初版，2009 年 2 月修訂一版，2013 年 2 月修訂一版八刷）；1998 年梅節再為校訂，陳少卿抄寫，香港夢梅館出版《夢梅館校定本金瓶梅詞話》。前後三次合共校正詞話原本訛錯衍奪七千多處，成為可讀性較好的一個本子。梅節由校書而研究，關於《金瓶梅》作者、傳播、成書、故事發生地等問題的認識，亦時有新見。可惜的是，梅節先生的論文集《瓶梅閒筆硯——梅節金學文存》2008 年 2 月由北京圖書館出版社出版，版權協商匪易，未能入選。

　　上海音樂學院蔡國梁 20 世紀 50 年代末即開始研習《金瓶梅》，寫下不少筆記，1980 年前後即依據筆記整理成文，1981 年開始發表金學論文，1984 年出版第一部專著[1]，累計出版金學專著 3 部[2]、編著 1 部[3]，發表論文多篇，內容涉及《金瓶梅》的思想、源流、人物、作者、評點、文化等諸多研究方向，是早期《金瓶梅》研究的主力成員。無奈聯繫不上，不得已而割愛。

　　國人研究《金瓶梅》的論著，最早是闞鐸的《紅樓夢抉微》[4]，但其只是一個讀書筆記。天津書局 1940 年 8 月出版之姚靈犀《瓶外卮言》，嚴格說也只是一個資料彙編。香港大源書局 1961 年出版之南宮生著《金瓶梅》簡說，算得上是一個原著導讀。臺北時報文化出版公司 1978 年 2 月出版之孫述宇著《金瓶梅的藝術》，可說是第一部文本研究的學術著作。該書全文收入石昌渝、尹恭弘編選的《臺港金瓶梅研究論文選》[5]。2011 年 3 月上海古籍出版社再版，增加了一篇作者自序，更名為《金瓶梅：平凡人的宗教劇》。

1　　《金瓶梅考證與研究》，西安：陝西人民出版社，1984 年。
2　　另兩部為：《明清小說探幽——明人、清人、今人評金瓶梅》，杭州：浙江文藝出版社，1985 年；《金瓶梅社會風俗》，天津：百花文藝出版社，2002 年。
3　　《金瓶梅評注》，桂林：灘江出版社，1986 年。
4　　天津大公報館 1925 年 4 月鉛印。
5　　南京：江蘇古籍出版社，1986 年。

孫述宇先生本已與上海古籍出版社洽商同意編入金學叢書，並授權主編代理，忽中途撤稿，原因還是版權問題。

還有其他一些因故未能入選的師友：或已作仙遊[6]，或礙於本輯叢書的體例[7]，或因為版權期限，或失去聯繫等。凡此種種，均為缺憾。

儘管如此，第二輯連同第一輯 14 人 16 冊總計所入選的此 45 人 46 冊，已經是中國當代金學隊伍的主力陣容，反映著當代金學的全面風貌，涵蓋了金學的所有課題方向，代表了當代金學的最高水準。

此「金學叢書」之大略也。

臺灣學生書局高瞻遠矚，運籌帷幄，以戰略家的大眼光，以謀略家的大手筆，決計編撰出版「金學叢書」，實金學之幸，學術之福。主編同仁視本叢書為金學史長編，精心策劃，傾心編審。各位入選師友打造精品，共襄盛舉。《金瓶梅》研究關聯到中國小說批評史、中國小說史、中國文學史、中國文學評點史、中國文學批評史等諸多學科，是一個應該也已經做出大學問的領域。為彌補本叢書因為容量所限有很多師友未能入選的不足，特附設一冊《金學索引》[8]，廣輯金學專著、編著、單篇論文與博碩士論文，臚列學會、學刊與所舉辦之金學會議，立此存照，用供備覽。本叢書的編選，既是對過往的總結，也是對未來的期盼。本叢書諸體皆備，雅俗共賞，可以預測，將為金學做出新的貢獻。

此「金學叢書」之宗旨也。

金學已經不是一座象牙塔，而是一處公眾遊樂的園林。三百多部論著，四千多篇學術論文，二百多篇博碩士論文，既有挺拔的大樹，也有似錦的繁花，吸引著越來越多的研究者與愛好者探幽尋奇。不容置疑，傳統的金學，加上以文化與傳播為標誌的、以經典現代解讀為旗幟的新金學，必然展示著甯宗一先生的經典命題：說不盡的《金瓶梅》。

此「金學叢書」之感言也。

吳敢、胡衍南、霍現俊（吳敢執筆）

2014 年元旦

---

6 如王啟忠、鮑延毅、孔繁華、許志強諸先生等，駕鶴西去的徐朔方先生的精選集由其高足孫秋克代為編選，劉輝先生的精選集由其摯友吳敢代為編選。

7 本輯叢書乃論文精選集，字典、詞典與小塊文章結集便未能入選，《金瓶梅》語言研究的幾位專家如白維國、李申、張惠英、許仰民等因此失選。

8 吳敢編著，分上下兩編。

陳昌恆《金瓶梅》研究精選集

目　次

《金瓶梅》與其他

附 錄

《金瓶梅》與馮夢龍

「王世貞說」質疑

在封建社會，小說長期以來被視為「小道」「異端」，或是稗官野史之作，或是「不經」資料的雜拌。與「大達」相較，小說「而言皆瑣碎，事必從殘，固難以接光塵於五傳，並輝烈於三史」。[1]因此，它只能名曰：「小說」，絕不能登「大雅之堂」。

而在中國小說史上，命運之蹇蹇者，又無過於《金瓶梅》。自明萬曆二十四年丙申袁宏道披露此書以來，歷代文人圍繞這部小說爭論不休，「奇書」說與「淫書」說時起時落。然而更可悲的是，大家不僅不知道《金瓶梅》的作者，甚至連他用的假名也無人知道，即使是大名鼎鼎的《金瓶梅》的評點者張竹坡，也鬧出了李笠翁著《金瓶梅》的笑話。直到 1931 年，在山西省介休縣才發現此書全名為《金瓶梅詞話》（以下簡稱《金瓶梅》），才知道作者的假名為「蘭陵笑笑生」。於是作者真名的探討，成了「金學界」的熱門話題，直到今天，仍在高溫不下。

「人的意識不僅反映客觀世界，並且創造客觀世界。」[2]作為意識形態的文學，是主觀與客觀相統一的產物。客觀指的是創作源泉，即作家在他所處的生活環境中所積累的生活印象。主觀指作家的創作個性，即作家對生活印象獨特的藝術發現與藝術表現的能力。以再現生活本來面目為特質的現實主義小說，其散發濃烈生活氣息的細節、場面、情節、人物命運的描寫，與作家的生活環境、生活經歷有著密切的關係；其在作品中自然而然地流露出來的藝術典型性與思想傾向性，又與作家獨特的審美發現、審美傳達能力相一致。因此，「金學界」關於《金瓶梅》作者的多角度的探討，將會給《金瓶梅》這部天下第一奇書的思想價值、藝術價值的評析，提供一些重要而有價值的參照物。至

1　　劉知幾《史通‧雜述》。

2　　《列寧論文學與藝術》（北京：人民文學出版社，1960 年），卷 1，頁 446。

於影響較大的「王世貞說」，認為《金瓶梅》是王世貞暗刺嚴世蕃而作，這是令人難以相信的。

「美刺」，是我國文學創作的優良傳統，源於《詩經》與《楚辭》。作為現實主義源頭的《詩經》，其「美刺」特點十分明顯。就「國風」而言，「維是褊心，是以為刺」（〈魏風·葛屨〉）；「夫也不良，歌以訊之」（〈陳風·墓門〉）。就「雅」而言；「家父作誦，以究王訩」（〈小雅·節南山〉）；「吉甫作誦，其詩孔碩，其風肆好，以贈申伯」（〈大雅·崧高〉）。就「頌」而言，其中溢美成分更為露骨；「噫嘻成王，既昭假爾」（〈周頌·噫嘻〉）；「於鑠王師，遵養時晦」（〈周頌·酌〉）。作為浪漫主義源頭的楚辭，尤其是《離騷》，其「美刺」特點更是俯拾皆是。就「美」來說，有「湯禹儼而祇敬兮，周論道而莫差。舉賢而授能兮，循繩墨而不頗」。就「怨」來說，有「怨靈修之浩蕩兮，終不察夫民心。」就「刺」而言，有「眾皆競進以貪婪兮，憑不厭乎求索。羌內恕己以量人兮，各興心而嫉妒」。

文學創作是文學批評的基礎，是文學批評的理論的依據。在《詩經》與《楚辭》的優良創作傳統基礎之上，我國古代文學批評亦隨之也形成了「美刺」說，從孔子的「興觀群怨」到毛詩大序的「六義」說，都注重從「美」與「刺」兩方面評論作品。這種批評法，一是注重作品的真實性，二是注重作品的情感性，三是注重作品的思想性，這對肯定文學的社會價值和審美價值，無疑有著十分積極的意義。然而，真理與謬誤往往只有一步之隔。後世不少的文學批評運用「影射」說來對文學作品品頭論足，把文學的真實性混同於生活的真實性，其結果是否定了文學作品的三大品性，強加上了庸俗性。究其原因，是將文學的藝術真實性等同於生活的自然形態性。由於小說、戲劇更貼進了現實生活和社會人生，所以「影射」說引申出來的文學批評更是令人啼笑皆非。關於湯顯祖的《牡丹亭》，各種猜測之說不脛而走。蔣士銓在〈湯顯祖傳〉說：「湯顯祖，年二十一，舉於鄉，忤陳繼儒，遂以媒蘗下第。」趙吉士在《寄園寄所寄》中也認為是「陳眉公負肥遁重名，湯公若士知其人，素輕之，不與狹洽。」顧公燮在《消夏閑記摘抄》中說湯顯祖「其創作《還魂記》傳奇，憑空結撰，污蔑閨閫，內有陳齋長，即指眉公。」這些穿鑿之說，竟置陳繼儒在〈王季重批點牡丹亭題詞〉中極力讚賞《牡丹亭》的事實而不顧，完全不符合人情事理。另有一種「刺王縣陽」說。徐樹丕在《識小錄》中說「湯若士素恨太倉陽公，此傳奇杜麗娘之死而更生以況縣陽子，而平章則暗景陽公。」殊不知王縣陽「守貞入道」，全是遵照封建社會中的婦規行事，而杜麗娘則是背叛封建禮教，生而死、死而生地執著追求愛情，哪有影射之意？還有人認為《牡丹亭》是諷刺張居正的。焦循在《劇說》中認為張居正想籠絡湯顯祖，「湯臨川獨不往」，於是用「吊打」「欽定」兩齣戲來詆訕張居正。而事實上，在「吊打」中，杜寶並無拉攏柳夢梅之意，倒

是柳夢梅想高攀杜寶。還有的認為：「杜安撫者，蓋指洛為經略也。」洛家近畿，而杜陵最近長安，日去天尺五，故以為比也。「嶺南柳夢梅者，遵箴廣西人。」柳州在廣西，故云柳，又曰：「嶺南人也。」[3]「洛」即鄭洛，此人為謀求經略要職，不惜以女兒來行賄廣西人蔣遵箴，使「女至奧粵，不久而卒。」但是《牡丹亭》中杜寶雖恪守封建禮教，卻有政績軍功，鄭洛人品又何能與杜寶相比？再說蔣遵箴娶鄭洛女，全憑文選郎中的權勢，無點滴愛情可言。而柳夢梅與杜麗娘完全出於真心相愛，實為自由結合，又怎能說柳夢梅是影射蔣遵箴的呢？以上這些影射說，牽強附會竟到了完全不顧事實的地步，毫無文學批評的價值。

至於《琵琶記》的「影射」說則更為離奇。據明代田藝蘅的《留青日劄》記載：「有王四者，以學聞。則誠與之友善，勸之仕。登第後，即棄其妻而贅於太師不花家。則誠悔之，因作此《記》以諷諫。名之曰：「琵琶」者，取其上四『王』字為王四云耳。元人呼牛為『不花』，故謂之牛太師；而伯喈曾附董卓，乃之以托名也。高皇帝微時，嘗奇此戲。及登極，召則誠，以疾辭。使者以《記》進上，上覽之，曰：『五經、四書在民間，譬諸五穀不可無，此《記》乃珍羞之屬，俎豆之間亦不可少也。』於是捕王四，置之極刑。」清代褚人獲在《堅瓠集》中亦記載此事。無知者根據「琵琶」上的四「王」字，杜撰出了一個湯顯祖以《琵琶記》諷刺昔日好友王四貪圖富貴而棄前妻的故事。這個故事不僅否定了《琵琶記》的藝術虛構性，而且使現實中一個真名王四的普通人受屈慘死，其荒唐竟到了觸目驚心的地步。

王世貞作《金瓶梅》以刺嚴世蕃的「影射」說，亦屬類似上述的錯誤結論。此說緣起於沈德符，他在《萬曆野獲編》認為：「聞此為嘉靖間大名士手筆，指斥時事，如蔡京父子則指分宜，林靈素則指陶仲文，朱勔則指陸炳，其他各有所屬云。」繼後宋起鳳則略加渲染：「世知《四部稿》為弇州先生平生著作，而不知《金瓶梅》一書，亦先生中年筆也。即有知之，又惑於傳聞，謂其門客所為書。門客詎能才力若是耶？弇州痛父為嚴相嵩父子所排陷，中間錦衣衛陸炳陰謀孽之，置於法，弇洲憤懣懟廢，乃成此書。陸居雲間郡之西門，所謂西門慶者，指陸也。以蔡京父子比相嵩父子，諸狎昵比相嵩羽翼。陸當日蓄群妾，多不檢，故書中借諸婦一一刺之。所事與人皆寄託山左，其聲容舉止、飯食服用，以至雜俳戲媒之細，無一非京師人語。」[4]宋起鳳的這一杜撰，將《金瓶梅》的作者由王世貞擴大到王世貞的門人，為後世的「王世貞及其門人說」的立論依據。

3　《曲海總目提要》，卷六，《還魂記》條。

4　《明史資料叢刊》（南京：江蘇人民出版社，1982 年）第 2 輯，卷 3。

清初謝頤也認為《金瓶梅》作者或是王世貞，或是其門人。[5]清代顧公燮以此進行想像與虛構，使「王世貞說」更變得振振有詞：

> 太倉王忬家藏《清明上河圖》，化工之筆也。嚴世蕃強索之；忬不忍舍，乃覓名手摹贋者以獻。先是，忬巡撫兩浙；遇裱工湯姓，流落不偶，攜之歸，裝潢書畫，旋薦於世蕃。當獻畫時，湯在側，謂世蕃曰：「此圖某所目睹，是卷非真者，試觀麻雀小腳而踏二瓦角，即此便知其偽矣。」世蕃恚甚，而亦鄙湯之為人，不復重用。會俺答入寇大同，忬方總督薊遼，鄢懋卿嗾御史方輅劾忬禦邊無術。遂見殺。後范長白公（允臨）作《一捧雪》傳奇，改名莫懷古，蓋戒人勿懷古董也。忬子鳳洲（世貞）痛父冤死，圖報無由。一日偶謁世蕃，世蕃問：「坊間有好看小說否？」答曰：「有。」又問：「何名？」倉卒之間，鳳洲見金瓶中供梅，遂以「金瓶梅」答之。但字跡漫滅，容鈔正送覽。退而構思數日，借《水滸傳》西門慶故事為藍本，緣世蕃居西門，乳名慶，暗譏其閨門淫放。而世蕃不知，觀之大悅，把玩不置。相傳世蕃最喜修腳，鳳洲重略修工，乘世蕃專心閱書，故意微傷腳跡，陰搽爛藥，後漸潰腐，不能入直。獨其父嵩在閣，年衰遲鈍，票本擬批，不稱上旨。上寖厭之，寵日以衰。御史鄒應龍等乘機劾奏，以至於敗。噫！怨毒之於人，甚矣哉！（顧公燮《銷夏閑記》）

這個記載有故事，有情節，有人物，有時間，有地點，真是編造得活靈活現。無怪乎後人越傳越奇，越傳越信，致使「王世貞說」幾乎成了不刊之論，至今仍有人據此撰文立論，尋根竟委。可是，明眼人一眼就看出其中的破綻。《金瓶梅》百回大書，洋洋80餘萬，王世貞數日間根本寫不出來。若按常情而論，別說虛擬人物，設置情節，安排結構，數日之間完不成，就是抄現成的書稿也抄不出來，又何況是享譽海內外的「第一奇書」《金瓶梅》呢？再說竹坡才子關於《金瓶梅》的近20萬字的評點，也花了十幾天的時間，而創作一部80餘萬字的《金瓶梅》，反倒只用了幾天的時間，這有可能嗎？偽造者往往是聰明反被聰明誤，儘管謊言編得天花亂墜，天衣無縫，卻總難免露出馬腳，令人捧腹大笑。《銷夏閑記》中說：「後范長白公（允臨）作《一捧雪》傳奇，改名莫懷古，蓋戒人勿懷古董也。」一語洩露天機，自言不諱地承認王世貞的報仇說類同《一捧雪》傳奇。《一捧雪》為明末清初戲劇家李玉（1591?-1671?）的「一笠庵四種曲」中的傳奇作品，是清代義僕戲的奠基之作。劇情敘嚴世蕃向前宰相兒子莫懷古索取傳家之寶「一捧雪」玉杯，莫懷古懼權勢不敢違命，但又不忍捨「一捧雪」，只好以假玉杯進獻給嚴

5　謝頤：〈第一奇書金瓶梅敘〉，康熙乙亥本。

世蕃。有一次莫懷古與裱褙湯勤痛飲，醉中洩露所獻玉杯是贋物，並把「一捧雪」拿給湯勤看。湯勤為人奸險，密告世蕃，以致莫懷古四處逃生，其義僕莫誠代主被斬，其妾雪豔避難於戚繼光軍營中。湯勤密告莫誠首級非莫懷古，朝廷要捉拿戚繼光與雪豔問罪。湯勤無恥向雪豔求婚，雪豔假意依允，但條件是湯勤必須向朝廷承認他以前的證詞是假的。湯勤貪圖雪豔美色，於是翻供，使戚繼光倖免於難。於是雪豔刺死湯勤，自刎身亡。顧公燮將「一捧雪」玉杯易為《清明上河圖》，將莫懷古改為王忬，將《一捧雪》換成《金瓶梅》，作奸小人仍為湯裱褙，虛構出了王世貞作《金瓶梅》，以西門慶影射嚴世蕃的奇聞，為後人探討《金瓶梅》的真正作者擺下個迷魂陣。用虛構的傳奇情節再虛構出《金瓶梅》的創作奇聞，這又有何考證的史料價值呢？可見王世貞創作《金瓶梅》以報其仇的說法無異於天方夜譚，用於學術研究則是於事無補的。

　　其實，王世貞及其門人作《金瓶梅》的傳說的謬誤性，魯迅先生早就予以駁斥。首先，魯迅認為這種觀點純屬捕風捉影。他指出：「作者不知何人，沈德符云是嘉靖間大名士（亦見《野獲編》），世因擬太倉王世貞。或云其門人（康熙乙亥，謝頤序云）。由此復生讕言，謂世貞造作此書，乃置毒於紙，以殺其仇嚴世蕃，或云唐順之者，故清康熙中彭城張竹坡評刻本，遂有〈苦孝說〉冠其首。」[6]魯迅先生用「擬」字以示王世貞及其門人說的虛擬性；用「復生讕言」以示王世貞報仇說的荒誕無稽。總之，魯迅認為上述說法是根據沈德符的猜測而敷衍出來的，不可信以為真。其次，魯迅先生明確斷言，王世貞作《金瓶梅》以報父仇不足為信：「若云孝子銜酷，用此復仇，雖奇謀至行，足為此書生色，而證佐蓋闕，不能信也。」[7]在魯迅先生看來，關於王世貞進《金瓶梅》毒殺嚴世蕃或唐順之的傳說，雖然把王世貞吹捧得神乎其神，具有「奇謀至行」，但只能為《金瓶梅》增添一點奇異的色彩，而不能以此證明王世貞就是該書的作者。再次，魯迅先生指出王世貞說只是一種推測，其所以如此，目的是使《金瓶梅》順利在社會上廣為流傳。他說：「王世貞探得世蕃愛看小說，便作了這部書，……但這不過是一種推測之辭，不足信據。《金瓶梅》的文章做得尚好，而王世貞在當時最有文名，所以世人遂把作者之名嫁給他了。後人之主張此說，並且以『苦孝說』冠其首，也無非是想減輕社會上的攻擊的手段，並不是確有什麼王世貞所作的憑據。」[8]借王世貞的名氣來為《金瓶梅》開脫「淫書」的罪名，借王世貞報仇說來證明《金瓶梅》作者創作動機的純正，這就是王世貞說不脛而走的真實原因。作為第一個治小說史的大學者，魯迅先生的分析真是面面俱到，

6　　魯迅《中國小說史略》（北京：人民文學出版社，1973年），頁151。
7　　魯迅《中國小說史略》，頁155。
8　　魯迅：〈中國小說的歷史變遷〉，《中國小說史略·附錄》，頁299。

字字珠玉。另外，吳晗、鄭振鐸等眾多學者，早在解放前從不同的角度對「王世貞及其門人說」提出了質疑。

「嘉靖大名士說」緣於「世廟巨公說」

　　《金瓶梅》自刊行問世以來，由於署名為蘭陵笑笑生，致使這部天下第一奇書的作者的真名實姓成了近四百年來的一個謎底。眾多論者都在「嘉靖間大名士」六個字上撰文立論，即此人一定是嘉靖年間人，而且這個人又必須是大名士，只有符合這兩個條件的人才有資格稱為《金瓶梅》的作者。於是王世貞、李開先、屠隆、湯顯祖、賈三近等三十餘位大名士被列入作者的待選人之列。眾說紛紜，各執一理，不相上下。然而各派立論的基石都是「嘉靖間大名士說」。此說緣起何人？大家一致認為緣起沈德符，因為沈德符說過：

> 袁中郎《觴政》以《金瓶梅》配《水滸傳》為外典，予恨未得見。丙午，遇中郎京邸，問：「曾有全帙否？」曰：「第睹數卷，甚奇快。今惟麻城劉延白承禧家有全本，蓋從其妻家徐文貞錄得者。」又三年，小修上公車，已攜有其書，因與借抄挈歸。吳友馮猶龍見之驚喜。慫恿書坊以重價購刻。馬仲良時榷吳關，亦勸予應梓人之求，可以療饑。予曰：「此等書必遂有人板行，但一刻即家傳戶到，壞人心術，他日閻羅究詰始禍，何辭置對？吾豈以刀錐博泥犁哉！」仲良大以為然，遂固篋之。未幾時，而吳中懸之國門矣。然原本實少五十三至五十七回，遍覓不得，有陋儒補以入刻，無論膚淺鄙俚，時作吳語，即前後血脈，亦絕不貫串，一見知其贗作矣。聞此為嘉靖間大名士手筆，指斥時事，如蔡京父子指分宜，林靈素則指陶仲文，朱勔則指陸炳，其他各有所屬云。中郎又云：「尚有名《玉嬌李》者，亦出此名士手，與前書各設報應因果。武大後世化為淫夫，上烝下報；潘金蓮亦作河間婦，終於極刑，西門慶則一駣憨男子，坐視妻妾外遇，以見輪回不爽。」中郎亦耳剽，未之見也。去年抵輦下，從丘工部六區（志充）得寓目焉。僅首卷耳，而穢黷百端，背倫滅理，幾不忍讀。其帝則稱完顏大定，而貴溪、分宜相構亦暗寓焉。至嘉靖辛丑庶常諸公，則直書姓名，尤可駭怪，因棄置不復再展。然筆鋒恣橫酣暢，似尤勝《金瓶梅》。丘旋出守去，此書不知落何所。（《萬曆野獲編》）

引完上述記載後，我們可作如下考述：

　　第一，現在通行的《萬曆野獲編》是康熙三十九年（1700）經過錢枋之手「割裂排纘，都為三十卷，分四十八門。」其〈補遺〉部分則是由沈德符的後人沈振於康熙四十二年（1703）搜集整理後而附在後面的。據已故歷史學家鄧之誠先生的考證，錢氏的《分類野獲編摘錄》皆為沈振作的〈補遺〉部分。關於《金瓶梅》的這段記載寫在錢枋所編的《詞曲》門下二十二條內。〈萬曆野獲編序〉寫於萬曆三十四年丙午（1606）仲冬日，而〈續編小引〉寫於萬曆四十七年己未歲（1619）新秋。魏子雲先生在〈金瓶梅這五回〉一文中，將萬曆年間的十卷本《新刻金瓶梅詞話》上的五十三至五十七等五回，與崇禎年間二十卷本《新刻繡像批評金瓶梅》上的這五回作了全面而細緻的比較，謹慎地認為沈德符的「有陋儒補以入刻」的話，指的是崇禎本，而並不是萬曆本，即使是崇禎本，也並非五回，只是五十三與五十四回。這個結論，本之客觀文本，令人信服。由是觀之：一、《萬曆野獲編》最早可能刊於崇禎年間，二、這則記載多有秕漏之處，不宜作為重要考證論據。

　　第二，沈德符的這段記載是篇回憶性的文章，文中的幾個時間概念頗為重要。其中所提到的「丙午」，即萬曆三十四年（1606）；「又三年」，即萬曆三十八年（1610），「未幾時」是對「馬仲良時榷吳關」而言的。眾多學者（包括魯迅先生在內）因忽視這句話，而誤認為「未幾時」即萬曆庚戌年，就斷定《金瓶梅》最早刊本為萬曆庚戌年，即《金瓶梅》於 1610 年便刊行問世了。其實並非如此。據道光七年（1827）序刊本《重修滸野關志》卷六〈榷使〉記載：「馬之駿，字仲良，河南新野人，庚戌（1610）進士。四十一年（1613）任。」民國《吳縣志》卷六〈職官〉中的記載亦復相同。因此，馬仲良於萬曆四十一年癸丑（1613）以戶部主事的身份被派往蘇州滸野關，監收船料費，是確切無疑的了。馬仲良是 1614 年離任的。顯然，馬仲良在沈德符處見到《金瓶梅》的抄本，則應在 1613 年至 1614 年之間，此時間《金瓶梅》尚未梓行於世。那麼「未幾時」究竟指的哪一年呢？根據沈德符這段記載中 1606 年、1610 年、1614 年的時間跳動性來看，其間都有三至四年光景，我們可以推測出「未幾時」則指 1617 年或 1618 年。這個年代既與《萬曆野獲編》的〈續編小引〉所記載的 1619 年新秋相差不遠，這正好與《金瓶梅》萬曆四十五年的丁巳本刊刻問世相吻合，所以沈德符關於《金瓶梅》從抄本到刻本的回憶當寫在《金瓶梅》最早的刊本之後，即萬曆四十五年丁巳（1617）之後。

　　第三，在這段記載中，沈德符提到：「去年抵輦下，從丘工部六區（志充）得寓目焉，僅首卷耳，而穢黷百端，背倫滅理，幾不忍讀。……丘旋出守去，此書不知落何所。」據考證，丘工部六區（志充）為丘志充，山東諸城人，字左臣，又字六區，是萬曆四十一年癸丑（1613）進士，在京任工部郎中，於萬曆四十八年（1620）外任河南汝寧府知府。

由此可知，沈德符所說的「去年」，應為 1619 年，那麼他寫此回憶應當在 1620 年了。[1]

綜合上述考證，可知沈德符這段記載只可能寫在 1619 年至 1620 年之間，而不可能更早。基於這樣一個總的時間概念，我們便能夠科學地探討一下沈德符的「嘉靖間大名士」說究竟緣起何人。下面僅就《金瓶梅》的早期目睹者作點描述。

（一）關於董思白。他是最早見到《金瓶梅》抄本，但他未曾提及到《金瓶梅》的作者。據袁宏道於萬曆二十四年丙申（1596）年所寫的〈與董思白〉和袁中道於萬曆四十二年甲寅（1614）所寫的《遊居柿錄》「九十九」則中可知，董思白只是把《金瓶梅》的抄本借給了袁宏道，並對袁中道談到他對《金瓶梅》的看法，他既承認《金瓶梅》是小說中「極佳者」，又認為此書誨淫，「決當焚之」，而絲毫未涉及到此書的作者問題。

（二）關於袁宏道。他可以說是第一個最直接、最早提供有關《金瓶梅》信息的文人。他在〈與董思白〉的信中稱讚《金瓶梅》「勝於枚生〈七發〉多矣」。在〈與謝在杭〉的信中向謝肇淛催還《金瓶梅》，也未曾提到《金瓶梅》的作者。

（三）關於袁中道。他在《遊居柿錄》中涉及到《金瓶梅》五個方面的問題，第一，追憶董思白對《金瓶梅》自相予盾的評價；第二，介紹了自己於萬曆二十六年戊戌（1598）「後從中郎真州，見此書之半」的情況；第三，解釋了《金瓶梅》書名的來歷：「所云金者，即金蓮也；瓶者，李瓶兒也；梅者，春梅婢也」；第四，表明自己對《金瓶梅》的態度：「不必焚，不必崇，聽之而已」；第五，他說到有關《金瓶梅》的作者的情況：「舊時京師，有一西門千戶，延一紹興老儒於家。老儒無事，逐日記其家淫蕩風月之事，以西門慶影其主人，以餘影其諸姬。」袁中道所提到的紹興老儒沒有說是哪一朝代，而且也不是什麼名士，只是一個門客而已。他完全是根據《金瓶梅》這部現實主義的奇書的寫實性來推論其作者的，這又與「嘉靖間大名士」說相差甚遠。

（四）關於李日華。他於萬曆四十三年乙卯（1615）正月五日（12 月 24 日）在《味水軒日記》卷七中記載了有關《金瓶梅》的情況。這篇日記之一是批評《金瓶梅》「大抵市諢之極穢者，而鋒焰遠遜《水滸傳》」；二是批評「袁中郎極口贊之，亦好奇之過」；並未提及《金瓶梅》的作者。

（五）關於薛岡。他在《天爵堂筆餘》中寫到：「簡端序語有云：讀《金瓶梅》而生憐憫心者菩薩也，生畏懼心者君子也，生歡喜心者小人也，生效法心者禽獸也。序隱姓名，不知何人所作，蓋確認也。」據劉輝先生考證，《筆餘》為萬曆四十三年乙卯（1615）

1　〔美〕馬泰來：〈諸城丘家與《金瓶梅》〉，《金瓶梅評注》（桂林：灕江出版社，1986），頁259。

後所作。[2]從其中所提到的「簡端序」來看，《筆餘》中所錄序言內容正與東吳弄珠客序相同，而東吳弄珠客的序的時間為萬曆丁巳年，則可知《筆餘》的寫作年代當在萬曆四十五年（1617）之後。《筆餘》指出東吳弄珠客是序者的化名，並非序者的真名，但是也未曾提到《金瓶梅》作者屬誰。

（六）關於謝肇淛。他在〈金瓶梅跋〉中說：「《金瓶梅》一書，不著作者名代。相傳永陵中有金吾戚里，憑怙奢汰，淫縱無度，而其門客病之，采摭日逐行事，匯以成編，而托之西門慶也。」「永陵」是明世宗，也即是嘉靖皇帝。「金吾戚里」係指明代萬曆年間的兵部右侍郎梅國楨。他是湖北麻城人，雖生於嘉靖二十一年壬寅（1542），但卒於萬曆三十三年乙巳（1605）。他是萬曆十一年癸未年（1583）進士，因此，他的顯赫是在萬曆年間。謝肇淛說他是嘉靖年間的金吾戚里是錯誤的。另外謝肇淛認為《金瓶梅》的作者是梅國楨的門客，也不是指的大名士。所以從這兩方面來看，謝肇淛也不是「嘉靖間大名士」說的濫觴者。又何況謝肇淛的〈金瓶梅跋〉見之於《小草齋文集》，而該《文集》為天啟六年丙寅（1626）序本，這又遠在沈德符的「嘉靖間大名士」說之後。

（七）關於屠本畯。他在《山林經濟籍》中記載說：「不審古今名飲者，曾見石公所稱逸典否？按《金瓶梅》流傳海內甚少，書帙與《水滸傳》相埒。相傳嘉靖時，有人為陸都督炳誣奏，朝廷籍其家。其人沉冤，托之《金瓶梅》。」屠本畯是浙江寧波人，生於嘉靖二十一年（1542），曾任辰州太守，萬曆二十九年（1601）罷官回鄉，不復再仕，卒時八十餘歲。這段記載所涉及到的袁中郎對《金瓶梅》的評價是萬曆三十六年（1608）補寫的。這是其一。其二，據校閱者柴懋賢於萬曆四十一年（1613）所寫的序，可知《山林經濟籍》的付梓行世當在此時之後。其三，又據王重民先生在《中國善本書提要》中所言：「屠隆之序，屠本畯之名，則並出偽托也」，可知現在能看到的《山林經濟籍》更在柴懋賢寫序之後，也有可能在萬曆丁巳本的《金瓶梅》之後了。其四，沈德符所言的「馬仲良時榷吳關」，是萬曆四十二年（1614）的事，當時沈德符並未言及作者為嘉靖大名士。特別值得注意的是李日華於萬曆四十三年（1615）十二月二十五日所見到的來自沈德符的《金瓶梅》，上面也未曾有關作者的隻字片語，可見沈德符此時仍不知作者是誰。他的關於「嘉靖大名士」說是在《金瓶梅》在「吳中懸之國門」之後，不可能來自《山林經濟籍》。其五，屠本畯所言是「有人為陸都督炳誣奏，朝廷籍其家。其人沉冤，托之《金瓶梅》」，也並未說是嘉靖大名士。

沈德符的「嘉靖間大名士說」究竟緣起何人呢？我個人認為來自萬曆丁巳本《金瓶梅詞話·廿公跋》，其跋原文如下：

2　〈現存《金瓶梅詞話》是《金瓶梅》的最早刊本嗎〉，《光明日報》1985 年 11 月 5 日。

《金瓶梅傳》，為世廟時一巨公寓言，蓋有所刺也。然曲盡人間醜態，其亦先師不刪鄭衛之旨乎？中間處處理伏因果，作者亦大慈悲矣。今後流行此書，功德無量矣。不知者競目為淫書，不惟不知作者之旨，並亦冤卻流行者之心矣。特為白之。（廿公書）

「世廟時」即嘉靖時。「巨公」即一大名人，與大名士的提法相類似。「為世廟時一巨公寓言」，與沈德符的「聞此為嘉靖間大名士手筆，指斥時事」之說實為一意，這是其一。其二，《金瓶梅》初刻於萬曆四十五年丁巳（1617），沈德符的記載則寫於 1619新秋，廿公說在前，所以沈德符的記載「聞此為嘉靖間大名士手筆」，是承廿公說改動而來的。其三，廿公為誰的化名。要弄清這個問題，先要分析一下〈廿公跋〉的主要內容。〈廿公跋〉的內容有兩點：第一點是駁斥把《金瓶梅》當作淫書的錯誤觀點，認為《金瓶梅》是部「曲盡人間醜態」的諷刺之作，書中所涉及到的男女性愛是承襲了「先師不刪鄭衛之旨」；書中「處處埋伏因果」，是要引起世戒；作者是以「大慈悲」的心腸來創作《金瓶梅》，其創作動機是純正而善良的。第二點是駁斥反對梓行此書的說法，認為刊刻、發行此書的人是「功德無量」，而那些把《金瓶梅》看成是淫書的人們是群「不知者」，他們既不知道《金瓶梅》的創作意圖，也不理解刊行此書的人的良好願望。

跋，作為中國古典小說批評的主要樣式之一，它一般地既要介紹某本書的思想與藝術價值，也要肯定某本書的出版發行。應該說〈廿公跋〉是一篇較為完整的小說批評文章，它的針對性是很強的。我們知道，說《金瓶梅》是淫書的人，在當時一是董思白，他堅決將此書焚掉；二是袁中道，他認為「此書誨淫」；三是李日華，說《金瓶梅》是市井淫穢小說中最不堪入目的一部；四是沈德符，他不僅誣衊此書壞人心術，而且攻擊想刊刻此書的人死後閻王也不會輕饒他，要遭犁舌的報應。而稱讚《金瓶梅》的人，在當時一是袁宏道，認為《金瓶梅》是「雲霞滿紙」，並把《金瓶梅》與《水滸傳》相提並論，讚譽為奇書；二是馬仲良，他先是站在馮夢龍一邊，主張刊行此書，後又附合沈德符的觀點，認為刊行此書不合時宜；三是謝肇淛，他稱《金瓶梅》的作者為「稗官之上乘」「爐錘之妙手」；四是馮夢龍，他不僅為世間能有《金瓶梅》這部奇書的出現而感到驚喜，而且抑制不住內心的喜悅心情，主張立即刊行此書，但他遭到了沈德符的反對，沈德符當面指責了馮夢龍。顯而易見，同時攻擊《金瓶梅》的作者與刊行者，在當時僅只沈德符一人，而同時讚揚《金瓶梅》的作者與刊行者的也只有馮夢龍一人。更值得注意的是，根據沈德符《萬曆野獲編》所回憶，沈德符與馮夢龍兩人是在同一時間（萬曆四十二年或萬曆四十一年）、同一地點（沈德符處），當著馬仲良的面而就這兩個問題發生了尖銳的衝突。那麼，在萬曆四十五年的〈廿公跋〉中就這兩個問題同時為《金瓶梅》

正名的就應是馮夢龍無疑。〈廿公跋〉可以說是前四年沈德符與馮夢龍爭論的繼續，只不過變換了方式而已。〈廿公跋〉中「特為白之」這句話，更是點睛之筆，即是跋語的作者特地為自己辯白，特地針對前事而寫的。因此，廿公為馮夢龍的化名則不言而自明了。由此可見，沈德符的「嘉靖大名士說」來自廿公的「世廟巨公說」，而並非他的獨創。

東吳弄珠客即馮夢龍的化名

　　《金瓶梅》詞話本上的〈東吳弄珠客序〉，是一篇認定《金瓶梅》最早刊刻本的重要序言。對於這篇序言的作者的真實姓名，日本的鹽谷溫氏認為是明末怪傑馮夢龍，臺灣的魏子雲先生與朱傳譽先生亦同意鹽谷氏的觀點。我認為他們的說法頗有可取之處，只是語焉不詳，因而較欠說服力。東吳弄珠客確係馮夢龍的化名，具體考述如下：

　　馮夢龍，字猶龍，一字耳猶，別署龍子猶。其所居室名墨憨齋，又多自稱墨憨齋主人。關於馮夢龍的籍貫，歷來爭議很大。《吳縣縣志》《蘇州府志》《江南通志》《鎮江府志》《丹徒縣志》《四庫全書總目提要》、郁藍生的《曲品》、謝國楨的《增訂晚明史籍考》、吳梅的《顧曲塵談》、王國維《曲錄》、日本鹽谷溫氏的《中國文學概論講話》，都認為他是蘇州府吳縣人。而朱彞尊的《明詩綜》、黃文暘《曲海總目提要》《史略》《辭海》，又認為他是蘇州府長洲人。同是蘇州府的記載，關於馮夢龍的籍貫也是自相矛盾的。《蘇州府志》在「人物傳」中認定他是吳縣人，而《蘇州詩鈔》又注明他是長洲人。究竟馮夢龍籍貫何處呢？《壽寧待志·官司》云：「馮夢龍，直隸蘇州府吳縣籍，長洲縣人。」即馮夢龍籍貫為蘇州府吳縣，生長於蘇州府長洲縣。《壽寧待志》是馮夢龍自己撰寫的，這條關於他的籍貫的記載，自然是最可信的資料。馮夢龍生於明萬曆二年甲戌（1574），卒於清順治三年丙戌（1646），終年 72 歲。

　　馮夢龍的祖籍吳縣，在當時蘇州府的西邊，而馮夢龍生長的地方長洲縣，在蘇州府的東邊，都隸屬蘇州管轄。在歷史上，人們一般通稱蘇州府為東吳、姑蘇、吳國、古吳、吳門、吳越、吳下、吳邑等。因馮夢龍擅長通俗文學，其兄馮夢桂善畫，其弟馮夢熊工詩，時人稱他們兄弟三人為「吳下三馮」，用「吳下」來代指蘇州。

　　縱覽馮夢龍一生的著述，我們可以發現他在名號上是大有講究的。

一、引經據典

　　馮夢龍的取名，來自《史記》中〈老子韓非列傳〉。傳中有孔子對弟子說的一句話「吾今日見老子其猶龍耶？」老子姓李，名耳，所以馮夢龍一字「耳猶」，又一字為「子猶」。從「子猶」出發，馮夢龍又派生出其他的化名。《說文解字》謂「猶，隴西謂犬

子為猶」，於是馮夢龍又以隴西冠其首來取化名；如他在《醒世恆言·序》的結尾處化名為「隴西可一居士」、在《天許齋批點北宋三遂平妖傳》的序中化名為「隴西張譽無咎父」。又因犬子是小獸，而《爾雅·釋獸》篇認為「猶」是小獸，而「豫」也是小獸，所以「犬子」可通「子猶」，亦通「猶豫」，而「猶豫」又是小獸行走時怕人的張惶狀態，而「張」與「章」音相諧。因此，馮夢龍在〈警世通言敘〉中化名為「豫章無礙居士」。又因「豫章」倒過來讀「章豫」，「章豫」與「張譽」讀音相近，於是又引發出「張譽無咎父」的化名，由此又派生出「張無咎」的化名來。又因小獸的「張惶」亦可解釋為悽楚惶恐。所以馮夢龍又在「張無咎」前冠之以「楚黃」，以此成了「墨憨齋手校」《平妖傳·序》的「楚黃張無咎」。「無咎」「無譽」正暗合《易經》「六四括囊，無咎無譽」的意思。馮夢龍在〈古今小說序〉中所提到的茂苑野史氏也是他的化名，其源出自左思的〈吳都賦〉中的「佩長洲之茂苑」的賦句，而長洲正好是馮夢龍的出生地，所以他用茂苑來取代長洲。又因通俗小說是「正史」之外的「野史」，馮夢龍又對這類野史」終生都有特別的興趣，並把畢生的精力貢獻給這類「野史」的編纂與出版上，所以他自稱為「茂苑野史氏」，以此表明自己錄收藏整理這類「野史」的長洲縣人。他的「可一居士」「可一主人」等化名，也是來自《禮記·中庸》中「天地之道，可一言而盡也」，意即要知古今通俗小說，可覽三言便能一一盡知。總之，馮夢龍取化名的第一特點是引經據典。

二、以「墨憨齋」的室名來取化名

馮夢龍常以居室為號，自稱「墨憨齋主人」。《醒世恆言》的初刻者葉敬池在刊印《新列國志》的廣告中云：「墨憨齋向纂《新平妖傳》及《明言》《通言》《恆言》諸刻，膾炙人口，今復訂補二書，本坊懇請先鋟《列國》，次當及《西漢》，與凡刻迥別，識者辨之。金昌葉敬池梓行。」馮夢龍在很多書上用「墨憨齋」的化名，他的〈廣笑府序〉也是署名為「墨憨齋主人題」。《醒世恆言》的校者亦為「墨憨齋主人」。馮夢龍由「墨憨齋」還化名為「墨浪主人」，如明衍慶堂刊本的二十四卷《喻世明言》，其校者為「墨浪主人」。這是在整理小說方面以室為號所產生出來的眾多化名。在戲曲的整理與編寫方面，馮夢龍以室為號來化名也為數不少，如墨憨齋傳奇十五種其篇目分別為：《墨憨齋訂本新灌園傳奇》《墨憨齋訂本酒家傭傳奇》《墨憨齋訂本量江記傳奇》《墨憨齋訂本女丈夫傳奇》《墨憨齋訂本雙丸記傳奇》《墨憨齋訂本萬事足傳奇》《墨憨齋訂本灑雪堂傳奇》《墨憨齋訂本夢磊記傳奇》《墨憨齋訂本楚江情傳奇》《墨憨齋訂本風流夢傳奇》《墨憨齋重定永團圓傳奇》《墨憨齋訂本精忠旗傳奇》《墨憨齋訂本雙雄記傳奇》

《墨憨齋訂定人獸關傳奇》《墨憨齋重定邯鄲夢傳奇》。另外，《鳳雙飛》傳奇戲也為墨憨齋所編定的傳奇戲。在詞曲方面，馮夢龍也常以居室為號來化名，如《太霞新奏》中就有「墨憨子」「墨憨齋」「墨憨主人」「墨憨齋主人」「墨憨疊」等化名十五處。此外，他還有一部《墨憨齋新定詞譜》。

三、直接從馮夢龍字子猶來取筆名

〈古今笑自敘〉裏面的第一句就是「龍子猶曰」。〈情史序〉的作者為「龍子猶」。特別是他自己創作的 22 首散曲，都署名「龍子猶」。日本鹽谷溫氏在〈論明之小說三言及其他〉一文中指出：「依其述與其題跋的落款等看來，一稱作龍子猶，大概因字猶龍，所以附會成這個名詞的罷，在小說裏不用真的名字乃戲用，猶子龍之號也未可知哩。」可見猶子龍亦同龍子猶，遊龍亦同猶龍，都為馮夢龍的化名。馮夢龍任壽寧知縣後，頗為得意，就不再使用化名，直接用自己的真名來署名，而且每每謙恭地稱臣。如〈甲申紀事聞敘〉的署名為「七一老臣馮夢龍識」；〈甲申紀事敘〉的署名為「七一老人草莽臣馮夢龍述」；〈中興實錄敘〉署名為「七十二老臣馮夢龍拜述」；〈中興偉略引〉則也是署名為「七十二老臣馮夢龍撰」。

四、以蘇州來取筆名

馮夢龍是個鄉土觀念很重的封建文人，經常在他使用的筆名前冠之以代表蘇州的文字，給讀者作出某種暗示，以標明自己的身份。〈古今笑敘〉前面提到龍子猶，後面有枚「吳下詞奴」的印章，很顯然「吳下詞奴」即「龍子猶」「吳下」代指蘇州，「詞奴」以示自己對通俗文學的愛好已到了屈體為奴的地步。他在〈曲律序〉後署名為「古吳後學馮夢龍題於葑溪之不改樂庵」，「古吳」即指蘇州，「後學」是謙稱，以示自己是後學之輩。在〈魏忠賢小說斥奸書敘〉中他自署名為「吳越草莽臣」，「吳越」也是代指蘇州，「草莽臣」是說他自己只是一個無任何官職的草莽野人，因為馮夢龍是崇禎三年才入貢，任丹徒（今鎮江市）訓導，而這部小說作於崇禎元年，當時他還是一個白衣鄉民，一個潦倒的書生。《智囊補·自敘》的敘者為「吳門馮夢龍」，也是在他的真實姓名前加上代表蘇州的地名。《情史》實是《情史類略》的簡稱。嘉慶丙寅年（1806）的刊刻本上有〈情史類略〉一序，其署名為「吳人龍子猶序」說明序者的籍貫。《新灌園·序》署名為「古吳詞奴龍子猶拜述」，〈萬事足敘〉署名為「姑蘇詞奴龍子猶述」，《酒家傭·敘》署名為「古吳龍子猶述」，〈風流傳小引〉署名為「古吳龍子猶述」，《永團

圓·敘》也是署名為「古吳龍子猶述」，〈春秋衡庫發凡〉的署名為「古吳後學馮夢龍述」。由馮夢龍一次用「姑蘇詞奴龍子猶」來署名，一次用「吳下詞奴」署名來看，我們則可以推論出寫《今古奇觀·序》的「姑蘇笑花主人」也可能是馮夢龍又一化名。馮夢龍到湖北黃安、麻城，講過《春秋》，因此他還有「楚黃張無咎」的化名，以表白他治《春秋》的成績。在麻城他與李贄、無涯、宏道校對過《水滸傳》。

通過對馮夢龍化名的上述情況的全面考述，我們可以推論出東吳弄珠客也可能是馮夢龍的化名。其理由如下所述。一是用東吳代指蘇州以此說明序者為明萬曆年間蘇州府的人氏，這與馮夢龍化名的第四種情況完全吻合。二是馮夢龍平素偏愛通俗文學，視其為文學的上乘之作。《金瓶梅》作為我國文學史上第一部由文人獨立創作而成的，專言當時市井小人日常生活的世情小說，堪稱天下第一奇書，不啻為我國說苑中一顆明珠，欣賞這部時代氣息濃重的現實主義力作，恰似玩弄手中的明珠，其興味無窮。這與沈德符在《萬曆野獲編》中所記載的「吳友馮猶龍見之驚喜」的情形相印證。三是馮夢龍自認為《金瓶梅》第二十回所寫到的一百顆明珠，來自梁中書家，轉到李瓶兒手中，今又落入西門慶之手，後又轉到雲裏守手中，將來不知會落到誰人手中。因此，這一百顆明珠可以說明：「物非一人可據，今張昔李，俱是空花」[1]，告誡人們不要貪財。這種勸誡作用，誠如清康熙年間的張竹坡所言：「噫，一百顆明珠，作者信手拈來，頭頭是道，因欲為世點醒雙珠，使一百顆明珠為一頂門針，開門戽子也。」[2]另外，在馮夢龍看來，《金瓶梅》的藝術結構渾然一體，一百回宛若一百顆明珠連成珠串，又如張竹坡所講的那樣：「一百顆明珠，人人知為後一百回作千里照應，不知果解其必用此一百顆明珠何哉？我為之逆其志，乃知作者唯恐後人看他的奇書妙文，不能放眼將一百回通前徹後，看其照應，乃用一百顆明珠刺入看者心目，見得其一百回乃一線穿來，無一附會易安之筆。而一百回如一百顆明珠，字字圓活，又作者自言，皆是我的妙文，非實有其事也。」[3]所以馮夢龍化名東吳弄珠客寫序，以表明自己對《金瓶梅》的社會價值與藝術價值的不同凡響的見解。四是東吳弄珠客對《金瓶梅》的態度正是馮夢龍對《金瓶梅》所持的態度。如前所述，當時有四人肯定《金瓶梅》。這四人中間的馬仲良，開始是站在馮夢龍一邊，支持梓行《金瓶梅》，後又站在沈德符一邊，反對刊刻《金瓶梅》。袁宏道肯定《金瓶梅》，一見之於〈與董思白〉，二見之於《觴政》。謝肇淛稱讚《金瓶梅》，已作〈金瓶梅跋〉明志。而唯有極力推崇《金瓶梅》，恨不得即刻使之刊印發行的馮夢龍反倒無

1　　張竹坡：《第一奇書金瓶梅》，第二十回回評，康熙乙亥本。

2　　張竹坡：《第一奇書金瓶梅》，第二十回回評，康熙乙亥本。

3　　張竹坡：《第一奇書金瓶梅》，第二十回回評，康熙乙亥本。

一直接言及《金瓶梅》的記載，這是不合情理的。因此，東吳弄珠客序很可能是馮夢龍化名撰寫的。五是從行文的語氣來看，序者也可能是馮夢龍。他為人詼諧，其著書、立論、言談，常常是笑語聯珠，反詰生妙。〈東吳弄珠客序〉開篇就說：「《金瓶梅》『穢書』也，袁石公亟稱之，亦自寄其牢騷耳，非有助於《金瓶梅》也。」而此話以下的行文，又恰恰是替《金瓶梅》辯解，唱讚歌，說它是部「蓋為世戒，非為世勸」的言情小說，其中寓有「楚檮杌之意」。很明顯，「穢書」二字是應加上雙引號的反話。序文的結尾又是一帶有反問語氣的感歎句，「不然，右公幾為導淫宣欲之尤矣！」這篇序文，由於前一反語，後一反詰，再加上中插一可笑例證，顯得幽默風趣，論理活潑，文氣曲折有致，立論無懈可擊。序文的這種文風恰與馮夢龍的個性氣質一致。六是東吳弄珠客的筆名與中國古代關於龍戲珠的傳聞是吻合的，《莊子‧列禦寇》中云：「千金之珠，必在九重之淵而驪龍頷下。」《述弄記》上也有「珠有龍珠，龍所吐者」。馮夢龍名字內含「龍」字，由戲珠之龍派生出弄珠之客，簡直是再自然、再貼切不過的化名。七是據臺灣《金瓶梅》研究專家魏子雲先生的考證這一跋一序都是寫體字，微妙的是，「這東吳弄珠客的『序』與廿公的『跋』，筆跡上看，乃同一人所書。」[4]如前所考，廿公為馮夢龍的化名，那麼與廿公「乃同一人」的自然也是馮夢龍。近代我國《金瓶梅》研究專家姚靈犀早在三十年代的〈金瓶梅版本之異同〉一文裏，曾說東吳弄珠客「疑即龍子猶，亦即馮夢龍。」[5]現在看來，日本的中國古典文學專家鹽谷溫氏與我國的姚靈犀先生的質疑是可信的，東吳弄珠客很有可能就是馮夢龍這位明末怪傑，這已經為今天眾多學者所認同。

---

[4] 魏子雲：《金瓶梅探原‧端引》，香港巨流圖書公司印行本。

[5] 黃霖：《金瓶梅資料彙編》（北京：中華書局，1987年版）卷1，頁3。

蘭陵笑笑生、欣欣子、廿公
亦爲馮夢龍的化名

　　萬曆丁巳本《金瓶梅》上的蘭陵笑笑生、欣欣子又是誰呢？我認爲亦都是馮夢龍的化名。弄清這兩個化名的真實姓名，關鍵是要弄清蘭陵笑笑生是誰，至於欣欣子的真名便可迎刃而解了。

　　蘭陵指的是什麼地方呢？據有關地理書記載。

> 元康元年，分東海，置蘭陵郡；七年，又分東莞，置東安郡；分臨淮，置淮陵郡，分堂邑，置堂邑郡。永嘉之亂，臨淮、淮陵並淪沒石氏，元帝渡江之後，徐州所得惟半，乃僑置淮陽、陽平、濟陰、北濟陰四郡；又琅邪國人隨帝過江者，遂置懷德縣及琅邪郡以統之。是時幽、冀、青、并、兗五州及徐州淮北流人，相帥過江淮，帝並僑立郡縣以司牧之。割吳郡之海虞北境，立郯、朐、利城、祝其、厚丘、西隰、襄賁七縣，寄居曲阿，以江乘置南東海、南琅邪、南東平、南蘭陵等郡，分武進立臨淮、南彭城等郡，屬南徐州；又置頓丘，屬北徐州。（《晉書・地理志》）

　　可見在劉宋時期，南蘭陵屬南徐州管轄，而明代廢除了南蘭陵郡。今天的常州（武進）西北 60 里有廢蘭陵城。因此，古稱蘭陵的地方有兩處，一是山東嶧縣，二是江蘇的常州一帶。張遠芬先生根據山東嶧縣古稱蘭陵而撇開常州一帶也古稱蘭陵的事實，在《金瓶梅新證》一書中就斷定其作者必是山東嶧縣人，進而考證是山東嶧縣人大名士人賈三近，這未免與地理的歷代沿革太不相符，殊不知古人也把江蘇一帶習慣地稱爲蘭陵。如謝肇淛在杭州司理吳興縣時，在《下菇集》內就寫有「蘭陵造故人」的詩句，其中的蘭陵就是指江蘇的常州舊地。馮夢龍作爲一個籍貫爲江蘇蘇州府的文人，在他化名前既然可以冠之以「姑蘇」「古吳」「吳門」「吳下」，在「詹詹外史」前冠之以「江南」，當然也可能在自己的化名前冠之以「蘭陵」。王維的「揚州時有下江兵，蘭陵陣前吹笛聲」的詩句也指江蘇常州一帶。

　　馮夢龍爲什麼化名「笑笑生」，而又不稱「哭哭士」呢？我們先看看下列兩段引文

再作推論：

> 一日，野步既倦，散憩籬簿間，無可言，復縱譚笑。村塾中忽出腐儒貿貿而前，聞笑聲也，揖而丐所以笑者。子猶無已，為舉顯淺一端，儒亦恍悟，劃然長噱。余私於子猶曰：「笑能療腐耶？」子猶曰：「固也。夫雷霆不能奪我之笑聲，鬼神不能定我之笑局，混沌不能息我之笑機。眼孔小者，吾將笑之使大；心孔塞者，吾將笑之使達。方且破煩蠲忿，夷難解惑，豈特療腐而已哉！」諸兄弟前曰：吾兄無以笑為社中私，請輯一部鼓吹，以開當世之眉宇。」（韻社第五人〈題古今笑〉）

> 龍子猶曰：人但知天下事不認真做不得，而不知人心風俗，皆以太認真而至於大壞。……後世凡認真者，無非認作一件美事。既有一美，便有一不美者為之對。而所謂美者，又未必真美乎！姑淺言之，即如富貴一節，錦褥飄花，本非實在。而每見世俗輩平心自反，庸碌猶人，才頂卻進賢冠，便爾面目頓改，肺腸俱變，諂夫媚子又從而逢其不德。此無它，彼自以為真富貴，而旁觀者亦以為彼真富貴。孰知螢光石火，不足當高人之一笑也。一笑而富貴假，而驕吝忮求之路絕；一笑而功名假，而貪妒毀譽之路絕；一笑而道德亦假，而標榜倡狂之路絕；推之，而一笑子孫眷屬皆假，而經營顧慮之路絕；一笑而山河大地皆假，而背叛侵陵之路絕。……無真可認，吾但有笑而已矣；無真可認而強欲認真，吾益有笑而已矣。野草有異種曰「笑矣乎」，誤食者輒笑不止。人以為毒，吾願人人得「笑矣乎」而食之，大家笑過日子，豈不太平無事億萬世？於是集《古今笑》三十六卷。庚申春朝書於墨憨齋。（馮夢龍〈古今笑自敘〉）

前一段引文是馮夢龍的摯友——韻社同仁的一段回憶。從這段回憶中我們可以看出，馮夢龍生平性格開朗，詼諧幽默，認為「笑」不僅具有醫治迂腐的諷刺力量，還可以使眼光短淺的人變得眼光遠大，使心胸狹小的人襟懷開闊。總之，「笑」可以使人「消除煩悶與憤懣」，使人解開當世眾多弊端的奧秘。以「笑」為武器來鞭笞社會中的醜惡，以「笑」來使眾人自我解嘲，這是馮夢龍玩世不恭的總的態度及處世之方。這一點，即使是雷霆也奪不走的，鬼神也無法限制的，混沌也不可能熄滅掉的，從而表明了馮夢龍以「笑療腐」的創作傾向。

後一段引文是馮夢龍自撰的。這段引文告訴我們的第一層意思是，馮夢龍鄙視生活中假富貴、假道德等虛偽現象，認為這些現象只不過是「螢光石火」似的短暫現象，還「不足當高人之笑」。第二層意思是，馮夢龍所嘲笑的對象有假富貴、假功名、假子孫、假眷屬等，以此來堵塞住「驕吝忮求之路」「貪妒毀譽之路」「標榜倡狂之路」「背叛

侵陵之路」，使整個社會充滿真美而不是假美。而《金瓶梅》的內容與主旨正好與此相符。第三層意思是，馮夢龍風趣地把自己天生愛嘲笑的性格說是誤食了一種名為「笑矣乎」的野薑，並願天下人都食用這種野薑，以便眾人處濁世而潔身，見虛偽而鄙視，不再煩惱憂悶，而去「笑過日子」，使得天下「太平無事億萬世」，其深刻寓意及馮夢龍內心深處的積憤便不言而流露於紙上了。

我們知道，《古今笑》是《古今譚概》的易名，易名的重要原因之一，便是為了擴大該書的發行量。它成書於明萬曆四十八年庚申（1620）。這部取材於明代以及明代以前的「正史」「野史」「筆記叢談」的三十六卷書，馮夢龍在編纂、評比方面花費了極大的心血。它雖成書於萬曆庚申年，實質上馮夢龍早在此以前就已著手整理。而《金瓶梅》最後成書於明萬曆四十五年丁巳（1617），亦去《古今譚概》成書的年代不遠。因此，馮夢龍的這段自敘與「韻社第五人」所撰寫的回憶，完全可以說是「笑笑生」這一化名的註腳，這就清楚地表明蘭陵笑笑生就是馮夢龍的化名。

應當特別指出的是，馮夢龍在取筆名方面的另一重要特點，便是根據作品的內容不同而相應地變改自己的化名。如編纂《情史類略》時化名為「江南詹詹外史」。「詹」有小言、多言、方言的意思，而說苑風俗則為「詹史」。《情史類略》多錄地方上的風流韻事，其篇目眾多而短小，而又為「正史」所不收，所以馮夢龍依書而化名為「江南詹詹外史」，編選散曲《太霞新奏》時馮夢龍化名為「香月居顧曲散人」，該書收散曲多為男女相戀之作，所以化名前冠之以「香月居」三字，編纂《五朝小說》化名為「桃源居士」，因歷代變遷爭鬥紛繁，不如桃源相安無事、老少不欺、男女平等，所以馮夢龍自名為「桃源居士」。編纂《今古奇觀》化名為「姑蘇笑花主人」與「抱翁老人」，其一是說自己尤喜反映世俗時風的通俗小說。一是說自己收藏整理此方面的作品不啻似一抱殘守缺而視為珍帚的老人。至於馮夢龍編纂三言化名為「茂苑野史」「可一居士」「可一主人」「無礙居士」，都與這部總稱為《古今小說》所列選的內容有某種內在的聯繫。既然馮夢龍的上述化名有依書而定的習慣，那麼，當他創作這部針砭財色、諷判世態炎涼、嘲笑人情冷暖的長篇世情小說《金瓶梅》時，化名為「蘭陵笑笑生」是再恰當不過的事情，因為「蘭陵笑笑生」這個化名，一與《金瓶梅》的內容以及作者的創作意圖相吻合，二與馮夢龍的性格特徵以及他玩世不恭的處世行為相一致，三又能表明自己的籍貫，四與他早期偏重於情歌、笑話之類題材的創作個性相適宜。

欣欣子是誰呢？魏子雲先生曾有一個猜測：「可能欣欣子就是蘭陵笑笑生本人呢！」[1]現在看來，欣欣子即是蘭陵笑笑生，亦即是馮夢龍。因為欣欣子這個化名是從笑笑生這

1　魏子雲：〈《金瓶梅》的序跋〉，《金瓶梅探原》（香港：巨流圖書公司印行本），頁 178。

個化名派生出來的，這兩個化名顯面都寄寓有玩世不恭的含意。但是仔細深究一下，我們則可發現二者之間仍有細微差別。蘭陵笑笑生是《金瓶梅》作者的化名，完全取用諷刺嘲笑的意思。欣欣子是《金瓶梅》的讀者及評介者的化名，其含義重在說明世間竟有這樣一部諷刺時風、針砭炎涼的奇書，真令人驚喜不已，而這種偏愛與情感，正是沈德符所批評的馮夢龍的態度。作為明末文壇的一大怪傑，馮夢龍博古通今，聰慧過人，深諳各種文體的寫法，所以他在化名為《金瓶梅》的作者的筆名時，是根據這部世情小說的主旨來化名為笑笑生的，而在化名為《金瓶梅》的評介者時，則是從讀者的角度，以讀者的身份，用讀者的鑒賞力來化名為欣欣子的。這是一種通曉文學批評的作法。

關於欣欣子的研究，《古本戲曲存目匯考》為我們提供了一則可供參照的資料：

> 欣欣客，姓名、字號、里居皆未詳。明人《金瓶梅詞話》首有欣欣子序，或即一人。（《袁文正還魂記》）

> 《曲錄》著錄。明萬曆間文林閣刊本，《古本戲曲叢刊二集》本據文林閣刊本影印。《曲錄》據《傳奇一種》本著錄，列入無名氏。遠山堂《曲品》有欣欣客《還魂》一本列入「雜調」，並云：「內傳包文拯勘曹國舅，似從元劇《生金閣》《魯齊郎》諸曲生發者。中如活袁文正以溫涼帽，封以五霸諸侯，真可噴飯。」（《古本戲曲存目匯考》）

由此可知，欣欣子或即欣欣客，同為萬曆時人，《還魂記》與《金瓶梅》同為萬曆刊本，這不但證明了《金瓶梅》為萬曆時的作品，而且也說明欣欣子可能是萬曆年間的馮夢龍。

魏子雲先生說：「讀《金瓶梅詞話》中的三篇序跋，雖『廿公』之篇有偽託之嫌，但這三篇敘文，必是該書的作者的友人或共商酌之作，或無疑問。」[2]魏先生的這段分析對探討該書的作者很有啟示意義。在魏子雲考證的基礎上，我認為這三篇敘文的作者都很可能是馮夢龍。那麼，馮夢龍為什麼要一分為三，用三個化名來為《金瓶梅》寫序跋呢？我們知道，《金瓶梅》從抄本流傳到刊刻本發行的二十多年時間裏備受詆諢，社會輿論壓力甚大，董思白、袁小修、李日華都指責它是淫書，特別是沈德符對它所持的態度更為偏激，認為作者與刊刻發釋者死後閻王都不會輕饒他們。因此，要使此書流傳後世，不至於被扼殺，僅一人為之辯護不足以有那麼大的抗衡力。在這種情況下，馮夢龍化名為欣欣子，以蘭陵笑笑生友人的身份來介紹此書的創作意圖、成書的經過、此書的社會教育作用，為作者辯誣。化名為東吳弄珠客，以一個與作者毫無關係的讀者的身份，

2　魏子雲：〈《金瓶梅》的序跋〉，《金瓶梅探原》，頁178。

站在純客觀的立場上來稱讚此書「蓋為世戒,非為世勸」,並且尖銳地批判了淫書論,認為讀《金瓶梅》而生淫心,效法西門慶的人是禽獸,其罪過不在小說本身,而在讀者自己鑒賞趣味低下。又因上述對《金瓶梅》持否定態度的人都屬社會名流,特別是董其昌這個江蘇松江府的大地主、大官僚。他以擅長書畫而自命為社會名流,在政治上他巴結魏忠賢,壟斷柴米市場,榨取農民和手工業者的血汗,以供自己揮霍無度。在道德上他實為一衣冠禽獸,62歲時看中了陸兆芳家的使女綠英,便指使他的兒子祖常帶二百多名豪奴把綠英搶到家中,強迫她給自己作妾。在文學上他卻以名流自居,當《金瓶梅》抄本剛在社會流傳時,這個道貌傲然的偽君子第一個把《金瓶梅》說成淫書,並主張將這本書堅決燒毀,嚴禁在社會上流行此書。在這種情況下,僅以欣欣子、東吳弄珠客等小字輩來寫序肯定《金瓶梅》說服力還不大,於是馮夢龍又借「廿公」之名來寫跋語,「廿」讀「念」,即「無念」的意思。「廿公」即一位超然於世的長者,即是長者,則為嘉靖(世廟)時人。借「廿公」之名,以巨公的身份來為《金瓶梅》的作者和出版者來正名,就可能使明代對《金瓶梅》的毀譽勢力處於均衡狀態,以促使這部奇書的流傳。

　　欣欣子、東吳弄珠客、廿公同為馮夢龍的化名,另一個重要事實便是這三篇敘文實為一個整體。把這三篇敘文聯繫起來看,我們可以發現除掉「欣欣子書於明賢里之軒」「萬曆丁巳冬東吳弄珠客漫書於金閶道中」「廿公書」等尾語外,這三篇敘文則完全可以視為一篇完整的評論《金瓶梅》的序文。欣欣子的〈金瓶梅詞話序〉,重點論述的是有關《金瓶梅》的創作。序文認為這部奇書是作者「罄平日所蘊者」,即取材於作者平素的生活積累;作者在反映人們的現實生活時,側重於寫市井小人的日常生活瑣事,特別是家庭中男女之間的夫妻生活;從寫俗人、俗事、俗情出發,作者相應地採用明白易曉的俚語俗言作藝術傳達媒介。東吳弄珠客的〈金瓶梅序〉,主要是談對《金瓶梅》的鑒賞。序文首先指出《金瓶梅》具有極大的社會概括性:「借西門慶以描畫世之大淨,應伯爵以描世之小丑,諸淫婦以描世之丑婆淨婆。」在此基礎上指出對《金瓶梅》的鑒賞有四種態度,這四種態度或別與鑒賞主體的思想、素質與藝術修養有關。具有菩薩心腸的人,讀了《金瓶梅》後會「生憐憫心」;正人君子讀了《金瓶梅》後會「生畏懼心」;趣味低級的小人讀了《金瓶梅》會「生歡喜心」;禽獸不如的人讀了《金瓶梅》後才會「生效法心」。序文肯定了君子對《金瓶梅》的鑒賞態度,有力地說明了正確的鑒賞會導致對《金瓶梅》的正確評價,而不正確的鑒賞就會歪曲作者的創作苦衷和作品所流露出來的客觀思想傾向性,這就像一個無知少年在欣賞霸王夜宴時所得出的錯誤評價一樣。序文的作者特拈出這個例子,主要是針對淫書論者而有所指的,其用意是頗為深刻的。〈廿公跋〉主要是肯定《金瓶梅》的創作立意及反映的生活內容未曾悖離經典的傳統,因而作者的創作動機是「大慈悲」的,刊行者的功德是無量的,那種詆毀作者、詛咒刊行

者的言論都是無知者的妄談非議。通過上面的剖析，我們可以看到這三篇敘文所涉及到的有關《金瓶梅》的三個方面的問題，構成了一篇完整的評論《金瓶梅》的文章，馮夢龍以三個化名將自己一分為三，目的是要形成對《金瓶梅》有利的社會輿論，為使這部奇書具有保存下來的社會環境，同時也是為了以假亂真，將自己遮掩起來。但是這三篇敘文的整體感及行文語氣的一致性，卻使我們在其字裏行間裏找到了馮夢龍這個「猶抱琵琶半遮面」的隱身人。

這裏有必要再說明一點是，〈金瓶梅詞話序〉開篇說：「竊謂蘭陵笑笑生作《金瓶梅傳》，寄意於時俗，蓋有謂也。」〈廿公跋〉開頭說：「《金瓶梅傳》，為世廟時一巨公寓言，蓋有所刺也，然曲盡醜態。」這兩文的開頭乍看起來似乎相矛盾。但是如前所述，因為化名的身份不同，所以對作者的稱謂自然有別。另外，馮夢龍既然要把一篇完整的評論文章一分為三，那麼三篇敘文當然應有三個開頭，這就必然避免不了行文上少許的抵觸之處，所以魏子雲先生才會有〈廿公跋〉是偽託的疑點。同時我們還應看到這兩篇敘文的內在聯繫，前云《金瓶梅傳》是「寄意於時俗，蓋有謂也」，後云《金瓶梅傳》，「蓋有所刺」，文氣相通，內涵相近，實為一體，完全可能出自同一人之手。

當我們推論出欣欣子、東吳弄珠客、蘭陵笑笑生、廿公都是馮夢龍的化名之後，可能有人認為這未免有點天方夜譚的奇怪。事實上，一書多化名與一人數名的情況在我國古代文學史上並非獨此一例，而在明清兩代則是一個較為普遍的現象。明末蘇州刊刻的《風花雪月集》，其編纂者為古吳金木散人，題辭者為閉戶先生，序者為赤城臨海逸叟。而評者則又有四個署名：「風集」為永興清心君士評；「花集」為錢塘百拙生評；「雪集」為錢塘猗猗主人閱；「月集」為錢塘百益君士校。這眾多的化名，其中很有可能是編纂者的不同化名。明末清初的《鴛鴦針》，正書首頁題「華陽散人編輯，蚓天居士批閱」，首序為「獨醒道人漫識夫蚓天齋」，顯而易見，這本書的編輯、批閱者及寫序的人都是輯錄者一個而並非他人。約早於馮夢龍半個世紀的徐渭，字文青，更字文長，號天池，其他別署有天池山人、天池漱生、鵬飛處人、青藤道士、青藤山人、漱老人、山陰布人、田水月、白嫻山人、海笠、佛壽等。湯顯祖，既號海若，又稱若士，晚號繭翁，另有清遠道人、臨川居士、玉茗堂主人、玉茗先生等別署、別名。

更有甚者，清初康熙年間的《女仙外史》為逸田叟呂熊著，上面除了江西南安郡守陳奕禧香泉的序外，書中每回總批的署名共有 68 人：劉在田、陳香皋、湯碩人、洪昉思、韓洪崖、劉湘洲、葉南田、孟芥舟；毛暗齋、陳求夏、司馬燕客、喬東湖、孟峰山、連雙河、喬侍讀、陳處一、孟築岩、素臣、魯大司成、楊念亭、家涵亭、丘珠岩、王新城、范大中丞、汪梅坡、湯若人、李漁村、龔淡岩、張賓門、黃叔威、楊人庵、帥簡齋、裴又航、劉再祈、飯牛山人、外史、吳純鐵、綿津山人、馬司農、子衡、倪永清、王竹村、

程雨亭、徐少宰、顧幼鐵、察息關、家臥園、八大山人、於少保、查書雲、遲荊山、劉冰崖、勿庵、永清、葉芥園、周東匯、汪靜山、王宗堂、徐忍庵、宋淺齋、楊大瓢、張北山、逸民、韓陶庵、燕客、徐西泠、旭庵、陳西村。清刊本的《禪真逸史》為清溪道人著，「凡則」為「古吳爽閣主人履先甫」寫，而評訂者與評校者除心心仙侶外，還有筆心居士、兩湖魚叟、煙彼釣徒、空谷先舉、雕龍詞客、繡虎文魔、夢覺狂夫。[3]這兩本書上如此多的署名，其中有的可能是作者的親友，但絕大多數則可能是作者的化名。之所以如此，從作者來說，其意在使通俗小說能得到社會承認；從書商這方面說是為了抬高書的身價，擴大發行量。因此，馮夢龍化名著《金瓶梅》，化名為《金瓶梅》寫序跋便不足為怪。這是明清文學史上的一個普通現象，而這種現象的產生，與中國古代不重視小說戲曲，尤其是視通俗小說更為末流的文化背景有關。馮夢龍作為小說史上第一個全力編著通俗小說的文人署假名，便不足為奇。

特別是在明末清初世情小說正處於興起的時期，在一部書中署幾個假名的事，對於馮夢龍自己來說也並非僅《金瓶梅》一例。《警世通言》的左記題言是：

> 自昔博洽鴻儒，兼采稗官野史，而通俗演義一種、尤便於下里之耳目、奈射利者而取淫詞，大傷雅道，本坊恥之。茲刻出自平平閣主人手授，非警世勸俗之語不敢濫入。庶幾木鐸老人之遺意，或亦士君子所不棄也。
> 序　天啟甲子豫章無礙居士題　三桂堂
> 王振華謹識。
> 目　可一主人評。
> 無礙居士校。

這則題記中的平平閣主人、木鐸老人、豫章無礙居士、可一主人，不言而喻都是馮夢龍這位編纂者的化名。之所以要使用這麼多的化名，其意在於說明《警世通言》的編纂、刊刻、發行得到了眾多人的認可與支持，以此維持此書的聲響，提高它的社會價值，以博得廣大讀者的青睞。馮夢龍在《金瓶梅》上使用蘭陵笑笑生、欣欣子、東吳弄珠客、廿公等四個筆名，其意圖也在於此。從中我們還可窺見到商品經濟對圖書市場的衝擊，使得通俗小說的作者與出版者淡化了文學的嚴肅性，而表現出了一種玩世不恭的心理態勢。

3　柳存仁：《倫敦所見中國小說書目提要》，頁 153、175。

馮夢龍化名的緣由

馮夢龍為什麼化名蘭陵笑笑生創作《金瓶梅》，又為什麼要化名欣欣子、東吳弄珠客、廿公來為此書寫序跋，這是值得我們深思的問題。容肇祖曾指出：「《情史》與《智囊》及《譚概》為一類的書籍，而《情史》獨不自署姓名，且不署『龍子猶』假名，只用『龍子猶』之名作序，稱作者為『詹詹外史』，大約以中間有近於穢褻之語，恐來謗議，故遂如此。」[1]此論極合情理。較之《情史》而言，《金瓶梅》中的「穢褻之語」則更甚，馮夢龍當然只會以假名署在上面，絕不會直書其真實姓名。綜合考查各方面的情況，我認為馮夢龍化名的原因有如下幾種。

一、馮夢龍化名的第一個原因，是他吸取了 編纂《掛枝兒》所遭詆毀的沉痛教訓

鈕琇在《觚賸續編》中有這樣一段記載：

> 熊公廷弼，當督學江南時，試卷皆親自批閱。……凡有雋才宿學，甄拔無遺。吳中馮夢龍亦其門下士也。夢龍文多遊戲，「掛枝兒」小曲與葉文「新斗譜」皆其所撰。浮薄子弟靡然傾動，至有覆家破產者，其父兄群起訐之，事不可解。適熊公在告。夢龍泛舟西江，求解於熊。相見之頃，熊忽問曰：「海內馮生掛枝曲，曾攜一二冊以惠老夫否？」馮局蹐不置辭，唯唯引咎，因致千里求援之意。熊曰：「此易事，毋足慮也。我且飯子，徐為子籌之。」須臾，供枯魚焦腐二簋，粟飯一盂。馮下箸有難色。熊曰：「晨選嘉肴，夕謀精粲，吳下書生，大抵皆然。似此草具，單非所以待子者。然丈夫處世，不應以飲食求工，能飽餐粗糲者，真英雄也。」熊遂大恣咀啖，馮啜飯匕餘而已。熊起入內，良久始出曰：「我有書一緘，便道可致我故人，毋忘也。」求援之事，並非所答。而扶一冬瓜為贈。瓜重數十斤、馮傴僂祗受。然意甚怏怏也，且力不能勝。未及舟，即委瓜於地，鼓棹而去。

1　容肇祖：〈馮夢龍生平及其著述〉，《嶺南學報》，1931 年 42 卷。

行數日，泊一巨鎮。熊故人之居在焉。書投未幾，主人即躬謁馮延至其家。華筵奇戩，妙妓清歌，咄嗟而辨。席罷，主人揖馮曰：「先生文章霞煥，才辯珠流，天下之士，莫不延頸企踵，願言覿止。今幸天降玉趾，是天假鄙人以納履之緣也。但念吳頭楚尾，雲樹為遙，荊柴陋宇，豈足羈長者車轍哉？敢備不腆，以犒從者，先生其毋辭！」馮不解其故，婉謝以別。則白金三百，蚤昇致舟中矣。抵家後，則聞熊飛書當道，而被訐之事以釋。蓋熊公固心愛猶龍子，惜其露才炫名，故示菲薄，而行李之窮，則假諸途以厚濟之。怨謗之集，則移書以潛消之。英豪舉動，其不令人易測如此。（《觚賸續編》卷 2〈英豪舉動〉）

從這段記載中我們可以看到，馮夢龍當時「文章霞煥，才辯珠流，天下之士，莫不延頸企踵，願言覿止」，在文人雅士中頗有盛名。至於他編纂的《山歌》《掛枝兒》等，以其俗語真響流傳甚廣，影響極致使一些青年人傾慕爭購，有的甚至「覆家破產」，這引起正統的封建文人對這位怪傑的不滿。連馮夢龍的父兄也在社會輿論的壓力下，「群起訐之」，使馮夢龍在家鄉沒有立錐之地。在這種窘迫的情況下，他只得「泛舟西江」，到南京去向恩師熊廷弼求援。而熊廷弼雖然欣賞馮夢龍才華出眾，但對他的「露才炫名」的行為也頗為不滿。為了使馮夢龍接受教訓，熊廷弼表面上輕慢馮夢龍，用粗飯糙食接待他，不直接給他路費，也不當面答應替他解圍。而是致書故人，由故人給他白金三百作路費，並修書給當地官員，替馮夢龍解圍。社會的責難、父兄的「群起訐之」、恩師熊廷弼的間接批評，這無疑對馮夢龍是一個極為深刻的教訓。我們知道馮夢龍是一個功名思想較重、入仕觀念很強的封建文人，他不能不顧及他的聲譽。《掛枝兒》成書於萬曆三十七年己酉，此時他已 25 歲了。他因編纂了《掛枝兒》而背上了「無賴馮生唱掛枝」的罵名，甚至連恩師也瞧不起他的「露才炫名」的「輕薄」行為。如果他在《金瓶梅》的作者、評論者後面署上真名的話，那更會被人咒罵為「無賴馮生著金瓶」了，其所招致的詆毀將更大，這於他的仕途之夢的實現是極為不利的。因此，在《金瓶梅》的初刻本上，他一律使用化名，這既是聰明之舉，也是情理之中的事情。

二、馮夢龍化名的第二個原因是要為通俗小說鳴鑼開道

這裏我們有必要利用背景這個範疇，把馮夢龍化名的進步實質放在明中葉以後的文化背景下去認真考察。隨著當時具有資本主義性質的生產關係的萌芽，在文化上也出現了一股猛烈衝擊孔孟之道和程朱理學的進步思潮。這股進步思潮，無論就其哲學觀還是文藝觀都帶有突出人的自然人性的特徵。李贄所提倡的「人即道」「道即人」「人外無

道」「人本自治」的哲學思想，[2]可以說是這種哲學思想的傑出代表。至於他在〈答鄧石陽〉的信中對「道」的具體解釋是：「穿衣吃飯，即是人倫物理。除卻穿衣吃飯，無倫物矣。世間種種，皆衣與飯類耳。故舉衣與飯，而世間種種自然在其中。非衣服之外，更有所謂種種絕與百姓不相同者也。」很明顯，李贄把玄而又玄的「道」，從天上拉回到人類的物質生活需要的現實之中，更具有唯物主義的因素，更富於世俗色彩。在季本、王畿、羅汝芳、李贄等人所形成的世俗哲學的思想影響下，明代的進步文藝理論家們先後提出了代表市民願望的理論主張。徐渭認為市井小民就是聖人，他在《論中·三》中明確提出「馬醫、醫師、治尺篓、灑寸鐵而初中者，皆聖人也。」從這個基本觀點出發，他的視線由傳統文學而轉向世俗文學，主張不講格調，強調「情以發之」，強調文學創作寫出客觀事物與作家內心世界的本色，尤其是要反映出市民生活的「本色」與「自然」：「語入要緊處，不可著一毫脂粉，越俗，越家常，越警醒。」[3]因此，他把「里之優唱」和「里唱之所謂賓之白」抬高到與遠古的〈康衢〉〈墳〉的齊等地位，並為被視為「村坊小曲」的南戲正名，特別看重審戲中「取其畸農、市女順口可歌」的音樂自然本色。在藝術媒介上，他反對「秀才家文字語」，提倡「常言俗語」，並認為「越俗越雅，越淡薄越滋味，越不扭捏動人越自動人」。在戲曲上，湯顯祖高標「主情」的藝術旗幟，明確宣布「師講性，某講情」。他認為「人生而有情，思歡怒怨，感於幽微，流乎嘯歌，形諸動搖。」[4]因此，他特別強調戲曲的「至情」。他清楚地看到情與理的尖銳對立，在〈寄達觀〉中說「情有者，理必無；理有者，情必無；真是一刀斷兩語。」於是，他以藝術家的膽識與才氣衝破程朱理學的束縛，用戲曲揭露了理學與封建禮教對婦女自然人性的扼殺。他的《牡丹亭》便是戲劇界描寫、肯定人的自然情欲，歌頌愛情自由，反對封建禮教的代表作品，也是他「以人情之大竇，為名教之至樂」的傑出藝術實踐。在詩文界，公安派三袁追求個性解放，提值人要「率性而行」，要敢於「享人世不肯享之福，說人間不肯說之話，事他人不屑為之事」。[5]並且肯定「目極世間之色，耳極世間之聲，身極世間之安，口極世間之談」[6]是人生一大快話。基於這種人生觀，他們提出了「獨抒性靈，不拘格套」的文學創作綱領，認為文學要自由而真實地反映出作家性情、見識、趣味、個性等特徵。在小說界，李贄以其著名的「童心」說反對封建意識對純真美好的人的初心的腐蝕，批判「孔聖之訓」「反不如市井小夫，身履是事，口便說是事，作生

2　《明燈道古錄》卷上。

3　徐渭：〈又題崑崙奴雜劇後〉。

4　湯顯祖：〈宜黃縣戲神清源師廟記〉。

5　袁宏道：〈與江進之〉。

6　袁宏道：〈與龔惟長先生〉。

意者但說生意，作力田者但說力田，鑿鑿有味，真有德之言，令人聽之忘厭倦矣。」[7]他高度讚揚反映市民的感情、欲望、要求、生活的通俗文學，肯定了《西廂記》《水滸傳》這類帶有濃厚背叛封建禮教色彩的戲曲與小說是「天下之至文」，為提高它們的社會地位作了極大的努力。在通俗文學領域內，馮夢龍不僅以理論，而且還以創作作出了雙倍的努力。由於封建正統的文藝觀念作怪，袁氏三兄弟所宣導的詩文革新，所承受的壓力相應較小。湯顯祖所主張的戲劇革新，其戲劇題材仍圍於才子佳人的範圍，結局仍為皆大歡喜的大團圓，再加上戲劇辭采華麗，其社會輿論的壓力也相應較弱。至於小說，本屬稗官野史、道聽途說、不登大雅之堂的末流，歷來受到文壇正宗詩文的排斥。又加之馮夢龍所宣導、所從事的又是通俗小說，以市井俚語寫俗人的世俗生活，描寫市井小人的物質欲望、精神欲望乃至情欲，這就更為封建統治階級、封建禮教、封建正統文藝觀所不容，甚至連某些具有進步思想、叛逆精神的社會名流也不甚理解，如袁小修對《金瓶梅》的否定便是突出的一例。在這種情況下，要為通俗小說爭得一席之地，沒有堅韌不拔的毅力、巨大的勇氣、巧妙的方式，是完全不可能的。因此，馮夢龍在編纂三言等通俗小說時，時而化名「隴西可一居士」「綠天館主人」「茂苑野史氏」，時而化名「無礙居士」「笑花主人」「抱甕老人」，以期形成一個強大的陣容與詆毀通俗小說的各種勢力來抗衡。《金瓶梅》為我國古代通俗小說中最直接、最大膽、最真實、最集中、最露骨、最世俗化的長篇巨著，它剛一露面便被扣上「壞人心術」的罪名，被打成「淫書」。在這種「四面楚歌」的形勢下，馮夢龍一身化為蘭陵笑笑生、欣欣子、東吳弄珠客、廿公，為《金瓶梅》的生存背水一戰，其膽識、智慧及其文學功績，將永遠彪炳於中國小說史。

然而，馮夢龍對《金瓶梅》的肯定絕非到此為止。魏子雲先生說：「但馮夢龍這位在小說上曾花下不少精力的人物，又是蘇州人，居然無隻字論及《金瓶梅》也是一件令人費解的事。按一般常情論，馮夢龍不應該不提到《金瓶梅》，他居然一生無隻字論及，實在違乎常情。他活到甲申變後，還為南明的復國大典付過勞瘁，怎麼會隻字未提呢？這是謎樣的問題了。」[8]現在通過考證，我們可以看到，馮夢龍不僅為《金瓶梅》的問世與刊行作出了卓越的理論貢獻，而且在《金瓶梅》初刻本刊行以後的三至十年的時間裏，他還兩次肯定過《金瓶梅》，這是有資可證的。泰昌元年庚申（1620），馮夢龍將羅貫中的《三遂平妖傳》，由二十回增補修訂為四十回，改書名為《新平妖傳》。當舊版本被

7 李贄：〈答耿司寇〉。
8 魏子雲：〈從《金瓶梅》的問世與演變推論作者是誰〉，《金瓶梅的問世與演變》（臺北：時報文化出版事業公司，1981年）。

火燒後重版刊行時，他化名楚黃張無咎「重訂舊敘」，說《金瓶梅》是「另辟幽蹊，曲終奏雅，然一方之言，一家之政，可謂奇書，無當巨覽，其《水滸》之亞乎！」肯定《金瓶梅》是用方言俗語寫市井小人家庭生活的小說，為我國古典小說的創作另外開闢了一條新的創作路子，其在中國小說史上的地位不在《水滸》之下，真是一部「奇書」。崇禎元年戊辰（1628），馮夢龍還化名為吳越草莽臣，改寫了《魏忠賢小說斥奸書》八卷本，在〈凡例〉中曾說：「是書動關政務，故不學《水滸》之組織世態，不效《西遊》之布置幻景，不習《金瓶梅》之閨情，不祖《三國》諸志之機詐。」這段文字中，馮夢龍將《金瓶梅》與《水滸傳》《三國演義》《西遊記》相提並論，並精確地界說了這四部長篇小說各自的特點：《水滸傳》是反映勞動人民被逼上梁山的社會現實；《三國演義》是描寫帝王將相在政治、軍事、外交等方面的勾心鬥角，《西遊記》是通過虛幻的神魔世界來反映人間的客觀現實；而《金瓶梅》則不同於上述三篇小說，它是寫「閨情」，即是寫普通男女之間的家庭生活。可見馮夢龍運用比較文學的方法，通過對明代這四部小說的橫向比較，指出各自的創作特色，第一次肯定了《金瓶梅》與《水滸傳》《三國演義》《西遊記》鼎足而立的社會價值。因襲他的這些觀點，李漁繼而肯定《金瓶梅》「嘗聞吳郡馮子猶賞稱宇內四大奇書，曰《三國》《水滸》《西遊》及《金瓶梅》四種。余亦喜其賞稱為近似。」9再繼之，清初傑出的小說批評家、卓越的《金瓶梅》評點者張竹坡更是以其獨到的藝術鑒賞力和非凡的膽識，更直接、更鮮明地肯定《金瓶梅》是「第一奇書」。他們的上述評介，尤其是張竹坡對《金瓶梅》的評點，對《金瓶梅》的流傳及評介都具有極大的推動作用，而這些觀點又都是從馮夢龍那裏衍生出來的。因此，我們完全可以認為馮夢龍耗盡了大半輩子的精力，一直都在為《金瓶梅》正名而化名著文。

9　李漁：〈三國志演義序〉，《金瓶梅資料彙編》（北京：中華書局，1987年），頁 236。

關於馮夢龍創作《金瓶梅》
三個階段的推測

前面我們多方面考述了《金瓶梅》的作者當為馮夢龍，現在我們就著手推測一下馮夢龍創作《金瓶梅》的過程。由於馮夢龍連自己的真實姓名都掩蓋起來，所以他更沒有留下創作這部奇書的直接資料。我們只好借助《金瓶梅》版本流傳的情況，再參之以馮夢龍的生活經歷，作一些大致的考述。

一、馮夢龍創作《金瓶梅》的第一階段

約為《金瓶梅傳》的前三十回，其創作時間約為萬曆二十四年丙申（1596）左右。

鄭振鐸在論及到《金瓶梅》的作者和時代時曾推測說：「沈德符以為《金瓶梅》出於嘉靖間，但他在萬曆末才看見到。他見到了不久，吳中便有刻本。東吳弄珠客的序，署萬曆丁巳（四十五年）。則此書最早不能於萬曆三十七年以前流行於世。此書如作於嘉靖間，則當早已『懸之國門』，不待萬曆之末。蓋此等書非可秘者，而那個縱欲的時代，又是那樣的需要這一類小說，所以此書著作時代，與其說在嘉靖間，不如說在萬曆間更為合理些。」[1]郭源新以當時的時風和文化背景為依據，科學地指出了《金瓶梅》在那個縱欲時代絕非什麼秘書，也不可能成書於嘉靖而流傳始於萬曆，肯定了該書成書於萬曆年間，成書後即刻便在社會上流傳開來。明史專家吳晗也為《金瓶梅》的成書年代作了多方面的考證，認為「《金瓶梅》是萬曆中期間的作品」，[2]這就進一步更為準確地接近《金瓶梅》的創作年代。

應該承認郭源新與吳晗的觀點是符合客觀實際的。我們知道，嘉靖皇帝明世宗在位45 年，年號終止年為 1566 丙寅。繼後是隆慶皇帝明穆宗，他在位 6 年。緊接其後的是萬曆皇帝明神宗，他在位 48 年。我們就把《金瓶梅》成書放在 1566 年這個嘉靖最後的

1　郭源新：〈談《金瓶梅詞話》〉，《文學》創刊號，1933 年。

2　吳晗：〈《金瓶梅》的著作時代及其社會背景〉，《文學週刊》，1934 年 1 月。

年代，那麼，到袁宏道見到不全抄本《金瓶梅》的 1596 年（萬曆二十四年丙申），有 30 年；到萬曆丁巳本《金瓶梅詞話》刊行問世也有 51 年。試想一下，在那淫書、淫畫可以公開流行的社會環境裏，如果《金瓶梅》是部完整的書，能 30 年內秘而不傳嗎？能 51 年內不梓行問世嗎？這是根本不可能的事情。因此，《金瓶梅》成書於嘉靖年間是不可能的，成書於萬曆年間倒才是科學的。

　　《金瓶梅》成書於萬曆年間，有一可靠史料作證。刻於明萬曆三十八年間的《秘戲圖考》上，有署名為「狂生」的〈花營錦陣敍〉（武林養浩齋繡梓），其「敍」全文如下：

> 好好色，性也，物皆然。於此有人焉。
>
> 血氣方剛，動容貌，不曰堅乎？求若所欲，逾東鄰家牆而摟其處子，然非歟？曰：未出於正也。率性之謂道。君子之道，造端乎夫婦，乃若其情，夫婦之愚，可以能行焉，鮮能知味也。其大智也歟？妻妾之奉，室家之好，苟合矣，發憤忘食，力行之，或相千萬，或相倍蓰，手之舞之，無所不用其極，坐云則坐，立云斯立，隱幾而臥，蹶者趨者，皆古之制也。眾皆悅之，以行與事示之，工欲善其事，既竭目力焉；素以為絢兮，既竭心思焉。簡而文，斐然成章，不願人之文繡，非直為觀美也。審法度，民可使由之。沽也哉！沽也哉！

這本五彩套色木刻畫冊約刻於明 1610 年間。其中圖 24，如陳昭先生所言，「全是描寫兩性生活，與《金瓶梅》潔本刪去的文字幾乎無多差別，甚至不少語詞完全相同，從而說明《花營錦陣》與《金瓶梅》一脈相承，確是明代晚期淫縱社會的產物。」[3]由此可證，《金瓶梅》成書於明嘉靖年間說是難以立論的，它只能成書於明萬曆年間。陳昭先生是主「嘉靖說」的，而他的這則考證卻為主「萬曆說」的學者提供了可靠的證據，反映了他實事求是的學者態度。《金瓶梅》成書於萬曆年間的另一個證據就是第五十一回與第五十九回中所提到的白獅子貓兒。

> ……不想旁邊蹲著個白獅子貓兒，看見動旦，不知道什麼物件兒，撲向前，用爪子來摛。這西門慶……又將拏的灑金老鴉扇兒只顧引逗它耍子，被婦人奪過扇子來，把貓盡力打了一扇把子，打出帳外去了。（萬曆《詞話》本五十一回）

> 卻說潘金蓮房中，養活的一隻白獅子貓兒。渾身純白，只額兒上帶龜背一道黑，名喚「雪裏送炭」，又名「雪獅子」。又善會口銜汗巾兒，拾扇兒。西門慶不在房中，婦人晚夕常抱著他在被窩裏睡，又不撒尿屎在衣服上。婦人吃飯，常蹲在

3　陳昭：〈呼之欲出的笑笑生〉，《讀書》，1987 年第 9 期。

肩上喂他飯，呼之即至，揮之即去。婦人常喚他是「雪賊」。每日不吃牛肝乾魚，只吃生肉半斤，調養得十分肥壯，毛內可藏一雞彈。甚是愛惜他，終日抱在膝上摸弄。不是生好意，因李瓶兒官哥兒平昔怕貓。尋常無人處，在房裏用紅絹裹肉，令貓撲而搋食。也是合當有事，官哥兒心中不自在，連日吃劉婆子藥，略轉好些。李瓶兒與他穿上紅段衫兒，安頓在外間炕上，鋪著小褥子兒頑耍。迎春守著，奶子便在旁拿著碗吃飯。不料金蓮房中這雪獅子，正蹲在護炕上，看見官哥兒在炕上穿著紅衫兒一動動的頑耍，只當平日哄喂他肉食一般，猛然往下一跳，撲將官哥兒，身上皆抓破了。只聽那官哥兒呱的一聲，倒咽了一口氣，就不言語了，手腳俱被風搐起來。（萬曆《詞話》本五十九回）

這兩回裏所提到的潘金蓮餵養的大貓叫白獅子，渾身長滿白毛，它很機靈，善解人意，動作敏銳，很凶狠。此貓產於何處？明代何時才有此種奇特的貓子？小說未作任何交待。但是，蒲松齡在〈大鼠〉中卻有詳細的記載：

萬曆間，宮中有鼠，大與貓等，為害甚劇。遍求民間佳貓捕制之，輒被噉食。適異國來貢獅貓，毛白如雪。抱投鼠屋，合其扉，潛窺之，貓蹲良久，鼠逡巡自穴中出，見貓，怒奔之。貓避登几上，鼠亦登，貓則躍下。如此往復，不當百次。眾咸謂貓怯，以為是無能為者。既而鼠跳擲漸遲。碩腹似喘，蹲地上少休。貓即疾下，爪掬項毛，口齕首領，輾轉爭持，貓聲嗚嗚，鼠聲啾啾。啟扉急視，則鼠首已嚼碎矣。（《聊齋志異》卷九）

顯而易見，《金瓶梅》中所寫到的白獅子貓兒，即蒲松齡所寫的「毛白如雪」的「獅貓」，是作者根據異國進貢的獅貓藝術加工而成。這隻凶狠的異種貓被潘金蓮看中了，加以馴養，成了她的心愛物，也成了她消滅情敵李瓶兒的武器。這隻「雪賊」撲下來狠抓官哥兒的動作，與蒲松齡筆下的獅貓撲鼠的動作幾乎完全一樣；只不過前者是幅獅貓撲嬰圖，後者是幅獅貓撲鼠圖罷了。尤其值得我們注意的是，這種獅貓是萬曆年間異國進貢給皇帝的珍貴動物，這就有力地證明《金瓶梅》成書只可能在萬曆年間。

證明《金瓶梅》係萬曆年間的作品，還有幾則戲劇史料。

到次日、西門慶請本縣四宅官員。先送過禮，賀西門慶才生兒。那日薛內相來的早，西門慶請至捲棚內待茶。……眾官讓薛內相居首席。席間又有尚舉人相接，分賓坐定。普坐遞了一巡茶。少頃，階下鼓樂響動，笙歌擁奏，遂遞酒上坐。教坊呈上揭帖。薛內相揀了四折《韓湘子升仙記》，又陳舞數回，十分齊整。薛內相心中大喜，喚左右拿兩吊錢出來，賞賜樂工。（萬曆《詞話》本三十二回）

以韓湘子三度韓文公為材的戲劇，在元代有紀天祥的《韓湘子三度韓退之》、趙明道的《韓湘子三赴牡丹會》等；明代則有《升仙記》《蟾蜍記》《升仙傳》《韓湘子升仙記》。顯而易見，薛內相所點的《韓湘子升仙記》是有所本的，而《韓湘子升仙記》最早的刊本，據周敦勇先生考證是明代萬曆年間的富春堂刊本。[4]那麼，《金瓶梅》引用這齣戲，戲名一字不差，足證它產生於萬曆年間。

> 卻說西門慶迎接宋御史、安郎中，到廳上敘禮。每人一匹段子、一部書奉賀西門慶，見了桌席齊整，甚是稱謝不盡。一面分賓主坐下，叫上戲子來參見，分付：「等蔡老爹到；用心扮演。」安郎中喚戲子：「你每唱個〈宜春令〉奉酒。」於是貼旦唱道：
> 「第一來為壓驚，第二來因謝承。殺羊茶飯，來時早已安排定。斷行人，不會親鄰，請先生和俺鶯娘匹聘。我只見他歡天喜地，道謹依來命。」
> 〔五供養〕來回顧影，文魔秀士欠酸丁。下工夫將頭顱來整，遲和疾擦倒蒼蠅。光油油輝花人眼睛，酸溜溜螫得牙根冷。天生這個後生，天生這個俊英。
> 〔玉降鶯〕今宵歡慶，我鶯娘何曾慣經，你須索要款款輕輕。燈兒下共交鴛頸，端詳可憎，誰無志誠，恁兩人今夜親折證。謝芳卿，感紅娘錯愛，成就了這姻親。
> 〔解三酲〕玳筵開香焚寶鼎，繡簾外風掃閑庭，落紅滿地胭脂冷，碧玉欄竿花弄影。準備鴛鴦夜月銷金帳，孔雀春風軟玉屏。合歡令，更有那風簫象板，錦瑟鶯笙。
> 〔前腔〕（生唱）可憐我為劍飄零無厚聘，感不盡姻親事有成。新婚燕爾安排定，除非是折桂手報答前程。我如今博得個跨鳳乘鶯客，到晚來臥看牽牛織女星。非僥倖，受用的珠圍翠繞，結果了黃卷青燈。
> 〔尾聲〕老夫人專意等。（生唱）常言道恭敬不如從命。（紅唱）「休使紅娘再來請。」
> （萬曆《詞話》本七十四回）

此回中貼旦所唱的這六支曲子據蔡敦勇先生考證，引自李日華的《南西廂》第十五齣。[5]《金瓶梅》在引用此六支曲子時，將「閑人」改為「行人」；「玉枝花」改為「五供養」；「耀」改為「輝」；「玉嬌」改為「玉降」；並將「前腔」二字去掉了。即便如此，仍掩蓋不住它來自李日華《南西廂》的痕跡。我們知道，李日華生於嘉靖四十四年乙丑（1565），到明萬曆元年癸酉（1547）時才9歲，因此，他不可能在嘉靖年間把《北西廂》改編為《南西廂》。李日華又是萬曆二十年（1592）年進士，在萬曆年間他兩次出任過禮

4　蔡敦勇：《金瓶梅劇曲品探》（南京：江蘇文藝出版社，1989年），頁11。
5　蔡敦勇：《金瓶梅劇曲品探》，頁33。

部主事，所以他改定《南西廂》應是萬曆年間的事情。另外，李日華的《南西廂》見之於明萬曆富春堂刊本。這樣一來，我們則完全可以認定《金瓶梅》成書於明代萬曆年間。

綜上所述，所謂《金瓶梅》成書於嘉靖年間，於當時的時代風尚及文化背景相悖，與當時淫書、淫畫可以在社會上公開流行的事實相矛盾。《金瓶梅》的創作年代究竟大約始於何年呢？魏子雲曾推論說：「如果，袁中郎寫給董其昌的那封論及《金瓶梅》的信確是袁中郎所寫，那麼，則可證《金瓶梅》其書，在萬曆二十四年間，即已開始流行於世。但這時袁中郎等人所見及的只是前半部，到了萬曆三十四年秋，據沈德符所記，袁中郎尚未讀到後半。直到萬曆三十七年間，袁小修公車抵京，方攜有該書的全帙。」[6]就目前的學術研究表明，袁中郎的那封〈與董思白〉的信不僅確係出於袁中郎之手，而且是最早、最直接、最可靠的吐露《金瓶梅》流行的一則史料。因此，我們則可確認《金瓶梅》的創作約在萬曆二十四年丙申（1596）前後一兩年。關於這個年代的認定，周鈞韜先生最近也提供了一則更為有力的小說史料。他是力主王世貞說的，但是他的考證也為馮夢龍說提供了證據。他考證出了《金瓶梅》中所描寫的苗天秀一案，實是從《百家公案全傳》中第十五公案〈琴童代主人伸冤〉改編而來，而《百家公案全傳》的最早刊本是明代朱氏與畊堂梓行本，此書刊於萬曆二十二年甲午末年（1594）。[7]這就證明《金瓶梅》的創作只能在萬曆二十二年之後，而絕不可能在此之前，因為只有後書抄前書。因此，我們有理由認為《金瓶梅》的創作始於萬曆二十三年至萬曆二十四年之間。

這時的《金瓶梅》究竟有多大篇幅呢？下面我們先看看袁宏道的〈與董思白〉是怎樣寫的。

> 《金瓶梅》從何得來？伏枕略觀，雲霞滿紙，勝於枚生〈七發〉多矣。後段在何處抄竟，當於何處倒換？幸一的示。（〈與董思白〉）

袁宏道是萬曆二十年進士，萬曆二十三年任吳縣縣令，萬曆二十五年年初離任。這封信是萬曆二十四年他任吳縣縣令時寫的，這說明《金瓶梅》最早流行時間為萬曆二十三至二十四年間，其地帶為江浙一帶。這是其一。其二，信中以〈七發〉來類比《金瓶梅》，而〈七發〉是以吳客就音樂、飲食、車馬、宮苑、田獵、觀濤等七事來勸說楚太子，要他絕情寡欲，改變生活方式。袁宏道作為一個主張滿足人的情欲，追求物質生活享受、要求寫人的真性真情的革新家，對枚乘〈七發〉中所宣揚的封建說教當然持否定

6　魏子雲：〈金瓶梅詞話成書年代〉，《金瓶梅探原》。
7　周鈞韜：〈《金瓶梅》與《百家公案》〉，《金瓶梅探謎與藝術鑒賞》（長春：吉林文史出版社，1990年），頁103。

態度,而對其中所鋪陳的七個方面的物質生活享受當然持肯定態度,是讚賞的。《金瓶梅》又主要是寫男女主人公對情欲及物欲的追求,在客觀上反映出了人的自然本性,在基本內容上與〈七發〉類似。從袁宏道的「勝於枚生〈七發〉多矣」的評說來看,我們則可推論出此時的《金瓶梅》沒有因果報應一類的內容,也即是現行的《金瓶梅》後面的內容。其三,就篇幅來看,袁宏道說:「後段在何處抄竟,當於何處倒換?」這說明袁宏道這時所見到的只是一個很不完整的《金瓶梅》的傳抄本,這個傳抄本上並沒有西門慶、潘金蓮、李瓶兒、龐春梅等人物的結局。但是,它既然能在社會上流傳,又必然帶有一定的完整性。從萬曆詞話本的《金瓶梅》來看,這個傳抄本應以到前三十回為止較符合實際,即終止於第三十回:來保押送生辰擔,西門慶生子加官。篇幅不可能更長。

　　這個時期的《金瓶梅》可能只有三十回,我們還可從明人的有關資料中得到證實。袁中道在《遊居柿錄》中說他「後從中郎真州,見此書之半」袁中郎居真州時為萬曆二十五年至萬曆二十六年(1597-1598),那麼,袁中道此時所見到的也是袁宏道萬曆二十四年所看到的那個不全抄本,袁中道的「此書之半」,則進一步證實此時的《金瓶梅》的篇幅最多也只有全書的一半。另外,袁宏道的〈與謝在杭〉的信說:「《金瓶梅》料已成誦,何久不見還也?弟山中差樂,今不得已,亦當出,不知佳晤何時?葡萄社光景,便已八年,歡場數人如雲逐海風,倏而天末,亦有化為異物者,可感也。」此信寫於萬曆三十四年丙午(1606),袁宏道此時仍向好友謝在杭索還《金瓶梅》,說明他此時尚未見到比他在萬曆丙申年間所見到的更完整的《金瓶梅》。謝在杭是何時向袁宏道借閱過《金瓶梅》呢?袁宏道所提到的「葡萄社」成立於萬曆二十七年己亥(1599),結社於京城崇國寺葡萄方丈內,算至萬曆三十四年,剛好虛為八年。從信中行文前後來看,謝在杭借閱《金瓶梅》當在葡萄社結社之前。又據資料可鑒,袁宏道與謝在杭同為萬曆二十年壬辰進士,謝在杭初授湖州推官,於萬曆二十六年戊戌(1598)受讒,避地真州數月,此時袁宏道正居住在真州,那麼,他是在此時從袁宏道那裏看到《金瓶梅》則是確實無疑的。從袁宏道的「料已成誦」的玩笑語中,我們可以推測出這個傳抄本不會很長,如果是百回巨著,那麼這個玩笑開得太違反常情了。謝在杭此時所見到的《金瓶梅》究竟有多少回呢?謝在杭在〈金瓶梅跋〉裏回憶說「余於袁中郎得其十三」,即十分之三,現行的《金瓶梅》為一百回,十分之三,即三十回。由此可見,袁宏道於萬曆二十四年所見到的《金瓶梅》傳抄本僅只有三十回。

　　還應特別指出的是,此時的《金瓶梅》原名為《金瓶梅傳》,並非《金瓶梅詞話》,這有欣欣子的序和世公的跋可佐證。欣欣子說:「竊謂蘭陵笑笑生作《金瓶梅傳》,寄意於時俗,蓋有謂也。」廿公跋說:「《金瓶梅傳》,為世廟時一巨公寓言,蓋有所刺也。」兩文行文語氣一致,都稱《金瓶梅》為《金瓶梅傳》,這絕非偶然的,它們向我

們吐露了《金瓶梅》初稿時本名的真實信息。[8]這個最早的書名，正如袁中道所釋名的那樣：「所云金者，即金蓮也；瓶者，李瓶兒也；梅者，春梅婢也。」袁中道的解釋與《金瓶梅》前三十回主要是金、瓶、梅全歸西門慶家中的內容大致吻合，也說明此時的《金瓶梅》傳抄本可能只有三十回。「馮夢龍在這個時期有無創作《金瓶梅傳》的可能性呢？」1989 年在首屆國際《金瓶梅》學術討論會期間，有的先生曾這樣提醒我。我認為有這種可能性。其理由有三。一，中外文學史上早熟的文學家、批評家不乏其人。初唐四傑之一的王勃，6 歲能善文，不到 20 歲善對策，授朝散郎，著稱於中國文學史的〈滕王閣序〉，是他在 14 歲時臨席所作，致使南昌都督閻公瞿然驚歎為「此真天才，當垂不朽矣！」詩仙李白也是一個「十五觀奇書，作賦凌相如」的早熟詩人。俄國偉大的現實主義文學批評家杜勃羅留波夫，從 18 歲時就開始文學批評，寫出了〈論大俄羅斯民族民間詩歌在表現法語法上的詩的特點〉，19 歲寫了〈論俄國的歷史小說〉的論文，20 歲時便發表了理論見解十分成熟的〈論俄國文學愛好者良伴〉文章，21 歲時便被車爾尼雪夫斯基與涅克索夫推到了《同時代人》雜誌批評欄的領導崗位，從此一發而不可收，以橫掃千軍之筆撰寫了許多著名的文學批評論文，逝世時年僅 26 歲。而馮夢龍生於萬曆二年甲戌元旦，到萬曆二十三年時已 21 歲，到萬曆二十四年時已 22 歲，在這個年齡寫出僅只三十回的小說，也不足為奇。其二，前三十回的《金瓶梅》約有三分之一來自《水滸傳》。《金瓶梅》的第一回：景陽崗武松打虎，潘金蓮嫌夫賣風月。第二回：西門慶簾下遇金蓮，王婆貪賄說風情。第三回：王婆定十件挨光計，西門慶茶房戲金蓮。第四回：淫夫背武大偷姦，鄆哥不憤鬧茶肆。第五回：鄆哥幫捉罵王婆，淫婦鴆殺武大郎。第六回：西門慶買囑何九，王婆打酒遇大雨。第七回：薛嫂兒說娶孟玉樓，楊姑娘氣罵張四舅。第八回：潘金蓮永夜盼門慶，燒夫靈和尚聽淫聲。第九回：西門慶娶潘金蓮，武都頭誤打李外傳。第十回：武松充配孟州道，妻妾玩賞芙蓉亭。顯而易見，前十回回中只有第七回的內容是《水滸傳》中所沒有的，是作者改編時增補進去的。不僅如此，這十回內容誠如魏子雲所言：「它的前十回，不惟整體的故事，繼承了《水滸》，幾乎是百分之八十以上的文辭，也都襲用了《水滸》的原文，特別是挑簾裁衣那兩回，可以說是全部抄錄。」[9]既然三分之一的內容有本可據，那麼，馮夢龍創作這三十回的《金瓶梅傳》的可能性就更大了。其三，這前三十回的內容所涉及的社會面還不是那麼寬，特別是其

8　眾多「資料集」將「廿公跋」中「金瓶梅傳，為世廟時，一巨公寓言」，標點為：「金瓶梅，傳為世廟時一巨公寓言」，是錯誤的。魏子雲主編的《金瓶梅研究資料彙編》（上編）提供了真實的原件，應以此為準。

9　魏子雲：〈《金瓶梅詞話》的作者〉，轉引自《金瓶梅探原》一書。

中關於兩性關係的描寫多為詠物式的比興手法，而這些手法《水滸》及其他野史、唐傳奇又曾慣用過。作為一個偏愛通俗小說而又「才情跌宕」的明末怪傑，年輕的馮夢龍是完全能駕馭這個題材，並把它寫成只有三十回的《金瓶梅傳》。

破除陳規陋俗，往往是需靠銳意進取的青年人。對《金瓶梅》第一次作出全面、系統、公允評價的張竹坡，時年也只有 26 歲，卒時竟 29 歲，其所寫的評點文字之多，涉及的面之廣，評點之精微，足能與金聖歎、脂硯齋形成我國小說評點派三人鼎足之勢，令人難以置信。然而，吳敢的《張竹坡與金瓶梅》一書，卻使這一結論確鑿無疑。因此，懷疑馮夢龍此時年輕，不可能創作《金瓶梅》，純屬以常規作出的一搬推論臆斷，這是沒有看到馮夢龍「才情跌宕」的創作才能，沒有看到此時的《金瓶梅傳》竟只有約三十回的客觀史實。

二、馮夢龍創作《金瓶梅》的第二個階段

其起止時間約為萬曆二十四年丙申（1596）至萬曆三十四年丙午（1606），約 10 年時間。此時的《金瓶梅》約為八十回。

僅三十回的《金瓶梅傳》的抄本在萬曆二十四年流傳時，江蘇的假道學家董思白首次發難，將它判為「淫書」。作為一個江蘇人，馮夢龍當然也知道這一信息。但從他酷愛世情小說的思想和剛直不阿的秉性來看，他也不會被董思白的詆毀所嚇倒，也不可能終止《金瓶梅》的創作，而是在前三十回的基礎上進一步將該書擴充為八十回。那麼這個繼續創作過程到何時為止呢？前所援引的《萬曆野獲編》中說「丙午，遇中郎京邸，問：『曾有全帙否？』曰：『第睹數卷，甚奇快。今惟麻城劉延白承禧家有全本，蓋從其妻家徐文貞錄得者。』」這是披露「全帙」《金瓶梅》一則極為重要的可靠資料。袁中郎於萬曆二十五年初離任吳縣，萬曆二十六年抵京授太學博士，萬曆二十八年又告退回家，於萬曆二十九年在家鄉築柳浪湖，一直居住了六年，於三十四年丙午（1606）秋抵京重補議曹。萬曆三十五年冬再次告退歸家鄉，萬曆三十六年春再行入都。沈德符所記的「丙午」，即指袁中郎第二次入京的時間，袁中郎告訴他自己已看到了《金瓶梅》的「全帙」抄本，也就是說《金瓶梅》已草創就緒，並已在社會上流傳，遠不再是他在萬曆二十四年丙申（1596）年所見到的、那個只有三十回的流傳本。至此，我們可以認為萬曆三十四年丙午（1606）約為「全帙」抄本《金瓶梅》創作的終止時間。關於吐露持有《金瓶梅》全本的人的記載，還有兩條資料。一是屠本畯的《山林經濟籍》，說「王大司寇鳳洲先生家藏全書，今已失散。」屠本畯的此跋約寫於萬曆三十六年，定論在萬曆四十一年之後。二是謝肇淛的〈金瓶梅跋〉，說「唯弇州家藏者最為完好」。這個跋語約寫

於萬曆四十四至四十五年間，見之於明天啟六年丙寅（1626）的序本。由此可見袁中郎見到《金瓶梅》「全帙」傳抄本的記載最為可信，為時最早了。

　　現在問題的關鍵是，這個所謂《金瓶梅》的「全帙」傳抄本究竟是不是我們目前所看到的《金瓶梅詞話》的萬曆丁巳初刻本？我認為不是的，它可能只是初刻本的八十回，而並非一百回。這一看法的具體依據如下：

　　1. 沈德符在《萬曆野獲編》中說他於萬曆三十七年見到了由袁小修攜來的、袁中郎於萬曆三十四年告訴他的那個《金瓶梅》的「全帙」本，指責書中的男女關係的描寫是「壞人心術」，「他日閻羅」必要「究詰始禍」，而隻字未提及此傳抄本中有宣揚因果報應的內容。而萬曆丁巳初刻本《金瓶梅詞話》第一百回的回目為：韓愛姐湖州尋父，普淨師薦拔群冤。這一回文字集中宣揚了惡有惡報、善有善報的思想。西門慶因一生作惡多端，死後是「項帶沉枷，腰繫鐵索」，其子孝哥兒被幻化，西門家斷了煙火。他家本應家財四散，幸虧妻子吳月娘一生好善念經，使其得以免此報應。陳經濟因在丈人西門慶死後，姦其妻妾，逼死西門大姐，後又與春梅通姦，終遭殺身之禍。李瓶兒因氣死前夫花子虛，改嫁西門慶，終於得病而死。春梅因與陳經濟通姦，後又與義子通姦，生出骨蒸癆病症，竟死在周義身上。至於潘金蓮，毒死武大，逼死宋惠蓮，氣死李瓶兒，害死李瓶兒的兒子，在淫興大發時折磨西門慶，以致讓西門慶夭折，最終被武松殺死，落得一個「遺臭千年作話傳」的可恥下場。然而為善的終得善報，吳月娘一生好善，作佛事，敬神明，所以有義僕玳安為子，保其家業，享年 70，善終而亡。孟玉樓因一生不為非作歹，後改嫁李衙內，一心事夫，不為陳經濟的勾引所動，最後伴衙內在棗強縣攻書，白頭偕老。玳安兒因能善始善終地事奉主人，平生無欺心，不似來旺兒誘拐西門慶的小妾；不似來保兒謊騙西門慶家的錢財，姦污西門慶家中的丫頭。因此，後來頂了西門慶的門面，人稱西門小員外。《金瓶梅》中宣揚這種思想的不只是一百回的結尾處，在後二十回中還多處可見。較為明顯的如第八十七回：王婆子貪財受報，武都頭殺嫂祭兄。開篇一詩即云：「平生作善天加福，若是剛強定禍殃。舌為柔和終不損，齒因堅硬必遭傷。杏桃秋到多零落，松柏冬深愈翠蒼。善惡到頭終有報，高飛遠走也難藏。」無論是回目，還是開場詩，還是此回的故事情節，其宣揚因果報應的思想是十分明顯的。又如第九十一回，當寫到西門慶的第三個小妾孟玉樓改嫁李衙內時，作者借他人之口發了一段議論：「有那說歹的，街談巷議，指戳說道：『此是西門慶家第三個小老婆，如今嫁人了。當初這廝在日，專一違天害理，貪財好色，姦騙人家妻子。今日死了，老婆帶的東西，嫁人的嫁人，拐帶的拐帶，養漢的養漢，做賊的做賊，都野雞毛兒零撏了。常言三十年遠報，而今眼下就報了。』」這些明顯地宣揚因果報應的地方，為什麼沈德符隻字不提呢？是他對宣揚因果報應思想不感興趣嗎？不是。此則記載中有他對《玉嬌李》

的因果報應的評論，這說明沈德符於萬曆三十七年所見到的「全帙」《金瓶梅》傳抄本僅只有八十回。前八十回的性描寫給他的印象太深刻了，致使他見到百回本的《金瓶梅》也仍頑固地持否定態度。

2. 同時認定這個傳抄本只有八十回的，還有與沈德符同時代的李日華的《味水軒日記》：

> 萬曆四十三年乙卯，（正月）五日，伯遠攜其伯景倩所藏《金瓶梅》小說來，大抵市諢之極穢者，而烽焰遠遜《水滸傳》，袁中郎極口贊之，亦好奇之過也。

李日華（1565-1635），字君實，浙江嘉興人，萬曆二十年進士，授九江推官、南京禮部主事，後乞歸侍父，里居二十年後再補禮部。《味水軒日記》共為八卷，每年一卷，從萬曆三十七年到萬曆四十四年止。此則日記是他在居家養孝時所寫。日記中的「景倩」即沈德符的號。日記告訴我們，他看到了由沈德符的侄兒沈伯遠帶來的《金瓶梅》小說，這本小說就是沈德符轉抄於袁中郎的「全帙」抄本。同樣，李日華在日記中無一字提及書中所宣揚的因果報應，也說明他所見到的這個抄本沒有後二十回的內容。李日華所說的「大抵市諢之極穢者」，正是指《金瓶梅》中三十回至八十回間的兩性關係描寫而言的。我們知道，《金瓶梅》中的性欲描寫前三十回與後二十回基本上是運用比興手法，是虛寫。而中間五十一回，即從三十一回到八十回則為客觀描述法，多為寫實，著力寫西門慶與潘金蓮、王六兒、林太太、如意兒、賁四嫂、惠元、李桂姐、鄭愛月兒等人的淫事。特別是從七十三回到八十回，每回都有這方面的描寫，甚至一回之中兩次敘述此事，有的地方實在是目不忍看。李日華正是根據這些近似自然主義的描寫，才批評袁中郎贊《金瓶梅》為「奇快」是「好奇之過」。這又間接告訴我們，沈德符所見到的、轉抄的那個「全帙」《金瓶梅》並非我們今天所見到的百回本《金瓶梅詞話》，很可能只是一個八十回本。

3. 可以參證此時的傳抄本並非萬曆丁巳初刻本的還有謝肇淛的〈金瓶梅跋〉：

> 《金瓶梅》一書，不著作者名代。相傳永陵中，有金吾戚里，憑怙奢汰，淫縱無度，而其門客病之，采摭日逐行事，彙以成編，而託之西門慶也。書凡數百萬言，為卷二十，始末不過數年事耳。其中朝野之政務，官私之晉接，閨闥之媟語，市里之猥談，與夫勢交利合之態，心輸背笑之局，桑中濮上之期，尊罍枕席之語，驅騶之機械意智，粉黛之自媚爭妍，狎客之從諛逢迎，奴伶之稔唇淬語，窮極境象，駴意快心。譬之範工摶泥，妍媸老少，人鬼萬殊，不徒肖其貌，且併其神傳之。信稗官之上乘，爐錘之妙手也。其不及《水滸傳》者，以其猥瑣淫媟，無關名理。

　　而或以為過之者，彼猶機軸相放，而此之面目各別，聚有自來，散有自去；讀者意想不到，唯恐易盡。此豈可與褒儒俗士見哉。此書向無鏤版，鈔寫流傳，參差散失。唯弇州家藏者最為完好。余於袁中郎得其十三，於丘諸城得其十五，稍為釐正，而闕所未備，以俟他日。有嗤余誨淫者，余不敢知，然溱洧之音，聖人不刪，則亦中郎帳中必不可無之物也。仿此者有《玉嬌麗》，然而乖彝敗度，君子無取焉。（《小草齋文集·金瓶梅跋》）

　　從這段跋語中「此書向無鏤版，鈔寫流傳，參差散失」的話來看，謝肇淛並未見到刊本《金瓶梅》，所見到的是一個傳抄本。這是第一點。第二點，跋語說：「余於袁中郎得其十三，於丘諸城得其十五，稍為釐正，而闕所未備，以俟他日。」這裏所提到的丘諸城，即丘志充，明萬曆四十一年進士，工部郎中，於萬曆四十五年年底離京出任汝（南）寧知府。又據《明代名人傳》可知，謝肇淛於萬曆四十一年到萬曆四十四年初在外地治河，後返京任工部屯田司郎中，於萬曆四十六年七月又改任方南參政，離京外任。故此，謝肇淛從丘諸城那裏所得到的十分之五的《金瓶梅》抄本的時間只能是萬曆四十四年年初之後至萬曆四十六年七月之前。此時謝肇淛手中《金瓶梅》的傳抄本共為十分之八。若以百回本計算，剛好是八十回。第三點，就跋語中所涉及到的《金瓶梅》的內容來推論，此時傳抄本也只有八十回。這第三點中所談到的「書凡數百萬言，為卷二十，始末不過數年事耳」，正是指的前八十回。因為《金瓶梅》前八十回所寫的是西門慶從26歲至33歲間6年的事，而後二十回則是寫了官哥兒從出生到被普淨禪師幻化15年間的事，這說明謝肇淛所見到的是只有八十回的傳抄本。另外跋語所說到的「朝野之政務，官私之晉接」，「與夫勢交利合之態」，也是指的前八十回的內容。我們知道，《金瓶梅》自第三十回寫了西門慶生子加官後，便通過西門慶與達官貴人交結，力寫朝廷的腐敗和官僚的無恥，如「蔡太師擅恩錫爵」「翟謙寄書尋女子」「蔡狀元留飲借盤纏」「蔡太師奏行七件事」「宋御史結豪請六黃」「西門慶工完升級」「群僚廷參朱太尉」「提刑官引奏朝儀」，一直寫到西門慶縱欲身亡時止。而八十回後再也沒有這樣集中筆墨寫朝廷的昏暗，僅只通過周統制的抗金和吳月娘的避難，間接地作了某些暗示。因此，謝肇淛在跋語中所特別賞識的內容，都在前八十回裏面，這也足以說明他當時所見到的傳抄本上只有前八十回的內容。第四點，謝肇淛的〈金瓶梅跋〉沒有提到《金瓶梅》的序跋，倒懷疑此書是影射他的好友劉承禧，是劉家的門客用以諷刺劉承禧家事昏亂淫蕩。

　　4. 證明此時的《金瓶梅》傳抄本只有八十回的，還有袁小修的《遊居柿錄》：「舊時京師，有一西門千戶，延一紹興老儒於家，老儒無事，遂日記其家淫蕩風月之事，以西門慶影其諸人，以餘影其諸姬。」這則日記寫於萬曆四十二年。我們知道，西門慶被

封為理刑副千戶是現今流行《金瓶梅》第三十回的故事,而轉為正千戶則是第七十一回「李瓶兒何千戶家托夢,提刑官引奏朝儀」中的事情,西門慶縱欲身亡又是第七十九回「西門慶貪欲得病,吳月娘墓(前)生產子」,至此回,西門慶便了結了他那醜惡的一生。袁小修所提到的「西門千戶」及其家中的醜聞,也正是前八十回的內容,可見他看到的傳抄本也只有八十回而並非百回本。

通過對上述明人資料的考述,我們完全可以推論出萬曆二十四年至萬曆三十四年為馮夢龍創作《金瓶梅》的第二個階段,此時他將原只有三十回的《金瓶梅傳》改為《金瓶梅》,其篇幅大約只有八十回。

三、馮夢龍創作《金瓶梅》的第三個階段

時間約為萬曆四十一年癸丑至萬曆四十五年丁巳,即 1613 年至 1617 年之間。在這一階段,他將八十回的《金瓶梅》擴充、定稿為百回本的《金瓶梅詞話》。

當八十回本的《金瓶梅》在社會上傳抄後,復又遭到社會名流的異議。萬曆四十一年,沈德符當著馮夢龍與馬仲良的面,誣衊此書是「壞人心術」的淫書。萬曆四十二年,袁小修重申董思白的觀點,認為《金瓶梅》是「誨淫」之作,是「驚愚」「矗俗」的壞書。萬曆四十三年,李日華於居家養孝中也拈毫攻擊《金瓶梅》是「市諢之極穢者」。這一切都使馮夢龍看到,要使《金瓶梅》能合法地存在下去,流傳後世,還必須給它塗上一層保護色。中國小說向來就有宣揚因果報應的傳統,於是,馮夢龍復彈舊調,把原來的八十回擴充為一百回,正式將《金瓶梅》改名為《金瓶梅詞話》。具體而言,原《金瓶梅》七十九回以後,按理應是李嬌兒盜財歸妓院,孫雪娥私僕潛逃,孟玉樓又改嫁李衙內,吳月娘變賣潘金蓮、龐春梅,用百回本中眾人的一段議論結束整部小說即可。基於增寫因果報應的需要,所以,八十回以後將男主人公由西門慶改為陳經濟,並也使之去結拜弟兄,嫖妓宿娼,私通潘金蓮、春梅、韓愛姐,去重複西門慶的故事;女主人公由潘金蓮轉為春梅,讓其虐待孫雪娥,勾引家將李安,與陳經濟暗續鸞膠,最後也是步西門慶之後塵而縱欲身亡,死在義子周義的身上。全書最後一回,讓孝哥現真身,以示西門死後遭刑罰;讓普淨幻化孝哥,以示西門慶宗嗣無人,斷子絕孫,以此警告世人,如像西門慶那樣作惡多端,其報應是遠在兒孫近在自身。由於故事的重衍,明顯的說教缺乏生活基礎,違背了文學創作的規律,因而有損作品的藝術表現力和審美感染力;所以造成一種尾大不掉感覺,致使讀者產生一種前後藝術不統一的看法。這也說明馮夢龍遠離生活而編造的後二十回,乃是「主題先行」而派生出來的弊端。

由於《金瓶梅》在後面補進了上述內容,在全書有關章節穿插了宣揚因果報應的詩

詞、議論，所以當初刻本問世以後，凡是讀到刻本的人便一眼看出了這部奇書的思想傾向性及作者的主觀創作意圖來。明末文人薛岡曾說：

> 往在都門，友人關西文吉士以抄本不全《金瓶梅》見示，余覽數回，謂吉士曰：「此雖有為之作，天地間豈容有此一種穢書！當急投秦火」。後二十年，友人包岩叟以刻本全書寄敝齋，予得盡覽。初頗鄙嫉，及見荒淫之人皆不得其死，而獨吳月娘以善終，頗得勸懲之法。但西門慶當受顯戮，不應使之病死。簡端序語有云：「讀《金瓶梅》而生憐憫心者菩薩也，生畏懼心者君子也，生歡喜心者小人也，生效法心者禽獸耳。」序隱姓名，不知何人所作，蓋確論也。（《天爵堂筆餘》卷2）

　　薛岡為浙江鄞縣人，生於嘉靖四十年（1561），卒年不詳，但崇禎十四年（1641）仍活在世上。因所著《天爵堂集》，人亦稱天爵翁。又因字千仞，人又稱為薛千仞先生。據劉輝先生考證，包岩叟亦為浙江鄞縣人。於萬曆二十九年結識薛岡。薛岡與包岩叟情深意篤：「吾兩人之誼，正如似膠德漆，不唯弟不能離兄，亦兄不能離我。」在萬曆四十四年九月，薛岡與包岩叟自京南歸，到江南時二人分手，因包岩叟當時跌傷，暫時蜇居江南養傷。於是薛岡只好一人先返故里。當《金瓶梅詞話》於萬曆四十五年初刻問世後，包岩叟便迫不及待地郵寄一套給薛岡。[10]那麼，薛岡何時收到《金瓶梅詞話》的初刻本呢？據其所言的「簡端序」來看，所復述的內容完全是「萬曆丁巳季冬東吳弄珠客漫書於金閶道中」的〈金瓶梅序〉的內容，因此我們可以推測出薛岡收到詞話本的《金瓶梅》為萬曆四十六年。由此上溯三十年，薛岡看到友人關西文吉士的不全《金瓶梅》當為萬曆二十六年（1598），此時正是《金瓶梅》由三十回擴充為八十回的時候。由此我們可以確認薛岡是有明一代唯一見到《金瓶梅》傳抄本及初刻本的歷史見證人。當薛岡見到八十回的傳抄本時，其態度與沈德符、袁小修、李日華等人一樣，認為是一部淫書，「略覽數回」以後，便認為天地間不能留存此種「淫書」，應仿效秦始皇焚書坑儒，將此書燒掉。而「盡覽」百回本的《金瓶梅詞話》後，「初頗鄙嫉」，後看到「荒淫之人皆不得其死，而獨吳月娘以善終」，認為作者「頗得勸懲之法」並繼而引用東吳弄珠客的序來說明讀《金瓶梅》生歡喜心的是小人，生效法心的是禽獸，而君子只會讀後「生畏懼心」，菩薩心腸的人讀後只會「生憐憫心」，從而認定《金瓶梅》不是誨淫之作，而是勸懲之書，並承認東吳弄珠客的序所作的結論是公正的、客觀的、正確的。薛岡這種前抑後揚的、自相予盾的看法，正好說明萬曆四十五年以前的傳抄本只有前八十回，到初刻本問世以後才有後二十回明顯宣揚因果所應的內容，這也就證明了，馮夢龍創作《金

10　劉輝：〈現存《金瓶梅》是《金瓶梅》的最早刊本嗎〉，《光明日報》1985年11月5日。

瓶梅》的第三階段是改寫前八十回，增補後二十回，使這部奇書成為洋洋大觀的百回大著。

　　明末清初的文人，凡是看到《金瓶梅》百回本的人，都無一不指出這部奇書的因果報應具有世戒的作用。謝頤在〈第一奇書序〉中指出：「而弄珠客教人生憐憫畏懼心，今後看官睹西門慶等各色幻物，弄影行間，能不憐憫，能不畏懼乎？其視金蓮當作弊屣觀矣。不特作者解頤而（謝）覺，今天下失一《金瓶梅》，添一《豔異編》，豈不大奇！」[11]因康熙乙亥皋鶴堂刊本的《金瓶梅》題為「李笠翁先生著」，所以謝頤很可能是李漁的化名。此序完全贊同東吳弄珠客的觀點，認為《金瓶梅》非為「世勸」的書，而是「世戒」的書。明末清初的傑出小說批評家張竹坡在讀此百回大書之後，特撰「第一奇書非淫書論」來批評淫書論者：「……不意世之看者，不以為懲勸之韋弦，反以為行樂之符節，所以目為淫書，不知淫者自見其為淫耳。」[12]在第一百回的回評中，張竹坡極為感歎地說：「第一回弟兄哥嫂，以悌字起，一百回幻化孝哥，以孝字結，始悟此書，一部姦淫情事俱是孝子悌弟，窮途之淚。夫以孝悌起結之書，謂之曰淫書，此人真是不孝悌。嘻，今而後三復斯義，方使作者以前千百年，以後千百年，諸為人子弟者，知作者為孝悌說法於濁世也。」[13]在張竹坡看來，《金瓶梅》還不只是宣揚因果報應，而且還告訴人們要以孝悌之心對待父母兄弟，如果連這點都看不到反而說《金瓶梅》是淫書的人，則是一個「不孝悌」的人。在此回普淨禪師向吳月娘：「你如今可省悟得了麼」的問語後面，張竹坡又在夾批中寫到：「一語喚醒天下人，是作者問天下後世萬萬人，非普淨問月娘一人也。試問看過《金瓶梅》者，何人答此一句？」[14]這一夾批旨在說明，讀完百回本的《金瓶梅》後，讀者要從整體上把握住作品的思想傾向性，不能斷章取義式地妄下結論，否則就是歪曲作者創作時的主觀意圖。甚至連少數民族的文學評論者也持同樣的觀點。康熙四十七年的〈滿文譯本金瓶梅序〉也認為百回本的《金瓶梅》：「凡一百回，一百戒」[15]；「觀此書者，便知一回一戒，惴惴思懼，篤心而知自省，如是，才可謂不悖此書之本意。倘若津津樂道，效法作惡，重者家滅人亡，輕者身殘可惡，在所難免，可不慎乎！」[16]此序以西門慶的可恥下場為例，說他的「惡行竟可致萬世鑒戒」，證明了「報應之輕重宛如稱戥權衡多寡，此乃無疑也。」由是觀之，序者的結論是：「《三

11　張竹坡：《第一奇書金瓶梅》，康熙乙亥本。

12　張竹坡：《第一奇書金瓶梅》，康熙乙亥本。

13　張竹坡：《第一奇書金瓶梅》，康熙乙亥本。

14　張竹坡：《第一奇書金瓶梅》，康熙乙亥本。

15　見《金瓶梅研究資料》（北京：北京大學出版社，1985年），頁218-219。

16　見《金瓶梅研究資料》，頁218-219。

國演義》《水滸傳》《西遊記》《金瓶梅》等四部書，在平話中稱為四大奇書，而《金瓶梅》堪稱之最。」[17]序者的結論與魯迅的結論是一致的。清初丁耀亢的《續金瓶梅》也是《金瓶梅》因果報應的注腳。

綜上所述，沈德符萬曆三十七年、袁小修萬曆四十二年、李日華萬曆四十三年、謝肇淛於萬曆四十四年左右對《金瓶梅》的評價，與萬曆四十五年後明末清初諸文人對《金瓶梅》的評價其所以大相徑庭，其終極原則是前者所看到的是八十回的《金瓶梅》的傳抄本，而後者所看到的是一百回的《金瓶梅》刊刻本。而這百回本的擴充修改、定稿，則是馮夢龍在《金瓶梅》創作第三階段內完成的。

從馮夢龍的創作履歷表來看，在萬曆二十四年至萬曆四十五年間，他繼續從事《金瓶梅》的創作則是完全可能的，因為在這個時間內，他僅編纂了《童癡一弄·掛枝兒》《童癡二弄·山歌》。而在萬曆四十八年（1620），他的著述有《新平妖傳》《古今笑》《情史》；在天啟四年（1624）他編纂了《喻世明言》《警世通言》；在天啟五年（1625），他審定了《曲律》；編寫了《春秋衡庫》；在天啟六年（1626），他輯編了《太平廣記鈔》；編纂了《智囊》；在天啟七年（1627），他整理了《醒世恆言》，選評了《太霞新奏》，改編了《新列國志》，彙編審訂了《墨憨齋訂本傳奇》十五種；在崇禎元年（1628），他改寫了《魏忠賢小說斥奸書》。上述情況說明，馮夢龍在萬曆四十八年到崇禎元年 8 年的時間內，他的著述共有 14 部。而從萬曆二十三到萬曆四十七年間，按傳統的文學史的結論，他只僅有兩部民歌集子。而這一段時間，正是馮夢龍 21 歲至 45 歲的時候，按照常理來講，這個時期正是一個作家思想成熟、閱歷豐富、精力充沛的創作旺季。為什麼馮夢龍恰恰在這個時期裏卻收穫甚少呢？通過上述考證，我們似乎解開了這個疑團，即在這段時間裏，他正集中精力一方面從事《金瓶梅》的創作，一方面留心社會言論，逐步擴充、修改這部奇書，一方面還要為這部奇書辯誣去化名撰寫序跋。為此，耗盡了他寶貴的年華和精力。只有承認這一點，將《金瓶梅》列入馮夢龍的創作年表之中，我們才能填補上他創作履歷上的空白，才能使馮夢龍的創作生涯科學地、令人信服地著之於中國文學史。

關於《金瓶梅》不是一次創作成功，而是幾經修改的推論，如臺灣魏子雲先生亦有很好的見解。他說：「我在《金瓶梅的問世與演變》一書中，已經說了，原始的抄本金瓶梅，在袁中郎的《觴政》寫出後，《金瓶梅》即已有了改寫的構想，當沈德符的那篇論《金瓶梅》的文章完成，《金瓶梅》的第一次改寫稿即已完成。要不然，沈德符怎麼會說：未幾時其吳中懸之國門矣！」事實上，《金瓶梅》在萬曆四十五年（1617）以前沒

17　劉厚生譯：〈滿文譯本金瓶梅序〉，《金瓶梅研究資料》，頁 218。

有刻本，我這一研究成果，業已鐵證如山，不必再說的了。但此一改寫稿，也未付梓。
直到明神宗賓天，方始匆匆再行修正付梓，即今之《金瓶梅詞話》也。正由於《金瓶梅
詞話》與傳抄本之間，有著一改再改的情況，所以《金瓶梅詞話》中殘餘了不少匆匆改
寫的痕跡。我在《金瓶梅劄記》中已舉證了不少；那麼，我這十篇探索舉出的例證，不
是更清楚了嗎？我認為《金瓶梅詞話》是改寫本，非原始傳抄本之金瓶梅的全部內容，
雖淫穢如故，可能原有的故事情節，即已脫胎換骨了。」[18]顯而易見，魏先生經過詳細
的考證和慎思，明確指出了《金瓶梅詞話》並不是原始流傳的《金瓶梅》，而是對原傳
抄本「一改再改」的結果。這一結論與我的《金瓶梅》創作階段論是一致的。這個觀點
是目前「金學」研究中的一個新成果，尚沒有第三者論及到此。因此，我較長地引用了
魏先生的原文，以期引起海峽兩岸學者的注意，進一步探討《金瓶梅》的成書過程以及
相應的作者歸屬問題。現在，朱傳譽先生認為馮夢龍參與了《金瓶梅》的改寫和編印，
黃霖先生亦認為馮夢龍是《金瓶梅》的改寫者。我想隨著「金學」研究的深入，這一問
題可能已到了「柳暗花明又一村」的時候了。

18　魏子雲：〈因果、宿命、改寫的問題──金瓶梅原貌探索〉，載《中外文學月刊》13 卷第 9 期（1985
　　年）。

馮夢龍與劉承禧家「全本」《金瓶梅》

關於《金瓶梅》流傳的情況，袁宏道是一位至關重要的人物。從〈與董思白〉《萬曆野獲編》《遊居柿錄》《味水軒日記》等資料中，我們可以清理出兩條《金瓶梅》的流傳線來：

（萬曆二十四年）袁宏道——（萬曆二十五年或萬曆二十六年）袁小修、謝肇淛

（萬曆三十四年）袁宏道、袁小修——（萬曆三十七年）沈德符——（萬曆四十三年）沈伯遠、李日華——（萬曆四十五年）《金瓶梅詞話》丁巳本——崇禎本《新刻繡像批評金瓶梅》——康熙三十四年乙亥本《第一奇書金瓶梅》——康熙四十七年滿文譯本《金瓶梅》——乾隆丁卯年《四大奇書第四種・金瓶梅》——同治三年（1864）《古本金瓶梅》（亦名《真本金瓶梅》）

關於袁宏道於萬曆二十四年在江蘇吳縣第一次所看到的《金瓶梅》傳抄本，有人認為來自董思白或陶石簣之手，但從信中「後段在何處抄竟，當於何處倒換，幸一的示」的話來看，這明明是向董思白發問，請他快告訴其傳抄本的下文。如果傳抄本來自陶石簣，袁宏道在與陶石簣「劇談五日」中便問清楚了，而不需問董思白。他向董思白詢問《金瓶梅》後段的發展情況，說明是董思白將傳抄本給了袁宏道，或托陶石簣給袁宏道帶去。不然，袁宏道不會這樣以急迫的口氣來詢問董思白，這是情理之中的事。董其昌是江蘇松江人，馮夢龍也是江蘇人。馮夢龍在三十回的《金瓶梅傳》草成之後，使其在江蘇流傳，落入董其昌之手，這種可能性是很大的。

現在最大的問題是袁宏道第二次所看到的《金瓶梅》的傳抄本與馮夢龍有無關係。袁宏道於萬曆三十四年丙午是這樣告訴沈德符的：「第睹數卷，甚奇快，今惟麻城劉延白承禧家有全本，蓋從其妻家徐文貞錄得者。」很顯然袁宏道是在麻城劉承禧處看到「全本」《金瓶梅》的傳抄本。那麼，劉承禧處的《金瓶梅》與馮夢龍有無關係呢？現在看來亦有可能性。

為了論述方便，先就劉氏家族作點介紹。據《劉氏宗譜》記載，劉承禧的曾祖父名劉天和，字養活，號松石，生於明成化十五年己亥六月十六日，弘治戊午舉人，正德三年進士，授南京禮部主事，進而授為兵部尚書，累官太子太保等職，蔭一子為錦衣千戶，前後賚銀幣十數。卒於嘉靖二十四年乙巳十二月二十三日，終年 67 歲，諡莊襄。劉天和

為人耿直,據《明史·劉天和傳》介紹「天和初舉進士,劉瑾欲與敍宗姓,謝不往。晚年內召,陶仲文以刺迎,稱戚屬。天和返其刺曰:『誤矣,吾中外姻連無是人。』」南京兵部右侍郎耿定向稱他「人言公凝眸轉瞬,含吐風雲;怫咿唯諾咸有主謂,則謂公以智勝云。……公平生智之所運,大為都世,興事建業,乃其砥行礪節,抑又兢兢焉,似不特特役役於事功間矣。」[1]「祖父劉漅,字汝靜,號雲藪,為嘉靖壬午舉人,壬辰進士,曾任行人司刑部郎中以子貴贈太子太傅右都督。崇祀鄉賢。」[2]父親劉守有,字金吾,武進士,太子太傅,五軍都督府。萬曆四年丙子皇帝御賜劉守有一副對聯:「擐三千甲胄,斬將擒王;剿十萬鐵騎,摧枯拉朽。」其赫赫戰功,不言而喻。徐階對劉氏父子「政嚴明,不悅權貴」的品質深為敬仰,兩家交誼甚厚,朝中稱之為晉之「王謝」。

　　劉守有兩個兒子,長子劉承禧,二子劉承佑。劉承禧,號延伯,亦襲職,萬曆庚辰（1580）年武進士,會魁、榜眼,世襲錦衣衛千戶,徐階的曾孫婿。「好古玩書畫。奕葉豐華,人認為邑之王謝也。」[3]劉承禧平生好結交文人雅士,喜收藏古玩書畫。袁氏三兄弟、王穉登、李長庚、臧懋循等人均與之善交。周昉的《楊妃出浴圖》、黃荃的《浴鶴鶉》、王羲之的《快雪時晴帖》、明代御戲監收藏的元雜劇三百餘種,都為劉承禧所收藏,他為保留這些珍品作了有益的貢獻。劉承禧與馮夢龍是否有交往呢?馮夢龍曾有這樣的記載:

> 子猶氏云:「余昔年遊楚,與劉金吾（即劉承禧）、丘長孺俱有交。劉浮慕豪華,然中懷麟介,使人不測。長孺文試不偶,乃拔筆為游擊將軍。然雅歌賦詩,實未能執父前驅也。身軀偉岸,袁中郎呼為『丘胖』。而恂恂雅飾,如文弱書生。是宜為青樓所歸矣!」……長孺夫人,即金吾娣,亦有文,所著有《集古詩》,及《花園牌譜》行於世。（《情史類略》卷6〈丘長孺〉）

這則短文告訴我們,馮夢龍不僅與劉承禧交誼甚厚,而且對劉承禧及其父劉守有「浮慕豪華」「中懷麟介」的個性瞭若指掌。劉承禧父子身居要職,在當時正當黑暗、爾虞我詐的局勢之下,尚不抽身早退,貪戀豪華的行為,對此,馮夢龍是稍有指責的。但他肯定了劉氏父子忠厚正直的個人秉性,這是較中肯的。王世貞父親因灤河失事被嚴嵩加害時,王世貞求援於劉、徐兩家,劉守有與父親都曾竭力幫忙。又如當屠隆遭貶「掛冠出神武門」時,劉守有曾一日三次到屠隆家中安慰屠隆,對那些奸佞小人:衝冠扼腕,義

1　《劉氏宗譜·劉莊裏公事略》。
2　《劉氏宗譜·劉莊裏公事略》。
3　民國《麻城縣志·劉守有傳》。

形於色」，並且送藥給屠隆兒子治病，「為治千里裝」，使屠隆一家八口不至於在路上受凍受餓。[4] 由此可見，馮夢龍對劉承禧父子的所作所為一清二楚，說明他們之間的友情非同一般。

其次，馮夢龍與劉承禧家中「全帙」《金瓶梅》的關係。為了考述的簡潔，我們不妨將劉承禧的經歷列一細表如下：

萬曆八年庚辰劉承禧為武進士

萬曆三十四年丙午（1606）劉獲「全帙」《金瓶梅》

萬曆三十七年己酉（1609）劉赴吳中

萬曆四十年壬子劉在麻城

萬曆四十七年己未（1619）劉再赴吳中

天啟二年壬戌（1622）劉逝世

馮夢龍到過麻城，一見之於他自寫的〈丘長孺〉，二見之於梅之煥為馮氏的《麟經指月》所寫的序。該序原文是：

> 敝邑麻，萬山中手掌地耳。而明興獨為麟經藪，未暇遐溯，即數十年內，如周、如劉、如耿、如田、如李、如吾宗，科第相望，途皆由此。故四方之治《春秋》者，往往問渡於敝邑；而敝邑亦居然以老馬智自任。迺吾友陳無異令吳，獨津津推轂馮生猶龍也。王大可自吳歸，亦為余吳下三馮，仲其最著云。余拊髀者久之。無何，而吳生赴田公子約惠來敝邑，敝邑之治《春秋》者，往往反問渡於馮生，《指月》一編，發傳得未曾有。余於是益重馮生，而信二君子為知言知人也。（〈敘麟經指月〉）

此敘款落為「西陵友人梅之煥撰並書」，日期為「庚申泰昌元年九月」，即是 1620 年。但馮夢龍究竟在什麼時候到過湖北黃安、麻城，敘文未曾明確告訴我們。馮夢熊則有此方面記載：

> 余兄猶龍治《春秋》，胸中武庫：不減征南。居恒研精覃思曰：「吾志在《春秋》，牆壁戶牖，皆置刀筆者，積二十餘年而始愜，其解粘釋縛，則老吏破案，老僧破律；其擘肌分理，則析骨還父，析肉還母；其宛析肖傳，字句間傳神寫照，則如以燈取影，旁見側出，橫斜平直，各得自然，蓋不止紹興講席，羽翼解頤，即康成之夢孔子發墨守，鍼膏肓，廢書帶草，悉教鋤矣。燁燁乎古之經神也哉！而茌

4　屠隆：《棲真館集》，卷 18，頁 11-12。

　　莩至今，猶未得一以《春秋》舉也。」於是撫心歎曰：「吾懼吾之苦心，土蝕而
　　盡殘也。吾其以《春秋》傳乎哉？」余爰《春秋》於兄而同困者也，聞其言而共
　　閔默焉。（〈麟經指月序〉門下弟夢熊非熊撰）

　　馮夢熊為馮夢龍的親兄弟，他的這則關於馮夢龍治《春秋》的記載應是非常真實而
準確的，應作為我們考述有關情況的重要依據。序文說馮夢龍治《春秋》是「積二十餘
年而始愜」。如果按照一般人七、八歲始讀書來推論的話，「二十餘年」之後，大約是
31、32 歲，這即是說馮夢龍在 31、32 歲左右治《春秋》已有相當深厚的造詣。另外。
序文說馮夢龍「蓋不止紹興講席」，這即是說馮夢龍不只是到過紹興講學，而且還到過
其他地方去講學，其講學時間是在「積二十餘年」治《春秋》頗有成就之後，換言之，
即當馮夢龍 31、32 歲時。從目前所看到的資料，我們僅只知道馮夢龍除到紹興講學外，
還到過湖北麻城講學。到湖北麻城講學的時間應當與到紹興講學的時間前後相差不遠，
也可能是 31、32 歲左右。陳毓羆先生在《中國歷代作家評傳》一書中認為馮夢龍曾經兩
次到湖北麻城，馮夢龍第一次到麻城講《春秋》時為 30 多歲。把陳先生的考證與馮夢熊
的記載結合起來，我們大致可以認定馮夢龍到湖北麻城與紹興的時間在他 31、32 歲時。
袁中郎告訴沈德符，說他於萬曆三十四年在劉承禧家看到「全本」的《金瓶梅》傳抄本，
此時的馮夢龍也正好是 32 歲。據此我們可以推測出劉承禧家中的傳抄本的出現與馮龍第
一次到湖北麻城講《春秋》的時間有著內在的聯繫，傳抄本可能來自馮夢龍。因為：一、
馮夢龍的三十回的《金瓶梅》在江蘇一帶民間流傳時，遭到了董其昌的非議，為了避嫌，
馮夢龍只得把八十回的改寫本由江蘇暗地帶到麻城，使人們無法判斷出作者的真實姓
名。二、馮夢龍與劉承禧相交甚厚，是他信得過的人。三、劉家父子平素喜歡收藏古玩
書畫，且文墨較淺，是《金瓶梅》較為理想的收藏者及傳播者。四、劉氏父子世襲錦衣
衛千戶，權勢顯赫，即使收藏有《金瓶梅》一類的「淫書」，也無人敢去查究。五、馮
夢龍這次到麻城是講《春秋》的，給人的印象是個十足的儒生，劉承禧從他手中得到《金
瓶梅》，也不會相信是出自馮夢龍之手，認為錄自他親戚徐階家中。六、劉承禧與袁中
郎同為湖北人。袁中郎早已稱讚過《金瓶梅》，且又與劉承禧來往方便、密切，馮夢龍
可能想通過劉承禧讓《金瓶梅》八十回的傳抄本再到袁中郎手中，再借重袁中郎的名氣
向社會廣為傳播出去。而劉承禧得到這個傳抄本後，視為珍寶，說是錄自徐階家中，並
把它首先借給袁中郎看。於是這個傳抄本便在中原腹部開花，由南向北流傳，經過劉承
禧、袁中郎、袁小修、沈德符、李日華、謝肇淛等人的評介，在當時的社會名流中廣為
流傳，震動整個文壇。褒之者譽為奇書，貶之者斥為「淫書」，但都是以一睹為快，一
睹為榮。總之，無論從馮夢龍與劉承禧的交誼，還是從馮夢龍到湖北麻城講《春秋》的

史料來看，劉承禧家的《金瓶梅》「全本」傳抄本，極有可能來自馮夢龍之手。

馮夢龍謊稱《金瓶梅》錄自徐階家，實是當時寫色情文學的文人避嫌的慣用伎倆。刊於 1606 年的《風流絕暢圖》，繪有春宮畫 24 幅，各冊題辭的人全是假名：第 1 圖〈折蘆葦〉為「秋浦漁父」，第 2 圖〈揮塵柄〉為「長河馬僻」，第 3 圖〈刺花心〉為「江州司馬」，第 4 圖〈兩頭槌〉為「上乘髡僧」，第 5 圖〈玉山敧〉為「西湖漫郎」，第 6 圖〈嬰兒態〉為「金谷散人」，第 7 圖〈喚莊生〉為「隴西布衣」，第 8 圖〈花前約〉為「白下茶顛」，第 9 圖〈巫山近〉為「梁園渴史」，第 10 圖〈帳中懼〉為「河中校書」，第 11 圖〈春夜遊〉為「月下玉郎」，第 12 圖〈出世心〉為「穎中潘郎」，第 13 圖〈懶鋪茵〉為「籠鵝仙史」，第 14 圖〈石點頭〉為「眉山居士」，第 15 圖〈自在車〉為「芳草王孫」，第 16 圖〈乘駿馬〉為「吳下阿蒙」，第 17 圖〈翻身戲〉為「晉陵騷客」，第 18 圖〈等不得〉為「湖南曲隱」，第 19 圖〈倦行雲〉為「華胥道士」，第 20 圖〈春睡起〉為「陌上柳鄉」，第 21 圖〈潔冰肌〉為「四明狂客」，第 22 圖〈射雛鴛〉為「扶風豪士」，第 23 圖〈吸霞叠〉為「江陰種子」，第 24 圖〈吹鳳簫〉為「六橋釣叟」。刊於 1610 年的《花營錦陣》春宮畫冊亦如此：第 1 圖〈如夢令〉為「桃源主人」，第 2 圖〈夜行般〉為「風月平章」，第 3 圖〈望海潮〉為「秦樓客」，第 4 圖〈翰林風〉為「南國學士」，第 5 圖〈法曲獻仙音〉為「探春客」，第 6 圖〈鵲踏枝〉為「萬花谷主」，第 7 圖〈金人捧露盤〉為「風流司馬」，第 8 圖〈鳳摟春〉為「忘機子」，第 9 圖〈風中柳〉為「掌書仙」，第 10 圖〈一剪梅〉為「煙波釣叟」，第 11 圖〈探春令〉為「擷芳主人」，第 12 圖〈解連環〉為「醉月主人」，第 13 圖〈浪淘沙〉為「五湖仙客」，第 14 圖〈倒垂蓮〉為「留香客」，第 15 圖〈鵲橋仙〉為「玉樓人」，第 16 圖〈眼兒梅（媚）〉為「惜花人」，第 17 圖〈挽綠轠〉為「方外司馬」，第 18 圖〈醉扶歸〉為「俠仙」，第 19 圖〈後庭宴〉為「醉仙」，第 20 圖〈巫山一段雲〉為「適適生」，第 21 圖〈撲蝴蝶〉為「有情癡」，第 22 圖〈魚游春水〉為「笑笑生」，第 23 圖〈東風齊著力〉為「花仙」，第 24 圖〈一捧蓮〉為「司花史（吏）」。刊於天啟四年的春宮畫冊《鴛鴦秘譜》的「小引」署名為「牡丹軒主人」。晚明時期的色情小說《繡榻野史》為「醉眠閣憨憨子」作序、校閱（荷蘭漢學家高羅佩懷疑是呂天成之《怡情傳》，又名《閑情別傳》），為「江西野人編演」，《昭陽趣史》為「杭州艷艷生」著，是「有況居」刊印於 1621 年。這些色情讀物上所署的假名，都說明馮夢龍在劉承禧面前說假話完全可能。同時也證明《金瓶梅》長期秘而不刊並非因為是「淫書」，而是因為未終卷。

馮夢龍創作《金瓶梅》的生活基礎

從馬克思主義的辯證唯物主義與歷史唯物主義的觀點來看，「作為觀念形態的文藝作品，都是一定的社會生活在作家頭腦中反映的產物。」[1]大凡作家的創作都有濃厚的生活基礎。這種生活基礎包括直接經驗與間接經驗。其中以直接經驗為主，間接經驗為輔，二者缺一不可。直接經驗有待間接經驗的補充、協助；間接經驗需要直接經驗加以融化。在這方面，魯迅深有體會地說「作者寫出作品來，對於其中的事情，雖然不要親歷過，最好是經歷過。……我所謂經歷，是所遇、所見、所聞，並不一定是所作，但所作自然也可以包含在裏面。天才們無論怎樣說大話，歸根結底，還是不能憑空創造。」[2]魯迅曾被中國工農紅軍二萬五千里長征的壯舉所感動，聽了陳賡的介紹後也曾想寫部長篇小說，但最終放棄了，他遺憾地說「我不在當時的漩渦中」。魯迅的論述與遺憾，說明文學創作特別是長篇小說的創作都不可能沒有深厚的生活基礎。作為一部同時代人反映同時代現實生活的《金瓶梅》，當然更不可能違背文學創作的這一根本規律。

馮夢龍在用欣欣子化名所寫的〈金瓶梅詞話序〉中說：「吾友笑笑生為此，爰罄平日所蘊者，著斯傳，凡一百回。」這段話可視為馮夢龍的創作自序。「爰罄平日所蘊」，意即將平日所積累直接生活經驗與間接經驗調動起來，通過藝術構思，使之物質化、形象化、定型化，成為這部天下第一奇書。下面，我們就來探討一下馮夢龍創作《金瓶梅》的生活基礎。

一、馮夢龍的家鄉給他提供的創作依據

馮夢龍是江蘇省蘇州府人，祖籍吳縣，生長於長洲。據錢謙益〈馮二丈猶龍七十壽詩〉前的「癸未元旦」四字可知，馮夢龍於 1574 年（萬曆二年甲戌）元旦誕生於蘇州府長洲縣。弟兄三人，哥哥馮夢桂，弟弟馮夢熊，他是老二。弟兄三人，各擅其才，時人有「吳下三馮」之稱，這說明馮夢龍家中的文化氛圍是很強的。他父親的情況不甚清楚。但

1　毛澤東：〈在延安文藝座談會上的講話〉，《毛澤東選集》，頁 862。

2　魯迅：〈且介亭雜文二集·葉紫作《豐收》序〉（臺北：風雲時代出版公司，1990 年）。

從他父親與當時蘇州大儒王仁孝交往甚密的情況來看，也是一位頗有名望的儒生。從社會學的角度來看，家庭是個人進行社會化的最初場所，是人生的第一所學校，父母親是人生的第一任老師。生活在這樣一個家庭中，馮夢龍從小受到了嚴格而系統的儒家傳統教育，入仕求官的思想很重。他從青年時代起便應試赴考，屢試不第，但始終不灰心，終於在崇禎三年庚午（1630）以貢生任丹徒訓導，即鎮江一個負責教育的小官，這時他已有 56 歲。直到 1634 年（崇禎七年甲戌），馮夢龍才以歲貢選授福建壽寧縣知縣，當了一個七品芝麻官，時年他已經 61 歲。任職不到四年，因得罪閹黨殘餘，於 1637 年（崇禎十年丁丑）被革去知縣官職。從此，他便退出政界。清兵入關後，馮夢龍因明王朝的滅亡憂憤而死，於 1646 年（清順治三年丙戌）離開人世。馮夢龍的一生，經歷了朱明王朝的萬曆、泰昌、天啟、崇禎、弘光、隆武六個朝代。在這段歷史時期內，戰爭頻繁，土地兼併，統治階級腐朽荒淫到了極點，階級矛盾也異常尖銳。萬曆二十七年臨清市民罷工，荊州市民進行了反陳奉的運動。萬曆二十九年，蘇州市民及紡織工聯合舉行了反對孫隆的大暴動。崇禎年間爆發了旨在推翻明王朝的農民起義。朱明王朝這段風雨飄搖的歷史伴隨著馮夢龍的一生，他在《金瓶梅》裏假託宋代末世，藝術地折射出明末的黑暗現實。八十七回中寫武松「上梁山為盜」，九十七回寫周守備奉旨「征剿梁山泊賊王宋江」，便是當時階級矛盾激化的藝術暗示，只是作者立意寫市井小人的生活，未曾詳細描寫罷了。

明代是我國資本主義的萌芽時期，特別是萬曆年間，由於張居正施行一條鞭法，手工業更為發達，商品經濟更為繁榮，蘇杭的紡織品、山陝的毛織品暢銷全國。馮夢龍的家鄉蘇州既是紡織業發達的地區，也是紡織品流通的中心。

> 城中與長洲東西分治，西較東為喧鬧。居民大半工技，金閶一帶比戶貿易，負郭則牙儈輳集，胥盤之內，密邇府縣治，多衙役廝養。而詩書之族，聚廬錯處，近閶尤多。城中婦女習刺繡。濱河近山，人多力穡，耕漁之外，男婦並工，捆屨、擗麻、織布、采石、造器、梓人、覽工、塈石工終年備外境。
> 郡城之東，皆司機業，織文曰緞，方空曰紗。工匠各有專能，匠有常主，計日受值，有他故，則喚無主之匠以代之，曰換代。無主者，黎明立橋以待，緞工立花橋，紗工立廣化寺橋。以車紡絲曰車匠，立濂溪坊、什百為群，延頸相望，如流民相聚，粥後散歸。（《古今圖書集成·考工典卷十·織工部》）

明代最能體現出資本主義性質的生產關係的，是蘇杭一帶的紡織業與廣東佛山一帶的鐵器製造業。這段記載真實地反映了當時的長洲及整個蘇州紡織業發達的情況。在從事紡織業的人員方面，有匠主，有工匠；工匠之中有緞工，有紗工，有車匠，有長期被雇用的工人，也有短期臨時工。在勞動力市場上，「什百為群」的工人「延頸相望」「如

流民相聚」。農民也不再單一地從事農業生產，「耕漁之外」，也從事小商品經濟生產，還有部分木匠、泥瓦匠、石匠，長期在外謀生。蘇州商品經濟的繁榮，給明王朝帶來巨大的財政收入。對於這一點，馮夢龍有明確的論述：「吾郡為東南一大都會，國家根本關係，而吳其首邑也」。[3]

隨著城市經濟的繁榮，商業生產的發達，商業文化也興盛起來，不僅商業術語、商業行話盛行，而且還出現了《商程一覽》《士商必要》等商業貿易書籍。這種商業文化在《金瓶梅》中得到了藝術的反映。第一回概述武大時說：

> 且說武大無什生意，終日挑擔子出去，街上賣炊餅度日，不幸把渾家故了，丟下個女孩兒，年方十二歲，名喚迎兒，爺兒兩個過活。那消半年光景，又消折資本，在街坊張大戶家臨街房居住。（萬曆《詞話》本一回）

原《水滸傳》中根本沒有「資本」一詞，可見是作者改編時加進去的。又如第二十六回中夏提刑罵西門慶家男僕來旺兒的一段話是：

> 夏提刑大喝了一聲，令左右打嘴巴，說：「你這奴才，欺心背主，你這媳婦也是你家主娶的，配與你為妻，又把資本與你做買賣。你不思報本，及生事依醉黃夜突入臥房持刀殺害。」（萬曆《詞話》本二十六回）

「資本」這個名詞在小說中的多次出現，以及第七回中所寫到的「台基上靛缸一溜，打布凳兩條」，說明作者相當熟悉商品經濟及紡織品的生產。特別是在西門慶經商言行的描寫，更能顯示作者對商業文化的熟悉程度。第十六回中玳安、西門慶、李瓶兒間有這樣一段對話：

> 只見玳安外邊打門，騎馬來接，西門慶喚他在窗下問他話，玳安說：「家中有三個川廣客人，在家中坐著，有許多細貨要科兒於傅二叔，只要一百兩銀子，押合同，約八月中旬找完銀子，大娘使小的來，請爹家去理會此事。」西門慶道：「你沒說我在這裏？」玳安道：「小的只說爹在裏邊桂姨家，沒說在這裏。」西門慶道：「你看不曉事，教傅二叔打發他便了，又來請我怎地？」玳安道：「傅二叔講來客人不肯，只等爹去，方才批合同。」李瓶兒道：「既是家中使孩子來請，買賣要緊，你不去，惹的大娘不怪麼？」西門慶道：「你不知這賊蠻奴才，行市遲，貨物沒處發脫，才來上門脫於人，若快時，他就張致了。滿清河縣除了我家

3　馮夢龍：〈代人贈陳吳縣觀行序〉，《馮夢龍詩文》（福州：海峽文藝出版社，1985年），頁164。

　　鋪子大，發貨多，隨問多少時，不怕他不來尋我。」（萬曆《詞話》本十六回）

　　這段對話中所出現的商業術語有「押合同」「批合同」「科兌」「細貨」「發貨」「發脫」「行市遲」「脫於人」等九處，特別是西門慶對市場行情的分析，對川廣客人急於成交的心理的把握，對自己在這場交易中的自信心以及優越感的認定，都反映出作者諳熟商品貿易。第七十七回中當花子由告訴西門慶：「門外客人，有五百包無錫米，凍了河，緊等著要賣了家去」時，西門慶斷然拒絕。其理由是：「凍河還沒人要，到開河船來了，越發價錢跌了。」可見西門慶對於貨源的緊缺行情是了然於心，很能審時度勢地進貨。第三十三回中描寫西門慶利用何官人急於成交的心理，硬是將價值約五百兩銀子的絲線壓低到四百三十五兩銀子才買下來。為了壟斷市場，西門慶通過行賄蔡狀元，較其他鹽商提前一個月購進幾百萬斤鹽，從中撈取大筆利潤。同樣，西門慶用金錢打動宋巡按這一關節，一人承包了給朝廷置辦古董玩器的巨額買賣，以便以假濫真，從中獲利。這一點與晚明蘇州善選假古董玩器騙人詐財的現象是一致的：「蘇州人聰慧好古，亦善仿古法為之。書畫之臨摹，鼎彝之治淬，能令真贋不辨之。善操海內上下進退之權，蘇人以為雅者，則四方隨之而雅之；俗者，則隨而俗之。其賞識品第本精，故物莫能違。」[4]顧炎武的這一記載，使我們可以進一步看到《金瓶梅》這部奇書，在嚴格地摹寫現實生活方面，是非常忠於社會生活的本來面目。我們知道，商品流通是貨幣流通的基礎，是第一性的客觀存在，貨幣流通是第二性的，它既是商品流通的表現，又是為商品流通服務的，二者是對立的統一。無論是商品－貨幣的出賣過程，還是貨幣－商品的買進過程，經商人都要精打細算，從中獲取最大限度的利潤。小說中對亦官亦商而以經商為主的西門慶的上述言行的描寫，實質上展示出了作者這方面知識的深厚。小說還描寫了在聯合經營上西門慶的才能。第六十八回寫西門慶、喬大戶及韓道國、甘出身、崔本三個夥計合資開綢緞鋪，西門慶制定的分紅原則是他本人三分，喬大戶三分，另三個具體承包人共四分。可見在聯合經營方面，西門慶也是一個行家。西門慶十分懂得貨幣作為流通手段的職能，除了在商品流通領域內使其不斷增值外，還直接用貨幣來增加貨幣，放高利貸，月利五分，坐收其利。西門慶常說金銀「兀那東西是好動不喜靜」的，這是商人對貨幣流通職能的形象而典型的注釋，而且這個注釋的通俗性及準確性達到了驚人的程度。孟玉樓說「誰肯把錢放在家裏」，也道出了貨幣增值的奧妙。

　　一部優秀的現實主義的傑作，其通過審美功能所產生的認識作用是驚人的。恩格斯曾高度讚揚巴爾札克「在《人間喜劇》裏給我們提供了一部法國社會特別是巴黎（上流社

4　顧炎武：《肇域志》，江南八，〈蘇州府〉。

會）的卓越的現實主義歷史」，並說「我從這裏，甚至在經濟細節方面（如革命以後動產和不動產的重新分配）所學到的東西，也要比從當時所有職業的歷史學家、經濟學家和統計學家那裏學到全部東西還要多。」[5]無獨有偶，毛澤東同志也高度肯定《金瓶梅》對明末現實所作出的卓越的現實主義描寫，「在揭露封建社會經濟生活的矛盾，揭露統治者和被統治者的矛盾方面，《金瓶梅》是寫得很細緻的。」[6]這也是《金瓶梅》與其他傳奇小說、神魔小說、才子佳人小說的迥異的地方。

「身之所歷，目之所見，是鐵門限。」[7]對所描寫的對象沒有深刻的觀察、理解，作家是無法創作出現實主義的巨著。巴爾札克說他的《人間喜劇》的創作是他在「搜羅了許多事實」的基礎上，又「以熱情為元素」創作出來了。蘭陵笑笑生自序說「罄平日所蘊，著斯傳」，也道出了積累創作素材的準備過程。據現有資料表明，馮夢龍在任丹徒訓導前56年內，基本上生活在家鄉蘇州一帶，並且是以一個下層文人的身份沉在市民生活的底層，混跡於商人、市民、文人和娼妓間的。命運不佳創作幸。落魄文人的生活，倒給他提供了創作《金瓶梅》的豐富素材，使他能洞幽探微，逼真而細緻地描寫出西門慶的經商手段、經商心理，真實而藝術地再現了運河兩岸商品經濟繁榮的社會現實。相比之下，那些《金瓶梅》作者候選人名單中的大名士、巨公、達官，無疑是無法獲得這樣濃厚的生活基礎，創作出這部以對現實關係的所作的卓越描寫而著稱於世的作品的，在當時只有馮夢龍，才具有創作《金瓶梅》的起碼條件。

二、馮夢龍的少年生活經歷給他提供的創作依據

作家的少年期是個性趨於成熟期，對作家創作有潛在影響。

作為一部反映了家庭生活的世俗小說，《金瓶梅》多處描寫了富商西門慶家中歲歲寒食，夜夜元宵的奢侈生活，描寫他們在家宴與晚夕席行酒令的場面。第六十回中吳大舅、沈姨夫、溫秀才、韓姨夫、韓道國、西門慶在家宴上行酒令，其令詞依次是：「一擲一點紅，紅梅花對白梅花」；「二擲並頭蓮，蓮潀戲彩鴛」；「三擲三春李，李下不整冠」；「四擲狀元紅，紅紫不以為褻服」；「五擲臘梅花，花裏遇神仙」；「六擲滿天星，星辰冷落碧潭水」。這些生活場景的描寫，極大地增強了小說的生活氣息，也間

---

5 恩格斯：〈致瑪·哈克奈斯〉，《馬克思恩格斯選集》（北京：人民出版社，1982年）第4卷，頁462-463。
6 轉引自龔育之等著的《毛澤東的讀書生活》（北京：三聯書店，1986年），頁204。
7 王夫之：《薑齋詩話》卷二。

接反映出作者的生活經歷。少年時期的馮夢龍，就喜歡縱酒取樂，褚人獲曾有這樣一段記載：

> 馮夢龍先生，偶與諸少年會飲。少年自恃英俊，傲氣凌人。猶龍覺之，擲色每人請量。俱云不飲。猶龍飲大觥曰：「取全色。」連飲數觥。「全色難得，改取五子一色。」又飲數觥。曰：「諸兄俱不飲，學生已醉，請用飯而別。」諸少年銜恨，策曰，做就險令二聯，俟某作東，猶龍居第三位，出以難之。令要做花名人名回文。曰：「十姊妹，十姊妹，二八佳人多姊妹，多姊妹，十姊妹。」過盆曰：「行不出罰三大觥。」次位曰：「佛見笑，佛見笑。二八佳人開口笑，開口笑，佛見笑。」過猶龍。猶龍曰：「月月紅，月月紅，二八佳人經水通，經水通，月月紅。」諸少年為法自斃，俱三大觥。收令亦無，猶龍曰：「學生代收之。」曰：「並頭蓮，並頭蓮，二八佳人共枕眠，共枕眠，並頭蓮。」諸少年佩服。（《堅瓠》九集卷四）

褚人獲是蘇州長洲縣人，是馮夢龍的同鄉，《堅瓠》作於 1692 年（康熙三十一年壬申），與馮夢龍去世的日子相隔只有 40 多年。很明顯，這段記載是褚人獲據鄉里傳說寫成的，其史料的可信性很強。將這段趣聞與《金瓶梅》中關於酒令的出色描寫結合起來看，我們可以發現這部小說的創作與馮夢龍少年時期的生活經歷也有著內在的聯繫。

在遊戲方面，馮夢龍也十分在行，著有《牌經》《馬吊腳例》等書。褚人獲對馮夢龍這方面的才能亦有記載：「古惟扯張鬥虎，至馮夢龍始為馬吊。謂馬四足，失一不可行。故分四壘，名執其八，而虛八為中營，主將護之，以紀殿最。定賞罰，無掉者，謂之赤足。部中惟百萬簪花，上國之將相也，猶齊之管晏、鄭之僑肸、魏之信陵，雖臣而威震主矣。」[8]《馬吊腳例》以帝王將相打比方，甚為不恭，且兼有諷刺帝王妒賢嫉才的意思，因而遭到了時人的誹謗。《金瓶梅》第十八回中有一節關於打牌情景的描寫：

> 月娘便道：「既是姐夫會看牌，何不進去咱同看一看。」經濟道：「娘和大姐看牌，兒子卻不當。」月娘道：「姐夫至親間，怕怎的。」一面進入房中。只見孟玉樓正在床上鋪茜紅氈看牌，見經濟進來，抽身就要走。月娘道：「姐夫又不是別人，見過禮兒罷。」向經濟道：「這是你三娘哩。」那經濟慌忙躬身作揖，玉樓還了萬福。當下玉樓、大姐三人同抹，經濟在傍邊觀看。抹了一回，大姐輸了下來，經濟上來又抹。玉樓出了個天地分；經濟出了恨點不到頭；月娘出了個四

8　褚人獲《堅瓠》十集卷一，「葉子」條。

紅沉，──八不就，雙三不搭兩么兒，和兒不出，左來右去，配不著色頭。只見潘金蓮掀開簾子走進來，銀絲鬆髻上戴著一頭鮮花兒仙掌，玉體可貌、笑嘻嘻道：「我說是誰，原來是陳姐夫在這裏。」慌的陳經濟扭頸回頭，猛然一見，不覺心蕩目搖，精魂已失。正是：「五百年冤家，今朝相遇；三十年恩愛，一旦遭逢。」月娘道：「此是五娘，姐夫也只見過長禮兒罷。」經濟忙向前深深作揖，金蓮一面還了萬福。月娘便道：「五姐，你來看，小雛兒倒把老鴉子來贏了。」這金蓮近前一手扶著床護坑兒，一隻手拈著白紗團扇兒，在傍替月娘指點，說道：「大姐姐，這牌不是這等出了。把雙三搭過來，卻不是天不同和牌，還贏了陳姐夫和三姐姐。」眾人正抹牌在熱鬧處，只見玳安抱進氈包來，說爹來家了。月娘連忙攛掇小玉，送陳姐夫打角門出了。（萬曆《詞話》本十八回）

這裏月娘、玉樓、大姐、經濟的打牌以及金蓮教月娘打牌，其牌術高低不一，唯月娘最差。這些都反映出了作者深諳牌術的才能，同時也表現出作者高超的創作技巧。這節關於打牌場景的描寫，大書月娘不懂閨禮，不會看人，讓陳經濟擅入後堂與妻妾遊戲，導致金蓮與經濟得以相會，從此之後做出許多醜事；刻畫了孟玉樓本分、老成的性格特徵，致使後文有陳經濟嚴州被孟玉樓設計加害的情節；描寫了陳經濟與潘金蓮一見傾心，心蕩目搖的淫情，為後面二人的打情罵俏以至售色東床的許多情節作了有力的鋪墊。這種「得渡即渡之法」的運用，趁打牌將金蓮、經濟捏在一塊，自然而又生動、細膩而又逼真地刻畫了潘金蓮淫蕩成性的性格，如她的打扮、與陳經濟第一次打招呼的輕佻、看牌時的姿態及動作等。總之，無論從精通牌術還是從深諳小說的創作技巧來看，都說明馮夢龍具有創作《金瓶梅》的可能性。這種雙重暗示的重要性是我們不應輕易忽視或放過去的。在中國文學史上，知識面廣而不善於通過精彩的情節和精細的人物刻畫來體現的作品不乏其例，而以《野叟曝言》為最。這一部小說的作者夏敬渠（1705-1787）為了顯示自己博學多才而「以理學歸之母氏，以兵、詩、醫、算分之四妾」[9]，把自己瞭解的各種知識庋載於全書一百五十四回之中，且又游離人物之外，上至經、史、天、算，下自三教九流，無所不談，以顯其能。結果是處處出醜，節節敗筆，令人讀之生厭。作者在卷首雖自謂「奮武揆文，天下無雙正士，熔經鑄史，人間第一奇書。」然而該書得以流傳，只是因為中間夾雜有幾回露骨而下流的肉慾描寫。夏敬渠的出乖露醜，反襯出《金瓶梅》作者善於把平日所學化為藝術形象的情節場面的創作本領。而這種兼善兩長、雙擅其美的晚明文人，馮夢龍則應是最佳人選。因此，從第十八回打牌情節來看，馮夢龍

9　錢靜方：〈小說叢考〉，《中國小說史料》（上海：上海古籍出版社，1982年），頁167。

也可能是《金瓶梅》的作者。

三、馮夢龍的嫖妓生活給他提供的創作依據

妓女是《金瓶梅》中刻畫的主要對象之一；妓院生活，也是這部小說描寫的主要內容的一個方面。小說在這方面所取得的藝術成就，源於明末娼妓文化或稱青樓文化的浸潤以及馮夢龍對妓院生活的熟悉。中國娼妓由來極早。殷商期間為巫娼時代。西周至東漢為奴隸娼妓期。吳、蜀、魏三國鼎立至隋代為家妓與奴隸娼妓並存期。唐宋元明為官妓的鼎盛期，清代為私娼漫延期。明末隨著商品經濟的繁榮，金錢的誘惑力的腐蝕，統治階級的日漸荒淫，封建統治的漸趨崩潰，「明萬曆之末，上倦於勤，不坐朝，不閱章奏。輦下諸公亦泄泄遝遝。然間有陶情花柳者，一時教坊婦女，競尚容色，投時好以博資財」（嚴思庵《艷囮》）。唐宋時間妓女稱「官妓」「宮妓」，明代則稱為「教坊樂戶」。風動於上而振於下。由於上層統治階級「陶情花柳」，以至「今時娼妓滿布天下。其大都會之地，動以千百計。其他偏州僻邑，往往有之。終日倚門賣笑，賣淫為活，生計至此，亦可憐矣」（謝肇淛《五雜組》）。此時不僅官妓盛行於大城市，而且也有私娼出現：「近世風俗淫靡，男女無恥，皇城外娼肆林立，笙歌雜遝，外城小民度日難者，往往勾引丐女數人，私設娼窩，謂之『窯子』。」（《梅圃餘談》）明末娼妓的四處漫延，是以運河岸邊的六代繁華之地的金陵為輻射中心地：「海宇承平，陪京佳麗，仕宦者誇為仙都，遊談者據為樂土。……嘉靖中年，朱子價、何元朗為寓公，金在衡、盛仲交為地主，皇甫子循、黃淳父之流為旅人，相與授簡分題，徵歌選勝。秦淮一曲，煙水競其風華；桃葉諸姬，梅柳滋其妍翠。此金陵之始盛也。萬曆初年，陳寧鄉芹解組石城，卜居笛步，置驛邀賓，復修青溪之社，於是在衡、仲交以舊老而蒞盟，幼于、百穀以勝流而至止。厥後軒車紛遝，唱和頻繁。此金陵之再盛也。其後二十餘年，閩人曹學佺，能始迴翔棘寺，遊宴冶城，賓朋過從，名勝延眺。縉紳則臧晉叔、陳德遠為眉目，布衣則吳非熊、吳允兆、柳陳父、盛太古為領袖。台城懷古，為文憑弔之篇，新亭送客，亦有傷離之作，筆墨橫飛，篇帙騰湧，此金陵之極盛也。」（錢牧齋〈金陵社夕詩序〉）這種傷風敗俗的娼妓行業的盛行，像股污水浸蝕著當時社會風氣，這在《金瓶梅》的藝術折射鏡中，真實地再現在讀者的眼底。

首先，《金瓶梅》真實地再現了當時娼肆林立的現實，小說中所涉及到的妓院有构欄後巷吳家妓院、二條巷的李家妓院、董家妓院、齊家妓院、鄭家妓院、揚州的王家妓院、臨清的鄭家妓院、潘家妓院、武家妓院、馮家妓院。所寫到的妓女有李桂姐、吳娘兒、鄭愛月兒、李桂卿、鄭愛香兒等 34 人。鴇母有李三媽、吳四媽、鄭家鴇母、鄭五媽、

王一媽、馮家鴇母、武長腳、魯長腳、朱毛頭等人。在小說中還有對妓院分布情況的介紹，如第五十回寫到「原來這條巷，喚做蝴蝶巷，裏邊有十數家，都是開坊子吃衣飯的。」九十三回借淪為娼妓的馮金寶之口介紹臨清碼頭的妓院：「奴就住在這橋西酒家店劉二那裏。有百十間房子，四處術衢窠子，妓女都在那裏安下，白日裏便來各酒樓趕趁。」對妓院屋內的陳設，小說也作了詳盡的描寫。第五十九回對鄭家妓院及鄭愛月兒的居室作了細緻的描寫：「原來鄭愛香兒家，門面四間，到底五層房子。轉過軟壁，就是竹槍籬，三間大院子，兩邊四間廂房，上首一明兩暗三間正房，就是鄭愛月兒住的房。他姐姐愛香兒的房，在後邊第四層住。但見簾攏香靄。進入明間內，供養著一軸海潮觀音；兩旁掛四軸美人，按春夏秋冬：惜花春起早，愛月夜眠遲，掬水月在手，弄花香滿衣；上面掛著一聯：『卷簾邀月入，諧瑟待雲來』。上首列四張東坡椅，兩邊安兩條琴光漆春凳。……進入粉頭房中，但見瑤窗用素紗罩，淡月半浸；繡幕以夜明懸，伴光高燦。正面黑漆鏤金床，床上帳懸繡錦，褥隱華裀，旁設紅小几，博山小篆靄沉檀；樓鼻壁上文錦象窯瓶，插紫筍其中；床前設兩張繡甸矮椅，旁邊放對鮫銷錦。雲母屏，模寫淡濃之筆；鴛鴦榻，高閣古今之書。」這是西門慶之流出入的高級妓院。至於像家人玳安、琴童所嫖妓的私窠子則是另外一番景象：「一個門戶，半間房子，裏面打著土坑」，「黑洞洞，燈也不點。」小說正是以對這些妓院的房間、傢俱、陳設的細緻而逼真的描寫，精細刻畫出人物的典型環境，再現了當時娼妓氾濫的社會風貌，並為自己筆下的嫖客、幫閒、妓女、鴇母等人物提供了活動的天地。

其次，《金瓶梅》非常細緻地描寫了妓女、嫖客、幫閒之間戲罵、調情、鬥嘴的場景。試看六十八回中一節文字：「唱畢，西門慶向伯爵說：『你落索他姐兒三個唱，你也下來酬他一杯兒。』伯爵道：『不打緊，死不了人，等我打發他：仰靠著，直舒著，側臥著，金雞獨立，隨我受用；又一件，野馬踩場，野狐抽絲，猿猴獻果，黃狗溺尿，仙人指路，靠背將軍柱，夜對木伴歌，隨他揀著要！』愛香道：『我不好罵出來的，汗邪了你這賊花子，胡說亂道的！』這應伯爵用酒碟安三個鍾兒，說：『我兒，你們在我手裏吃兩鍾，不吃，往身上只一潑！』……愛月兒道：『你跪著月姨兒，教我打個嘴巴兒，我才吃。……』黃四道：『二爺，你不跪，顯的不是趣人。也罷，跪著不打罷。』……於是奈何不過，真個直撅兒跪在地下。那愛月兒輕揎彩袖，款露春纖，罵道：『賊花子，再敢無禮傷犯月姨兒？再不敢──高聲兒答應！你不答應，我也不吃。』那伯爵無法可處，只得應聲道：『再不敢傷犯月姨了。』這愛月兒一連打了兩個嘴巴，方才吃那杯酒。」嫖客西門慶的淫威、幫閒應伯爵的下流無恥、妓女的恃寵生驕以及流行於妓院中的那些污穢語言，都維妙維肖地再現出來了，使人如聞其聲，如見其影，如歷其境，簡直到了濫真的地步。不是親歷其境者，很難虛構得如此繪聲繪色。

再次，《金瓶梅》以它現實主義的筆觸描寫了妓女們的痛苦生活及悲慘的遭遇。小說第五十回中妓女金兒的一段〈山坡羊〉詞便是廣大妓女對娼妓行業的血淚控拆：「煙花寨，委實的難過。白不得清涼倒坐，逐日家迎賓待客，一家兒吃穿全靠著奴身一個。到晚來印子房錢逼的是我。老虔婆，他不管我死活。在門前，站到那更深兒夜晚，到晚來有哪個問聲我飽餓。煙花寨再住上五載三年來，奴活命的少來死命的多，不由人眼淚如梭。有英樹上開花，那是我收圓結果。」私窠裏的妓女不僅要受鴇母的壓迫與剝削，而且還要遭到地痞流氓的百般欺凌。九十四回介紹臨清碼頭的劉二說：「這酒家店的劉二，有名坐地虎。他是帥府周守備府中親隨張勝的小舅子，專一在碼頭上開娼店，倚強凌弱，舉放私債，與窠窩中各娼使錢，加三討利。有一不給，搗換文書，將利作本，利上加利。嗜酒行凶，人不敢惹他。就是打粉頭的班頭，欺酒客的領袖。」妓女馮金寶晚交 3 個月房錢，被他「摟心一拳」，打倒在地，頭撞在階沿上，「血流滿地」。王六兒接客，未經劉二許可，「被劉二向前一腳，跺了個仰八叉」，並且破口大罵王六兒：「你是那裏來的無名少姓私窠子，不來老爺手裏報過，許你在這酒店內趁熟？還與我搬去！若搬遲，須吃我一頓好拳頭！」孫雪娥被潘五謊語騙入娼門，「這潘五進門不問長短，把雪娥先打一頓，睡了兩日，只與他兩碗飯吃。教他樂器，學彈唱，學不會又打，打得身上青紅遍了。引上道兒，方與他好衣穿，妝點打扮，門前站立，倚門獻笑，眉目嘲人。」後來，當她被帥府周守備的親隨張勝看中，「就包住了她，不許接人。」「那劉二自恁要圖他姐夫歡喜，連房錢也不問他要了，各窠窩刮刷將來，替張勝出包錢，包定雪娥柴米。」雪娥這段被逼良為娼的簡短文字，滲透著封建社會中廣大妓女的辛酸血淚。而劉二對雪娥前欺後奉的態度，則典型地反映了廣大妓女任人擺布宰割的悲慘命運。以上是作者對私窠中低級妓女的命運的描寫。小說也酷似現實地展示了李桂姐、吳銀兒、鄭愛月兒等所謂高級妓女的悲慘的命運。她們在鴇母眼中只是株搖錢樹，用李桂姐鴇母的話來說：「一家兒指望他為活計。吃飯穿衣，全憑他供柴糴米。」在嫖客的心目中，她們只是供人玩弄、取樂的工具，用應伯爵的話來說「麗春院粉頭，供唱遞酒是他的職分」。李桂姐本是西門慶的小妾李嬌兒的侄女，因西門慶是清河一霸，就被西門慶每月 50 兩銀子包占了。後又見西門慶做了提刑官，便心甘情願地認西門慶為義父，拜西門慶的大老婆吳月娘為乾娘，其所以如此，一者懼怕西門慶的權勢，二者便於隨時供西門慶淫樂。妓女吳銀兒也效尤其後，甘當西門慶的寵妾李瓶兒的乾女兒。妓女鄭愛月兒為了巴結西門慶，竟喪盡天良地幫西門慶牽絲搭橋，出謀劃策，與林太太通姦，這一招既滿足了西門慶的肉欲，又滿足了西門慶市井小人的虛榮心。於是，「西門慶見粉頭所事合著他的板眼，亦發喜歡，說：『我兒，你既貼戀我心，每月我送三十兩銀子與你媽盤纏，也不消接人了，我遇閑就來。』」這三個妓女懾於西門慶的淫威，不僅出賣了自己的肉體，

而且也出賣了自己的靈魂,甚至還出賣了他人。她們一經西門慶包占後,完全喪失了人身自由。有一次,李桂姐陪一個蠻子飲酒,被西門慶撞見了,西門慶盛怒之下,把李家妓院的碟兒蓋兒打得粉碎,揚言要二條繩子把李桂姐與蠻子「墩鎖在門房內」。王三官送給鄭愛月兒一軸《愛月美人圖》,下書「三泉主人醉筆」。西門慶問這是不是王三官的號,「慌的鄭愛月兒連忙摭說道:『這還是他舊時寫下的。他如今不號三泉了,號小軒了。他告人說,學爹說,我號四泉,他怎的號三泉?他怕爹惱,因此改了號小軒。一面走上前,取筆過來,把那『三』字就塗抹了。」這個細小情節的描繪,真實地反映了妓女的感情、愛好都被嫖客剝奪得一乾二淨的殘酷現實。

最後,《金瓶梅》在描寫妓女生活的時候,相當熟練地運用了一些在妓院中流行的術語及髒話。九十四回的「頂老」(一般兒四個唱的頂老,打扮得如花似朵,都穿著輕絹衣裳,上的樓來。)查《金陵六院市語》,可知「頂老」是指青年妓女,她們將頂替年老色衰的妓女。四十二回的「小刺骨兒」(俊傻小刺骨兒,你見在這裏,不伏侍我,你說伏侍誰?),係指妓院中無用沒人喜歡的妓女。五十九回裏的「半門子」(囚根子,一個院裏半門子也認不的了,趕著粉頭叫娘娘起來。),「半門子」與「粉頭」同義,指妓女。九十八回的「八老」(韓道國那邊使的八老來請吃茶。),指的是妓院中的僕役,俗稱忘八,尊稱八老。十一回裏的「梳籠」(使小廝家去拿五十兩銀子,段鋪內討四套衣服,要梳籠桂姐。)與五十九回裏的「梳弄」(小行貨子家,自從梳弄了,那裏好生出去供唱去。),雖只有一個字之差,其中含義大有差異。「梳籠」是從嫖客方面講的,即花費錢財包占玩弄尚未接過客的妓女。「梳弄」是就年輕妓女來說的,雛妓未接客時頭上梳的是辮子,第一次接客後頭上便籠髮為髻。「籠」含籠絡、壟斷等混合意思;「弄」含玩弄、被耍弄的意思。三十二回鄭愛香說嫖客張小二與妓女董貓兒的關係是「因把貓兒的虎口內火燒了兩醮,和他丁八著好一向了,這日只散走哩。」李桂姐為顯示自己高貴,不與張小二來往,說「真是硝子石望著南兒丁口心!」伯爵說妓女等不得是「寒鴉兒過了,就是青刀馬。」鄭愛香替桂姐罵伯爵:「不要理這望江南巴山虎兒,汗東山斜紋布」;「這應二花子,今日鬼酉上車兒——推醜。東瓜花盡醜的沒時了。他原來是個王姑來子。」這些話,連小說中的吳月娘、謝希大也聽不懂,至今尚讓讀者不明其義。這些行話、髒話的運用,更使得這部小說的世俗色彩越發濃重。可見非對妓院生活非常熟悉者斷然不會如此大量、如此準確地、如此熟練地運用這些語言的。而這些又與馮夢龍的嫖妓生涯有密切的聯繫。

「逍遙豔冶場,遊戲煙花里。」[10]這是馮夢龍的好友對他嫖妓生涯的簡單概括。馮夢龍從青年時期起便出入青樓,混跡妓院。在與之交往的妓女中,他和一個名叫侯慧卿的

10　王挺:〈挽馮猶龍〉,《馮夢龍詩文》,頁 147。

妓女交誼甚厚、兩人情洽意合，無話不談。這在馮夢龍的《山歌·私情·多》後面的評話中有所批露：「余嘗問名妓侯慧卿云：『卿輩閱人多矣，方寸得無亂乎？』，曰：『不也。我曹胸中，自有考案一張，如捐額外者不論，稍堪屈指，第一第二以至累十，井井有序。他日情或厚薄，亦復升降其間。倘獲其才，不妨黜陟，即終身結果，視此為圖。不得其上，轉思其次，何亂之有？』余歎美久之。雖然，慧卿自是作家語，若他人未必心不亂也。世間尚有一味淫貪，不知心為何物者，則有心可亂，猶是中庸阿姐。」[11]

　　由於馮夢龍長期出入青樓酒肆，所以他對妓院的生活非常熟悉。對於妓院的騙人術，馮夢龍歸結為：「青樓中有三字經曰：『烘、哄、閧。』又曰：『烘如火；哄如蠱；閧如虎。』金樽檀板，繡幃香衾。餓眼生波，熱腸欲沸，所謂烘也。粉陣迷魂，花妖醉魄。情濃若酒，盟重如山，哄人伎倆，茲百出矣。已而願奢未遂，暫重難酬，寡醋誰堪，閑槽易跳。百年之約，一閧而止，故曰：『十分真只好當三分用。識得此意，大落便宜』。」[12]至於多數妓女，多是虛情假義，其弄乖使巧，全在騙人。對於這一點，馮夢龍也深有體會，並有一定的對付辦法：「或曰：有閃人心，方有閃人法。末句易閃人的心腸改如何。余曰：『風月中法兒最多。諺云：只怕乖而不來，那怕來而使乖。不閃人又不為人閃者，吾見亦罕矣。有閃人之法，因生防閃之法，又生防防閃之法。法法相生，閃閃莫悟，可悲亦可畏也。法兒其顯者，人猶不知，況心乎？』」[13]對於妓女與嫖客、幫閒之間贈送小物事，馮夢龍更是司空見慣，極為熟悉：「每見青樓中，受人私餉，皆以為固然。或酷用，或轉贈，若不甚惜。至自己偶以一扇一帨贈人，故作珍秘，歲月之餘，猶詢存否？而癡兒亦遂珍之秘之，什襲藏之，甚則人已去而物存，猶戀戀似有餘香者，真可笑已。余少時從狎邪遊，得所轉贈詩帨甚多。夫贈詩以帨，本冀留諸篋中，永以為好也。而豈意其旋作長條贈人乎？然則汗巾套子耳，雖扯破可矣。」[14]在馮夢龍看來，妓院中互贈的物品，都是轉手貨，並非表達真情的信物，而是虛情假義之舉，滑稽可笑，識此者「扯破可矣」。

　　長期的尋花問柳，使馮夢龍對妓女非常熟悉。褚人獲說馮猶龍有嘲妓《黃鶯兒》一卷，其嘲長妓云：「仰面覷妖嬈，出蘭房，領曲腰，粉牆半露花容貌，也不是雲妝高髻，也不是繡鞋底高。拜如折竹因風倒，好姣姣，太湖石畔有個女曹交。」〈嘲麻妓〉云：「廣繡閣俏嬋娟，恨朝朝費粉錢，龐兒亂撲梨花片，千圈萬圈，不方不圓，水漚滿泛青波

11　《明清民歌時調集》（上）（上海：上海古籍出版社，1986年），頁331-332。

12　《明清民歌時調集》（上），頁139。

13　《明清民歌時調集》（上），頁131-132。

14　《明清民歌時調集》（上），頁143。

面,貼花鈿繁星拱照,點破鏡中天。」[15]馮夢龍用民歌反映妓女習性的作品還不少。《掛枝兒·者妓》中說妓女喜怒莫測,「一時甜如蜜,一時辣似椒」是「沒定準的冤家」。[16]《山歌·瘦妓》中罵胖妓是吃了肥豬肉,「便覺油煙氣」。〈壯妓〉中又罵瘦妓是「活骷髏」。〈大腳妓〉中諷刺大腳妓腳力忒大,「一雙鞋面還要貼換兩三遭」。在《掛枝兒·妓客問答》中說有良心的妓女對後來的房客抱歉,責怪他「來遲了」。[17]在〈妓〉(又)中說有情的妓女只要求有情哥「頻頻到」,不要他的「財和寶」。在這些文字中,也表露出馮夢龍作為封建文人的某些低級庸俗的情趣和對淪為妓女的婦女的偏見,同時也從另一個側面說明馮夢龍十分瞭解各類妓女的情況。

在熟悉瞭解妓女的生活過程中,馮夢龍還善於將從前的妓女與當時他所見到的妓女進行比較:「聞先輩云:四十前,吳下妓者皆步行,使後生抱琵琶以從,見士大夫及武弁,俱行稽首禮。近來此風,惟北地庶幾猶存,而南國若掃矣。吳下其尤也。娼不唱,妓不伎,略似人形,便尊之如王母,譽之如觀音,頤指氣使,靡不俯從。曲中稍和一兩字,相詫以為鳳鳴鸞響,跪拜不暇。又不然,則曰某也品勝,某也人良。而齷齪青樓,遂無棄物。取之彌恕,其質彌下;奉之彌甚,其技彌拙;而所謂抱琵琶過船者,僅歸之彈詞之盲女與行船之丐婦。名娼名妓,實瞽乞之不若矣。誠得一有喉嚨者,何愛殺?妒婦之口,吾未敢信。」[18]可見馮夢龍鄙視一無所長的妓女,而欣賞的是色藝雙全的妓女,對吳下妓女,他頗有點九斤太太似的、今不如昔的憤憤不平。因此,《金瓶梅》中的絕多數妓女,琵琶箏篆,無所不會,都能歌遏行雲,舞回明月,特別是李桂姐、吳銀兒、鄭愛月兒,個個色藝雙全。

客觀生活是文學創作的源泉與基礎,作家創作的主題由生活經驗來暗示,作家的創作衝動由客觀的外界生活現象來引發,而一當原始的生活積累、思想積累、感情積累與作家的創作個性相融化,作品便借助語言和一定的藝術形式產生出來了。因此,創作素材的積累,是作家創作的第一個階段,是作品賴以生存的沃土。馮夢龍「余少時從狎邪遊」,長期與鴇母,妓女廝混在一起,獲得了第一手生活素材。正是他嫖妓生活中的所見、所聞所為,構成了他創作《金瓶梅》的深厚基礎。西門慶的嫖妓宿娼;李桂姐、吳銀兒、鄭愛月兒等妓女的飲食起居、爭風吃醋;陳敬濟與韓愛姐的「破瓜之交」,鴇母的奸滑刁鑽,牙行婊語的污穢齷齪;甚至連性欲很強的潘金蓮與王六兒平時喜喝甜酒,

---

15　褚人獲:《堅瓠集》(杭州:浙江人民出版社),第四冊卷之四,〈嘲妓〉篇。

16　《明清民歌時調集》(上),頁 224、348。

17　《明清民歌時調集》(上),頁 233、237。

18　《明清民歌時調集》(上),頁 149。

行房前愛飲烈性燒酒這些細微末節，都被他描寫得那樣細如牛毛繭絲，絲絲入扣，「不徒肖其貌，且並其神傳之。」[19]馮夢龍真無愧是「稗官之上乘，爐錘之妙手。」總之，《金瓶梅》在描寫妓院生活方面所取得的卓越的藝術成就完全是植根於馮夢龍的嫖妓生涯之中，這正符合文學創作的規律，尤其是長篇世情小說的創作規律。同時我們還要看到另一面，即毛澤東所指出的：「但是，《金瓶梅》的作者，不尊重女性，《紅樓夢》《聊齋志異》是尊重女性的。」[20]不僅在描寫妓女方面，而且在描寫書中絕大多數女性形象上（孟玉樓、韓愛姐、吳月娘稍好一點），這種人物創作傾向是非常突出的，特別是對潘金蓮、王六兒、李桂姐三個女性的描寫。

---

19 謝肇淛：〈金瓶梅跋〉，《金瓶梅資料彙編》，頁3。
20 毛澤東1961年12月在中央政治局常委和各大區第一書記會議上的講話，轉引自龔育之等著《毛澤東的讀書生活》，頁224。

馮夢龍創作《金瓶梅》的思想基礎

　　文學創作是一種精神生產，它與作家的思想意識緊密相關。作家的生活經驗給文學形象以血肉，思想則給文學形象以靈魂。思想一旦被作家的情感所融化，就同情感交融在一起灌注到形象的肌體之中。因此，一部作品的思想價值與藝術價值，在很大程度上也取決於作家的思想意識。《金瓶梅》的創作，同樣也是受馮夢龍的思想意識所支配的。

一、儒家思想

　　馮夢龍出身於一個儒士家庭，從小就受到了正規的儒家思想教育。他的弟弟馮夢熊在《麟經指月》序中回憶到，「余兄猶龍治《春秋》，胸中武庫，不減征南。居恒研精，覃思曰：吾志在《春秋》，牆壁戶牖，皆置刀筆者，積二十餘年而始愜，其解粘釋縛，則老吏破案，老僧破律；其擘肌分理，則析骨還父，析肉還母；其宛析肖傳，字句間傳神寫照，則如以燈取影，旁見側出。橫斜平直，各得自然。」從這裏我們可以瞭解到，馮夢龍自幼習《春秋》，銳意求精，對《春秋》的理解，竟有如「老吏破案，老僧破律」的程度，對《春秋》精華的把握，竟到了「析骨還父，析肉還母」的地步。明泰昌元年吳縣書林開美堂刊刻的《麟經指月》，以及明天啟五年馮夢龍自刊的《春秋衡庫》30 卷，都是馮夢龍研究《春秋》的專著。這兩大部書的問世，顯示出他對《春秋》頗有自己獨到的見解。馮夢龍在《春秋》研究方面造詣深厚，在當時社會上頗有名氣，被邀請到紹興講過學，甚至還到湖北大山區麻城講過學。「敝邑麻，萬山中手掌地耳。而明興獨為麟經藪，未暇遐溯，即數十年內，如周，如劉，如耿，如田，如李，如吾宗，科第相望，途皆由此。故四方之治《春秋》者，往往問渡於敝邑；而敝邑亦居然以老馬智自任。迺吳友陳無異令吳，獨津津推轂馮生猶龍也。王大可自吳歸，亦為余言吳下三馮，仲其最著云。餘拊髀久元。無何而吳生赴田公子約惠來敝邑，敝邑之治《春秋》者，往往反問渡於馮生，〈指月〉一篇，發傳得未曾有。余於是益重馮生，而信二君子為知言知人也。」[1]由此可知，湖北麻城當時究習《春秋》，碩果累累，出了不少人才，以至聞名四方，不

---

[1]　梅之煥：〈敘麟經指月〉，《馮夢龍詩文》前影印件。

少學者文人前來此地求教。而馮夢龍敢於到麻城作《春秋》學術講演輔導，竟使麻城在這方面頗有見解的儒生欽佩之至，紛紛向馮夢龍請教，這說明馮夢龍在此方面更勝人一籌。所以，梅之煥的這段回憶，真實地反映了馮夢龍治《春秋》的學識與聲望。用馮夢龍的門生周應華的話來說：「故其著述可示於子孫，可惠於天下，而其精誠直可貫於生生世世，非虛語也。」[2]這可視為時人對馮夢龍治《春秋》的最高評價。

《春秋》相傳為孔子所作，是儒家的經典之一。其揚善抑惡的正義感、薄身厚民的政治主張、民為本的仁治思想以及慣用的《春秋》筆法，對馮夢龍的創作起了潛移默化的影響。所以馮夢龍關心國家命運，同情勞動人民，堅持正義，反抗強暴，敢於無情地揭露封建統治階級的腐朽黑暗。這正如馮夢龍所說的那樣：「予少秉賦勁骨，棱棱不受折抑，更有腸若火，一鬱勃，殊不可以水沃，故每覽古今事，遇忠孝困於讒，輒淫淫淚落。有隻字片語，必志之以存其人；至於奸雄得志，又不禁短髮支髣立也。」[3]正因為這樣，馮夢龍在「哲皇帝朝以言得罪，里居三載」而不出。[4]在儒家積極用世的思想薰陶下，馮夢龍很想為國為民幹一番事業。當他 61 歲任壽寧知縣時，就以此作為政治舞台，在這個山區小縣施展才能，勵精圖治，興利除弊，如簡政輕賦，嚴禁丟棄女孩和溺死女嬰。在《金瓶梅》中，馮夢龍在民為貴、君為輕的民本思想指導下，以影射筆法無情揭露了明末封建統治階級的黑暗與腐朽。小說第三十回借西門慶給蔡京行賄得官這件事議論說：「看官聽說，那時徽宗，天下失政，奸臣當道，讒佞盈朝。高、楊、童、蔡四個奸黨，在朝中賣官鬻獄，賄賂公行，懸稱升官，指方補價，貪緣鑽刺者，驟升美任；賢能廉直者，經歲不除。以至風俗頹敗，贓官污吏，遍滿天下，役煩賦重，民窮盜起，天下騷然。不因奸佞居台輔，合是中原血染人。」在這裏作者主要抨擊的是朝廷吏治、法治及人事方面的黑暗。也是他侘傺失志，濩落鬱塞，悲憤慨的心聲，意在警發薄俗，扶樹儒教。從小說中的西門慶來看，他既無安邦之文才，又無定國之武功，「本係市井棍徒」，「菽麥不知，一丁不識」，「專在縣裏管些公事，與人把攬說事過錢，交通官吏」。西門慶還生性浮浪風流，「專一飄風戲月，調占良人婦女」，玩弄之後便交給媒人賣掉；成日在構欄裏與妓女鬼混，在妓院中與娼妓同宿，是滿縣人都不敢惹的惡棍刁民。只因他給蔡太師送了一付生日厚禮，便一夜之間由一介平民升為理刑副千戶。馮夢龍借此事而發的議論，入木三分地嘲諷了明末朝政的黑暗。小說第六十八回借工部主事安忱之口，將明末朝政腐敗給廣大人民所帶來的巨大災難作了深刻的揭露：「今又承命修理河道，當

2　周應華：〈跋春秋衡庫〉，《馮夢龍詩文》，頁 182。

3　吳越草莽臣：〈魏忠賢小說斥奸書敘〉，《馮夢龍詩文》，頁 66-67。

4　馮夢龍：〈代人贈陳吳縣入覲序〉，《馮夢龍詩文》，頁 162。

此民窮時盡之財，前者皇船載運花石，毀閘折壩，所過倒懸，公利困弊之極；而又瓜州、南望、沽頭、魚台、徐沛、呂梁、安陵、濟寧、宿遷、臨清、新河一帶，皆毀壞廢圮，南河南徙，淤沙無水，八府之民皆疲弊之甚，又兼賊盜梗阻，財用匱乏，大覃神輸鬼役之才，亦無如之何矣。」這段貌似客觀冷靜的閒話，赤裸裸地揭露了封建統治階級為了尋歡作樂，不顧「民窮財盡」，甚至還破壞農田水利設施、河運航道，載運花石，興修艮嶽，以至廣大人民處於饑寒交迫之中，揭竿而起，反抗暴政。其字裏行間所流露出來的憂國憂民的感情，與馮夢龍的民本思想息息相通。國運不濟，民不聊生，奸佞橫行，忠良受害，其總根子在哪裏？小說第七十一回寫道：「這皇帝果生得堯眉舜目，禹背湯肩。若說這個官家才俊過人，口工詩韻，目覽群籍；善寫墨君竹，能揮薛稷書；道三教之書，曉九流之典。朝歡暮樂，依稀似劍閣孟商王；愛色貪杯，仿佛金陵陳後主。」這漫畫似的敘述，勾勒出了一個「金玉其外，敗絮其中」的無道昏君的形象，他雖有各種才能，卻缺乏經國治世的才幹和民為貴、君為輕的思想；雖然長得像歷史的賢君明主，實質上卻是一個不愛江山愛美人的亡國之君。小說如此大膽而直接地把批判的矛頭指向封建地主階級的總頭目、總代表皇帝，表現出了馮夢龍「秉賦勁骨」、不畏強暴的創作個性，以及他長於揭露統治階級醜惡嘴臉的《春秋》筆法。

《春秋》倡正名，講仁義。仁義的主旨是以「親親為大」，以「孝悌為本」，要求人人在孝悌思想的基礎上去忠君，通過維繫血緣關係來鞏固封建統治。這也是馮夢龍受儒家思想薰陶，長期治《春秋》所形成的一種封建思想。《金瓶梅》作為一部「獨罪財色」的世情小說，「故其開卷，即以冷熱為言，煞末又以真假為言。其中假父子矣，無何而有假母女；假兄弟矣，無何而有假弟妹；假夫妻矣，無何而有假外室；假親戚矣，無何而有假孝子；滿前役役營營，無非於假景中提傀儡。」[5]作為一部批判現實主義小說，《金瓶梅》花費了很多筆墨，調動了許多藝術手法，描寫了晚明由於金錢的腐蝕，人類正常的關係被顛倒，正常的感情被泯滅，塑造了許多假父子、假母子、假兄弟、假夫妻、假親戚的形象。西門慶與蔡太師，一居清河縣，一居京城，既無血緣關係，也無師生之誼。可是當西門慶在蔡太師生日那天，送了「大紅蟒袍一套、官綠龍袍一套、漢錦二十匹、蜀錦二十匹、火浣布二十匹、西洋布二十匹、其他花素尺頭四十匹、獅蠻玉帶一圍、金鑲奇南香帶一圍、玉杯與犀杯各十對、赤金攢花爵杯八只、明珠十顆、黃金二百兩，一共二十來杠」。蔡太師見後「心下十分歡喜」，便以父子相稱，「兩個喁喁笑語，真似父子一般」。而潘金蓮與潘姥姥是親生的母女，在潘裁早逝後，母女二人相依為命。當潘金蓮踏進西門慶家後，見西門慶獨寵給他帶來巨大財富的李瓶兒，惱恨自己家貧，失

5　張竹坡：〈竹坡閒話〉，《第一奇書金瓶梅》，康熙乙亥本。

去了爭寵的資本，把一腔怨氣全發洩在自己親生的母親身上，非怨即罵，甚至動手，全無一點母女感情。五十八回中，當潘金蓮見潘姥姥替李瓶兒說話時，「須臾紫漲了面皮，把手只一推，險些兒不把潘姥姥推了一跤，便道：『怪老貨，你不知道，與我過一邊坐去！不干你事，來勸什麼醃子。甚麼紫荊樹，驢扭棍、單管外合裏差？』潘姥姥道：『賊作死的短壽命，我怎的外合裏差？我來你家討冷飯吃，教你恁頓摔我！』金蓮道：『你明日夾著那老毴走，怕是他家拿長鍋煮吃了我。』那潘姥姥聽見女兒這等証他，走到屋裏嗚嗚咽咽哭起來了。」潘金蓮如此打罵、氣、趕自己的親生母親，究因只在「錢」上，所以真母女反倒成了假母女。妓女吳銀兒因攀附權勢，認李瓶兒為乾娘，見李瓶兒病重無法醫治時便視若路人，從不探視李瓶兒的病。可是一旦見到李瓶兒給她留下幾件紀念物品，又像真女兒一樣地痛哭起來。對於吳銀兒這種由假而真的感情變化，小說力透紙背，作了細膩而深刻的描寫：「孟玉樓道：『你是他乾女兒，他不好了這些時，你就不來看他看兒？』吳銀兒道：『好三娘，我但知道，有個不來看的？說句假就死了，委實不知道。』月娘道：『你不來看你娘，他還牽掛著你，留下件東西兒與你做一念兒，我替你收著哩。』因令小玉：『你取出來，與銀姐兒看。』那小玉走到裏間，取出包袱，內包著一套段子衣服，兩根金頭簪兒，一件金花兒。把吳銀兒哭的淚人也相似，說道：『我早知他老人家不好，也來伏侍兩日兒』。」真是無一貶詞，而情偽自見。小說就是這樣以平淡的筆觸、疏淡的語言、真實的情節，描繪了一群假父子、假母女、假弟兄等眾生相，抨擊了金錢對人類感情的腐蝕。

但是，作者並非認為天命民懿盡被金錢的魔力完全滅絕，在人欲橫行的世界中也還有人間真情。如武松與武大便是真兄弟。武大屈死，武松置自己到手時前程與生命於不顧，拼將熱血替兄報仇，最後無路可走，上梁山泊落草。李安與李母是真母子。當周守備的親隨李安接到春梅私贈的衣物與五十兩銀子時，連忙稟告李母。李母覺察到這是春梅有意勾引李安，怕李安幹出有傷人倫風化的事情，要他趕快逃走。李安「是個孝順的男子，就依著娘的話，收拾行李，往青州府投他叔叔李貴去了。」孟玉樓改嫁李衙內後，拒不接受陳經濟的勾引，一心戀著李衙內；而李衙內雖遭父親責打、關閉，堅意不休孟玉樓，夫婦二人為了能生活在一起，離開嚴州府，前往棗強縣安家落戶。周統制「是定國安邦美丈夫」。至於王杏庵老人見陳經濟年紀輕輕，沿街乞食，冷鋪歇身，多次仗義濟貧，盡力把陳經濟從困境中解救出來。《金瓶梅》對武松、李安、李母、王杏庵、李衙內的讚美，與對西門慶之流的貶斥一樣，都是告誡讀者，天下最真者莫若倫常，最假者莫若財色。小說的這一思想傾向性是非常明確的，《金瓶梅》的評點者張竹坡的〈苦孝說〉及〈竹坡閒話〉都認定了這一點。而這種思想傾向與馮夢龍所崇尚的孝悌思想則是一脈相通的。他不僅在《金瓶梅》中流露出了這種思想，而且在〈古今笑自敘〉中也

公開表明了自己的這一觀點。

二、世俗文藝觀

文藝觀是作家世界觀的一個極為重要的組成部分。馮夢龍生活在資本主義關係較為明顯的蘇州，長期呼吸著代表新型生產關係的時代氣息，從中汲取豐富的思想營養，形成自己的哲學觀與文藝觀。當時盛行的左派王學是一種順乎時代發展的哲學思潮。其創造人為灶丁出身的王艮，其大師是樵夫朱恕、陶匠韓貞、田夫夏延美，其集大成者是封建禮教的叛逆者李卓吾。這些人的出身、生活經歷、思想意識不可避免地使左派王學烙上了世俗化的時代印記。這種哲學把天理、聖道歸結為人世間的日常生活，認為「聖人之道」即「百姓日用」，「百姓日用條理處即是聖人之條理處」[6]，提出了穿衣吃飯即人倫物理的世俗化的哲學觀點。[7]這種世俗化的哲學認為「有德之言」已不再是四書五經上的遺典垂訓，而是俗人所做的俗事，「做生意者但說生意，力田者只說力田，鑿鑿有味」。[8]目睹蘇州及運河兩岸商品經濟的繁榮給國家及人民所帶來的活力，親眼看到市民階層的擴大給政治、經濟、文化所造成的重大影響，馮夢龍順應歷史潮流地接受、消化這種世俗化的哲學觀點，並且奉若神明，他「酷愛李氏之學，奉為蓍蔡。」[9]他在《王陽明先生出身靖難錄》中，尊王陽明為「真儒」，贊左派王學為「有用」的學問，推崇「率性」之說，肯定人的物質欲望、自然情欲。他與袁無涯、楊定見等李贄的弟子均交誼匪淺，並與他們在麻城校勘《水滸傳》。

哲學所研究的對象是自然、社會、思維的一般規律，因此對上層建築各個領域均有普遍的指導作用，它是意識形態領域內的先導。一個哲學思潮的出現，必然波及到文學領域，派生出新的文學思潮，把文學創作導向一個新的天地，推出一批新的文學作品。在歐洲，唯理論之於古典主義文學，俄國的唯物主義之於「自然派」文學，西方現代主義之於西方現代派文學，這都是明顯的文學現象。因此，「哲學和文學之間有著一種自然的接觸。一個偉大的文學的時代，常必同是一個偉大的思想的時代。思想可不常具哲學的形式，卻將常具哲學的實質。一個十分地文學的時代不能是反哲學的。」[10]正如人文主義哲學導致了歐洲的文藝復興一樣，晚明的世俗化哲學也導致了世俗文學的勃興。

6　王夫之：《明儒學案》卷 23，〈心齋語錄〉。

7　李贄：〈答耿司寇〉。

8　李贄：〈答耿司寇〉。

9　許自昌：《樗齋漫錄》，卷六。

10　韓德著，傅東華譯：《文學概論》（上海：商務印書館，1935 年），頁 94。

馮夢龍則是明末世俗文學的主將，他的文學主要興趣，不是詩莊詞媚、賦麗曲婉，而是情真、事俗、語俚的市井文學。在《金瓶梅》中他以市井小人為主要對象，以家庭的日常瑣事為主要內容，藝術地再現了明末的社會現實，是一部「真正社會小說」，從中「又可徵當時小人女子之情狀，人心思想之程度。」[11]如小說第五十六回中生動而幽默地描寫了一對「柴米夫妻」：常時節袖著西門慶送給他的十二兩銀子剛剛進門，他老婆便「鬧炒炒嚷將出來」，罵他是「梧桐葉落滿身光棍的行貨子」！常二只是不開口，輕輕把銀子放在桌子上。婦人「喜的搶進前來」，要「奪」銀子，並「陪著笑臉問銀子是誰給的」。「常二也不開口。那婦人只顧饒舌，又見常二不揪不采，自家也有幾分慚愧了，禁不的掉下淚來。……兩個人都閉著口，又沒個人勸解，悶悶的坐著。」這些細節的真實描寫，把常時節得鈔傲妻兒，妻子見銀親丈夫的情景逼真地呈現在讀者眼前。七十五回寫吳月娘與潘金蓮吵架，極盡下等婦女的心態、語言、舉止。潘金蓮之所以敢於同吳月娘吵，一是拿住了月娘房裏丫頭玉簫與書童私通的把柄，二是西門慶寵她，將李瓶兒的皮襖給了她；三是月娘誤了她的壬子期，使她懷孕的打算落了空；四是月娘明知西門慶與奶媽如意兒私通而不敢管，反而責罵春梅不該氣走歌女。所以她將「滿腹矜驕滿足變為滿腹拂逆之憤，以與月娘鬧」。而吳月娘對潘金蓮的惱火，也是逐層描寫出來的「前文教眾人到嬌兒房中去，是一番羞怒；此回月娘說春梅而金蓮護短，是一番羞怒；西門護短，又是一番羞怒；此月娘淘氣之由。而皮襖又是一番心事，合在其中發出，卻不在此帳算也。」[12]至於寫吵架後吳月娘挾制西門慶「先以胎挾之，後以死制之，再以瓶兒之前車動之」，[13]更是顯現出了吳月娘的老奸巨滑、潘金蓮的驕矜無知，給人以極大的審美享受。總之，《金瓶梅》用俗語寫俗人、俗事、俗情、俗理，描寫晚明的世態炎涼、人情冷暖，這與馮夢龍的世俗小說創作觀點是完全吻合的。也可以這樣說，《金瓶梅》這篇世俗小說，是馮夢龍關於世俗化的文藝觀的藝術的集中體現，是他這一觀點藝術實踐的產物。關於這一點，我們將在下面有關部分中作詳細的論述。

這裏我們著重論述一下馮夢龍世俗文藝觀中的性愛題材觀。

在李贄的宣導下所興起的世俗文學，以其不可阻擋的勢頭有力地闖進了傳統的文學領域，取代了正統文學的統治地位，給我國文學史增添了民歌、小說、戲劇、散文等方面的明珠。在散文方面，公安三袁提出了「性靈說」，要求作者「獨抒性靈」，「直攄胸臆」，而不拘格套。在戲劇方面，湯顯祖以「情」與「理」抗爭，認定「情」與「理」

11 狄平子：〈小說叢話〉，《新小說》，1904年第8號。
12 張竹坡：《第一奇書金瓶梅》，七十五回回評。
13 張竹坡：《第一奇書金瓶梅》，七十五回回評。

水火不相容，極力標榜「至情」論，並推出斥「理」揚「情」的力作《牡丹亭》。而在小說與民歌方面，馮夢龍則提出了「真情」與「真聲」說，並以非凡的毅力推出了三部民歌集和三部短篇話本小說集。如果說公安派三袁的「性靈」說還帶有士大夫的色彩，湯顯祖的「至情」說帶有才子佳人的貴族色彩，那麼，馮夢龍的「真情」與「真聲」說則具有濃厚的平民化、世俗化的色彩。他所認為的「真情」，即指男女之間的、與封建禮教相抗衡的「私情」。他所認為的「真聲」，即是反映男女愛情正常而又合理的心聲。馮夢龍之所以標榜「真情」與「真聲」，意在「借男女之真情，發名教之偽藥」。這比湯顯祖的「以人情之大竇，為名教之至樂」的觀點，更為激進。

馮夢龍的「真情」說與「真聲」說，實質上是他的性愛題材觀。而這種性愛觀對馮夢龍言情作品的創作有不同程度的影響。他認為：性愛題材具有永恆性及時代周復性。性愛題材，在封建社會的文學創作中歷來被視為禁區。封建統治階級推行以男子為中心的族權、父權、夫權的禮教制度，一方面把婦女看成亡國的禍水、喪身的花劍，一方面又宣揚醉臥美人膝、醒掌黃金印的無恥人生哲學。歷代封建統治階級把婦女當作他們發洩獸欲的溫柔鄉。漢武帝說：「能三日不食，不能一日無婦人。」因此他起明光宮時，「發幽燕美女二千人充之，率皆以十五以上，二十以下」。而建章、未央、長安三宮的美女竟「萬有八千」。金海陵這個歷史上臭名昭著的縱欲暴君，曾無恥地表白他的宿願之一，便是「要得天下絕色而妻之」。徽宗因周邦彥與他爭奪妓女李師師，又用〈少年遊〉這首詞揭露了他與李師師私狎時的謔語，於是將周邦彥押出國門。明代高啟曾因用〈題畫犬〉的詩諷刺明太祖好色，洩露了宮禁秘事，終被處於腰斬極刑。至於所謂楚王好細腰、唐王喜豐肌的時風，無一不散發出封建帝王貪皮肉之淫的穢氣。封建統治階級往往還用禁欲的遮羞布來掩蓋自己縱欲的醜惡靈魂，《西廂記》《金瓶梅》《紅樓夢》歷來被列入禁書之中便是突出的證明。作為主張用男女私情來批判封建禮教的言情聖手，馮夢龍固然在一定程度上也有女色禍水的腐朽思想，但更重要的一方面則是肯定了性愛題材的永恆性及時代的周復性。

> 今所盛行者，皆私情譜耳。雖然，桑間濮上，尼父錄焉，以是為情真而不可廢也。山歌雖俚甚矣，獨非鄭、衛之遺歟？（〈序山歌〉）

在這篇序中，馮夢龍從被歷代封建統治階級奉為金科玉律的第一部書《詩經》的分析入手，論證寫男女性愛題材始自先秦，經孔聖人手輯錄而傳至今，認為這些桑間濮上之作所表現的男女「情真」是不可廢除的。而今天遍及吳中的「田夫野豎矢口」呵成的民歌，雖不得列入詩壇，又為「薦紳學士不道」，但它們卻是國風的遺風，與孔聖人所錄的《詩經》一樣「情真」，是性愛題材在明代民歌中的時代沿革。所以，〈序山歌〉表明了馮

夢龍對性愛題材永恆性及時代周復性的看法。

　　從人類社會學的觀點來看，馮夢龍關於性愛題材的永恆及時代周復性的看法，有其合理的因素。被封建統治階級尊為亞聖的孟子早已說過，「食色性也」。「食」，即人類賴以生存的物質生活資料。「色」，是人類賴以延續的性愛行為。人類社會存在著兩種最基本的生產：一種生產是物質生活資料的生產，這種生產是生產人們生活所必須的各種物資，這是人類賴以存在的物質基礎。另一種生產則是人類自身的生產，通過男女之間的結合，不斷繁殖後代，使人類得以一代一代地延續下來。如果缺少這兩種生產中的任何一種，人類社會就不復存在了。正因為如此，仰韶期半坡彩陶上的多種魚紋和含面人魚，就已含有對氏族子孫「瓜瓞綿綿」、長久不息希望。西歐原始文藝中對生殖器的圖騰，也意識到了性愛對人類存在的重要性。文藝復興時期的人文主義的文藝大師們，高張人性這面旗幟反對中世紀的禁慾主義，尖銳地批判把性愛看成是邪惡肉慾的天主教會，否定拿天國的愛來代替生活中的愛、拿神愛來取代性愛、用神性扼殺人性的教會思想，大膽宣稱幸福就在人間，並以「多情種子」「護花使者」的身份，把男女之間的正當性愛肯定為一種新道德、新人倫，並為之祝福青年男女。可見性愛題材的永恆性及時代周復性，是受制於人類社會發展的客觀規律，是文學創作中無法回避的題材。對於這個觀點，《金瓶梅》則作了集中而突出的描寫，正如欣欣子所概括的那樣：

> 吾友笑笑生為此，爰罄平日所蘊者，著斯傳，凡一百回。其中語句新奇，膾炙人口，無非明人倫，戒淫奔，分淑慝，化善惡。知盛衰消長之機，取報應輪回之事，如在目前。始終如脈絡貫通，如萬繫迎風而不亂也。使觀者庶幾可，以一哂而忘憂也。其中未免語涉俚俗，氣含脂粉。余則曰：不然。〈關雎〉之作，樂而不淫，哀而不傷。富與貴，人之所慕也，鮮有不至於淫者；哀與怨，人之所惡也，鮮有不至於傷者。吾嘗觀前代騷人，如盧景暉之《剪燈新話》、元微之之《鶯鶯傳》、趙君弼之《效顰集》、羅貫中之《水滸傳》、丘瓊山之《鍾情麗集》、盧梅湖之《懷春雅集》、周靜軒之《秉燭清談》，其後《如意傳》《于湖記》，其間語句文確，讀者往往不能暢懷，不至終篇而掩棄之矣。此一傳者，雖市井之常談，閨房之碎語，使三尺童子聞之，如飫天漿而拔鯨牙，洞洞然易曉。雖不比古之集理趣，文墨綽有可觀。其他關係世道風化，懲戒善惡，滌慮洗心，無不小補。（《金瓶梅詞話·序》）

　　〈關雎〉是《詩經》中第一首描寫男子追求佳偶的民間情歌，從男子思慕「窈窕淑女」的強烈願望，寫到男子「求之不得」的苦悶心情，再寫到男子想像中的男女佳配後的幸福情景。「詩三百，一言以蔽之，曰：思無邪！」這是《詩經》總的思想特色。而〈關

雎〉既是《詩經》的第一首民歌，也是「風之始也。」為什麼這樣安排呢？「所以風天下而正夫婦也。故用之鄉人焉，用之邦國焉」；「先王以是經夫婦，成孝敬，厚人倫，美教化，移風俗。」（《詩大序》）這首民歌，既然孔子不刪而且列為全書第一篇，既然歷代封建統治階級以它為教材來教育臣子與百姓，這就說明了描寫男女性愛的作品是承先師孔丘而作，是符合統治階級的施政要求的。欣欣子運用以子之矛攻子之盾的手法，以〈關雎〉這首「樂得淑女，以配君子」的戀歌為例，論述了性愛題材的合法性。在此基礎上，欣欣子進一步論述了性愛題材的永恆性及時代周復性：唐代有「豔極翻含態，憐多轉自嬌」的《鶯鶯傳》；明代有作者「自以為涉於語怪，近於誨淫」的《剪燈新話》、言男女鍾情的《鍾情麗集》。由於這些文言小說「讀者往往不能暢懷」，所以蘭陵笑笑生便用俗語「著斯傳」，使讀者「洞洞然易曉」男女性愛方面的「房中之事」。因此，《金瓶梅》是性愛題材在明末小說領域中的藝術再現，從題材的角度來說，它與《山歌》《掛枝兒》等民歌集有著創作上的延續性。

馮夢龍在〈序山歌〉和《金瓶梅》中所表露的關於性愛題材永恆性及周復性的觀點，對後世的文學批評家影響極大。金聖歎在《第六才子書·酬簡》的總批中指出：「有人謂西廂此篇最鄙穢者，此三家村中冬烘先生之言也。夫論此事，則自從盤古至今日，誰人家中無此事者乎？……皆事則家家家中之事也，文乃一人手下之文也。」張竹坡也在〈第一奇書非淫書論〉中，一反明末清初的「淫書」論，肯定了《金瓶梅》中關於男女性愛的描寫是歷來文學創作的表現對象：

> 詩云：「以爾車來，以我賄遷」，此非瓶兒等輩乎？又云「子不我思，豈無他人。」此非金梅等輩乎？狂且狡童，此非西門敬濟等輩乎？乃先師手定，文公細注：豈不曰此淫風也哉？所以云詩三百，一言以蔽之曰：思無邪。注云詩有善有惡，善者啟發人之善心，惡者懲創人之逆志，聖賢著書立足之意，固昭然於千古也。今夫金瓶一書作者，亦是將褰裳風雨事、攓兮予衿諸詩細為摹仿耳。夫微言之，而文人知儆；顯言之，而流俗皆知。不意世之看者，不以為勸戒之韋弦，反以為行樂之符節，所以目為淫書，不知淫者自見其為淫耳。（〈第一奇書非淫書論〉）

張竹坡也是以孔聖人手定的《詩經》為例，認定性愛題材「昭然於千古」的客觀事實，並認為《金瓶梅》的作者只不過是在明末用寫實手法在小說裏面細為摹仿，並非創作題材上的標新立異，只是性愛題材的周復性的重現。「風詩者，固閭閻風土男女情思之作也」（司馬遷語）。張竹坡在欣欣子所列舉的〈關雎〉的基礎上，以追述初戀與初婚幸福的棄婦怨詩《衛風·氓》、描寫初戀女子單相思的《鄭風·狡童》、表現女子與戀人調笑神情的情歌《鄭風·褰裳》，以及抒寫少女會見久盼情人心情的民歌《鄭風·風

雨》為例，進一步論述了《金瓶梅》描寫「閨房碎語」的合理性。脂硯齋在《紅樓夢》第六回批語中說：「寶玉襲人亦大家常事耳，寫得是已全領警幻意淫之訓。」如果說金聖歎與脂硯齋是從人類自身延續的本源肯定了性愛題材的合理性，那麼馮夢龍與張竹坡則是從文學發展的內部承傳關係，打著宗經尊聖的旗號，肯定了性愛題材的永恆性及時代周復性。在視孔子為至尊至聖的封建時代，倒給《山歌》《掛技兒》《夾竹桃頂針千家詩》、三言、《情史類略》《本霞新奏》《金瓶梅》等言男女性愛的作品塗上了一層保護色。

而作為《金瓶梅》作者主要候選人的王世貞，卻不是這樣。

作為後七子復古派的代表人物王世貞（1526-1590），是當時文人中政治地位頗高、對文壇極有影響的人物。這個封建正統派的文人代表，視反映市民要求的泰州學派如洪水猛獸，誣衊他們是「借講學而為豪俠之具，復借豪俠而為貪橫之私」，並指出這個學派對封建統治階級具有極大的威脅性：「聚散閃倏，幾令人有黃巾、五斗之憂」（《國朝叢記》）。從這一政治思想出發，王世貞堅持正統的封建文藝觀，他認為明詩雖不如唐詩的藝術成就高，「然於臣子之節亦既修矣」；而唐詩雖有可取之處，但思想內容遠不如明詩，「然不過以發其羈孤無聊，磊落不平之思而已」。[14]在他看來，純正的封建思想與高超的藝術技巧相結合，才是詩的致極。最能體現王世貞這種正統封建文藝觀的是他對《琵琶記》與《拜月亭》的戲曲批評。

> 則誠所以冠絕諸劇者；不唯其琢句之工、使事之美而已，其體貼人情，委曲必盡；描寫物態，仿佛如生；問答之際，了不見扭造；所以佳耳。至於腔調微有未諧，譬如見鍾、王跡，不得其合處，當精思以求諧，不當執末以議本也。
>
> 《琵琶記》之下，《拜月亭》是元人施君美撰，亦佳。元朗謂：勝《琵琶》，則大謬也。中間雖有一二佳曲，然無詞家大學問，一短也；既無風情，又無裨風教，二短也，歌演終場，不能使人墮淚，三短也。（《曲藻》）

顯而易見，王世貞認為《琵琶記》是「諸劇」之「冠」，《拜月亭》遠不及《琵琶記》，其根本原因在於《琵琶記》有裨封建教化，而《拜月亭》則「既無風情，又無裨風教」。王世貞的這一根本看法與明代封建統治階級對《琵琶記》的評價如出一轍，我們知道，《琵琶記》故事的前身《趙貞女》早已在民間流傳，原來的主題是蔡伯喈背親棄婦「後遭暴雷轟頂」，反映了人民群眾的願望，具有一定的進步性。畢生提倡忠教節義，躬身竭力行孝的高明誠，在「不關風化體，縱好也徒然」的封建正統文藝觀的指導

14　王世貞：〈皇甫百泉三州集序〉。

下，百般美化蔡伯喈，千方百計地用「辭考，父親不從；辭官，皇帝不從；辭婚，牛相不從」等三不從，來開脫蔡伯喈「生不能事，死不能葬，葬不能祭」的「三不孝」的罪責，以一門旌表的大團圓結局改變了原來馬踹趙五娘的結局，以此塑造出「全忠全孝」的蔡伯喈和「有貞有烈」的趙貞女的形象，規勸世人要「子孝共妻賢」，從而起到了維護封建禮教的社會作用，削弱了《琵琶記》的民主進步性。而《拜月亭》則是寫兵部尚書之女王瑞蘭在戰亂之中與書生蔣世隆相互關心，主動提出「權說是夫妻」的愛情要求，表現了一個少女渴望幸福、追求婚姻自主的可貴品質，這對封建社會中男女之婚必須要由父母作主，須憑媒妁之言，須得門當戶對的條規無疑是個大膽的挑戰；至於王瑞蘭置榮華而不顧，藐視父親的淫威乃至聖上的旨意，更具有反叛封建倫理、封建綱常的進步色彩，更帶有市民階層思想的進步性。王世貞批評《拜月亭》「無裨風教」，正好表明了他的文藝觀乃是封建正統文藝觀。至於《拜月亭》的語言，質樸天然、通俗流暢，刻畫人物，神情畢肖，寫景狀物，繪聲繪色，是戲曲語言本色的典範。而《琵琶記》則「間有刻意求工之境，亦開琢句修詞之端，雖曲家本色故饒，而詩餘弩末亦不少耳。」[15]王世貞卻說《拜月亭》的戲曲語言「無詞家大學問」，並以此來貶低《拜月亭》的語言藝術價值，無疑是帶有封建正統文人的偏見。總之，從王世貞對《琵琶記》的「褒」與對《拜月亭》的「貶」中，我們不難看出他是提倡建正統文藝思想的文人。把王世貞與馮夢龍比較一下，究竟誰可能是《金瓶梅》的作者，這不是一目了然嗎？至於王世貞步「前七子」之後塵，頑固地堅持「文必秦漢，詩必盛唐」的復古主義，早已蓋棺定論。將《金瓶梅》創小說之新的成就記在這位復古主義者的名下，未免過於執偏，令人難以相信。因此，對目前金學界呼聲頗高的「王世貞說」「王世貞及其門人說」，我是不敢苟同的。

---

15 凌濛初：《譚曲雜箚》。

馮夢龍創作《金瓶梅》的文學基礎

　　生活是基礎，思想是靈魂，藝術是手段，文學作為一種主美的藝術，其作品的創作都離不開這三個條件，尤其是藝術技巧。

　　蘇聯的里夫金在〈蘭陵笑笑生及其長篇小說《金瓶梅》〉中認為：「如果絕對準確的話，那麼我們小說的大標題仿照並改寫的不是簡單的《金瓶梅》，而是用詩、散曲寫成的關於金、瓶、梅三個人的故事。」[1]里夫金的見解啟示我們，《金瓶梅》的作者的藝術素養是很高的，他精通詩、散曲等學體裁。其實，這部世情小說不僅涉及到詩與散曲，而且還涉及到笑話、民歌、戲曲、詩、詞、小說、繞口令、遊戲等多種通俗文學方面的知識，而這些方面的藝術素養，馮夢龍幾乎是完全具備。「馮夢龍，字猶龍，才情跌宕，詩文藻麗，尤明經學。崇禎時，以貢選壽寧知縣。」[2]他聰慧過人，尤其是在通俗文學方面，他應是當時屈指可數的全才。論民歌，他整理的有《童癡一弄·掛枝兒》《童癡二弄·山歌》《夾竹桃頂針千家詩·山歌》；論謎語，他錄選過十七則；論俚語，他錄有《十無賴語》一則；論酒令，他有《四書句配蒜名》二十三則；論遊戲，他著有《馬吊腳例》《牌經》；論笑話，他編纂過《古今譚概》（又名《古今笑史》）；論散曲，他選評彙集了《太霞新奏》；論詩歌，他著有《七樂齋稿》；論詞，他著有《宛轉歌》；論詞曲，他審訂過《曲律》；論戲劇，他編著過墨《憨齋訂本傳奇》十五種；論短篇小說，他編纂、整理過三言和《今古傳奇》；論資料性筆記小說，他編輯的《五朝小說》，有24卷的《情史類略》、28卷《智囊》及80卷的《太平廣記鈔》等；論中篇小說，他著有《魏忠賢小說斥奸書》；論長篇小說，他改編過《水滸傳》《新三遂平妖傳》《新列國志》；論注經，他著有《麟經指月》《春秋衡庫》《春秋大全》《四書指月》；論宗教，他著有《三教偶拈》；論政論文，他寫過〈甲申紀聞敍〉〈甲申紀事敍〉〈中興偉略〉。馮夢龍還頗有詩才，為當時江南詩壇盟主，朱國楨、錢謙益、梅之煥等人推他為韻社社長。總之，馮夢龍的著述幾乎涉及到當時的文化各個領域，並且都取得了一定的成就，這是他同時代的人所無法比擬的。正是在這種深廣的藝術素養的基礎上，馮夢龍

1　《張竹坡評點金瓶梅輯錄》（武漢：華中師範大學出版社，1986年），頁264。
2　《蘇州府志》，卷八一，〈人物〉。

才有可能創作出涵蓋各種文學知識的《金瓶梅》。這部小說中所包容的大量的當時流行的歌曲〈山坡羊〉、戲劇、小說、笑話，便是最好的明證。美國的韓南博士在〈金瓶梅探源〉一文中，從正統的文言文學、書面的話體文學、當時流行的口頭文學三個方面指出：「值得注意的第二點是作者仰仗過去文學經驗的程度遠勝於他個人的觀察」；「第三點是引文的廣泛，引文包括明代文學的全部領域」。而這兩個特點正好是馮夢龍所具備而他人所不曾真有的。特別值得我們注意的是，馮夢龍從小就受到通俗文學的薰陶，他一方面「博洽鴻儒」，同時還「兼采稗官野史」。馮夢龍家中收藏有大量的屬於這方面的作品。關於這一點，我們可從有關材料中窺見一二。《全像古今小說》封面上的書店廣告說：「小說如《三國志》《水滸傳》稱巨觀矣。其有一人一事可資談笑者，猶雜劇之於傳奇，不可偏廢也。本齋購得古今名人演義一百二十回種，先以三分之一為初刻云。天許齋藏版。」《醒世恆言》的封面題詞則說本坊重價購求古今通俗演義一百六十種。初刻為《喻世明言》、二刻為《警世通言》，海內均奉為鄴架珍玩矣。茲三刻為《醒世恆言》，種種典實，事事奇觀，總取木鐸醒世之意，並前刻共成完璧云。藝林衍慶堂識。」《全像古今小說》的版權由天許齋轉讓給衍慶堂後，衍慶堂將其易名為《喻世明言》，使這三部短篇小說集成為一套叢書。馮夢龍是《三言》的編纂者，也是這套叢書最後定名者。無論是天許齋的廣告中所提到的「古今名人演義一百二十種」，還是衍慶堂封面題詞中所提到的「古今通俗演義一百六十種」，從三言所共編纂的一百二十篇短篇小說來看，所謂「古今名人演義」或「古今通俗演義」，都是指的宋元話本小說和馮夢龍自撰的擬話本小說，而這些小說都來自馮夢龍。關於這一點，綠天館主人所作的〈古今小說序〉便可證實：「茂苑野史氏家藏古今通俗小說甚富，因賈人之請，抽其可以嘉惠里耳者，凡四十種，畀為一刻。」「茂苑野史」，實即馮夢龍的化名，「綠天館主人」，亦為馮夢龍的化名。他更正了天許齋與衍慶堂的說法，同時也承認了自己是根據出版商的要求，從中精選結集成冊、分為三本書先後出版的。這些史料清楚地告訴我們，馮夢龍家中收藏有許多宋元話本小說，而他正是從這些通俗文學的「文化資料庫」和「文化的規則」中，汲取了豐富的世俗文學的營養，獲得了創作《金瓶梅》的藝術武器。

馮夢龍的著述中所顯露出來的藝術才華，都在《金瓶梅》中有總體性的表現。

第一，他善於在改編他人作品的基礎上進行藝術創新。如三言、《情史類略》《古今譚概》《墨憨齋訂本傳奇》等作品。而《金瓶梅》則是利用《水滸傳》上西門慶與潘金蓮的故事，虛構一個武松誤殺李外傳的情節，然後讓姦夫淫婦化險為夷，去扮演市井小人的角色，敷演出百回故事。

第二，借助人物言行的細膩描寫來表現人物的性格特徵。當杜十娘聽說李甲貪財將她賣給孫富時，小說用「放開兩手，冷笑一聲」八個字，就把杜十娘對李甲的鄙視，對

孫富的憤怒的心情合盤托出來了。這種描寫在《金瓶梅》中比比皆是。如第三十七回寫西門慶包占王六兒前兩人的言行極為簡練而傳神:「良久,王六兒引著愛姐出來拜見。這西門慶且不看他女兒,不轉睛只看婦人」;「西門慶見婦人說話乖覺,一口一聲只是爹長爹短,就把心來感動了,臨出門上覆他。我去哩。」婦人道:『再坐坐。』西門慶道:『不坐了』」;「婦人聽了,微笑說道:『他宅裏神道相似的幾房娘子,他肯要俺這醜貨兒?』」對此,張竹坡寫了三條夾批,肯定了這三處描寫的藝術魅力:「奇文」;「三句九字,勾魂帖,定情書」;「反如此接來,真天工化工之筆」。「奇文」是指西門慶到王六兒家的目的要物色韓愛姐,卻被王六兒吸引住了忘了正事,表現出了好色成性的醜態。「三句九字」批語,是指西門慶與王六兒一拍即合,彼此有意,戀戀不捨,又因馮媽媽坐在一邊,只得彼此簡短應酬,話雖三句,字雖九字,然二人心邪意亂的情景卻活靈活現。至於王六兒聽馮媽媽講西門慶要夜間與她做伴,既不拒絕,又不害怕,也不吃驚,反說「他肯要俺這醜貨兒」,其妙處在於這句話表現出王六兒久慣此道,習以為常的個性;也說明她白日與西門慶相見,早已察覺西門慶的心事;也流露出了她自恃勝過西門慶眾妻妾的得意心情,真是色笑如見,聲欬如聞。張竹坡還有許多類似這樣的夾批與眉批,指出了作者這方面的藝術才能。

第三,巧於故事結構的編撰。例如三言中許多作品的結構既有完整性,又有起伏性,又富於戲劇性,步步引人入勝。《金瓶梅》中寫李瓶兒轉嫁西門慶的曲折過程,充分證實了這一點,正如張竹坡所賞析的那樣:「正寫瓶兒,錦樣的文字,乃忽作迅雷驚電之筆,一漾開去,……文字奇絕,偏不由人意慮得到」[3];「夫東京一波,作者因瓶兒嫁來,嫌其太促,恐使文情不生動,且又生出一波作間;因即欲以敬濟作間,庶可合此一筍。蓋東京一波為敬濟而生,敬濟一筍借瓶兒一入,今竹山一事又借東京一事而起。然竹山已贅,敬濟已來,則東京一波若不及早收拾,將何底止?故此回首即收拾也。」[4]這即是說,作者之所以要在西門慶正準備娶李瓶兒時插進楊戩被參劾,陳經濟家到西門慶家避難的情節,一是要使「文情生動」情節更曲折,二是借此事,讓李瓶兒招蔣竹山入贅,讓陳經濟到西門慶家中來,[5]為後面西門慶唆使草裏蛇打蔣竹山,吳月娘讓陳經濟與潘金蓮一見鍾情的情節伏線。由此可見,精心安排故事結構,是馮夢龍的其他著述與《金瓶梅》所具有的共同特點。

第四,善借自然景物來渲染故事的氛圍,以暗示情節的逆轉。《杜十娘怒沉百寶箱》

3　張竹坡:《第一奇書金瓶梅》,十七回回評。

4　張竹坡:《第一奇書金瓶梅》,十八回回評。

5　《金瓶梅詞話》中的陳經濟,與《批評第一奇書金瓶梅》中的陳敬濟同為一人。

中當李甲與杜十娘坐船到瓜洲時，「挨至五更，忽聞江風大作。及曉，彤雲密布，狂雪飛舞。」因此，「舟不得開」。於是，就出現了孫富引誘李甲，李甲出賣杜十娘，杜十娘縱身江中的故事情節，整個故事由喜劇轉向悲劇方面發展。《金瓶梅》七十七回中寫西門慶踏雪訪愛月的全過程也是如此。「西門慶見天陰晦上來，但見彤雲密布，冷氣侵人，作雪的模樣。忽然想起要往院中鄭月兒家去」；「於是帶上眼紗，騎馬，玳安琴童跟隨，迤進构欄，往鄭愛月兒家來。轉過東街口，只見天上紛紛揚揚，飄下一天瑞雪來。正是：拳頭大塊空中舞，路上行人只叫苦」，「西門慶出房更衣，見雪越下得甚緊」；「西門慶道：『我知道。』一面上馬，打著傘，出院門，一路踏雪到家中。」這裏從西門慶起心嫖妓、動身到妓院、沉迷妓院調妓；由妓院返家等四處寫雪景，意在渲染西門慶家熱盡冷至，將由盛而衰，西門慶本人也將陽盡壽終，不久於人世的氛圍，而西門慶卻在「雲來雪落，雪至花凋」，「人死難活」[6]的情勢下仍然嫖妓宿娼，真是死有餘辜。至於語言的口語化、世俗化，心理描寫的性格化及其他的藝術才能，在下面的「馮夢龍的著述與《金瓶梅》」中將涉及到，這裏不準備再詳述了，但是，僅就上述的四個方面來看，馮夢龍完全具備了創作《金瓶梅》的藝術才能。

除了文學知識外，馮夢龍還精通遊戲方面的知識。他著的《牌經》有十三篇：論品篇第一；論吊篇第二；論發篇第三，論捉放篇第四；論鬥篇第五；論滅篇第六；論留篇第七；論隱篇第八；論忍篇第九；論還篇第十；論意篇第十一；論損益篇第十二；論勝負篇第十三。其《馬吊腳例》有十個方面的內容：一緣起；二名目；三牌式；四座次拍數；五買注；六鬥百老法；七吊法；八看賞法；九兔鬥；十開注。至於圍棋、象棋、紙牌、雙陸、投壺、風箏、戲球、踢毽等遊戲，馮夢龍也無一不通曉，在《掛枝兒》與《山歌》中多有吟詠。如詠〈骰子〉：「骰子兒，輕骨頭。人偏好，酒席上，有了你，興更高。手裏拿著口兒裏叫，大色兒，叫六六六，小色兒，叫么么么。兩下裏齊丟下，湊成一對巧。」詠〈圍棋〉：「三百六，棋路兒，分皂白。先下著，慢下著，便見高低。有雙關，有撲跌，須防在意。被人點破眼，叫人難動移。不與打一個和局也，與你兩下裏重著起。」投壺遊戲，《金瓶梅》二十七回中有詳文敘述，而且淫穢不堪。至於雙陸棋子，不僅應伯爵等十兄弟會，妓女李桂姐等人也會。就是西門慶的妻妾亦有人會，第七回薛嫂向西門慶介紹孟玉樓說：「這娘子今年不上二十五六歲，生得長挑身材，一表人物。打扮起來，就是個燈人兒。風流俊俏，百伶百俐。當家立紀，針指女工，雙陸棋子不消說。」關於氣球，小說第十五回有這樣一個場面的描述：「整理氣球齊備。西門慶出來外面院子裏，先踢了一跑。次教桂姐上來，與兩個圓社踢，一個搵頭，一個對障，

6　　張竹坡：《第一奇書金瓶梅》，七十七回回評。

拘踢拐打之間，無不假喝采奉承；就有些不到處，都快取過去了。反來向西門慶面前討賞錢，說：『桂姐的行頭，比舊時越發踢熟了，撇來的丟拐，教小人每湊手腳不迭，再過一二年，似桂姊妹這行頭就數一數二的，蓋了群，絕倫了，強如二條巷董官女兒數十倍。』」這裏通過踢氣球的描寫，反映了妓院的遊戲，同時也反映了市井無賴趨炎附勢的世態人情。此回下面所寫的「張小閑踢行頭，白禿子、羅回子在傍虛撮腳兒等漏，往來拾毛」。這都說明馮夢龍深諳各種市井遊藝知識，並使之溶化於《金瓶梅》的情節與場面之中，濃化出這部第一奇書的市井色彩。

《金瓶梅》與張竹坡

張竹坡的生平及其思想品格

　　清代昭槤在《嘯亭續錄》中說：「自金聖歎好批小說，以為其文法畢具，逼肖龍門，故世之續編者，汗牛充棟。牛鬼蛇神，至士大夫家几上，無不陳《水滸傳》《金瓶梅》以為把玩。」金批水滸，世人皆知，而張評金瓶，則知之者甚少，因而張竹坡評點《金瓶梅》的文學功績，始終不見之文學批評史。這裏面的原因是多方面的。其主要原因之一，是因為《金瓶梅》素有「淫書之祖」之稱，「淫書」尚不能公之於眾，而「淫書」上的評點自然而然地也不為世人所見。其主要原因之二，是因為張竹坡是小人物，不及金聖歎的名聲大，自然便可以忽略不計了，又何況評點的又是一部「不堪入目的淫書」呢？然而歷史終歸是歷史。張竹坡評點《金瓶梅》的本來面目，今天終於得到了恢復。張竹坡的身世，也因吳敢的《張竹坡與金瓶梅》《金瓶梅評點家張竹坡年譜》得以揭示。

　　張竹坡生於康熙庚戌年（1670）七月二十六日，卒於康熙戊寅年（1698）九月十五日，終年 29 歲。張竹坡名道深，字自得，號竹坡，是徐州銅山縣人。張竹坡的祖父張垣，曾任河南歸德府管糧通判，頗具民族氣節，為南明王朝捐軀。父親張翀，一生侍奉老母，工畫善詩文。胞兄道弘，能詩善畫。胞弟道淵，工詩善文。張竹坡是張翀的第二個兒子。張竹坡的伯父張膽與張鐸兩家，都曾宦顯一時，朝廷賜封不斷，而唯有張竹坡一家未得到皇上的任何殊榮。但是張竹坡一家卻繼承了張氏家族以孝悌為上的族風。張竹坡的父親在哥哥出外任官時，卻在家獨奉老母。張竹坡的母親在娘家時以孝女聞名，到張家以賢婦著稱。張竹坡的胞弟本可入仕為官，但為了修家譜，建家祠，甘為布衣終身，終於修訂完了《張氏族譜》。張竹坡的胞妹文嫻為治好外叔祖父的痰疾，竟用花剪割股，以血拌藥煎煮，遂使老人病癒。張氏族人不僅恪守孝道，而且能詩善文，這在《張氏族譜》《銅山縣志》《徐州詩徵》《徐州續詩徵》《蕭縣志》中多有記載。總之，張竹坡可謂生活在一個詩禮傳家的家族中。

　　張竹坡出生帶有神話色彩:「歲庚戌,母一夕夢繡虎躍於寢室,掀髯起立,化為偉丈夫,遂為兄。」[1]這個偉丈夫就是張竹坡。張竹坡性聰慧:「甫能言笑,即解調聲。六歲,輒賦小詩。一日,總角侍父側。座客命對曰:『河上觀音柳』。兄應聲曰:『園外大夫松』舉座奇之。」[2]張竹坡一生身體虛弱:「兄體臞弱,青氣恒形於面,病後愈甚。」[3]張竹坡的童年與少年生活條件比較優裕,正如他自言:「少年結客不知悔,黃金散去如流水。」[4]康熙二十三年父親去世後,家境陡變,致使:「老大作客反依人,手持黃金辭不美。」[5]張竹坡詩才蓋世,24 歲時曾入都賦詩:「長安詩社每聚會不下數十百輩,兄訪至,登上座,竟病分拈,長章短句,賦成百有餘首。眾皆壓倒,一時都下稱為竹坡才子云。」[6]可是這個在京都享有盛名的「竹坡才子」,卻「五困棘圍,而不能博一第。」但是,以虎自喻的張竹坡卻百折不撓,欲為人中之傑,用世精神極強,總是希圖一展宏才,為國為民效力:「十五好劍兼好馬,廿歲文章遍都下。壯氣凌霄志拂雲,不說人間兒女話」[7];「我生柔弱類靜女,我志騰驤過於虎。……眼前未得志,豈得足平生!」[8]虛名求不到手,張竹坡決心實際幹一番事業。當時,治理河務,既於國有利,又可為民造福,同時也可以為自己步入仕途墊腳。康熙三十七年,張竹坡經故友推薦,帶病北上效力於永定河工次。張竹坡雖然身體多病,但是精神特異,「晝則督理插畚,夜乃秉燭讀書達旦」[9],真可謂治河、讀書兩不誤。由於他本來身體虛弱,加上日夜操勞,當永定河竣工時,他卻「一夕突病,嘔血數升」,「藥鐺未沸」時,「淹然氣絕」,「時年二十有九」[10],終於走完了他短暫、艱辛、奇特的生命歷程。「齎志以歿」後,這位早逝的英才別無財物,「唯四子書一部、文稿一束、古硯一枚而已」[11]。

　　但是,他卻留給了我們十幾萬字的珍貴文化遺產,一座小說理論的寶庫。他雖然未能像他所欽佩的張良、蕭何那樣名垂青史,但是卻像金聖歎一樣輝耀藝苑。可惜的是,拂去歷史的風塵,使他名彪史冊的,倒是他逝世三百餘年後大陸的幾個學者。

1　張道淵:〈仲兄竹坡傳〉。
2　張道淵:〈仲兄竹坡傳〉。
3　張道淵:〈仲兄竹坡傳〉。
4　張竹坡:〈撥悶三首〉。
5　張竹坡:〈撥悶三首〉。
6　張道淵:〈仲兄竹坡傳〉。
7　張竹坡:〈撥悶三首〉。
8　張竹坡:〈撥悶三首〉。
9　張道淵:〈仲兄竹坡傳〉。
10　張道淵:〈仲兄竹坡傳〉。
11　張道淵:〈仲兄竹坡傳〉。

　　至於張竹坡的思想品格，主要散見於他在張潮的《幽夢影》所撰寫的評語中。這是一份極為難得而又價值珍貴的資料，學者們很少涉足，現在不妨加以利用，以窺視張竹坡思想品格的一斑。

　　　古之不傳於今者，嘯也，劍術也，彈棋也，打球也。

　　　張竹坡曰：今之絕勝於古者，能吏也，猾棍也，無恥也。

　　張潮的原話是說嘯、劍術、彈棋、打球等沒有流傳至今，感到甚為遺憾，這是古代勝過今天的一個方面，絲毫沒涉及到對時政的看法。可是張竹坡卻借題發揮，認為今天有遠勝古代的地方，那就是所謂的「能吏」。這是一些什麼樣的「能吏」呢？即是一群「猾棍」，是群誤國殃民的奸猾之徒、狡詐小人，是損公肥私、荒淫無恥的「能吏」。如果說「能吏」一詞是張竹坡對封建社會中貪官污吏進行辛辣諷刺的反語，那麼「無恥也」三字，則蘊含著張竹坡對吏治腐敗現象的無窮激憤，是對封建官僚的直接怒斥，凝聚著滿腔憤懣之情。「今之絕勝於古者」一句，其語氣之強硬，其說法之肯定，不許人爭辯，不容人質疑。如果不是對這種黑暗現象看得真、看得準、恨得深的人，是絕對不會寫出這樣猶如火山爆發的憤怒語言的。張竹坡敢於公然痛斥「能吏」「猾棍」，其勇氣令人欽佩，這與他在評點《金瓶梅》時把蔡京之流批為「枉為人也」的憤慨是一致的。由此我們可以看到張竹坡思想的激進。

　　　天下器玩之類，其製日工，其價日賤，毋惑乎民之貧也。

　　　張竹坡曰：由於民貧，故益工而益賤，若不貧如何肯賤？

　　很明顯，在張潮看來，老百姓貧窮的原因在於器玩之類製造得越來越精巧，所花的時間越來越多，價錢越來越便宜。張竹坡卻不以為然。他認為正是因為老百姓貧窮，為了糊口度生，能使自己的產品賣得出去，一方面在製作玩器時不斷提高工藝水準，以增進產品品質，用優質來吸引買主，另一方面又降價忍痛出售，以換取一日之食和一季之衣。如果家有一年之糧，箱存四季之布，誰願把自己精心製作的玩器賤價脫手呢？「若不貧如何肯賤？」張竹坡一語道破了老百姓的辛酸之情，這真是「剜卻心頭肉，醫得眼前瘡」啊！如果說張潮是從市場上商品流通這一表面現象的分析入手，來尋找勞動人民貧窮的原因，那麼張竹坡則是透過商品流通的表面現象，看到了勞動人民被剝削的殘酷事實。對這一罪惡事實的揭示與探究，則披露出了張竹坡對封建社會的極大不滿和對勞動人民的深刻同情。

少年人須有老成人之識見，老成人須有少年之襟懷。

張竹坡曰：十七八歲便有妾，亦居然少年老成。

張潮此論是講少年人應見多識廣，遇事要老練沉著；老年人不應暮氣沉沉、心胸狹隘，應如少年人一樣朝氣蓬勃、意氣風發、襟懷開朗。總之張潮希望老年人與少年人各取對方之長來彌補自己的短處。張竹坡的批語則另有一番寓意。十七八歲正是人生的黃金時代，應樹雄心，立大志，奮發上進。然而在封建社會中，許多青年在此大好年華時不僅娶了妻，而且還納了妾，甚而妻妾成群，沉緬於酒色之中，輾轉於床笫間，追求皮肉之淫，竟如此「老成」起來，豈不可悲可恨嗎？張竹坡的這條批語實質上是對封建社會早婚現象的不滿，是對娶妻納妾的封建婚姻制度的猛烈抨擊。張竹坡19歲時結婚，與妻子劉氏和睦相處，生平未曾納妾，這也可以視為他用自己的行動來批判封建婚姻制度。

新月恨其易沉，缺月恨其遲上。

張竹坡曰：易沉遲上，可以卜君子之進退。

張潮說的是賞月者恨一輪新月過早沉落，而一鉤缺月又出來的太遲，所概括的完全是人們賞月時的共同心理狀態。然而，張竹坡卻將張潮話中的「易沉」「遲上」四字抽出來，發出了「易沉遲上，可以卜君子之進退」的感歎。這種把自然現象與社會現象聯繫起來，把欣賞活動與指斥時弊融為一體，以缺月遲上喻君子仕途之難，以新月易沉喻才人沉沒太早，這實際上是批評了封建社會對人才的壓抑，這裏面也蘊含著張竹坡的滿腔積怨。我們知道張竹坡家學淵源深厚，才氣過人，6歲時能賦詩，15歲時會劍術，24歲前便聞名家鄉，24歲長安詩社奪魁，譽滿京都，卻負才拓落，五困棘圍，雖曾候選縣丞，卻無實職，27歲時便「白髮三千丈，愁緣似個長」，29歲時便命歸黃泉。這難道不是封建社會壓抑人才的典型事例嗎？難道不是遲上易沉的最好注釋嗎？

莊周夢為蝴蝶，莊周之幸也。蝴蝶夢為莊周，蝴蝶之不幸也。

張竹坡曰：我何不幸而為蝴蝶之夢者。

莊周在夢中化自身為蝴蝶，由世塵之人而變成不為世所累的蝴蝶去逍遙自樂，這是莊周的幸運。而蝴蝶本為百花叢中的逍遙之物，卻變成了莊周，像莊周一樣受俗世的各種牽累，倒不能自由自在了，這當然是很不幸的事情。張竹坡說他自己也作了一個蝴蝶的夢，這就表明他信奉的是老莊哲學，追求的是清靜無為、逍遙自樂，羨慕的是蝴蝶那樣的無拘無束，嚮往的是思想與行動的自由。而現實中的張竹坡卻「小儒規規焉」，既

要恪守孝道，又要支撐張家門面，還要博功名耀祖宗，更要忍受旁人的白眼與冷落。他在〈烏思記〉中深有體會地說：「人情反復，世事滄桑，若黃海之波，變幻不測；如青天之雲，起滅無常。噫，予小子久如出林松杉，孤立於人世矣！」正是世態炎涼、人情冷暖的勢利社會，正是鬱結於內心深處的孤獨之感，正是張竹坡的一腔正氣與一身鐵骨，才使得張竹坡發出了「我何不幸為蝴蝶之夢者」的感歎。

上元須酌豪友，端午須酌麗友，七夕須酌韻友，中秋須酌淡友，重九須酌逸友。

張竹坡曰：諸友易得，發心酌之者為難能耳。

張竹坡認為豪友、麗友、韻友、淡友、逸友都易得，而「發心酌之者」，即志氣相投肝膽相照的知心朋友最難得。這表明張竹坡擇友的標準不是那種舉杯同飲、盡醉方歸的酒肉朋友，而是有共同思想、共同語言、能共榮辱、同患難的知音。

天下有一人知己，可以不恨，不獨人也，物亦有之。如菊以淵明為知己，梅以和靖為知己，竹以子猷為知己，蓮以濂溪為知己，桃以避秦人為知己，杏以董奉為知己，石以米顛為知己，荔枝以太真為知己，茶以盧仝、陸羽為知己，香草以靈均為知己，蓴鱸以季鷹為知己，蕉以懷素為知己，瓜以邵平為知己，雞以處宗為知己，鵝以右軍為知己，鼓以禰衡為知己，琵琶以明妃為知己。一與之訂，千秋不移，若松之於秦始，鶴之於衛懿，正所謂不可與作緣者也。

張竹坡曰：人中無知己，而下求於物，是物幸而人不幸矣。物不遇知己，而濫用於人，是人快而物不快矣。可見知己之難。知其苦，方能知其樂。

人各具情志，人世間無知音可秉燭侃侃而談，掏心置腑，只好在自然界的萬物中尋求精神的寄託者，固然可以展一時之愁眉，開一夕之笑顏，但物去人在，心則愈悲，真可謂「是物幸而人不幸矣」。物各有其用，只有用於最恰當的地方，使物盡其專能，物才是幸運的。如物被不識物者濫用，用物者固然可以假物而應急需，但不能充分發揮物的專長，這是「人快而物不快」。人無知己而下求於物，物不遇知己而為人濫用，境況雖然不一，但異中有同，說明知己難得，知音難求。如果一旦得之，其心情將是興奮激動，這將是人生一大快事。張竹坡的知音難覓的苦愁，與他「久如出林松杉，孤立於人世矣」的生活處境有關，也是他「而今識得世人心」的結果，因此他只好「白雲知我心，清池怡我情」[12]，借自然景物去消愁排憂。

---

12 張竹坡：〈撥悶三首〉。

> 景有言之極幽，而實蕭索者，煙雨也。境有言之極雅，而實難堪者，貧病也。聲
> 有言之極韻，而實粗鄙者，賣花聲也。

> 張竹坡曰：我幸得極雅之境。

既貧又病，是張竹坡一生艱難的高度概括。父亡以後，他的家境由富轉貧，致使他：
「愁到無愁又愁老，何如不愁愁亦少。不見天涯潦倒人，饑時雖愁愁不飽，隨分一杯酒，
無者何必求。」[13]貧窮的折磨，頓使他「少年失青春」，白髮滿頭，死後也別無長物。
至於病，則是他一生的隱患，他的伯父張鐸曾預言「侄氣色非正，恐不永年」。果然他
只活了 29 歲。「我幸得極雅之境」，完全是變恨語為喜語，其內心的痛苦則更是不可言
狀。真正直言其苦的，是他在〈竹坡閒話〉與〈第一奇書非淫書論〉中的兩段話，讀來
令人傷心慘目。

> 為月憂雲，為書憂蠹，為花憂風雨，為才子佳人憂薄命，真是菩薩心腸。

> 張竹坡曰：第四憂恐薄命者消受不起。

張潮是從賞月者、愛書者、惜花者以及憐人者的四個角度來論人之憂愁，可謂替旁
人說憂。而張竹坡卻對第四憂尤為敏感，他因自己從小染病，加之家貧和仕途不順，自
知是個薄命者。儘管如此，他仍效力河干，銳意評點《金瓶梅》，至死不為病魔所屈服。
因此，他的憂不是人苟活而惜命不長的憂，而是一種生命短促而事業未竟的憂愁。

作為一個小說批評家，張竹坡在《幽夢影》的評語中還流露出了某些文藝思想。

> 人須求可入詩，物須求可入畫。

> 張竹坡曰：詩亦求可見得人，畫亦求可像個物。

張潮所言，指的是人應使自己可寫進詩中去，這樣方是高人雅士，物應使自己可繪
到圖畫中去，才是一個靈物。但是，人是否可入詩，物是否可入畫，固然有待於人與物
的客觀價值，更重要的則取決於詩人與畫家的生活感受、情感體驗、創作中的靈感等複
雜因素。張潮看到了題材的客觀審美價值，卻忽視了作家的主觀能動性。而張竹坡卻認
為只有當題材的客觀性與作家創作的主觀性相契合時方能進詩入畫，他認為題材無關大
小，關鍵是要有藝術的真實性。因此，詩人所寫的詩，「可見得人」；畫家所畫的物，
「可像個物」。假若詩經不起讀者推敲，畫經不起觀賞者揣摩，則毫無藝術真實性可言，

13　張竹坡：〈撥悶三首〉。

在讀者與欣賞者中間引不起共鳴，又何能言之為詩，稱之為畫呢？由此可見，這條批語傳達出了張竹坡關於文藝必須真實地反映社會生活的美學思想。

> 少年讀書如隙中窺月，中年讀書如庭中望月，老年讀書如台上玩月，皆以閱歷之淺深，為所得之淺深耳。

> 張竹坡曰：吾叔此論，真置身廣寒宮裏，下視大千世界，皆清光似水矣。

張潮在這裏用了一個形象的比喻，說明文學的欣賞，除了鑒賞客體的美學特質外，還取決於欣賞主體的主觀因素。隙中窺月，只是泛泛一望，分辨其是一輪圓月或是一彎殘月。庭中望月，較隙中窺月要看得仔細、看得真切、看得分明，頗能領略到清光玉輝的興味。至於台上玩月，不僅能仔細玩味觀賞明月，產生出有關嫦娥、吳剛、玉兔等神話般的遐想，甚至還可以根據自己的生活閱歷，發「舉頭望明月，低頭思故鄉」的幽情；作出「舉杯邀明月，對影成三人」的豪舉；抒發「月有陰晴圓缺，人有悲歡離合，此事古難全。但願人長久，千里共嬋娟」的感慨。這種玩月，不僅是在賞月，而且是借月抒情、寄思，使月隨人意，月含人情。張潮將藝術鑒賞的深淺與讀者閱歷的深淺關聯在一起，這是很有藝術眼力的。張竹坡對張潮的這一觀點不僅作了充分的肯定，而且認為這是張潮站在廣寒宮中下視大千世界所出的結論，既清新別致，又千真萬確。張竹坡的這一讚譽，也表明他與張潮一樣，看到了藝術鑒賞是審美的再創造，具有獨到性與差異性，而這種獨到性與差異性，又與鑒賞主體生活閱歷的特殊性緊密相關。

張竹坡的小說創作論

　　魯迅先生在《中國小說史略》中談到明之「人情小說」時，指出「諸『世情書』中，金瓶梅最有名」。然而《金瓶梅詞話》，自明朝萬曆丁巳年間公開刊行以來，就被明清統治者指斥為誨淫之書，致使「此書久列禁書之中，儒林羞道之。毀譽之聲，歷數代而不衰，詆誣之詞，幾百年而不絕；作此書者，三世皆啞；讀此書者，淫邪之人；刻此書者，每罹家破人亡，天火燒店，即令命歸黃泉，閻羅必當究詰，墮地獄當遭犁舌之報。」公安派中皎皎者袁宏道雖然滿口稱讚《金瓶梅》「雲霞滿紙，勝於〈七發〉多矣」，但也只是「伏枕略觀」，不敢列為案几之物，以免遭非議。然而康熙年間的張竹坡，不僅讀《金瓶梅》，而且評論它；不僅評論它，而且高度肯定它，冠之為天下「第一奇書」；不僅肯定它，而且以用「刀錐博泥犁的」勇氣，刊刻《金瓶梅》，使之公開流行於世。張竹坡在總評、回評、行間夾批中，寫了近二十萬字的批語，「在小說批點本附錄之繁複，無有過於此者」。對於張竹坡的批語有兩種說法：

　　戴不凡《小說見聞錄》認為：「張竹坡評語有其酸腐，穿鑿處，如苦孝說之類，然藝術上不無見地。」[1]

　　朱星《金瓶梅考證》認為：「『讀法』共一百零六條（作者按：實際上是一百零八條），說『《金瓶梅》是一部史記』，這一句還可取，其餘都是冬烘先生八股調，全不足取。」[2]

　　凡是讀過《金瓶梅》的張評本的，我想都會傾向於前一種論斷，絕不會同意後一種說法的。張竹坡認為《金瓶梅》是一部史記，這種對《金瓶梅》的高度肯定，無疑是值得首肯的。但是張竹坡的批評文字中還蘊藏著許多具有真知灼見的小說理論，這使得「然藝術上不無見地」的結論顯得評之過低，更使得「全不足取」的看法又極為不客觀。

　　下面，僅就張竹坡的評語中所反映出來的小說創作論，作一概述，以抒己見。

1　　浙江人民出版社，1980 年。
2　　百花文藝出版社，1980 年。

一、「西門典型尚在」

　　張竹坡從小說是人物志的特質出發，首先提出了世情小說的典型論。在《金瓶梅》第八十六回中，潘金蓮與陳敬濟的姦情暴露後，被月娘交給王婆發賣，陳敬濟偷偷來到王婆家裏，對潘金蓮說：「……一面我暗地裏假名托姓，一頂轎子，娶到你家去，咱兩個永遠團圓，做上個夫妻有何不可？」就在這段話後面的行間夾批中，張竹坡批道：「又一個要偷娶，西門典型尚在」。在這裏，張竹坡提出了典型這個概念，這是非常難能可貴的。我們知道，我國古代文論中的現實主義的文學理論，在明清兩代的一個重要標誌，就是隨著小說、戲曲的日益繁榮，小說、戲曲的逐步受到社會的重視，小說評點派們提出了以塑造典型性格為中心的小說理論。然而李贄和葉晝、金聖歎、毛宗崗父子，脂硯齋、閑齋老人等小說批評家，雖然他們在典型性格刻畫方面提出了一些藝術見解，但是他們都沒有明確提出典型這個概念。張竹坡在他的評語中破天荒地提出了典型這個概念，並且準確無誤地直接用在對《金瓶梅》中的主要人物西門慶、陳敬濟身上，肯定了西門慶是《金瓶梅》中的一個典型人物，陳敬濟是「又一個」典型人物。無論從典型理論的提出，還是從典型理論的批評實踐上，張竹坡的這個貢獻，在我國古代文論中，在小說理論的發展史上，無疑都具有獨創的意義，是上述小說批評家所不及的。

　　對於典型概念的內涵，張竹坡又是怎樣理解的呢？

　　首先，張竹坡看到了典型形象應該具有一定的代表性，應能反映出社會生活中某些人的某些共同性來。「好色不諳甥館禮，偷香卻有丈人風」。偷取潘金蓮，西門慶做之在前，陳敬濟學步在後。西門慶自看中潘金蓮後，不惜千金收買王婆，定十挨光之計，將潘金蓮勾引上手；為了永遠霸占她，在王婆唆使下，用砒霜毒死武大；聽說武松要回來，急忙燒掉武大靈位，將潘金蓮偷娶到家。陳敬濟是西門慶女婿，自從避難到西門慶家中後，無日不和潘金蓮鬼纏，只是懾於西門慶淫威，不敢放肆。西門慶剛死，身體猶熱，屍骨還未入土，陳敬濟便與潘金蓮放膽行事，以至被吳月娘捉住姦情，趕走陳敬濟，發賣潘金蓮。陳敬濟為避女婿娶丈母娘的臭名聲，企圖假名托姓，也想把潘金蓮偷娶到家。張竹坡正是通過西門慶、陳敬濟偷娶潘金蓮的所有污行穢語中，抓住了兩人貪圖色相、鮮廉寡恥、手段卑劣的共同點，得出了「又一個偷娶，西門典型尚在」的結論，表述了他的關於典型人物應具有一定的普遍性的藝術見解。張竹坡不僅從《金瓶梅》裏人物與人物之間的對比中，見到了典型人物的代表性，而且還能在現實生活中的人群裏面，來探討典型人物的普遍性。張竹坡認為西門慶不惜千金給蔡京作壽禮，以換得一頂五品之職的烏紗帽的無恥行徑，是當時現實生活中夤緣鑽營者的共同晉升之術，「而百千市井小人中，有一市井小人之西門慶」（三十四回回評）。至於西門慶平步青雲之後，連縣

中首屈一指的喬大戶也瞧不起的勢利眼光，也是「小人不知分量，十有八九」（四十三回回評）。其代表性之廣泛，不言而喻了。同樣吳月娘這個典型人物，在西門慶面前的「百依百順」，張竹坡也認為「是四字，又月娘定案，又繼室定案」，是「寫盡繼室之假」（五十三回回評），是封建社會中繼室在丈夫面前以好好先生自居的共同假相。張竹坡還認為潘金蓮用加倍的春藥害死西門慶後，把責任全都推在王六兒身上，嫁禍於人的奸猾行徑，不僅是潘金蓮一類淫婦的共性，也是那種欺騙父母的不孝子女的共性，也是那些欺君的不忠臣子的共性，「是金蓮，不特妾婦如此，天下如此，說昧心語者豈少也哉？欺父欺君當同類也，可恨，可恨」（七十九回夾批）。總之，在張竹坡看來，典型人物應該具有一定的代表性、一定的社會性。而這種代表性與社會性，既可以是在同一歷史條件下某類人所具有思想、感情、心理、言語、行為，同時也可以是同一時代中不同類型的人們所共同具有的品質、手段、習性，是一種「以小見大」「以少總多」的普遍性。

其次，張竹坡對於典型的理解，並沒有僅僅停留在人物的普遍性、共同性、一般性上面，而且還看到了典型人物的個別性、特殊性、差異性。張竹坡認為西門慶、陳敬濟，雖然都是逢雲即是巫山，遇水皆云洛浦的色情狂，在外調風戲月，臥花宿柳，養婦嫖妓，在家打婦熬妻。但是，「西門慶是混帳惡人」，而「敬濟是浮浪小人」（〈讀法〉32）。他指出西門慶具有老謀深算、心狠手辣、精於世道的性格特徵，陳敬濟則是「無知小子，不經世事，強作解人」（八十六回回評）。表明了他不把典型看作是一個模子鑄出來的「同一個」，而是把典型看作是各自有其個性、互不能替代的「這一個」人物。

在西方文論中，最早而又精闢地提出典型說的，是亞里士多德的《詩學》：「所謂有普遍性的事，指某一種人，按照可然律或必然律，會說的話，會行的事，詩要首先追求這個目的，然後才給人物起名字。」[3]亞里士多德的這個論點，恰如朱光潛先生所肯定的那樣，「詩所寫的仍是個別人物，但是須見出普遍性，這是亞里士多德所理解的一般與特殊的統一，是他在哲學上的一個大貢獻，也是他的典型說所依據的基本辯證原則。」[4]把亞里士多德的這個著名論點與張竹坡的「又一個要偷娶，西門典型尚在」的評語對照一下，我們不難發現張竹坡的典型的含義包括典型人物的代表性、普遍性和典型人物各自特有的個性這兩個方面，雖然張竹坡沒有論及到典型是某種共性與個性統一的這條基本原則，但是他提出這個概念並運用於文學批評，指出典型人物身上的一般性和個別性，這在我國小說理論史上，是開拓性的，應引起研究者的高度重視。

3　伍蠡甫：《西方文論選》（上海：譯文出版社，1979年），頁65。
4　朱光潛：《西方美學史》（北京：人民文學出版社，1964年），下卷，頁696。

二、「為眾腳色摹神」

　　文學是通過個別來反映一般，通過生活現象來揭示生活本質的。對於典型人物來說，它的第一要義就是人物的個性特徵。任何典型人物，只有當他具備了鮮明、生動的個性特徵時，才能在作品中立得起來，在讀者面前活現出來，從而獲得長久的藝術生命力，成為令人稱道的典型形象。張竹坡在他對《金瓶梅》的全部批評中，充分注意到了典型性格的個性化，提出了很好的理論見解。

(一)「因人用筆」說

> 西門是混帳惡人，吳月娘是奸險好人，玉樓是乖人，金蓮不是人，瓶兒是癡人，春梅是狂人，敬濟是浮浪小人……而伯爵希大輩，皆是沒良心的人……（〈讀法〉32）

> 金瓶梅於西門慶，不作一文筆；於月娘，不作一顯筆；於玉樓，則純用俏筆；於金蓮，不作一鈍筆；於瓶兒，不作一深筆；於春梅，純用傲筆；於敬濟，不作一韻筆；於大姐，不作一秀筆；於伯爵，不作一呆筆，於玳安兒，不作一蠢筆；此所以各各俱到也。（〈讀法〉46）

　　在張竹坡看來，《金瓶梅》中的典型人物之所以各各一色，就是因為作者用狠毒之筆寫出西門慶的混帳，用隱筆寫月娘的奸險，用圓滑之筆寫孟玉樓乖巧，用伶俐之筆寫潘金蓮的奸詐嫉妒、刻薄尖銳，用淺顯之筆寫李瓶兒的熱極，用高傲之筆寫春梅的心高志大，用鄙俗之筆寫陳敬濟輕薄狂蕩，用乖巧之筆寫應伯爵的善於趨炎附勢，從而提出了他的關於典型性格刻畫的「因人用筆」說。什麼叫做「因人用筆」說泥？張竹坡對典型人物的批評，給了我們啟示。張竹坡認為，「則月娘為人，乃金瓶梅中第一綿裏裏針，柔奸之人，作者卻用隱隱之筆寫出來」（十四回回評）。「作者特用陽秋之筆，又寫一隱惡之月娘與金蓮對也」（七十五回回評）。顯然張竹坡認為，吳月娘這個奸險人物的典型之所以被刻畫得入木三分，就是因為作者在整部《金瓶梅》中始終把握住了吳月娘陰險偽善這一性格主導面，時時、事事、處處加以精雕細鏤的結果。在其他典型人物的性格刻畫上，張竹坡也有同樣的評語：「處處以玉樓襯金蓮之妒固矣，處處描玉樓慢慢地走來，花般搖戰地走來，或低了頭不言語，低了頭弄裙帶，真是寫盡玉樓矣」（七十二回回評）；「金蓮入門時，大書其顛寒作熱，聽籬察笆，蓋以一筆貫至此回」（七十回回評）。在張竹坡看來，孟玉樓的乖巧圓滑、隨處討好的主要性格特徵，潘金蓮的嫉妒、陰險、

伶俐的主要性格特徵，是作者處處加以描寫，善於一筆貫到底的結果。顯而易見，張竹坡的「因人用筆」說，就是主張作家在塑造典型性格時，要把握住典型人物的個性特徵，用不同的筆觸，在不同的情節中，始終如一地加以描寫、展示，使典型人物占主導地位的個性特徵，在人物的全部性格中極為明顯地凸現出來。

(二)「抗衡」說

　　張竹坡認為潘金蓮是《金瓶梅》中刻畫得一個極為成功的典型人物，是一個個性極為鮮明生動，性格極為豐富而複雜的女性形象：「又妒又奸，籠絡西門，為後文間月娘張本」（十六回夾批）；「此回總寫金蓮之妒，之淫，之邪」（五十一回回評）。那麼，潘金蓮這個淫婦、妒婦、毒婦、潑婦的嫉妒、狠毒、陰險、多疑、機詐、伶俐、潑辣等典型性格是怎樣集中而鮮明地呈現出來的呢？張竹坡認為：

> 如耍獅子，必拋一球，射箭必立一的，欲寫金蓮，而不寫其與爭寵之人，將何以寫金蓮？故惠蓮、瓶兒、如意，皆欲寫金蓮之球之的也。（第六十五回回評）

> 寫如意，所以寫已死之瓶兒也，況瓶兒已死，即西門意中人，而奶子如之，所以為如意兒也。總之與金蓮作對，以寫其妒寵爭妍之態也，故惠蓮在先，如意兒在後，總隨瓶兒與之抗衡，以寫金蓮之妒也。（第六十五回回評）

　　在張竹坡看來，耍獅子耍必設一球，射箭必立一的，塑造典型性格，就必須要描寫其對立的人物。他不僅看到了典型人物應有對立面，同時還看到了典型人物與對立面的關係是矛盾對立的，他們時時刻刻處於「抗衡」之中，只有抓住典型人物與對立面之間的「抗衡」，寫好他們之間的「抗衡」，才能在人物的「抗衡」中，把各自的性格特徵全部顯露出來，特別是典型人物的性格特徵。張竹坡在七十二回的行間夾批中寫道：「可知惠蓮為瓶兒前身，如意兒為瓶兒之後身，此蓋將前後文氣一齊串入，使看者如放箕眼孔，一齊看去，方知作者通身氣脈，不是老婆舌頭而已也」。張竹坡在這裏指出了《金瓶梅》的作者，通過對潘金蓮與宋惠蓮、李瓶兒、如意兒等人之間的爭寵鬥妍的描寫，像聚光鏡一樣，集中地照出了潘金蓮的嫉妒狠毒、淫蕩陰險、諂媚恭順、乖角狡猾、多疑鬼祟、伶俐潑辣等全部性格特徵，使讀者就像透過箕眼孔一樣，集中而鮮明地把握住了這一典型人物的性格主導面以及性格的多側面。至此，我們可以看到張竹坡的「抗衡」說，就是主張將典型人物置身在與其他人物的複雜糾葛之中，通過對典型人物的對立面的描寫，對人物之間的矛盾衝突的鋪敘，集中而鮮明地把典型人物性格的穩定性、豐富性，形象而生動地刻畫出來。可見，張竹坡的「抗衡」說，也即「抗爭」說有一定的辯

證法因素。

(三)「犯筆而不犯」說

張竹坡在〈讀法〉45 條中，提出了金瓶梅妙在善於用「犯筆而不犯也」的典型個性化手法。他的所謂「犯」，就是寫同一件事，寫同一類型的人；「不犯」，就是指在同一件事時，通過人物的怎樣做，使人物性格「卻又各各一款，絕不相同也」（〈讀法〉45）。在西門慶的十兄弟中，應伯爵與謝希大是西門慶最相契的兩個人，在幫閒抹嘴、招攬說事、賺吃騙錢方面，兩個都是同功一體的人。但是「伯爵是伯爵，希大是希大，各人的身份，各人的談吐，一絲不紊」（〈讀法〉45）。而應伯爵則處處都表現出「真是活跳跳的伯爵」（四十六回夾批）。應伯爵這個幫閒幫凶的成功典型，在張竹坡看來，正是作者「妙在善於用犯筆而不犯」的結果；是作者處處寫出應伯爵「幫閒亦有其才」（六十七回夾批），「奉承處自足迷人」（六十七回小批）；是作者在應伯爵與謝希大對西門慶「一味總是奉承中」寫出了應伯爵「卻能因時至宜」（三十五回夾批），善於吮癰舐痔的幫閒幫凶的本事。張竹坡還指出了在刻畫潘金蓮與李瓶兒這兩個淫婦典型時，作者運用「犯筆而不犯」的藝術技巧：「描瓶兒勾情處，純以憨勝，特與金蓮相反，以便另起花樣，不致犯手也。若王六兒，又特犯金蓮，而弄不犯之巧者也」（十三回回評）。致使這兩個淫婦的「語言舉動，又各各不亂一絲」（〈讀法〉45），活現出了一個是熱極淺顯、凶悍殘忍，另一個則是嫉妒狠毒、陰險奸狡的淫婦典型來。可見張竹坡所提出的「用犯筆而不犯」說，就是要求世情小說不要用類型化的手法，使同一類型人物徒取形似，無關神骨，而要用個性化的手法，讓典型人物的性格特徵溢露於楮墨之間，躍然於尺幅之上，都各自成為同類型人物中互相不能替代的「這一個」來。

(四)「此一人開口，是此一人的情理」說

《金瓶梅》中人物的語言達到了爐火純青的程度，「凡寫一人，始終口吻酷肖到底，掩卷讀之，但道數語，便能默會為何人。」（劉廷璣《在園雜誌》）從塑造性格這一中心議題出發，張竹坡提出了人物語言要性格化的藝術主張：「做文章不過是情理二字，今做此一篇百回長文，亦只是情理二字。於一個人心中，討出一個人的情理，則一個人的傳得矣。雖前後夾雜眾人的話，而此一人開口，是此一人的情理，非他開口，便得情理，由於討出這一人的情理方開口耳。是故寫十百千人皆如寫一人，而遂洋洋乎，有此一百回大書也。」（讀法 43）

這裏的「理」指道德觀念，「情」指思想感情，「情理」指人的精神特質，內心世界。在張竹坡看來，「情理」是成之於胸，出之於口，現之於言的。張竹坡提出「此一

人開口，是此一人的情理」，指的是典型人物語言的個性化，要求作者根據給典型人物摹神的需要來描寫人物的語言，使人物的言語能「一語得神」，「又一語得神」，「閑中一話最有神理」。他認為這種個性化的語言，首先應是典型人物所獨具的，是其他人物「不得作出來的：一路開口一串鈴，是金蓮的話作，瓶兒不得作，玉樓、月娘、春梅亦不得作，故妙」；「連日只見月娘話滿耳。忽然金蓮發聲，卻便是金蓮的話，不是月娘的話」。其次，他認為個性化的語言應反映出人物複雜的思想感情來。在第二回的批語中：「忽下你字，換去叔叔二字，妙」；「忽將外人換去叔叔，妙」；「忽將那廝換外人，妙」。因這幾個代詞的逐步轉換，層次清晰地把潘金蓮內心深處對武松由敬畏到誤解，由誤解到怨恨，由怨恨到惱怒的感情變化，真實而細緻地刻畫出來了，活靈活現地發現了潘金蓮淫蕩狂浪的個性特徵。故張竹坡連聲稱「妙」！再次他認為個性化的語言要能表現出人物的複雜性格。對十一回雪娥遭打後，與潘金蓮在月娘面前爭吵起來，在潘金蓮的話後面幾段批語，指明作品表現出了潘金蓮的伶俐機敏、庸俗無恥、諂媚恭順、恃寵生驕等複雜性格。個性決定語言，語言又顯示個性。這是塑造典型性格的一個最基本、最普遍、最重要的手法。張竹坡把人物的語言與人物的「情理」聯繫起來，指出人物的語言是以性格的需要為依據的，作家應用切合性格的語言來為眾腳色摹神，進一步豐富了語言個性化的小說理論。

對於上述四種典型個性化的手法，張竹坡自己用了一句極為精當的話，總括為「為眾腳色摹神」（〈讀法〉59）。這也是他在對《金瓶梅》所作的評點中多次提到過的要用「追魂取魄」之筆，去給典型人物「描神」，「寫生」，「寫影追魂」，去刻畫出人物的「一團神理」來，使每個典型人物「容光照人」，「眉眼皆動」，「毛髮皆動」，不僅「逼肖」世人，而且要「畢肖」人物各自的身份，就像西門慶那樣「俗態可掬」，潘金蓮那樣「淫態可掬」，應伯爵那樣「活跳出來」。他認為只有這樣「給眾腳色摹神」，才能使讀者覺得每個典型人物「活相逼人」，「真是生龍活虎，非耍木偶人者」（五十九回夾批），「卻不是牛鬼蛇神」（六十二回夾批）。

在典型的個性化方面，不少古典小說的評點者都曾提出過自己的理論見解。但是，由於《水滸傳》是採取單人列傳或數人合傳的寫作方式，至使作品描寫的人物，時時轉換；《儒林外史》沒有一個貫穿全書首尾時中心人物，也缺乏一件勾通全書的中心事件，這就在客觀上限制了金聖歎、閑齋老人等關於個性化的典型理論的完整性、系統性。《金瓶梅》則不然，作品有「此人出而書始有，此人死而書亦終，如西門、月娘、潘金蓮、李瓶兒、春梅、敬濟等人是也」（二十六回回評）的主要描寫對象。這些典型人物在《金瓶梅》中始終居於主要地位，他們性格特徵的主導性、豐富性、複雜性就顯得更為清晰，性格形成、發展、轉化的軌跡更為明朗，這就在客觀上造成了張竹坡關於個性化的典型

理論要比金聖歎、閑齋老人等要更為集中、系統、全面，甚至還有其超出其他小說批評家的方面，如「抗衡」說。另外，在歐洲典型理論史上，雖然亞里士多德初步揭示了典型的基本特徵，認為典型人物應該是普遍性和個別性統一的人物，但是古羅馬詩人賀拉斯的類型和定型說，一直居於主導地位，使歐洲的典型理論長期以來徘徊於類型說、定型說的框框之中。許多理論家，例如布瓦羅等人多以普遍性來闡述典型理論，一直到十八、十九世紀之交的黑格爾，繼承了前輩康德強調個性化的理論，徹底打破了類型說、定型說的窠臼，作出了獨特的貢獻，強調了典型必須是「這一個」，使歐洲的典型理論有了一個質的飛躍。同樣，處於十七世紀的小說批評家張竹坡，在我國古代小說理論中，雖然也看到了典型人物所具有的共同性，但又不拘泥於這一點，而極力強調給典型人物「摹神」，寫出每個典型人物的各自的個性特徵來，這比歐洲的類型說、定型說等典型理論也較科學得多，對於我們今天克服文學創作中的概念化、公式化、類型化、定型化都有一定的借鑒意義。對於張竹坡這份有價值的古典小說理論遺產，我們不能因為其淹沒在封建倫理說教、「女色禍水」、因果報應等迂腐的思想之中，就來一個一葉障目，不見森林，加以全盤否定。而應該沙裏淘金，倒掉污水，留下嬰兒，為建立我國富有民族特色的文藝理論作一點去偽存真的細緻工作。

三、「而並惡及其出身之處」

在刻畫典型性格方面，《三國演義》寫的是歷史人物，有史籍作為依據；《水滸傳》寫的是帶有傳奇色彩的農民起義的英雄，可以作某些適度的誇張；《西遊記》寫的是唐僧師徒歷險取經，更可不受現實生活環境的約束，可以任意虛構。《金瓶梅》與《紅樓夢》這兩部世情小說，是寫現實生活中一家一門的生活瑣事，特別注重在人物生活的具體環境中來描寫人物性格。作為開長篇世情小說之先河的《金瓶梅》，在典型人物與典型環境之間的關係的描寫方面，作出了開拓性的、可貴而又非常成功的藝術嘗試。正是在蘭陵笑笑生的卓越的創作實踐的基礎上，張竹坡以小說批評家所獨有的敏銳感，窺見到了《金瓶梅》在這二者關係上的描寫特色，闡明了自己關於典型性格與典型環境關係之間的小說理論：

> 再至林太太，吾不知作者之心，有何千萬憤懣而於潘金蓮發之，不但殺之，割之，而並其出身之處、教習之人，皆欲置之死地而方暢也，何則？王招宣府內，固金蓮舊時賣入學歌學舞之處也，今看其一腔機詐、喪廉寡恥，若云本自天生，則良心為不可必，而性善為不可據也。吾知其二三歲時，未必便如此淫蕩也。使當日

王招宣家，男敦禮義，女尚貞廉，淫聲不出於口，淫色不見於目，金蓮雖淫蕩，
亦必化而為貞女。奈何堂堂招宣，不為天子招服遠人，宣揚威德，而一裁縫家九
歲女孩至其家，即費許多閑情，教其描眉畫眼，弄粉塗朱，立教其做張做致，喬
模喬樣，其待小女如此，則其儀型妻子可知矣，宜乎？……吾故曰，作者蓋深惡
金蓮，而並惡及其出身之處，故寫林太太也。然則張大戶，亦成金蓮之惡者……。
（〈讀法〉23）

這是一段關於典型性格與典型環境兩者關係方面的、頗有獨創之見的論述。

「人們的性格是由環境所造成的」。[5]我們知道，在自然系統中，人是類的存在物；
在社會聯繫中，人則是一切社會關係的總相，是經濟關係、政治關係、思想關係、倫理
道德關係等諸種社會關係的總和。因此，決定典型性格的形成及其發展的主要是社會環
境。張竹坡正是抓住了影響典型人物，並使之形成各自的性格特徵的決定性因素──社
會環境，來表述他對於典型性格與典型環境二者之間關係的典型觀，這是頗有藝術眼光
的。張竹坡在這個重要的小說理論上的真知灼見之一，就是他看到了典型性格產生於典
型環境中。張竹坡擯棄了先秦以來人性善與人性惡的唯心主義先驗論，他認為潘金蓮的
「一腔奸詐」「喪廉寡恥」，「若云本自天生，則良心為不可必，而性善為不可據也，吾
知其二三歲時，未必便如此淫蕩也」，從而駁斥了人物性格的先天說，而提出的典型性
格的後天說，即是典型性格不是生而有之的，而是在每個人物所處的周圍環境的影響下
不斷形成的。張竹坡指出潘金蓮的典型性格，是由三個具體的典型環境所造成的。王招
宣府是一個外著禮義廉恥之貌，內幹男盜女娼的一個典型的封建官僚家庭；張大戶家是
一個典型的封建豪紳家庭；西門慶家，則是一個封建官僚、封建富商、封建地痞流氓三
結合的罪惡家庭。正是在這三個罪惡環境裏，潘金蓮耳邊淫聲不斷，眼前淫事不絕，而
她自己又是一個供男子追歡取樂的玩物，遭受過林太太的發賣、地主婆余氏的有意迫害
（指硬將她許給她毫無一絲愛慕之意的武大郎），以及吳月娘等人的排擠。罪惡的環境、獨特
的生活經歷，促使她的性格特徵逐步形成，日趨完善，使她毫無羞恥地縱欲，不擇手段
地打擊他人，因而墮落成以一個道德敗壞的淫婦典型。張竹坡從潘金蓮的性格形成，看
到了相應的環境可以促使典型性格的不斷深化，又從李瓶兒的性格轉變，看到了環境的
改變會導致典型性格的轉化。他認為李瓶兒之所以由「一味熱極」（十五回夾批）而轉化
為「瓶兒亦深心」（四十一回夾批），其重要原因就在於李瓶兒的客觀環境改變了，從花
子虛家來到了西門慶家，李瓶兒的地位改變了，由原來花子虛的大老婆，而變成了西門

5　恩格斯：〈神聖家族〉，《馬克思恩格斯全集》（北京：人民出版社，1982 年）第 2 卷，頁 167。

慶的最小的一個妾。張竹坡在六十二回的行間夾批裏就指出了這點「補得傷心，亦自尋苦吃，若仍做花二娘，誰人管伊」？表述了他的上述理論的觀點。其二，張竹坡不僅意識到了典型性格一定要有客觀的具體的社會環境作為依據，作為典型性格產生的土壤，通過典型環境的真實性來揭示典型性格的可信性，而且還論及到了典型性格與典型環境的一致性。「吾故曰，作者蓋深惡金蓮，而並惡及其出身之處」。這個「並」字，就是說張竹坡看到了《金瓶梅》的作者不僅描寫了潘金蓮的罪惡性格，同時也描繪出了促使潘金蓮典型性格所產生的那個罪惡環境。顯然，張竹坡看到了典型環境與典型性格是不可分割，同時並存，彼此統一的，並非是此先彼後的，更非是可有可無的。沒有典型性格，就體現不出典型環境。反之，沒有典型環境，也就無從產生典型性格來，二者互為因果，相依相存於長篇小說之中。很明顯，張竹坡的「並惡及其出身之處」的典型理論，比較科學地揭示了典型性格與典型環境的血緣關係，第一次指出了世情小說的作者，要把典型性格的刻畫與典型環境的描寫相互滲透起來，同時進行，從而塑造出典型環境中的典型性格來。

關於人物與環境的關係，張竹坡之前的金聖歎，曾在第六十三回回評中涉及到：「寫雪天擒索超，略寫索超而勤寫雪天者，寫得雪天精神，便令索超精神，此畫家所謂襯染之法，不可不一用也」。張竹坡之後的閑齋老人也論及到：「寫雨花台正是寫杜慎卿，爾許風光必不從腐頭巾胸流出。」（二十九回回評）但是，金聖歎與閑齋老人都指的是人物與自然環境的諧和協調，烘托人物的心理，表現人物的性格，這只是一種寫作技巧上的氛圍渲染，並未觸及到人物性格與社會環境之間的真正關係。張竹坡卻不是這樣。張竹坡的「並惡及其出身之處」的見解，主要指的是典型人物所生活、行動的社會環境，這種社會環境則是典型人物所處的具體的、個別的生活環境，而這種社會環境與人物性格是一致的，是同時並存的，是再現典型人物性格所不可缺少的客觀依據，這就涉及到了典型性格與典型環境這一典型理論的重要命題，這也是張竹坡對我國古典小說理論所作出的卓越貢獻。

四、「足完鞋子神理」

在張竹坡對《金瓶梅》的行間夾批中，我們可以看到「簾子十七」（八回）、「鞋八十」（三十回）等細緻入微的批語，這表明張竹坡是在津津樂道地欣賞《金瓶梅》中的每一個細節，非常注意和高度重視細節的真實性。文學的生命在於真實。在文學真實的領域中，神魔小說可以憑藉神話故事、古代傳說，展開幻想的彩翼，從而達到理想與感情的真實。歷史講史小說可以依靠史籍的指南去七分史實、三分虛構，獲得歷史的真實。

畫鬼容易畫人難。作為世情小說，描寫的是發生在人們周圍的日常生活瑣事，刻畫的是與普遍人經常打交道的各種各樣的人物，人人皆見之，人人皆熟悉之，其中每一個細微末節若是走樣、變形、扭曲，與現實生活的實際樣式不相符合，就會使人啞然失笑，以致消弱或者完全喪失文學的真實。因此，沒有細節的真實，便沒有現實主義的文學，更沒有作為嚴格意義上的現實主義的世情小說。張竹坡對於《金瓶梅》中人物性格、事件發展、社會環境、自然景物的每一個細小地方、每一個細微部分，不厭其煩地詳批繁評，並且予以高度評價：「文筆之無微不出，所以為小說之第一也」（三十九回夾批），並且以此論定《金瓶梅》是「第一奇書」（見在茲堂刻本的扉頁和「皋鶴堂批評第一奇書金瓶梅」等字樣）。這說明他意識到了世情小說中細節真實的極其重要性，意識到了細節的真實性是典型性格、典型環境必不可缺少的基本前提。

作為世情小說來講，僅僅只是寫出常人常事的細微末節的真實來，還不可能於平常處見出不平常來，於瑣屑處見出不瑣屑來，不可能抽取出生活中的「詩」，發掘出作家在日常生活中所見到的「奇」，不可能刻畫出典型環境中的典型性格來。在細節的描寫上，張竹坡不僅高度重視細節的真實性，而且還十分強調了細節的描寫要有「神理」：

> 此回單狀金蓮之惡，故惟以「鞋」字撥弄直至後三十回，以春梅納鞋，足完鞋子神理。細數凡八十「鞋」字，如一線穿去，卻斷斷續續，遮遮掩掩，而瓶兒、玉樓、春梅身份中，莫不各有一金蓮，以襯金蓮之金蓮，且襯惠蓮之金蓮，則金蓮至此已爛漫不堪之甚矣。（第二十八回回評）

何謂「鞋子神理」？從字面上來看，就是瓶兒、春梅、金蓮、惠蓮等人的鞋子與各自的身份相得益彰，而且其他的鞋子都主要是襯托金蓮的鞋子，這是其一。其二是鞋子從第二十八回寫來，「如一線穿去」，直貫到三十回。從含義來看，張竹坡的「鞋子神理」就是指的細節描寫的典型性、細節對人物性格的傳神作用。這種細節的描寫或者要有助於揭示出典型環境中的典型性格來，或者能夠推動典型情節的開展。

何謂有「神理」的「鞋子」呢？即是說什麼才是具有典型意義的細節呢？

首先，張竹坡認為是世情小說中的那些有著典型意義的物件。在二十八回至三十回中，《金瓶梅》80 次寫到紅繡鞋，真是「一鞋描寫細緻。」（二十八回夾批）但是張竹坡認為作者不是為寫鞋而寫鞋，而是為寫人而寫鞋。失鞋以示西門慶、潘金蓮二人白日宣淫的無恥縱欲；尋鞋以示潘金蓮的凶悍和秋菊的呆笨；剁鞋以示潘金蓮的嫉妒和西門慶的無恥；換鞋以示陳敬濟的浮薄輕狂和潘金蓮的淫穢；鐵棍兒拾鞋招打以示西門慶的混帳無理；眾人各做鞋以示孟玉樓的乖巧、李瓶兒的淺顯、龐春梅的助紂為虐；贈鞋以示宋惠蓮的癡心和西門慶的鮮廉寡恥。至此，方「足完鞋子神理」，真是一隻紅繡鞋，因

人而異,「神理」兼俱。同樣,張竹坡認為第一回、第二回、第三回、第八回中寫到西門慶手中的那把真川金扇兒,也具「神理」:「真小小一物,文人用之,遂能作無數文章,而又寫盡浮薄人情,一時高興便將人弄死奪妻,不半月又視如敝屣,另去尋高興處,直是寫盡人情。」(八回回評)由此可見,張竹坡所認為的具有典型意義的細節,首先指的是能為直接揭示典型性格服務的某種細小物件。

其次,張竹坡所認為的典型細節,是能間接替典型人物「立品」的細小物件。第四十九回寫西門慶為了縱欲,在客廳內招待梵僧,求施春藥。張竹坡在西門慶廳堂的擺設後面,連批「像什麼」「很像什麼」「更像什麼」「還像什麼」,在西門慶款待梵僧的菜食後面,連批 11 個「像」、一個「像像」、一個「更像更像」。張竹坡的這些行間夾批,實質上是把西門慶廳堂裏面不三不四的擺設、奇形怪狀的菜食與西門慶這個典型人物、西門慶的這個典型家庭組合成為一個極有諷刺意味的藝術整體,見到了這些細節與西門慶的典型性格的一致性、與西門慶所處的典型環境的協調性,看到了這些細節描寫,有力地襯托出了西門慶的勢利、庸俗、無恥的性格特徵。

再次,張竹坡認為具有典型意義的細節,主要是那些典型人物的細小動作和細微表情。在七十二回裏,潘金蓮以如意兒不給春梅借洗衣棒使為藉口,一邊大罵如意兒,一邊「只用手摑她腹」。張竹坡在這個動作後面批道,「是醋極處卻是癡絕處,天下有瓶兒房中雞犬者,皆能生子者哉?寫妒婦真寫至骨」。指出了這個細小動作把潘金蓮對李瓶兒、如意兒的癡妒凶狠和疑神疑鬼的個性特徵活靈活現地表現出來了。龐春梅強迫周守備毒打孫雪娥時周守備不肯,於是她又是要摔死孩子,又是要上吊,又是用頭撞地。張竹坡指出龐春梅的一系列動作的描寫,都起到了揭示這個典型人物的性格的作用,「內中用幾個一推一潑,寫春梅悍妒性急如畫」(九十四回回評)。張竹坡還以小說批評家所特有的藝術欣賞的透視眼力,看到了第四回中西門慶勾引潘金蓮時,潘金蓮的七次帶笑的面部表情,真實而又細緻地表現出了這個典型人物的複雜心理活動,遂使紙上「活現」出了這個淫婦的典型形象。通過諸如此類的評語,我們可以看到張竹坡是主張借助於典型性的動作和表情的描寫,神情畢肖地刻畫出典型人物的性格特徵。

最後,張竹坡認為典型意義的細節,還包括那些能為典型情節安根伏線的一些細節:「蓋此書每寫一人,必伏線於千里之前,又流波於千里之後,如宋惠蓮既死,猶餘山洞之鞋是也」(三十六回回評)。宋惠蓮在藏春塢贈鞋給西門慶,是第二十三回;秋菊把這隻鞋尋出來則是第二十八回;而這場由鞋來所引起的風波,只到第三十回方平息。第五十八回,潘金蓮為了使李瓶兒寵衰,讓西門慶復親於己,於是效法屠岸賈養神獒害趙盾,馴養一隻叫雪獅子的大貓,後來竟放貓驚死官哥兒,以使瓶兒也隨之死去。潘金蓮的這個滅絕人性的方法從何而來?是第五十一回中金蓮正品玉時,看見一貓撲來用爪兒來抓

人，西門慶用扇逗貓玩，於是使她頓生殺機。張竹坡認為這個細節是「此處卻為死官哥伏線，於百忙中寫幹事處，乃寫一千里之線，豈是凡手能到？」（五十一回夾批）這些既為後面的典型情節安根伏線，又能為典型人物「立品」的典型細節的描寫，張竹坡不僅作了充分肯定，而且稱讚作者這樣寫，「便有三十分巧、三十分滑、三十分輕快、三十分討便宜處」（三回回評）。十九世紀的俄國批判現實主義的大家屠格涅夫說：「誰要把所有的細節都表達出來，準要摔跟斗，必須善於抓住那些具有特色的細節。」[6]十七世紀末葉的我國小說批評家張竹坡提出要描寫具有「神理」的細節，二者在對細節的典型性上的看法是有著相通之處的。無可否認，《金瓶梅》在男女兩性動作的細節描寫上存在著嚴重的自然主義傾向，張竹坡從庸俗低級的藝術欣賞趣味出發，也肯定了這些細節的描寫，這是我們應該剔除的糟粕。但是，從總體上看，張竹坡關於細節的真實性、典型性的理論見解是占主導地位的。運用恩格斯的「現實主義的意思是，除了細節的真實性之外，還要真實地再現典型環境中的典型人物」的這個著名的現實主義的理論概括來衡量，[7]張竹坡看到細節描寫的真實性、典型性，指出細節的描寫要圍繞揭示典型環境中的典型性格來進行，至今仍不乏其合理的成分。

在這裏，讓我們著重剖析一下金聖歎的文學典型觀。因為在我國古代評點派的小說思想中，最精彩的、對於今天的文學創作與文學欣賞最富於生命力的理論，就是評點派關於文學典型的藝術見解。在這個問題上談得這樣多、這樣具體、這樣形象生動，首屈一指的應該是金聖歎，而他又對張竹坡的典型論產生了極大的影響，張竹坡是「繼武聖歎」後的大批評家。因此，研究張竹坡的小說理論而應瞭解金聖歎的小說理論，以見出其承傳關係。

綜觀金聖歎對《水滸傳》的全部評點，我們可以看到他是極力強調人物個性化的典型化原則的。

金聖歎之前的葉晝，在《忠義水滸傳》第三回回末總評中就提出了比李卓吾更高明的見解，說《水滸傳》的人物描寫得「各有派頭，各有光景，各有家數，各有身份。」金聖歎在此基礎上，把長篇小說中的人物形象的塑造更為明確地放在顯著地位：「別一部書看過一遍即休，獨有水滸只是看不厭，無非為他把一百八個人性格寫出來。」（〈讀法〉）可見金聖歎把人物性格刻畫的成就如何，作為衡量長篇小說藝術高低的主要標準。那麼金聖歎強調的人物性格特徵是怎樣的性格呢？是個性化的性格特徵，還是類型性的性格特徵呢？他說：「《水滸傳》寫一百八人性格，真是一百八樣。若別一部書，任他

6　《譯文》1953 年 10 月號。

7　恩格斯：〈致瑪·哈克奈斯〉，《馬克思恩格斯選集》第 4 卷，頁 462。

寫一千個人也只是一樣,便只寫得兩個人也只是一樣」。他以藝術家的眼光看到了《水滸傳》在人物描寫方面的傑出之處就在於描繪出了一百八個人的性格特徵,而這些性格特徵正如他在〈序三〉中所指出的那祥,「水滸所敘,敘一百八人,人有其性情,人有其氣質,人有其形狀,人有其聲口」。這表明他清楚地見到了《水滸傳》中人物不僅外貌形狀各別,外在言行各異,而且內在氣質、性格也各有不相同,每個人物有著其第二個人所不能重複、無法替代的性格特徵:「……各有其胸襟,各有其心地,各有其形狀,各有其裝束……慈即真慈,怒即真怒,麗即真麗,醜即真醜」。正是從人物的個性出發,金聖歎以批評家獨具的眼光揣摸作品的病利,品第人物甲乙,區分優劣,考殿錙銖。他認為個性鮮明的形象為上上人物,如李逵、魯智深、林沖、阮小七等人。至於武松,金聖歎認為他是《水滸傳》中個性最為鮮明的人物,簡直是作者精心「擬就一位天人」:「武松何如人也?曰武松天人也。武松天人者,固有魯達之闊、林沖之毒、楊志之正、柴進之良、阮小七之快、李逵之真、吳用之捷、花榮之雅、盧俊義之大、石秀之警者也。斷曰第一人不亦宜乎?」(二十五回回評)金聖歎認為作者在塑造武松這個典型時,寫他殺貪官污吏和豪強是「血濺墨缸,腥風透筆」;寫他對待兩個押送他的公人時,又「寫出一片菩薩心腸」(二十七回回評);在寫他對武大的態度時,「寫得兄弟恩情,筋纏血滲」(二十三回夾批)。金聖歎十分欣賞武松這一典型塑造得非常成功,又認為史進、朱仝、石秀、呼延灼、盧俊義等人物形象,在個性方面不及武松、林沖等人鮮明,是上中人物;戴宗只是中下人物,因為他「除卻神行,一件不足取」,缺乏個性;公孫勝是「備員而已」,是「體面上要得來,寫處全不見得」的人物;柴進「無它長,只有好客一件」,也是缺乏個性、不夠理想的人物形象。(均見〈讀法〉)用個性化的尺度來分析作品中的人物形象刻畫得成功與否,這顯然不是在強調類型的典型化原則。有比較方有鑒別。西方文藝理論家賀拉斯在《詩藝》中說我們最好遵從生命的每個階段的特點,不要把老年人寫成青年人,或是把小孩寫成成年人」;「應根據每個年齡的特徵,把隨著年齡變化的性格寫得妥貼得體」;「我們不要把青年寫成老人的性格,我們必須把年齡和特點恰當地配合起來。」[8]很明顯,賀拉斯提倡文藝創作依照年齡的特徵來寫出老人、成年人、青年、小孩的性格特徵,這才是類型性的典型化原則。把金聖歎關於典型化的論點同賀拉斯的論述作一番比較,我們便能得出金聖歎是強調描寫人物的個別性、特殊性,是在直覺地提倡文學創中的個性化的典型化原則的結論。金聖歎不僅從小說創作的角度提出了形象塑造的個性化理論,而且還從文學欣賞、小說理論概括的角度強調了通過個別反映一般,通過特殊性反映普遍性的典型理論:「《水滸傳》只是寫人粗魯處,便有許多

---

8   伍蠡甫:《西方文論選》(上海:上海譯文出版社,1979 年)。

寫法：如魯達粗魯是性急，史進粗魯是少年任氣，李逵粗魯是蠻，武松粗魯是豪傑不受羈靮。阮小七粗魯是悲憤無說處，焦挺粗魯是氣質不好。」（〈讀法〉）讀完一部《水滸傳》，人們可以看到上述人物的粗魯性格，因為他們各自粗魯的特定內涵不一，所以在不同情節中用以表現粗魯性格的方式也毫不雷同，因而呈現在我們面前的不是粗魯的類型性人物，而是個性十分鮮明的藝術形象，是通過生動的個性所體現出來的某種程度上的一般性。在這裏，金聖歎劃清了個性化與類型化的界限，是主張用個別來反映一般。

金聖歎強調個性化的典型化原則表現在哪些方面呢？

首先，他認為人物的個性特徵要體現在人物行動的個性化之中，即他的「犯」「避」說。他認為《水滸傳》在題材上有意冒犯，不加回避，而在描寫相同的事件中卻寫得毫不雷同，不僅寫出了人物在做什麼，而更重要的是寫出了人物在以什麼方式做這件事，通過「犯」中求「避」，顯示出了人物各自的性格特徵。「有正犯法，如武松打虎後又寫李逵殺虎。」同是打虎這個題材，其打虎場面，同樣令人駭神奪目，魂驚魄動，但是武松與李逵打虎的行為卻大相徑庭。武松打虎是不得已而為之，是被逼出來的。在打虎過程中，武松表現得機智過人，先用哨棒打，在哨棒打斷後，見老虎爬伏在面前，於是雙手按住虎頭，用腳踢虎眼，然後用拳頭打，有智、有勇、有力，顯得精細非凡，由驚懼到鎮定，寫得合情合理。而李逵呢？他打虎是為娘報仇，是滿懷沖天怒火主動尋老虎打。他不僅殺死小虎，而且鑽進虎穴，等母老虎進洞後，便一刀捅進母虎的糞門；當雄虎向他撲來時，他不是像武松那樣往旁邊一閃，而是揮著刀迎著虎頭劈過去。可見李逵是全憑包天大膽和罕見的神力一味蠻幹地殺了四虎。同是打虎這個題目，「寫出兩樣文字，曾無一筆相近，豈非異才？寫武松打虎純是精細，寫李逵打虎純是大膽，……若要李逵學武松一毫，李逵不能，若要武松學李逵一毫，武松不敢。」（四十二回夾批）一個不能，一個不敢，同樣是打虎，打法不同，因而顯示出了一個精細的性格特徵，一個魯莽的性格特徵，使他們各自的個性在人物獨特的行動中脫穎而出，躍然紙上。恩格斯指出我覺得一個人物的性格不僅表現在他做什麼，而且表現在他怎樣做；從這方面看來，我相信，如果把各個人物用更加對立的方式彼此區別得更加鮮明些，劇本的思想內容是不會受到損害的。」[9]武松、李逵的個性特徵就在他們做同一件事時所採取的不同方式中顯露出來，通過這種「正犯法」中的「避」，通過人物行為的對比，使人物的性格全然不卷舌而同聲，不擬跡以舉步，而是各呈異彩，別具風貌。性格特徵制約著人物的行動，人物的行動體現出人物的個性特徵。從人物在特殊環境中的特定行為中來表現人物的性格特徵，正是金聖歎強調個性化的典型化原則對人物行為描寫的具體要求。

9　恩格斯：〈致斐·拉薩爾〉，《馬克思恩格斯選集》第4卷，頁344。

其次，金聖歎強調人物形象有語言個性化。「《水滸》並無之乎者也等字，一樣人，便還他一樣說活，真是絕奇本事。」（〈讀法〉）人物的思想感情、性格特徵，最直接、最明顯而且最容易從人物的語言中流露出來。「一樣人，便還他一樣說話」，就是指人物的語言與人物的性格是一致的，是相吻合的；個性鮮明的人物，其語言必然是高度個性化了的。金聖歎在批評《水滸傳》時，反覆指出人物性格決定其語言特色，語言特色又顯示出人物的性格特徵來。第三十七回李逵初會宋江，向戴宗說：「哥哥，這黑漢子是誰？」當戴宗笑他粗魯時，李逵說「我問大哥，怎地是粗魯？」金聖歎批道「連粗魯不知是何語，妙絕，讀至此，始知魯達自說粗魯，尚是後天之民，未及李大哥也。」魯達有時自說灑家粗魯，頗有自知之明，也含自謙之意，而李逵連粗魯為何語尚且不理解，並怨他人不該說他粗魯，真是天真爛漫已極，其個性特徵真是繪影繪色、維妙維肖。第四回中魯智深要周通取消娶劉太公女兒一事，只用了三言兩語就使他答應不再提及此事。金聖歎在魯智深的話後面分別批道：「魯達語，何等爽直」；「爽直，真是看得天下無難事」；「再勒一句，妙絕，爽快是魯達天性，此偏多用勾勒，乃愈見其爽快，妙絕真是「非魯達定說不出此言，非此語定寫不出魯達」。強迫周通退婚，此事十分重大，十分難做，而魯智深既不轉彎抹角，也不拖帶水，更不讓周通事後翻悔，其辦事之爽快，性格之爽直，全在三言兩語中非常明晰地表現出來了。在卷十五林沖請求王倫收留他所說的那段話後面，金聖歎批寫道：「非魯達、李逵聲口，故寫林沖另是一筆墨」。卷十九三阮對吳用所說的那些客套話，金聖歎認為「既推教授上坐，又言休怪粗魯，只二句，寫出野人不通文墨情性」。第三十六回張橫責怪李俊做買賣不帶契他的話，金聖歎認為這些話「活畫出狗臉張爺爺來，活畫出不愛交遊，只愛錢面目來」。此類批語，在金聖歎批《水滸傳》中是隨處可見。這些批語都說明了金聖歎要求小說要做到「一樣人，便還他一樣說話」，使讀者聞聲而知其人，審音可度其性，從人物富於個性化的語言中，將人物的個性特徵把握住。言為心聲，心仗言明，強調人物語言的個性化，必然要求典型形象的個性化，這是我們從金聖歎對《水滸傳》所作的批語中，自然而然地引申出來的他的文學主張。張竹坡的「此一人開口，是此一人的情理」的主張，亦是承襲金聖歎的觀點而來的。

最後，金聖歎要求小說家在人物的設置上，在人物的刻畫上，通過反襯法來呈現人物的個性特徵。在〈讀法〉中他說《水滸傳》在描寫人物性格上，「有背面鋪粉法，如要襯宋江奸詐，不覺寫作李逵真率；要襯石秀尖刻，不覺寫作楊雄糊塗是也。」通過人物性格的反面對比，使其各人的個性特徵如桃紅李白，各具風姿，這種性格描寫的藝術主張，在金聖歎對《水滸傳》的評點中也不乏其例。「如林沖娘子受辱，本應寫林沖氣憤，他人勸回，而把林沖寫得能忍氣吞聲，卻將魯達寫得氣憤已極，欲尋高衙內痛打一

頓，林沖反轉來勸魯達，『權且讓他這一次』。」（第六回回評）通過這樣的反面對比，魯智深的見義勇為、打抱不平的魯莽性格，林沖的委曲求全、忍辱偷生的精神狀態（此指林沖前期的性格特徵），各自反襯得異常突出。

優秀文藝理論的生命力，在於他是以優秀作家創作實踐為基礎，以優秀文學作品為對象所概括出來的、符合文藝特徵的客觀規律。施耐庵對典型形象所作的「卓越的個性刻畫」，史詩般的《水滸》所提供的栩栩如生的典型群像，賦於金聖歎的典型觀以特定的內涵和理論色彩。從金聖歎對《水滸》的人物性格刻畫所作的三方面的評點中，我們可以看到他非常強調人物的個別性、特殊性，而並非強調人物性格的類別性、普遍性。

十八世紀以前的西方美學理論中的典型理論是側重於人物性格的類型性，這種類型說自賀拉斯始。生活在十七世紀中葉的中國的金聖歎的文學典型觀則是在中國文學的沃土上形成的和不斷發展的。金聖歎在〈讀第五才子書法〉中明確指出《水滸傳》的手法，「都從《史記》出來，卻有許多勝似《史記》處。若《史記》妙處，《水滸》已是件件有。」這些手法當然首先指的是人物形象刻畫的手法，可見《水滸》的人物刻畫原則是從《史記》中學來的。而《史記》是一部「辨而不華，質而不俚，其文直，其事核，不虛美，不隱惡，故謂之實錄」的真實性很強的歷史著作，是司馬遷在「考信」的基礎上「實錄」下來的。作為史學家的司馬遷，在搦翰著史時，只能寫歷史上曾經發生過了的個別事件，只能寫歷史上曾經有過的個別人物的生平事蹟，而不可能綜合各種事件去安排情節，雜取種種人而合成一個。歷史事件的個別性、歷史人物的個別性既是《史記》中傳記文學的出發點，也是其人物描寫的終極點，頗似我們今天的報告文學。日本齋藤正謙說：「讀一部《史記》，如直接當時人，親睹其事，親聞其語，使人乍喜乍愕，乍懼乍泣，不能自止。」（《拙堂文話》）司馬遷著《史記》尊重個別性，反映個別性，突出個別性的傳記文學手法，對《水滸傳》的人物描寫和金聖歎的文學典型觀產生了極大的影響。雖然《史記》是「以文運事」的歷史著作，而《水滸傳》是一部「因文生事」的長篇小說，《水滸傳》是在藝術虛構的基礎上繼承和發展了《史記》重在人物個性的傳統手法，但是個性出發來描寫人物個性，這一原則是一脈相承的。金聖歎正是從《水滸傳》與《史記》的繼承革新中，提出了人物描寫本身要從個別性出發，重在個性化的文學典型理論。

還必須指出，自南宋劉辰翁批點《世說新語》，開創小說評點先河以來，對於小說中人物形象塑造這一核心問題如此重視，而且藝術見解這樣精當，達到爐火純青的地步，能一語破的地抓住人物形象的個性化原則，能見出文學典型真諦的秘訣，金聖歎是富有開創性的歷史功績的。漫步中外藝術典型的長廊，在西方文學史的畫壁上，我們還可以看到一些以性格的單一性而取勝的屬於類型性典型：答爾丟夫、阿爾巴貢……在我國古代文學史的畫壁上，我們則看到的是以性格的主導面鮮明突出，以性格的多側面豐富多

彩，而和諧地統一於一身的個性化典型：曹操、武松、西門慶、潘金蓮、林黛玉、賈寶玉、薛寶釵、王熙鳳……正是這群「一定的單個人」所提供的理論依據，給我國的古代小說理論增進了新的血液。「自金聖歎好批小說，以為其文法畢具，逼肖龍門，故世之續編者，汗牛充棟，牛鬼蛇神，至士大夫家几上，無不陳《水滸傳》《金瓶梅》以為把玩」。[10]金聖歎的評點，不僅對《水滸傳》的廣泛流傳起了推動作用，而且他的文學典型觀影響了以後的毛宗崗父子、張竹坡、脂硯齋、哈斯寶等人。金聖歎關於個性化的典型化原則，不僅構成了他們的文學典型觀的核心，而且被他們引申、深化、擴展開來了：或作了進一步概括，如毛宗崗父子反對寫「同貌」之人、「同調」之文，要求「一人有一人性格，各各不同」，「各呈異性」；或把對人物的個性化要求從主要人物擴展到次要人物形象的塑造上，如張竹坡對西門慶、小廝玳安的性格特徵所寫的評點；或進一步深化了典型的個性化是「移之第二人萬不可」，是無法用某種思想、道德標準衡量的，是欣賞者與理論家無法準確概括而又十分真實的性格特徵，如脂硯齋對賈寶玉筆所作的藝術分析；或見到了作品中否定人物的個性特徵「臧否全在筆墨之外」的藝術魅力，如哈斯寶對薛寶釵的小說批評；或見到了典型人物不朽的藝術生命力，如文龍認為西門慶「既死之後轉不死」。顯然，金聖歎與張竹坡關於文學典型的個性化理論，在我國文學批評史上，有著重要的地位。對於這樣一個重大的小說理論問題，我們應該總結出富有我們民族特色的創作經驗，尤其是張竹坡關於世情小說創作經驗的理論概括。

五、「入世最深，方能為眾腳色摹神」

圍繞塑造文學典型，張竹坡在評語中表述了他對小說創作的看法。作家塑造典型的方法，大致說來可分為兩種，借用魯迅先生的話，一是「專用一個人」為原型來塑造典型，一是「雜取種種人，合成一個」典型。[11]但是，無論採用哪一種方法，都離不開作家的生活積累，只不過後一種方法是在廣泛地體驗中，概括多種生活素材的基礎上進行創作的；前一種方法是以一個原型為基礎，適當地融合其他生活素材來刻畫的。張竹坡清楚地看到作家要為眾腳色摹神，首先必須熟悉社會生活。

> 作金瓶梅者，必曾於患難窮愁，人情世故一一經歷過，入世最深，方能為眾腳色摹神也。（〈讀法〉59）

10　昭槤：《嘯亭續錄》。

11　魯迅：〈論《出關》的「關」〉，《且介亭雜文末編》（臺北：風雲時代出版公司，1990 年），頁 73。

　　張竹坡在這裏不是籠統地談論文學來自生活，而是從文學與「人學」的關係中，從塑造性格這一中心議題出發來論述小說創作與現實生活的關係。小說中的人物形象是生活中的活人提供的，個性萌芽在現實的人群之中。作家要「為眾腳色摹神」，首先要瞭解人，熟悉人，通曉人這個小說創作的活材料。作為單個的人來說，本身是一個具有多重屬性的複雜個體，作為社會的人來說，又可以區分為各種各樣的人群。人的這種雙重的複雜性，就要求作家「必須學習，就像閱讀書本，研究書本那樣地閱讀、研究人」，[12]通過對人的仔細觀察，對生活的體驗，在大量活的形象中不斷豐富自己關於人情事理的知識。作家的這種生活感受越豐富，他所摹寫出來的眾腳色的「神」，才有可能更鮮明，更真切。張竹坡的「人情世故──經歷過，入世最深，方能為眾腳色摹神」，既是對各類題材的長篇小說的一個總的要求，也是對《金瓶梅》一類世情小說的更高的要求。我們知道，在明代四大奇書中，《三國演義》是羅貫中運用陳壽的《三國志》和裴松之注的正史材料，在民間傳說及民間藝人創作的話本、戲曲的基礎上，並結合自己的生活經驗創作出來的。《水滸傳》最早的話本是《大宋宣和遺事》，它是《水滸傳》的提綱，展示出了《水滸傳》的原始面目，具備了《水滸傳》中人物的雛形。南宋的《大唐三藏取經詩話》也為吳承恩的《西遊記》的主要情節奠定了一定的基礎，基本上顯示出了唐僧師徒四人西天取經的故事輪廓。可見這三大奇書中的典型塑造都是有本可按，有史可籍的，特別是經過幾個朝代的民間傳說的遞嬗、民眾心理的滲透，勞動人民使理想的性格分別在各自的人物身上沉澱起來，為這三大奇書中的典型塑造提供了極有價值的草圖。作為「四大奇書第四種」的《金瓶梅》，則是我國文學史上第一部由文人獨立創作的世情小說，它既無史料可按，又無民間傳說提供創作的依據，敘事實最為平淡，寫家務事尤為瑣屑，寫社會人情最為普遍，描寫的人物則更為平常，是一部平淡無奇的人情小說、家庭小說、社會小說。它只能嚴格地遵循現實主義的創作方法，按照現實生活中普通人的面目來為眾腳色描形造影，在「人人習聞之事」中，傳「人人共解之理」，寫人人所熟悉的各種普通人物之神。正因為世情小說反映的是現代的生活，寫的是同時代的人，只能取材於當代的現實生活，所以世情小說的生活積累，比起英雄傳奇小說、歷史演義小說、神魔小說要顯得更為重要，更為扎實。張竹坡提出的「入世最深，方能為眾腳色摹神」，正是根據世情小說反映當代現實這一特徵而言的，他特別強調了這類小說的生活積累的重要性。

　　張竹坡的所謂「人情世故──經歷過，入世最深」，指的是世情小說的作者在熟悉生活方面，不是走馬觀花、蜻蜓點水、浮光掠影地走過場，而是要下苦功夫，花大氣力

12　高爾基：〈我怎樣學習寫作〉，周揚編：《馬克思主義與文藝》（解放社，1950年），頁105。

去觀察社會，瞭解人生，對於現實生活中的各種人情世故要有最深切的瞭解，對於生活中的每種人事滄桑要有最深切的感受，只有這樣，才能給典型人物追魂取魄，使之栩栩如生。

具體來說，怎樣才是「入世最深」呢？張竹坡形容說「確乎如此，讀之似有一人，親曾執筆，在清河縣前，西門慶家裏，大大小小，前前後後，碗兒碟兒，一一記之，似真有其事，不敢謂為操筆伸紙做出來的，吾故曰，得天道也」（〈讀法〉63）。綜觀張竹坡的全部評點，所謂「大大小小」，是指作家既要瞭解世情小說所要反映的那個時代中的政治生活方面的重大事件，也要熟悉婆媳之爭、兒女私情之類的家庭小事，如《醉翁談錄》所說：「夫小說者，尤務多聞，非庸常淡識之流，有博覽皆通之理」。所謂「前前後後」，即是要作家細緻地觀察生活，深入地剖析各種生活現象，摸清各種生活事件的來龍去脈，窮究出各種事件、現象的前因後果。所謂「碗兒碟兒」，是要求作家應有敏銳的判別力，分清現實生活中各種事件、人物的類別。所謂「一一記之」，是要求作家的生活積累要盡可能做到廣泛些全面些，不能囿於一點，拘於一面，要把自己的所見、所聞、親身經歷，和間接體會到的一切，都要隨時貯存在自己的素材倉庫之中。對於世情小說的生活積累，張竹坡的一個總的要求，就是作家要能夠「得天道」，即是作家通過對社會生活的長期觀察、分析，能夠把握住生活發展的趨勢，洞曉事件發展的規律，明瞭人物性格發展的內在邏輯。不難理解，在張竹坡看來，作家只有通人情、明世態、達事理之後，才能墨不暇研，筆不暇揮，兔起鶻落，隨手成趣，順理成章地為眾腳色去擬容取心。

在文學與生活的關係上，我國古代小說評點派都曾經表述過，閃耀著舊唯物主義思想光輝的理論見解。葉晝說「世上先有《水滸傳》一部，然後施耐庵、羅貫中借筆拈出」，[13]指出了《水滸傳》的文學真實來自生活真實。王陽明的「格物論」是有主觀因素的，但用於創作上則是唯物的。金聖歎把王陽明的「格物論」轉化為作家主觀與客觀的關係上，提出了「十年格物而一朝物格」的卓越見解，[14]意識到了作家對社會生活的長期觀察是小說創作的先決條件。張竹坡又根據《金瓶梅》的創作實踐，從寫人的角度出發，強調了作者只有「人情世故一一經歷過，入世最深，方能為眾腳色摹神也」。他不僅看到了作家熟悉生活的重要性，而且更看到了人的重要性，對世情小說的作者深入生活、瞭解社會、觀察人生提出了更高、更具體的要求。在文學與生活的關係上，張竹坡的這一理論主張，則比葉晝、金聖歎又要顯得明確得多，深刻得多。

13　容與堂刊本《水滸傳》卷首。
14　貫華堂刊本《水滸傳》序三。

應該看到，在刻畫人物上，金聖歎是主張靈感論的，「覷見是天賦，捉往是人工。」[15] 他認為作家的認識能力是天賦的，藝術表現能力是人工的，說妙文「即天地現身」，「是天地直會自己劈空結撰而出」，把作家對社會生活的認識能力完全歸結於個人的天賦上，具有客觀唯心主義的色彩。張竹坡認為作家其所以能為眾腳色摹神，是作家「人情世故一一經歷過，入世最深」的結果，是作家從生活中「得天道」的結果，他的這種看法強調了實踐，則有著舊唯物主義的理論色彩。在這一點上，張竹坡則是「青出於藍而勝於藍」。

六、「現身說法」

張竹坡一方面把他的「摹神」說奠定在舊唯物主義的認識論的基礎上，強調了世情小說的作者對社會生活所應有的熟悉，另一方面又強調了世情小說創作中的藝術虛構，使他的「摹神」說納入到形象思維的規律之中。文學是創作，作家為眾腳色摹神，不是盲目地拍攝各種生活現象，抄錄各種生活事件，不能原形張老三地照搬社會生活。張竹坡辛辣諷刺福建子把《金瓶梅》看作是給西門慶寫「日用帳簿」的無知觀點：「常見一人批《金瓶梅》曰，此西門之大帳簿，其兩眼無珠，可發一笑，夫伊於什年月日見作者雇工於西門慶寫帳簿哉」（〈讀法〉82）顯然，在張竹坡看來，作家為眾腳色摹神不是去給典型人物記流水帳，去堆砌一些生活瑣事，把生活素材搬字過紙。同時，張竹坡還認為替眾腳色摹神，也並非只要作家寫那些自己身體力行的事。「作《金瓶梅》者，若果必待色色歷遍才有此書，則《金瓶梅》又必做不成也，即如諸淫婦偷漢種種不同，若必待身親歷而後知之，將何以經歷哉？故知才子無所不通，專在一心也」（〈讀法〉60）。世事無涯，人生有限，如果作品中所描寫到的每個典型人物的生活，都要等到作家親身經歷一番後，再來為眾腳色摹神，那是根本不可能的。

世情小說究竟怎樣為眾腳色摹神呢？張竹坡認為「稗官者，寓言也。其假捏一人，幻造一事，雖為風影之談，亦必依山點石，借海揚波，故金瓶一部有名人物不下百數，為之尋端竟委，大半皆屬寓言，庶因物而名，托名撼事，以成此一百回曲曲折折之書」（〈寓意說〉）。這裏的「假捏」「幻造」，都是指的藝術虛構。在張竹坡看來，世情小說中的人和事，「大半皆屬寓言」，是無法在生活中「對號入座」，「為之尋端竟委」的，因此它不需要直錄生活，而「要求要有想像、推測和『虛構』」。正是這些「假捏」的人和「幻造」的事，才得「以成此一百回曲曲折折之書」，成為了一部文學作品。張

---

15 〈讀西廂記法〉。

竹坡的這種看法，的確是小說理論上的精闢論斷。我們知道，生活不可能給作家提供一個完整的藝術形象，「在現實中，人的典型性好像是溶在水裏」。[16]作品中的典型人物散見於生活的每一個角落，往往「嘴在浙江，臉在北京，衣服在山西」。[17]因此作家在創作中，不能「以實用實」，對生活事實作簡單的複製，而應該「以虛而用實」，要從自己的創作意圖出發，在強烈的感情活動中和豐富的想像的基礎上，把那些富於形象的感性材料加以概括集中，取其一點，生發開去，虛構出完整而有意義的藝術形象，使生活真實上升為藝術真實。沒有豐富的想像力，便不是藝術家；剝奪了藝術虛構，文學就失掉了它的特質；專寫作家親身經歷的事情，「則金瓶梅又必做不成也」。「出之貴實，而用之貴虛。」作家在觀察社會時，要最老實，不能淺嘗輒止。在創作時，作家又要做到最不老實，不拘泥於生活中某一事實，大膽地進行合理的藝術虛構，即「虛者實之，實者虛之」；[18]「無者造之而使有，有者造之而使無」，[19]這就是藝術的辯證法。張竹坡要求作家在「入世最深」的基礎上，通過「假捏一人」「幻造一事」的藝術虛構，借助自己直接的與間接的生活經驗來為眾腳色摹神，正是從形象思維這一特殊規律出發而提出來的。

小說是人物志。長篇小說是以能塑造眾多的典型人物而見長於短篇小說與中篇小說的。張竹坡所提出的「假捏一人」和「幻造一事」，正是指的在為典型人物摹神中的人物性格、故事情節兩者的藝術虛構。

如何通過「假捏一人」的性格虛構，來為典型人物摹神呢？張竹坡認為作家要替眾腳色「現身」「說法」：

> 一心所通，實又真個現身一番，方說得一番，然則其寫諸淫婦，真乃各現淫婦人身，為人說法者也。（〈讀法〉61）

> 其書凡有描寫，莫不各盡人情，然則真千百化身，為之說法者也。（〈讀法〉62）

「想像是創造形象的文學技術之最本質的一個方法。」（高爾基：〈關於劇作的技術〉，周揚編：《馬克思主義與文藝》，頁78）張竹坡的「真個現身一番」是指作家在作品的虛構中間，要充分運用自己的想像力，為哪一個角色摹神，就把自己想像為哪一個角色，化自身為作品中的每一個典型人物，說他們應說的話，做他們應做的事，既要替正面人物

16　托斯妥耶夫斯基語，引自季摩菲耶夫：《文學概論》（上海：平明出版社，1953年），頁41。
17　魯迅：〈我怎麼做起小說來〉，《南腔北調集》（臺北：風雲時代出版公司，1990年），頁129。
18　李日華：〈廣諧史序〉。
19　黃越：〈第九才子書平鬼傳序〉。

現身說法，也要替筆下所憎恨的人物現身說法。總之，要把自己擺在作品中描寫的每一個角色的地位，設身處地為人物著想。這種藝術虛構，主要是一種造形和心理描繪的能力。作家應根據每一個角色的性格特徵、年齡特徵、職業特徵，去虛構人物的外貌特徵、嗜好特徵、氣質特徵、心理特徵以及人物的獨特生活經歷、獨特的命運、獨特的為人處世的方法、特定的習慣語言、特定的動作與表情，甚至要細到人物的一舉手、一投足、一笑一顰、一哭一怒、一悲一喜。在張竹坡看來，作家只有經過一番這樣的出神入化的藝術虛構，才能恰到好處地為眾腳色摹神，使之「真乃各現淫婦人身，一路寫來卻是王六兒，作潘六兒不得」；「剛寫王六兒的是王六兒，接著寫瓶兒的是瓶兒，再接筆寫金蓮的又是金蓮，絕不一點差錯，真是史筆。」（六十一回夾批）在與西門慶污穢的兩性關係上，王六兒是借色圖財，騙西門慶的房子、丫頭、銀子，給自己的丈夫韓道國謀買賣做；李瓶兒是借財圖色，不惜用全部家產換取西門慶的色；潘金蓮則是借色圖財，又圖西門慶的歡心。張竹坡以性格鑑賞的判斷力，看到了這三個淫婦典型各自的性格特性，以此來說明他關於「假捏一人」的性格虛構的小說理論。

情節是典型人物的性格史。典型人物的性格的形成、發展或轉化，總是在一定的故事情節中來完成的。張竹坡認為，作者在為眾腳色摹神時，就應使眾腳色行動起來，把人物的性格與相應的故事情節組合在一起，同時進行藝術虛構，通過「幻造一事」來替典型人物「現身」「說法」，顯示出每個人物的性格特徵來。關於這種典型情節的藝術虛構，張竹坡有一段具體的說明：

> 寫花子虛即於開首十人中，何以不便出瓶兒哉？夫作者於提筆時，固先有一瓶兒在其意中也。先有一瓶兒在其意中，然後如何偷期，如何迎姦，如何另嫁竹山，如何轉嫁西門，其著數俱已算就，然後想到其夫。……作者純以鬼工神斧之筆，行文故曲曲折折，止令看者迷目，而不令其窺彼金針之一度，吾故曰純是龍門文字。每於此等文字，使我悉心其中，曲曲折折，為之出入其起盡，何異入五嶽三島盡覽其勝。我心樂此，不為疲也。（〈讀法〉48）

這條讀法清晰地表現出了張竹坡關於典型情節的藝術虛構的三點要求。

第一，典型情節的藝術虛構與典型性格的藝術虛構的統一。張竹坡認為，作者在虛構典型情節時，應圍繞給典型人物摹神來進行，要根據典型性格的需要去編織故事，虛構出能顯示人物性格以及性格相互作用的一系列具體生活事件。具體來說，就像《金瓶梅》的作者那樣，「夫作者於提筆時，固先有一瓶兒在其意中」，對李瓶兒的性格有了明確的考慮，了然於心，然後圍繞給李瓶兒這個典型人物摹神，通盤虛構出了花子虛這個人物。「夫不有子虛，則瓶兒歸西門是無孽之人矣，故必有子虛。然子虛不雖有如無，

則瓶兒又何以歸西門？是故子虛是個影子中人」（一回回評）。花子虛的虛構是為了活現西門慶，李瓶兒之「孽」。在《金瓶梅》中，花子虛是李瓶兒的丈夫，又是西門慶熱結的兄弟，花子虛在世時，李瓶兒不僅支使花子虛去院嫖妓，自己與西門慶姦宿，而且還瞞著花子虛，把家財寄放在西門慶家裏，只待花子虛一死，她便脫身而去。而食盒抬銀、牆頭寄物的主謀是吳月娘。花子虛死後，西門慶要正式娶李瓶兒，吳月娘又用種種藉口從中加以阻撓。作者通過花子虛這個「雖有如無」的「影子中人」及幾個典型情節的藝術虛構，就把李瓶兒、西門慶、吳月娘這三個典型人物的性格特徵刻畫得淋漓盡致：李瓶兒的淫穢下賤；西門慶既圖不義之財，又圖無恥之色的混帳；吳月娘幫夫奪財的陰險。「此回上半寫子虛之死，是正文，寫瓶兒，西門之惡又是正文，不知其寫月娘之惡，又於旁文中帶一正文也」（十四回回評）。表面看來，作者寫花子虛是正文，不是旁文。但從藝術虛構的終極目的來說，通過花子虛的死，寫出李瓶兒、西門慶、吳月娘的醜惡靈魂、罪惡行徑，則又不是旁文，而是正文。事因人生，人以事顯，張竹坡要求把典型情節的虛構同人物性格聯繫起來的小說理論，在這裏又得到了具體而明確佐證。

　　第二，張竹坡認為每一個典型情節的藝術虛構，都應該循序漸進，一環扣一環地向前發展，全面地、有機地、清晰地展示出典型環境中典型性格發展的邏輯來。張竹坡在上條〈讀法〉中所提到的「如何偷期，如何迎姦，如何另嫁竹山，如何轉嫁西門，其著數俱已算就」，正是指《金瓶梅》從第十三回「李瓶兒隔牆密約」到第十九回「李瓶兒情感西門慶」等7回中一系列典型情節的藝術虛構。「如何偷期」，是指李瓶兒主動派丫鬟迎春暗約西門慶；「如何迎姦」，是指李瓶兒在氣死花子虛後，熱孝在身，主動到西門慶家給吳月娘做壽，並以金頭簪送給吳月娘等人來討好西門慶的妻妾；「如何另嫁竹山」，是李瓶兒聽說西門慶因楊戩罪案受到牽連時，經不住蔣竹山一番勾挑，便輕率地把他招贅進門；「如何轉嫁西門」，是李瓶兒一旦聽說西門慶家安然無事後又趕走蔣竹山，主動轉嫁給西門慶，結果遭到了吳月娘等人的歧視和西門慶一頓馬鞭子的毒打。上述這些典型情節的藝術虛構是作者「先有一瓶兒在其意中」後「俱已算就」了的「著數」。顯然，張竹坡以李瓶兒為例，主張作家在確定了人物性格的基調後，按照人物性格的發展，因人設事，虛構出人物做什麼、怎樣做，使典型情節有著充實的生活內容，使人物過著他所該過的生活，並且在生活事件合乎情理的演進之中，讓人物的性格隨著情節的推進而逐層活現出來。

　　第三，張竹坡在強調通過具有真實性、典型性的情節來為典型人物摹神的大前提下，根據我國小說創作中力求故事情節緊湊、生動的民族傳統，還要求情節的虛構應有誘惑性，能引人入勝。生活是複雜的，生活事件的發展也是曲折的，典型人物的性格發展也並非一帆風順的，情節的曲折有致與生活的複雜多變是一致的。張竹坡要求「作者純以

鬼工神斧之筆,行文故曲曲折折」,使虛構出來的故事情節的發展「偏不由人意慮得到」,出於人們的意料之外,又「莫不各盡人情」,在人們的意料之中,從而產生出「令看者瞇目」,「何異入五嶽三島盡覽其勝」的藝術魅力,使讀者從中得到「我心樂此,不為疲也」的精神愉悅。這是張竹坡從文學的美感教育的特質出發,而對典型情節的藝術虛構所提出來的又一要求,而這一要求是與我們民族傳統的藝術鑒賞心理相切合的。

張竹坡要求通過「假捏一人」「幻造一事」來為眾腳色摹神的「現身說法」說,與金聖歎的「動心」說是一脈相承的。金聖歎曾經指出《水滸傳》中的典型人物是作家藝術虛構的結晶,「惟耐庵於三寸之筆,一幅之紙之間,實親動心而為淫婦,親動心而為偷兒,既以動心,則均矣。」(《水滸傳》五十五回回評)張竹坡的「現身說法」說與金聖歎的「動心」說一樣,都是要作家設身處地,身臨其境,通過想像,虛構出作家沒有親身經歷過,而是典型人物在某種特定環境中可能有的或者是應該有的思想感情、語言行動,再現出典型人物的性格特徵來。在作品如何反映現實,怎樣為典型人物摹神的問題上,張竹坡又要高於金聖歎。金聖歎認為寫《史記》要比寫《水滸傳》難(〈讀法〉),而張竹坡則相反,認為寫《金瓶梅》要比寫《史記》難,即文學創作要比寫歷史著作難。因為文學是通過假託人物、幻造世界去體天道以立言的,作要借助「假捏一人」「幻造人事」來為眾腳色摹神,而且這種人物與事件的虛構都務必要依山點石,借海揚波,情理出文章,都不能違背一般生活規律、一般人情、一般事理,這種假中見真的小說創作,比起《史記》式的「其文直,其事核,不虛美,不隱惡」的據實指陳的實錄,甚要困難得多的。張竹坡的這種見解,是比較符合小說創作和歷史著作的客觀實際的。

在探討形象思維的特徵上,唐以前的詩論文論以詩文創作為依據,多注重比興手法的運用。隨著宋元以後小說、戲曲的崛起,文學理論家又多從人物性格的塑造來探論形象思維的特徵。在戲劇領域中,李漁提出戲劇家要「設身處地」為典型人物立言,要「說一人肖一人,勿使雷同,勿使浮泛。」(《閒情偶寄》卷三)在小說界,金聖歎的「動心」說與張竹坡的「現身說法」說,則指的是小說創作中情節、性格的藝術虛構。李漁、金聖歎、張竹坡的這些理論,不僅是總結我們民族的現實主義理論的可貴遺產,也是研究我們民族關於形象思維這一藝術規律的理論資料,是我國古代小說理論日趨深化的結果。

七、「而因一人寫及一縣」

張竹坡痛斥那種把《金瓶梅》說成是淫書的假道學之談:「凡人謂金瓶梅是淫書者,想必伊止知看其淫處也,若我看此書,純是一部史公文字」(〈讀〉53)。他還多次重申「金瓶梅是一部史記」。在他看來,《金瓶梅》所具有的《史記》般的認識價值,不

是《史記》式的直錄其事獲得的,而是通過典型形象的塑造而產生出來的。

> 《金瓶梅》,因西門慶一分人家,寫好幾分人家,如武大一家、花子虛一家、喬大
> 戶一家、陳洪一家、吳大舅一家、張大戶一家、王招宣一家、應伯爵一家、周守
> 備一家、何千戶一家、夏提刑一家,他如翟雲峰在東京不算,夥計家以及女眷不
> 往來者不算。這幾家,大約清河縣官員大戶,屈指一遍,而因一人寫及一縣。(〈讀
> 法〉84)

　　家庭是社會的細胞,是最基本的組織形式,它是構成人類社會的最小單位。任何一
個家庭,它既是獨立的,同時又是與整個社會息息相通的。在《金瓶梅》中,西門慶家
恰似建築群中的一座主樓,對作品裏所涉及到的所有家庭有著「襟三江而帶五湖,控蠻
荊而引甌越」的鉗制作用。《金瓶梅》正是借助於這個典型家庭的興衰史,勾勒出了一
幅明代末葉以來政治黑暗、吏治腐敗、時風日下的社會面貌。張竹坡認為世情小說固然
是以描寫一個家庭的日常瑣事為主,但又絕不能僅僅停留在這一點上,不能「止言一家,
不及天下國家」(七十回回評),而要「善於加倍寫」(〈讀法〉25),「寫好幾分人家」。
這即是說,世情小說要以一個典型家庭為圓點,去畫一百八十度的平面角,甚至畫三百
六十度的圓心角,寫及周圍的無數家庭,反映出一個時代的現實生活。張竹坡的這一小
說理論,是符合世情小說以家庭問題為中心來反映社會現實的創作特徵的,也是頗有生
命力的。魯迅早在上世紀三十年代說:「故就文辭與意象以觀《金瓶梅》,則不外描寫
世情,盡其情偽,又緣衰世,萬事不綱,爰發苦言,每極峻急,然亦時涉隱曲,猥黷者
多。」[20]「《金瓶梅》是《紅樓夢》的祖宗,沒有《金瓶梅》就寫不出《紅樓夢》。」[21]
毛澤東的論述正是指的這一點。

　　張竹坡的「而因一人寫及一縣」的理論的重點,還是在全書中最重要的典型人物的
刻畫上。《金瓶梅》雖然是以潘金蓮、李瓶兒、龐春梅三個女性來命名的,但是男主角
「西門慶是正經煙火」(三回回評)。《金瓶梅》就是借助於西門慶這個典型人物的一生
的罪惡活動,反映出了上自皇帝、達官顯貴,中到貪官污吏,下至悍婦惡僕、三姑六婆、
妓女老鴇、地痞流氓、幫閒幫凶的惡德敗行。如何把典型性格的刻畫與社會生活的反映
結合起來呢?張竹坡認為:

> 寫陳三翁八之惡、襯起苗青。寫苗青之惡,又襯起西門慶也。然則寫王六兒、夏

20　魯迅:《中國小說史略》(北京:北新書局,1931 年),頁 155。
21　龔育之等著:《毛澤東的讀書生活》,頁 224。

提刑等，無非襯西門慶也。西門慶之惡十分滿足，則蔡太師之惡，不言而喻矣。
一路寫樂三嫂、王六兒、玳安兒、樂三、西門慶、夏提刑、平安、書童、琴童各
色人等，一時忙忙碌碌，俱為一死囚苗青呼來喚去的使喚，甚矣！財之可畏如此。
（四十七回回評）

　　張竹坡所提出的「襯」，即是我們今天的「襯托」。他所提出的這種「襯」法，從
含義上來說，就是世情小說在借助典型性格反映社會生活時，應該圍繞典型性格的特徵，
組織一個典型而完整的生活事件。在這一生活事件的整個描寫過程中，作家要手寫彼處，
眼觀此處，通過對事件中其他人物的性格描寫，從各個側面來襯托典型人物，使典型人
物的性格特徵在事件的全過程中被刻畫得「十分滿足」，十分鮮明突出地表現出來；又
借助典型性格的「十分滿足」，形象生動地再現出典型人物所處的那個社會的時代特徵
來。苗青殺人案，既是西門慶貪贓賣法的鐵證，又是對明末司法部門黑暗的有力揭露。
在這個典型的殺人案件中，西門慶這個典型人物始終處於中心地位，通過他上連蔡京、
兵部余尚書，下牽淫婦、奴僕、市井小人。張竹坡認為，在這個深深打上時代印記的殺
人案中，作品通過上、中、下各色人等的描寫「襯起」西門慶貪圖贓款、將曲作直、開
脫罪犯的罪惡，而又在「西門慶之惡非常滿足」中，把明代司法部門不替國家振揚法紀，
不與死者分理冤滯，貪贓撓法的黑暗真實暴露在讀者的眼底。張竹坡認為苗青一案，是
特寫西門慶「貪財之惡」（五十回回評）。
　　張竹坡所主張的通過典型人物反映社會的「襯」法，還體現在對作品中人物的描寫
上：

　　寫一金蓮不足以盡金蓮之惡，且不足以盡以今西門、月娘之惡，故先寫一宋惠蓮，
　　再寫一王六兒，總之與潘金蓮一而二，二而三者也。（〈寓意說〉）

　　是寫金蓮、瓶兒，乃實寫西門之惡，又寫李嬌兒，又虛寫西門之惡，寫出來的既
　　已如此，其未寫出來的時，不知何等惡端不可問之事於從前也。（〈讀法〉18）

　　然則寫桂姐、銀兒、月兒諸妓何哉？此則總寫西門無厭，又見其為浮薄立品，市
　　井為習。（〈讀法〉22）

　　張竹坡的上述批語，與苗青一案總是為「襯」西門慶貪財之惡的批語一樣，就是要
借眾人之淫來「襯」起西門慶貪色之惡，「襯」出西門慶百般玩弄女性的下流無恥、百
般籠絡女性的狡詐刁滑、百般虐待女性的凶狠毒辣，同時又借助西門慶與妻妾、夥計妻
子、社會娼妓的淫穢行為，反映出了在以男子為中心，視婦女為玩物的封建社會中婦女

的悲慘生活，把明末統治階級荒淫無恥、揮霍無度的糜爛生活，以及社會上肆求聲色犬馬之娛的時風，作了總體性的大暴露。所以錢玄同說：「推此論而言之，則知《金瓶梅》一書，斷不可與一切專談淫猥之書同日而語，此書為一種驕奢淫逸，不知廉恥之腐敗社會寫照。」[22]將張竹坡的這種藝術分析引申開來，我們可以發現他關於人物描寫上的「襯」法，就是主張世情小說對其他人物的描寫，既要能使這些人物各自窮形盡相，又要使這些人物能為作品中的中心典型人物刻骨畫相服務。在一般人物與典型人物的性格的互相輝映之下，讓中心典型人物的性格特徵集中而典型地表現出來，並在人物所組成的現實關係中形象地顯示出一個時代的風貌來。

綜上所述，張竹坡的「而因一人寫及一縣」的小說理論，指的就是世情小說反映現實的深度與廣度，主要是由中心典型人物的性格刻畫與典型家庭的日常瑣事的描寫來實現的。為此，作家必須把這個典型家庭放在當時的社會中去描寫，要因這一家去寫好幾分人家，要把中心典型人物的性格特徵放在當時的現實關係中去刻畫，要因這一人而寫及周圍所有的人。理論是實踐的產物。張竹坡是第一部長篇世情小說的批評家，他依據《金瓶梅》的創作實踐所提出的「而因一人寫及一縣」的世情小說理論，在古代小說理論發展史上無疑是開創性的。

八、「而作穢言，以泄其憤」

主動性與創造性，是文學創作與文學欣賞的兩大特性。作為這兩大特性的觸發點，則是作者與讀者內心的感情蠕動。捨此，既沒有文學欣賞，更沒有文學創作。我們之所以不同意把文藝看作是傳遞感情的藝術形式，是因為這個觀點沒有全面地道出文藝終極是社會生活的反映的本質屬性，容易把文藝引向唯心主義的創作論這一怪圈中去。但是，我們絕不否認情感在文藝創作中的重要作用，只是把情感的源頭追溯到現實生活的長河之中。文藝是主美的，這種美就在於文藝通過形象反映生活，揭示生活的本質，表達作家的感情，並把這種感情和對生活的認識形象地轉達給讀者，在讀者的心靈產生出強烈的感情共鳴。因此，我們同樣十分重視情感在文藝反映現實中的重要作用，把感情活動視為形象思維的最主要的特徵之一。

《金瓶梅》的作者為什麼要創作這部「第一奇書」呢？張竹坡認為：

《金瓶梅》何為而有此書也哉？曰：「此仁人志士、孝子悌弟，不得於時，上不能

---

22 錢玄同：〈寄胡適之〉，《新青年》第 3 卷第 6 號（1917 年 8 月）。

問諸天，下不能告諸人，悲憤嗚唈，而作穢言，以泄其憤也。」（〈竹坡閒話〉）

關於《金瓶梅》的作者，張竹坡的看法是矛盾的，他在《在茲堂金瓶梅刻本》上題為「李笠翁著」，而〈謝頤序〉中又認為：「金梅一書，傳為鳳洲門人之作也，或云即鳳洲手。」雖然他提出了三位作者的候選人，但是他從《金瓶梅》的文本實際出發，看到了作者是位仁人志士，是位存孝弟於一身的賢人。他認為作者有滿腔的悲憤鬱結在胸，而這種悲憤上不能對天傾訴，下又不能告訴別人，於是發憤創作出了《金瓶梅》，以排遣胸中的積怨。在這段話裏，張竹坡十分明顯地指出了《金瓶梅》完全是有感而發，絕非無病呻吟之作。同時，這段話也涉及到了世情小說創作的觸發點與燃動力這個重要的理論問題，即情感在文學創作中的重要作用。

在作者為什麼創作《金瓶梅》的尋根上，在當時占統治地位的是王世貞報仇說。多數人認為王世貞的父親把一幅摹製的《清明上河圖》獻給了權奸嚴世蕃，後被唐順之識破，於是王世貞的父親被害。王世貞圖謀復仇，因其他方法無效，便進書頁浸滿毒汁的《金瓶梅》毒死了嚴嵩或唐順之。在這個傳說的基礎上，張竹坡認為《金瓶梅》的作者：

> 至於生也不幸，其親為仇所算，則此時此際以至千百萬年，不忍一注目，不敢一存想，一息有之，一息之痛無已。嗚乎痛哉，痛之不已，釀成其酸，海枯石爛，其味深長。是故含此酸者，敢獨立默坐？苟獨立默坐，則不知吾之身、吾之心、吾之骨肉，何以栗栗焉，如刀斯割，如蟲斯噬也：悲夫，天下尚有一境焉，能使斯人悅耳目，娛心志，一安其身也哉？……作者之心，其有餘痛乎？則《金瓶梅》當名之曰「奇酸志」「苦孝說」。嗚乎，孝子，孝子，有苦如是！（〈苦孝說〉）

張竹坡的這一「苦孝說」，其中包括了作者的情感和倫理道德觀在小說創作中的作用。他認為《金瓶梅》的作者當時有刻骨的仇恨、滿腔的悲憤，「如刀斯割，如蟲斯噬」，坐立不安，不吐不快，於是創作出了這部世情書。即「悲憤嗚唈，而作穢言」。這就是張竹坡的「發憤著書」論。

「發憤著書」，自古而有。司馬遷早有所論及：「蓋文王拘而演《周易》，仲尼厄而作《春秋》；屈原放逐，乃賦《離騷》；左丘失明，厥有《國語》；孫子臏腳，兵法修列，不韋遷蜀，世傳《呂覽》，韓非囚秦，《說難》《孤憤》；詩三百，大抵皆賢聖發憤之所為作也。此人皆有所鬱結，不得通其道，故述往事，思來者。」（司馬遷：〈報任安書〉）司馬遷的「發憤而作」，其中包括有兵書、斷代史、文學作品等。而文學創作更是如此：「書曰：『詩言志，歌詠言。』故哀樂之心感，而歌詠之聲發。」（班固：《漢書·藝文志》）我國最早的一部詩歌總集《詩經》，便是「男女有所怨恨，相從而歌」的

產物。作為《楚辭》力作的《離騷》，也是愛國詩人屈原「發憤以抒情」的藝術結晶。「離騷」是「離憂」的意思，它是「屈平疾王聽之不聰也，讒諂之蔽明也，邪曲之害公也，方正之不容也，故憂愁幽思而作《離騷》。」（司馬遷：〈屈原列傳〉）屈原的「憂愁幽思」中，既有憂國憂民的感情，也有自己蒙冤受屈、懷才不遇的悲憤，也有對昏君佞臣的積怨，也有對濁世陋俗的鄙視的感情。在《詩經》《楚辭》的創作實踐上，「言志」與「緣情」自然而然地結合在一起並形成了我國詩歌創作的優良傳統，一直為後代文人所標榜，所承襲。明末李贄出於為小說正名的需要，認為小說也是「發憤而作」，他說：「太史公曰：『《說難》《孤憤》，賢聖發憤之所作也。由此觀之，古之賢聖，不憤則不作矣。不憤而作，譬如不寒而顫，不病而呻吟也。雖作何觀乎！《水滸傳》者，發憤之所作也。』」（〈忠義水滸傳序〉）他第一次把發憤著書的理論運用於長篇小說的創作論裏面，視情感為長篇小說的創作動力，肯定了情感在小說創作中的重要作用。他還以《水滸傳》的作者為例闡述這一理論：「施羅二公身在元，心在宋；雖生元日，實憤宋事。是故憤二帝之北狩，則稱大破遼以泄其憤；憤南渡之苟安，則稱滅方臘以泄其憤。」（《李氏焚書》卷三）在李贄看來，《水滸傳》也是部「泄憤」之作。但是，我們應該看到李贄在對「憤」的理解上，有著明顯的階級局限性與時代局限性。他是用「忠義」這把封建禮教的尺子來衡量「憤」的，他認為施耐庵與羅貫中因憤恨忠義不在朝廷，不在達官貴人，反倒在朝野之外的草賊山寇身上，憤恨這種「小德役大德，小賢役大賢」的社會現實，所以「泄憤」創作出了《忠義水滸傳》。

作為明末清初傑出的小說評論家金聖歎繼承了李贄發憤著小說的創作論，他也指出：「此回前半幅借阮氏口痛罵官吏，後半幅借林沖口罵秀才，其言憤激，殊傷雅道。然怨毒著書，史遷不免，於稗官又奚責焉？」（十八回回評）李贄認為小說家的發憤之作是用「憤」言來著書，金聖歎認為小說家的「怨毒著書」用的是「罵」言。至於怎樣憤著書，李贄沒有深究。金聖歎則認為小說家是借用小說中的正面人物來抨擊黑暗的現實，而這種抨擊又不是作者出面來發表討世檄文，而是借小說中人物之口來進行，這是金聖歎對發憤著書說的理論貢獻。這個理論貢獻告訴我們，小說是客觀現實與作家主觀情感的統一，小說的「怨毒」傾向性主要是通過人物的言行流露出來的，即用形象來傳遞作者的「怨毒」之情。這也說明金聖歎意識到了小說家的發憤著書與歷史學家的發憤著書有著質的區別，而這種區別又是受小說與歷史著作的特殊性所制約的。

顯而易見，張竹坡的「而作穢言，以泄其憤」說是承李贄的「發憤著書」說和金聖歎的「怨毒著書」說而來，不過，張竹坡把這一理論作了補充與發揮。

第一，從張竹坡的〈苦孝說〉來看，他認為作者在小說創作前便有「憤」的情感體驗與積累，這種情感體驗一方面來自作者家庭的不幸和自己的遭遇，另一方面來自對世

態炎涼、人情冷暖的憤慨，他在〈竹坡閒話〉中說「悲夫，本以嗜欲故，遂迷財色；因財色故，遂成真假；因冷熱故，遂亂真假；因彼之假者，欲肆其趨承，使我之真者皆遭其荼毒，所以此書獨罪財色也。」因此，張竹坡認為《金瓶梅》作者的「憤」既有家仇、個人的私恨，又有對濁世的激憤，有著深廣的社會內容。正是這種悲憤容量的擴大，作家的筆觸才能深入到社會的各個角落，小說才能具有抨擊時代惡習的作用。強調作者創作前的情感積累與體驗，對「憤」作時代性、社會性的解釋，這是張竹坡的發憤著書說的一大特色。

第二，張竹坡的「而作穢言，以泄其憤」的理論中主要是強調「憤」，但也強調了「愛」。他認為《金瓶梅》「是作者窮途有淚無可灑去，乃於愛河中搗此一篇鬼話，明亦無可如何之中，作書以自遣也。」（〈竹坡閒話〉）「愛河」即感情的河流，其中有恨，當然也有恨的對立物愛。因此，張竹坡的「以泄其憤」中自然也包含有「以傾其愛」。《金瓶梅》作為一部批判現實主義的小說，主要是對醜惡的現實進行無情的揭露、激憤的批判，但也有寄託作者愛的情感的人物。山東巡按御史曾孝序，不僅敢於參劾夏提刑、西門慶等貪贓枉法之徒，而且敢於同當朝權奸蔡京作鬥爭；老人王杏庵在年老體弱的情況下，多次救濟、教育流落街頭的陳經濟；另如武松捨命替兄報仇，孟玉樓與李衙內誓不相離，韓愛姐立志為陳經濟守節，李安母子守身如玉；作者筆下的這些正面人物都體現出作者愛的情感與理想，在濃重的黑暗世界中透露出一線微弱的亮光。由此可見，既強調「憤」，又強調「愛」，是張竹坡發憤著書說的又一特色，它有別於李贄、金聖歎只強調作者的「憤」「怨」。

第三，張竹坡的發憤著書說還涉及到了藝術構思階段與寫作階段中的理智情感、道德情感、審美情感。他的「乃於愛河中搗此一篇鬼話」的觀點，其中的「愛河」指作者的愛憎情感；「搗」指藝術構思與寫作階段中的想像與虛構；「鬼話」即指通過藝術想像與虛構所創作出來的《金瓶梅》。他認為作者的理智情感在這兩階段中對《金瓶梅》的思想傾向性具有指導和規範作用，使「此書獨罪財色」，以此警世駭俗。而作者的道德情感則規範著《金瓶梅》中人物的道德品質、情操以及小說中物象，如「西門慶是混帳惡人，吳月娘是奸險好人」，而「敬濟是浮浪小人」，王六兒與林太太「總是不得叫做人」，伯爵與希大「皆是沒良心的人」，蔡太師與蔡狀元「皆是枉為人也」。至於作者在梵僧為西門慶施春藥時所描寫的西門慶廳中的那些奇形怪狀的擺設及食物，張竹坡認為也是在作者道德情感支配下所描寫出來的「一片鳥東西」。張竹坡關於審美情感在這兩階段要把握描寫對象的醜與美的看法，具體體現在他的「分寸說」中。他在〈讀法〉46 中說作者寫西門慶不用「一文筆」，寫敬濟不用「一韻筆」，而寫玉樓「則純用俏筆」；在二十七回回評中說至於瓶兒、金蓮固為同類，又分深淺，故翡翠軒尚有溫柔濃豔之雅，

而葡萄架則「極妖淫污辱之怨」，就是具體論述作者的審美情感在制約著對人物醜與美的描寫，從而體現出人物的藝術美。總之，張竹坡將發憤與想像、虛構結合起來，具體分析理智情感、道德情感、審美情感在藝術構思與寫作階段中的作用，抓住了小說創作的特殊規律，劃清了發憤著史書與發憤創作小說的界限，這是頗具藝術眼光的。

第四，張竹坡的「而作穢言，以泄其憤」的理論，明確提出了「言」是「憤」的藝術載體。李贄的「發憤而作」與金聖歎的「怨毒著書」，均未明確指出這一點。我們知道，文學是語言的藝術，語言是文學藝術的媒介，這是文學與其他藝術不同的地方。張竹坡把小說的「言」與作者的「憤」聯繫起來加以論述，正是抓住了文學的又一主要特點。在「言」與「憤」的關係上，張竹坡強調的是借「穢言」來「泄憤」，即作家的主觀情感要寓於客觀描寫的「穢言」之中，而不是游離於藝術描寫之外的直抒胸臆和大發議論，這就突出了文學是用語言寫物造形、傳達思想感情的特徵。

第五，張竹坡的「而作穢言，以泄其憤」中的「穢言」，完全是根據《金瓶梅》這部批判現實主義小說的特徵而言的，其「穢言」不單指淫語淫事，而是廣泛地指小說中的穢人穢事。在他看來，《金瓶梅》是「一部言盜、言淫、言殺、言孽」的「第一奇書」，是作者用來「炙一切姦夫淫婦、亂臣賊子、盜殺淫邪等病」的勸世書。（一百回，九十九回夾批）小說是以塑造人物為主，以敘事見長，以多角度反映社會生活各個側面為功能的一種文學體裁。《金瓶梅》確實用了不少篇幅描寫了西門慶、潘金蓮、李瓶兒、春梅等人的兩性關係，但這不是小說的全部內容。小說從「獨罪財色」的創作意圖出發，將色的罪惡隸屬於財的罪惡之下，而著意突出財的罪惡。因此，小說還描寫了財對朝廷政治、人事、司法、社會道德、人際關係的腐蝕作用。如蔡京受賄，便委任西門慶為提刑官；蔡狀元受賄，便先批鹽引給西門慶，使其壟斷鹽生意；宋御史受賄，便在考核中為西門慶開脫罪惡；錢老爹受賄，便讓西門慶偷稅漏稅。又如金錢敗壞人們的道德品行，潘金蓮嫌貧愛富，虐待親娘；花子由等人趨炎附勢，認害死自己兄弟的西門慶為親戚；王六兒貪圖西門慶的財，教唆西門慶派自己的丈夫長年在外出差，以便自己與西門慶長期姦宿；馮媽媽圖財，幫西門慶勾引李瓶兒、王六兒；文嫂貪錢，為西門慶與林太太暗中牽線；應伯爵等人為騙吃喝，成日陪伴西門慶惹花拈草；吳典恩、雲裏守等人在西門慶死後，陷害或算計西門慶的老婆吳月娘。諸如此類，舉不勝舉。足以表明張竹坡的「穢言」，泛指《金瓶梅》中的污穢人物、邪惡事情，而不僅僅只是淫語淫事。

綜上所述，張竹坡的「而作穢言，以泄其憤」的發憤著書說，既包含有司馬遷、李贄、金聖歎的發憤著書說的理論因素，又包含有他對世情小說特質的理解。更重要的是，這一理論涉及到小說創作中情感的積累、情感的體驗、情感的作用、情感與想像虛構的關聯、情感與小說中人物與事件的關係、情感與語言的內在聯繫、情感對作品主題、人

物美醜的制約作用，為古老的發憤著書說注進了更新的理論內容，使這一理論更符合世情小說的創作規律。

九、「特特錯亂其年譜」

《金瓶梅》是部家庭小說，寫了西門慶一家的日常瑣事，在敘述時間上有極高的藝術啟迪性和理論價值。對此，張竹坡作了專門的論述：

> 《史記》中有年表，《金瓶梅》中亦有時日也。開口云西門慶二十七歲，吳神仙相面則二十九，至臨死則三十三歲。而官哥則生於政和四年丙申，卒於政和五年丁酉。夫西門慶二十九歲生子，則丙申年至三十三歲該云庚子，而西門乃卒於戊戌。夫李瓶兒亦該云卒於政和五年，乃云七年，此皆作者故為參差之處。何則？此書獨與他小說不同，看其三四年間，卻是一日一時推著數去，無論春秋冷熱，即某人生日，某人某日來請酒，某月某日請某人，某日是某節令，齊齊整整挨去。若再將三五年間，甲子次序排得一絲不亂，是真個與西門記帳簿，有如世之無目者所云者也。故特特錯亂其年譜，大約三五年間，其繁華如此，則內云某日某節，皆歷歷生動，不是死板一串鈴，可以排頭數去，而又偏能使看者五色瞇目，真有如挨著一日一日過去也，此為神妙之筆。嘻，技至此亦化矣哉！真千古至文，吾不敢以小說目之也。（〈讀法〉37）

「特特錯亂其年譜」與「故為參差」，是一個意思，即作者有意虛擬小說的時間，使其敘事時間與故事發生的時間有意產生差異，變生活真實為藝術真實。要達到這個要求，張竹坡認為小說的陳述時間是一種線性時間，即「看其三四年間，卻是一日一日推著數去，無論春秋冷熱，即某人生日，某人某日來請酒，某月某日請某人，某日是某節令，齊齊整整挨去。」這種按時間先後的敘述方法，使小說所敘述的故事的時間，給讀者一個數的概念。但世情小說又是以反映家庭日常生活，揭示世俗人情為終極目的，因而要使讀者在閱讀時變線性時間為立體時間，產生出酷似生活的藝術真實感，即「不是死板一串鈴，可以排頭數去，而偏又能使看者五色瞇目，真有如挨著一日一日過去也。」既要顯示出陳述時間的線性，又要使讀者閱讀感受到時間的立體性，作者則必須在特特錯亂其年譜時用夾敘法，這是張竹坡的小說敘述時間觀中的又一個觀點：「《金瓶梅》於極忙時，如未娶金蓮，先插娶孟玉樓。娶玉樓時，即夾敘嫁大姐。瓶兒生子時，即夾敘吳典恩借債。官哥臨危時，乃有謝希大借銀。瓶兒死時，乃入玉簫受約。擇日出殯，乃有請六黃太尉等事，皆於極忙中，故作消閒之筆，非才富一石者，何以能之？則武二問

傅夥計、西門慶的話，百忙裏出『三兩一月』等文時，則又臨時輕筆討神理，不在此等章法內算也。」（〈讀法〉44）西門慶冷落潘金蓮一個多月中，作者一面寫潘金蓮處冷落不堪，一面寫西門慶如何到孟玉樓家相親，如何求助楊姑娘，楊姑娘如何罵張四舅，西門慶如何搶親，雖只一件事，由於作者寫得血肉豐滿，內容充實，合情合理，所以陳述時間由線性轉化為讀者閱讀時間的生活立體感。再加之又「輕筆討神理」，夾敘六月十二日嫁西門大姐，更是使得西門慶家的生活瑣事顯得一件接一件，日子真是一日一日挨著過去的，使讀者在感受小說真實時而忽略了陳述時間中的虛擬性。因此，張竹坡「特特錯亂其年譜」的敘述時間觀，對在小說創作中如何處理作者的陳述時間線形性與讀者的閱讀時間立體性直接的關係，作了有益的探討。

十、「無不眼中有一婦人也」

在現實生活中，人們都處於一定的相互關係中，其舉止言行都是一種交流過程。這種交流既有內容模式，也有相互關係模式。小說在塑造人物形象時，也存在著上述兩種模式的交流。對於這一點，張竹坡在評點《金瓶梅》中也注意到了。

> 以上只用西門、婆子互相白嘈，寫婦人只用五低頭、兩不動身，便使一篇如火文字，眉眼皆動，而結以「只低了頭不動身」總上一段，是好筆力。又使王婆、西門一遞一句，無不眼中有一婦人也。（第三回夾批）

在第三回「設圈套浪子私挑」這個情節中，王婆為了撮合西門慶與潘金蓮，留他們吃酒。席間王婆與西門慶一遞一句，相互白嘈，表面上是他們兩人對話，實質都是說給潘金蓮聽的。從內容模式上來說，王婆誇潘金蓮百伶百俐，西門慶家中的眾妻妾都比不上，而西門慶則自恨無緣，娶不上像潘金蓮這樣的好老婆。從相互關係模式上來說，王婆向西門慶誇潘金蓮，實際上是討好、吹捧潘金蓮，讓潘金蓮喜歡。而西門慶對王婆訴苦，實際上是告訴潘金蓮，自己傾心羨慕她，很希望與她喜結良緣。潘金蓮果然從他們的對話中瞭解到西門慶的家財、妻妾及對她的好感，於是「烘動春心」，「只低了頭，不起身」，上了王婆與西門慶的圈套，走上了傷風敗俗的歧途。這番白嘈，不僅存在著王婆與西門慶之間的雙向交流，更重要的是他們說話時都在與在座的潘金蓮進行交流，前者的交流是在明處，後者的交流是在暗中；前者的交流、只是手段，後者的交流是目的；離開了後者的交流，前者的交流既不可能，也毫無意義；離開前者的交流，後者的交流也無法存在。因此，張竹坡所提出的「王婆、西門一遞一句內，無不眼中有一婦人也」的觀點，有兩層含義。一層含義是交流的內容模式要與情節相符，與人物性格相

吻合，就像王婆、西門慶口中不離「婦人」二字。另一層含義是交流的相互關係模式要多層次，即王婆與西門慶對話時同時也在同潘金蓮交流，西門慶與王婆對話時也在同潘金蓮交流；而潘金蓮在聽到他們的對話後既向王婆（西門慶），也向西門慶（王婆）交流，也就是說王婆與西門慶談話，眼中都有一潘金蓮，而潘金蓮聽話時眼中既有王婆，也有西門慶，或既有西門慶，也有王婆。這是一種三人之間的多層次交流，這種交流所呈出來的相互關係即是浪子、馬泊六、淫婦的關係。正因為《金瓶梅》在這個情節中寫出了交流的內容模式和多層次關係模式，所以張竹坡誇此篇「如火文字，眉眼皆動」，贊作者的寫法是「好筆力」。

十一、「危機相倚，如層波疊起」

世情小說中家庭瑣事千頭萬緒，只有組織成一個嚴密的內容體系方能成為一部小說，否則真是記家庭的日常流水帳。在第八十七回「王婆子貪財忘禍，武都頭殺嫂祭兄」中，《金瓶梅》中的女主角潘金蓮了卻殘生。張竹坡在剖析潘金蓮死因時，通徹前後，將潘金蓮之死與前八十六回中有關生活事件連接起來：

> 究之作者隱筆，蓋言月娘死金蓮耳，何則？暗中跌腳故也。吳月娘之所以死金蓮而不一救之者，由於撒潑；撒潑由於玉簫，玉簫過舌則因瓶兒之衣、如意之宿，是又瓶兒之靈殺之也。究之玉簫之所以肯過舌者，三章約也，是金蓮固自殺。而三章約所以肯遵依，是又書童之故。然則藏壺而云構釁，真非一日、一時、一事之辭也歟？危機相倚，如層波疊起，不可窮止。（第八十七回回評）

這段評語的要點是指世情小說的一日、一時、一事要有內在的因果關係，要相依相存，如層波疊起，自然形成人物與事件的最後的結局。張竹坡結合潘金蓮之死，具體而詳盡地論述了世情小說中家庭瑣事的因果聯繫性。潘金蓮死於武松之手，由於吳月娘冷眼覷破而不點明；吳月娘不點破此事，由於深惱潘金蓮；深惱潘金蓮，由於潘金蓮與她撒潑放刁；潘金蓮撒潑，由於玉簫過舌；玉簫過舌，由於她與書童私通被潘金蓮抓住了把柄；潘金蓮抓住此事不放，是因為恨書童是李瓶兒的人；潘金蓮恨李瓶兒，又是因為李瓶兒得寵使她被冷落。而吳月娘惱恨潘金蓮第二層原因，是因為潘金蓮要去了李瓶兒的皮襖，而吳月娘企圖獨吞李瓶兒的財物在第十四回中便已寫明。吳月娘惱恨潘金蓮第三層原因，是李瓶兒臨死時囑咐過她，要謹防潘金蓮再害死別人的孩子。李瓶兒之所以如此提醒吳月娘，又是因為她生了官哥兒後，潘金蓮一直處心積慮地折磨、直至殺死了她的親生子（見小說第三十回至第五十九回）。因此，吳月娘惱恨潘金蓮，直到眼睜睜地看

到她主動送上門被武松殺死，實非一時之恨，而是小說前八十六回中潘金蓮的種種惡行所造成的，與前六回中所描寫的許多家庭瑣事有內在的關聯性。因此，張竹坡在八十六回回評開篇強調：「此回方結冷遇親哥嫂之文，至一百回乃又結冷遇之文，方知一百回如一百顆明珠，一線穿串也。」把一日、一時、一事，用一線穿串起來，這就是張竹坡關於世情小說生活瑣事描寫的有機整體性的觀點。這一觀點的提出，使我國古代小說理論有了現代色彩。

十二、「千百人總合一傳」

小說的結構，雖屬形式方面的因素，但對作品的主題揭示，作品的基調與特色、情節的安排、典型性格的塑造，都有著重要的作用，即形式是內容，內容也是形式，二者不可分。對於小說家來說，結構是一個在動筆前就得深思熟慮的問題。同樣，對於小說理論家來說，結構問題也是他們理論的重要議題。關於《金瓶梅》的小說結構，張竹坡是這樣認為的：

> 《金瓶梅》是一部史記，然而史記有獨傳、有合傳，卻是分開做的。《金瓶梅》卻是一百回共成一傳，而千百人總合一傳。（〈讀法〉34）

張竹坡對於《金瓶梅》結構的分析與金聖歎對於《水滸傳》結構的看法、毛宗崗對於《三國演義》結構的看法是不相同的：

> 《水滸傳》一個人出來，分明便是一篇列傳，至於中間事跡，又逐段自成文字，亦有兩三卷成一篇者，亦有五六句成一篇者。（〈讀第五才子書法〉）

> 《三國》敘事之佳，直與《史記》仿佛，而其敘事之難，則有倍難於《史記》者。《史記》各國分書，各人分載，於是有本紀、世家、列傳之別。今三國則不然，殆合本紀、世家、列傳而總合一篇，分則文短而易工，合則文長而難好也。（〈讀三國志法〉）

應該說他們三人對各自所評點的小說的結構的看法都是比較中肯的。與《三國演義》《金瓶梅》相比，《水滸傳》的結構卻大相徑庭。從表現「官逼民反」「逼上梁山」這一主題出發，《水滸傳》採取了單線結構法，用列傳的形式來陳述主要人物被逼上梁山的經過。因此每組情節既有相對的獨立性，可以抽取出來，單獨成為一個較為完整的故事，但又環環相扣，按照「撞破天羅歸水滸，掀開地網上梁山」的必然邏輯，像百川匯海一

樣，把一百零八位英雄由分而合，由不同的地方、不同的職業而引上梁山的這個農民革命根據地，推向英雄排座次、替天行道的高峰。因此從其中典型人物的故事情節來看，《水滸傳》的結構是有機的、嚴密的，但從整部小說結構來看又可以說是斷裂層的。《三國演義》是按照「合久必分」，「分久必合」這個歷史發展趨勢來安排小說的結構，「殆合本紀、世家、列傳而總成一篇。」小說所鋪敘的是魏、蜀、吳三國的興亡史，這三者之間的矛盾構成了小說的三條主要線索，根據這三條線索，把戰爭作為故事情節的基礎，圍繞戰爭來寫進政治、外交、軍事的鬥爭，而在這些鬥爭中描寫各類典型，從而形成了結構宏偉、布局嚴謹的藝術整體。而這些典型人物中，有司馬遷《史記》中的本紀所描寫的對象——皇帝，又有世家所描寫的對象——諸侯，也有列傳所描寫的對象——小人物，所以毛宗崗說《三國演義》是把本紀、世家、列傳熔為一爐的藝術結晶。張竹坡把《金瓶梅》的小說結構歸納為「一百回共成一傳，而千百人總合一傳」，這顯然既非《水滸傳》的單線結構，也非《三國演義》的三線結構法，而是一種別辟蹊徑的網狀結構。其所以採取這種結構法，張竹坡認為這是全書的主旨所決定的。

> 《金瓶梅》是兩半截書，上半截熱，下半截冷，上半熱中有冷，下半冷中有熱。（〈讀法〉83）

> 一部炎涼書，用開首一詩，並無熱氣，信乎作者，主意在下半部，而看官益當知看下半部也。（一回回評）

作為世情小說的《金瓶梅》，旨在通過西門慶家庭的興衰史來揭示明末的社會的世態炎涼、人情冷暖，於是採取了「著此一家罵盡諸色」的寫法。小說以西門慶家庭為中心，對社會作多角度的描寫，縱橫交錯地形成了一個典型環境，從而有力地顯露出了明朝末葉的黑暗及其腐敗。因此可以說網狀結構是以家庭為中心來反映社會問題的世情小說最理想的一種結構法。《金瓶梅》在這方面開路，《紅樓夢》作了繼承與發展，在小說的網狀結構中放進了封建末期的全部內容，從而達到了古典現實主義小說的頂峰。

關於這種網狀結構，張竹坡認為首先要確定全書最主要的典型人物：「而西門慶為此書正經香火」（三回回評）。世情小說主要是寫家庭生活中的日常瑣事，因此家庭中的主事人要定下來，然後才好著手寫周圍的人物，這樣眾星才可捧月，整部小說才能形成生活的流動感。恰如張竹坡所分析的那樣：「一部一百回，乃於第一回中，如一縷頭髮，千絲萬絲，要在頭上一根繩兒紮住。又如一噴壺水，要在一提起來，即一線一線同時噴出來。今看作者，惟西門慶一人是直說，他如出伯爵等九人，是帶出。月娘、三房是直敘，別的如桂姐、玳安、玉簫、子虛、瓶兒、吳道官、天福、應寶、吳銀兒、武松、武

植、金蓮、迎兒、敬濟、來興、來寶、王婆諸色人等，一齊皆出，如噴壺傾水，然卻是說話做事，一路有意無意，東拉西扯，便皆敘出，並非另取鍋灶，重新下米，真正龍門能事」。（一回回評）立定主腦，然後按照生活的邏輯，「有意無意，東拉西扯」地帶出其他人物來，使這些人物又都「說話做事」，於是自然而然地形成了世情小說的網狀結構。其次，張竹坡認為在立定主腦後，作者還要確定全書所要描寫的其他典型人物，使他們在網狀結構中各占一席重要的地位，由這些人物來交織成整部小說的大網狀。「夫以《金瓶梅》為名，是金蓮、瓶兒、春梅為作者特特用意欲寫這人」（七回回評）；「金、瓶、梅，蓋作者寫西門慶精神注寫之人（三回回評）；「《金瓶梅》正經寫六個婦人，其實只寫得四個：月娘、玉樓、金蓮、瓶兒是也。」（〈讀法〉16）

　　作者要借西門慶的家庭來反映當時市井小人的生活，就得寫及家庭中的其他成員，由這些成員再聯貫起更次要的人物，於是讓小說的筆觸伸到社會的每個角落，在小說的字裏行間裏呈現出一個社會的橫斷面來。《金瓶梅》產生於以男子為中心的封建社會，除了西門慶這個男主人公外，還有他的一妻五妾，正如張竹坡所言，其中著重寫了四個，李嬌兒、孫雪娥所費筆墨要少些，作者把更多的筆墨放在春梅身上。所以作品中的吳月娘、潘金蓮、李瓶兒、龐春梅，更是作者特特用意描寫的典型，寫她們也正是為了寫西門慶，正是借他們之間的糾葛來寫時代的某一方面。正因為如此，1930 年萊比錫島社出版的，弗朗茨·庫恩的德文譯本名為《金瓶梅：西門與其六妻妾奇情史》，由此我們可以看到這種網狀結構最適宜於刻畫世情小說中最主要的描寫對象和其他的主要人物。西門慶與其一妻五妾的矛盾是網上的經線，次要人物之間的糾葛則是網上的緯線，經縱緯橫，交織成網，於是在《金瓶梅》的網狀整體上，轉動著明代末葉的立體社會圖影。關於《金瓶梅》的這種網狀結構，日本的《大百科事典》倒有一段精彩的論述：「《金瓶梅》的作者不明，但從全書結構的嚴密性，文氣與構思的連貫性來看，是出於一人之手。《金瓶梅》故事的發展，形成了西門慶一家的興衰史。故事的背景主要是山東省的一個縣城，主人翁是這個地方上的富商西門慶，他用不正當手段積累財富，由行賄得到官職、地位和權力。全書以西門慶為中心，描寫了形形色色的人物，其中有西門慶的六個妻妾、妓女、男女相人、各類親友、大小官吏、軍人、商人、幫閒、媒人、算命人、和尚、尼姑、道士、戲子……可以說是從朝廷大臣到街頭乞丐，應有盡有。作者對各種人物完全用寫實的手段，排除了中國傳統的傳奇式的寫法，為《紅樓夢》《醒世姻緣傳》等描寫現實的小說開闢了道路。」應該說，這是對張竹坡關於《金瓶梅》網狀結構理論的最好發揮，我們可以借助這段論述，來理解張竹坡的「千百人總合一傳」的含義。

　　在世情小說的網狀結構理論方面，張竹坡還提出了一些具體的寫法。

　　偷閒筆法：「武松出已，安線於伯爵口中，今止用伯爵來說足矣。乃又不肯直出，

卻於伯爵不吃飯寫出，則打虎真是好看，武松又真是好看。武松身份在一閒話描出，偷閒筆法，慣用此等也。」（一回夾批）這種筆法，指的是作品中的次要人物的次要情節，如武松打虎，不宜用較長篇幅去鋪敘，只須在主要典型人物的對話中，輕筆點染一下即可，以防止典型性格刻畫上的喧賓奪主。

照顧法：「雖是金蓮的話，卻是一回的總結。試思文不一總，只顧為下半回，如何結上半回？文字照顧之法，全在人不能測也。」（一回夾批）照顧法則要求典型人物的語言，不僅要暗示出故事情節發展的必然趨勢，而且要順帶結束前面的事情，使事件發展的脈絡前後相顧，不露破綻。

一筆千萬用：「《金瓶》內每以一筆作千萬筆用，如此回玉皇廟謂是結弟兄，謂是對永福寺作雙起結，謂是出武松，謂是出金蓮，謂是籠罩官哥寄名、瓶兒薦亡等事也。總之，一筆千萬用，如神龍天際變化不測的文字也。」（一回回評）此種手法，是指世情小說中某一重要場所的描寫，要與作品中諸多人物，特別是與典型人物的命運、活動密切相關，以便使小說中的景物、場所的描寫集中而又突出。

對瑣章法：「一回兩股大文字，熱結冷遇也。然熱結中七段文字，冷遇中兩段文字，兩兩相對，卻在參差合筍處作對鎖章法。」（一回回評）所謂對鎖章法，指的是世情小說圍繞性格對立的人物而設置相應對立的事件，以便用對比的方法來刻畫出典型人物的個性特徵。

一手寫三四處：「蓋人一手寫一處不能，他卻是一手寫三四處也，玉皇廟是一處，十兄弟是一處，道士是一處，畫虎是一處，真虎是一處，打虎人又遙遙在一處，而滄州郡且明明說出也。」（一回回評）這種手法，指的是小說裏一個典型場面中的幾個人物的地位及場面的描寫，要能披露出其他人物、其他事件的信息。

開缺候官法：「一回內句句三娘，而玉樓亦躍躍紙上，此所開缺候官之法也。」（一回回評）這種手法是對人物的設置而言的，即是說先虛設一與典型人物地位相等的次要人物，然後將這一次要人物的位置空起來，以俟典型人物上場，同時以顯示另一典型人物的性格來如《金瓶梅》中西門慶的小老婆妓女卓二姐病死，三娘的位置就留給了寡婦孟玉樓，這樣就把西門慶淫欲無度、喜新厭舊、全無情義、貪財貪色的市井無賴習性表現出來了。

敲擊法：「冷遇哥嫂文中，乃一云『嫡親兄弟』，再云『是我一母同胞兄弟』，再云『親兄弟難比別人』，句句是武二文字，卻句句是敲擊十兄弟文字也。」（一回回評）敲擊法，要求小說描寫某一性格時，要反襯典型人物的性格來，如武大與武二親弟兄的情深義厚，是與西門慶、應伯爵等所謂十兄弟的無情寡義、臭味相投相對立而存在的。

賓主法：「《水滸》本意在武松，故寫金蓮是賓，寫武松是主。《金瓶梅》本意寫

金蓮，故寫金蓮是主，寫武二是賓。文章有賓主之法，故立言本自不同，切莫一例看去，所以打虎是一節，亦只得在伯爵口中說出。」（一回回評）這裏的「立言」指的是作家的創作意圖；「主」指典型人物；「賓」指次要人物。賓主法要求根據作品的創作意圖，而虛構其典型人物與次要人物，從而進一步安排情節，確定描寫的篇幅。同是武松，在《水滸》這部農民英雄史詩中，他是一個典型人物，因此打虎一節被寫得聲威俱現。而在《金瓶梅》中，武松只是寫西門慶、潘金蓮的一個次要人物，因此小說的濃筆重彩則用在西門慶、潘金蓮身上，而武松打虎則只在應伯爵口中數語點出。這種手法，重在形成典型人物的社會關係網。

脫卸影喻引入法：「文有寫他處，卻照此處者，為顧盼照應伏線法。文有寫此處，卻是寫下文者，為脫卸影喻引入法。此回乃脫卸影喻引入法也，細思十日、二十日，方知吾不爾欺。」（六回回評）脫卸影喻引入法的意思，是說小說中某一故事敘完，要逐步轉入到後面的典型情節中去。如西門慶勾搭潘金蓮得手後，《金瓶梅》通過王婆遇雨與薛嫂提親，引出武松誤打李外傳，西門慶騙娶孟玉樓等典型情節。

寫一是二法：「寫辱金蓮兩次，必用春梅作解，則春梅之寵不言可知，文字寫一是二之法也。」（十二回回評）此法即指通過一個典型的描寫，來隱現第二個典型的性格。如潘金蓮私小廝琴童時遭到西門慶的毒打，小視妓女李桂姐時受到了西門慶的污辱，在這兩件事情上面，都是春梅替金蓮解了圍，那麼西門慶寵愛春梅較之金蓮為甚，作品雖未明寫，卻令人意會得到。

烘雲托月法：「寫瓶兒春意，一用迎春眼中，再用金蓮口中，再用手卷一影，再用金蓮看手卷尤效一影，總是不用正筆，純用烘雲托月之法。」（十三回回評）這種手法要求作者根據自己對反面人物憎恨的程度，對所要鞭笞的典型人物要詳寫其可憎之處，用正筆描寫，而把略為好一點的典型人物的惡德敗行，放在其同類型的典型人物身上去加以側面烘托出來，用影寫法，以見出作家情感的分寸、人物惡習的程度來。

起伏頓挫法：「看他偏寫敬濟入來，橫插一筍，且生出陳洪一事，便使瓶兒一人自第一回內熱突突寫來，一路花團錦簇，忽然冰消瓦解，風馳電卷，杳然而去，嫁一竹山，令看者不復知西門瓶兒尚有一面之緣。乃後忽插張勝，即一筆收轉，瓶兒已在西門慶家，其用筆之妙，起伏頓挫之法，吾滿口生花，亦不得道其萬一也。」（十四回回評）起伏頓挫法，要求作者按照生活與典型性格的複雜性及邏輯性，去安排曲折多變的故事情節，使作品曲折有致，既出於讀者的意料之外，又在讀者的意料之中。

反射法：「王婆遇雨一回，將金蓮情事故意寫得十分滿足，卻是為占鬼卜一回安線。此回兩番描寫在瓶兒家情事，二十分滿足，亦是為竹山安線。文章有反射法，此等是也。」（十六回回評）反射法即是說在描寫典型情節時，故用逆筆寫出事件的反向發展，如西門

慶正與金蓮打得火熱，西門慶卻把金蓮冷在一邊，忙於娶孟玉樓；西門慶正準備娶李瓶兒時，因受楊戩一案的牽連閉門而不出，於是李瓶兒改嫁醫生蔣竹山。這種手法意在形成小說的波瀾。

得渡既渡法：「收拾東京後，且不寫瓶兒，趁勢將敬濟金蓮一寫，文字有得渡即渡之法，總是犀快也。」（十八回回評）這是一種典型情節上的過渡法，即是在前面的故事情節行將結束時，順理成章地為下面的故事情節作點鋪墊。如李瓶兒在十九回就歸西門慶了，此方面的描寫即將結束，小說此時插寫了陳敬濟與潘金蓮調情，於是使故事過渡到他們身上，並直至八十六回止。

趁窩和泥法：「上文總是瓶兒文字內穿插他人，如敬濟等皆是趁窩和泥。」（十九回回評）這種手法要求在典型人物的描寫中穿插進其他典型人物，不要另取頭緒，以防蔓延而收不攏來，打亂了小說的網狀結構。如在西門慶熱結十弟兄時，插入武松，引出武大。在李瓶兒的描寫中插入陳敬濟，引出西門大姐、蔣竹山等人。

草蛇灰線法：「試看他一部內，凡一人一事，其用筆必不可隨時突出，處處草蛇灰線，處處你遮我掩，無一直筆、呆筆，無一筆不作數十筆用，粗心人安知之？」（二十回回評）草蛇灰線法，指的是小說中典型人物的事件敘述不宜太突然，而應在前面安根伏線，使整部小說典型人物的事件之間有著千絲萬縷的聯繫，織就小說的網狀結構。

遙對章法：「玉皇廟寄名，接王姑子談經，與後千金喜舍，接二姑子印經，又是遙對章法。」（三十九回回評）這種章法的遙對則是典型情節的對峙。即在同一人物的命運描寫中，安排不同的情節以形成鮮明的對比。如官哥寄名、王姑子談經，是李瓶兒正寵之時，而千金喜捨、二姑子印經，則也是李瓶兒母子被潘金蓮謀害即將身死的時候。

長蛇陣法：「內中一段寫桂姐有三官情事如畫，必如此隱隱約約預藏許多情事，至後文一擊，首尾皆動，此文字長蛇陣法也。」（四十五回回評）這種手法要求用隱筆為後面的典型情節安根伏線，當情節高潮出現時，能使前後文字一氣貫通，首尾照應，像蛇一樣頭動尾亦動。

放重筆拿輕筆法：「妙，純是白描，卻是放重筆拿輕筆法，切須學之也。」（一回夾批）這條夾批寫在西門慶與應伯爵的一段對話後面，西門慶責怪應伯爵與謝希大，「你們好人兒，這幾日我心裏不耐煩，不出來走跳，你們通不來傍個影兒。」應伯爵聽後，對希大說：「何如？我說哥要說哩！」西門慶與十兄弟，是全書中的主要描寫對象，他們狼狽為奸，幹盡了人間的醜事、壞事，特別是西門慶與伯爵的關係，遠在希大等人之上。因此，這種重要關係在書首是非交待不可的，這即是拿放重筆。然而作者交待他們的關係時，只是在他們之間的兩句對話中帶出來，在貌似無意的描寫中透露出作者著意要表現的內容，這就是拿輕筆法。可見放重筆拿輕筆法，即是指將作品要表現的至關重

要的人物之間的關係，通過人物簡短的對話顯露出來。

　　將收故縱法：「一語直透從前，又是得意話，寫金蓮此時重重得意殺，以為下文一鬧撒潑地也。且西門此日，亦是重重得意，如先調林氏，三官認父，後賁四嫂諸事皆是，皆是極寫得意殺之金蓮，又對得意殺之西門慶，見二人將俱敗矣。不特文字將收故縱之法，亦天道盈虛之理，宜然也。」（七十四回夾批）西門慶惱李桂姐與王三官有首尾，不再到麗春院狎妓。李桂姐懼怕西門慶的淫威，跪求西門慶原諒。潘金蓮在旁插話道：「桂姐你起來。只顧跪著他，求告他黃米頭兒，叫他張致。如今在這裏你便跪著他；明日到你家，他卻跪著你，你那時卻別要理他。」這番話，既揭穿了西門慶昔日百般討李桂姐歡心，幹盡下流事的醜行，也明白指出今天西門慶的故作冷淡不過是想掙面子，事過後將一如既往地屈膝討好妓女。潘金蓮之所以敢於當著眾人的面來揭西門慶的短，現他的醜，是因為西門慶私下把李瓶兒的皮襖送給了她；又護著她房裏的丫頭春梅；又成天鑽在她房裏鬼混，待她勝過其他妻妾，所以她恃寵生驕，敢於公開嘲諷西門慶。而西門慶呢？此時也是得意已極，能與二品夫人林太太暗中來往，是他認為生平最大的一件快事，所以也不計較潘金蓮當面頂撞他。而接下去的第七十五回中，潘金蓮因得意忘形，公然與吳月娘大吵大鬧，被吳月娘一挫到底，直致被逐出西門慶家。而西門慶也因縱欲過度，在第七十九回中便嗚呼哀哉。因此，七十四回寫這兩個「得意殺」，為將收故縱筆法。這種筆法實指在揭示人物命運、事件結果之前，極力鋪寫與人物命運、事件結果相反的言行與事情，使作品產生出一種既在意料之中，又在意料之外的藝術效果，顯示出人物命運與事件發展的必然性。

　　提筆曲曲法：「上文不許其長遠睡，即是為此意。因一時不便出諸口中，故止云不許長遠睡。然又細思，即放他去睡，焉能斷其不長遠？不說話？故又叫回，明說心事。總是提筆曲曲，將人情寫來活見。」（七十五回夾批）所謂提筆曲曲法，即是把人物的複雜內心活動通過人物的語言顯露出來，以表現出人物的性格特徵。潘金蓮明知阻攔西門慶與如意兒姦宿是不可能的，於是討好西門慶，允許西門慶前去，但她又恐如意兒懷孕，奪了她的寵，於是不許西門慶與如意兒長遠來往。過後又想到不許他們長遠來往也不行，於是又要西門慶不要在如意兒面前說她的壞話。所以她三番兩次地把西門慶喊回來，叮囑了又叮囑。小說這番細緻的描寫，將潘金蓮於無可奈何之中的複雜心理細膩地再現出來了，刻畫出了潘金蓮無恥而狡詐的性格特點。

　　深文曲筆法：「細軟已盡去矣。而如意、迎春且不得知，深文曲筆寫月娘老奸巨滑隱利人財處，可恨可畏。則與金蓮上氣，大都在爭瓶兒之物居多，意者一草一木不許人動也。如意、迎春乃守瓶兒房中者，瓶兒細軟俱去且不得知，彼金蓮烏得而知之乎？皮襖之要，宜其不看勢頭也。此處自是作者用意寫月娘處，豈是描寫如意要物與惠蓮要香

茶同年而語也。」（七十五回夾批）這條批語寫在如意兒向西門慶要已故的李瓶兒的金赤
虎戴，西門慶告訴她已被吳月娘拿走的後面。吳月娘是《金瓶梅》中一個老奸巨滑的家
主婆。李瓶兒未過門時，她便把李瓶兒寄放在西門慶處的元寶統統收歸自己房中。李瓶
兒死後，她又把李瓶兒的遺物全部拿走。這個情節，小說沒有直接敘述，只是借西門慶
一閒話交待出來。把西門慶的這句話與前面吳月娘獨吞李瓶兒的元寶聯繫起來，再與後
文吳月娘為爭李瓶兒的皮襖與潘金蓮大鬧聯繫起來看，則吳月娘「老奸巨滑，隱利人財」
的性格昭然若揭。由此我們可以理解到「深文曲筆」法，指的是刻畫老謀深算的人物時，
作者要「用意」寫出人物的陰險、狡猾，凸現出人物的主要性格，如吳月娘處處貪財那
樣。

　　頓住法：「上文玉簫過舌，看官擬看撒潑，不意頓住金蓮，乃寫春梅，真是奇絕。」
（七十五回夾批）玉簫過舌，指的是此回開始玉簫告訴潘金蓮，說吳月娘責怪潘金蓮在孟玉
樓生日裏，也硬攔住西門慶不進孟玉樓屋裏；又說吳月娘怪潘金蓮背地向西門慶要皮襖。
這兩件事都激起了潘金蓮的強烈不滿。作者寫到這裏沒有寫潘金蓮與吳月娘吵鬧，而是
接寫春梅罵歌女申二姐並將她趕走。這個情節的描寫，更加激化了潘金蓮與吳月娘之間
的矛盾，吳月娘以此為口實說潘金蓮對房裏丫頭管教不嚴，而潘金蓮卻護短說：「莫不
為瞎淫婦打她幾棍兒？」把吳月娘氣的臉通紅。所以，後面當潘金蓮偷聽吳月娘與大妗
子說話時，兩人一觸就發，大吵大鬧起來，以至於潘金蓮自打嘴巴，打滾撒潑，吳月娘
氣得手冷肚痛，弄得全家雞犬不寧，西門慶是兩邊解勸。因此，頓住法是指在描寫人物
之間的矛盾時，為使情節更加緊張，矛盾更加尖銳，在敘完一兩件事時，暫不寫其後果
以插敘一事，使其火藥味更濃，衝突爆發更加激烈，人物在衝突中所表現的性格更加鮮
明，也使小說的生活事件更紛繁、更具世俗氣息。

　　放手一寫法：「醜絕不堪，作者此回雖寫金蓮散場實因，一路寫月娘俱是隱筆，恐
看官不明，故此回放手一寫其醜，與前雪夜反襯也。」（七十五回夾批）第七十五回中吳
月娘與潘金蓮的爭吵，是決定潘金蓮命運的一場爭鬥。吳月娘一方面利用她家主婆的身
份，挫敗了作為小妾的潘金蓮。然而更重要的一個方面，是吳月娘知道西門慶求子心切，
特別是在官哥兒死後，西門慶更想有子承繼他的萬貫家財。因此，當西門慶聽吳月娘講
潘金蓮氣動了她的胎，一面把吳月娘抱在懷裏，一面揚言要打潘金蓮，一面慌忙叫小廝
去接醫生，一面派人接大妗子來陪伴月娘，表現出從未有過的溫順，這正合了吳月娘的
心意。而吳月娘借此正好將平日看不慣潘金蓮的遠慚，以及惱恨潘金蓮要走皮襖、給春
梅護短、私自打發走潘姥姥的近怨，算了總帳，出了總氣，撕下了假忠厚、假糊塗、假
仁義的偽裝。因此，放手一寫法，即是指刻畫陰險、虛偽為人的性格時，要在決定命運
的情節中極力寫出人物的真實個性，揭示人物心靈的實質，使其性格特徵在特定場合下，

在主要情節中來個總的曝光。

一筆直透後文法：「後月娘生日，瓶兒送禮，復議嫁來，則此處一筆直透後文。」（十四回眉批）潘金蓮正月初九過生，李瓶兒為巴結西門慶，「未曾過子虛五七」，便打扮得妖妖冶冶前去祝壽，討好西門慶的小老婆。席間潘金蓮告訴她，八月十五是吳月娘的生日，要她前來走走。為了討好西門慶的大老婆，李瓶兒當即答應，這樣就引出了後文李瓶兒給吳月娘祝壽的情節，並借助這件事，把李瓶兒急於到西門慶家的迫切心情、吳月娘中途變卦的陰險、潘金蓮兩面討好的奸滑都描寫得活靈活現。因此，一筆直透後文法，即指在前面的人物對話中，交待出後文能表現各種人物性格特徵的故事情節，使故事前後勾聯起來。

滿心滿意筆法：「一路寫去，總作滿心滿意之筆，為下文一冷反照，故知與前將娶玉樓時別金蓮文字遙對也。」（十七回眉批）所謂滿心滿意筆法，是指作者遵循人物的心願和性格邏輯，描寫幾件令人物心滿意足的事情，使人物處於興奮狀態之中，為後面的情節突變作一反襯。如李瓶兒與西門慶暗中來往，諸事都順心遂意，一心只盼佳期來到。當西門慶正準備娶她時，西門慶突然因楊戩案受牽連，嚇得連大門都不敢出，把娶李瓶兒的事忘得九霄雲外去了。又如潘金蓮開始與西門慶打得火熱，也是只等花轎過門。誰知突然插進來了有錢的寡婦孟玉樓願嫁西門慶，於是西門慶暫時丟開無錢的潘金蓮，忙娶有錢的、並臉上有稀稀幾點微麻的孟玉樓。由此可見滿心滿意筆法，一能產生戲劇性的效果，二能顯示出人物的個性特徵，三能使情節複雜化、生活化。

板定大章法：「《金瓶》有板定大章法，如金蓮有事生氣，必用玉樓在旁，百遍皆然，一絲不易，是其章法老處。他如西門至人家飲酒，臨出門時，必用一人或一官來拜、留坐，此又是生子加官後數十回大章法。」（〈讀法〉7）在西門慶家中，潘金蓮與孟玉樓可謂形影不離，兩人雖有小摩擦，但她們與李瓶兒、吳月娘的矛盾則是一致的。潘金蓮心直口快，潑辣大膽，孟玉樓則胸有城府，謹慎小心。因而兩人在一起，言行迥然有別，性格鮮明突出。在李瓶兒生子、官哥兒定親、吳月娘持家等諸多事情上，一個是公開冷嘲熱諷，一個則是背地裏發牢騷；一個在前面放炮，一個是在背後裝藥。這樣既使讀者看到了人物的性格特徵，也使讀者看到西門慶家中的明爭暗鬥。可見所謂板定大章法，意指作者要慣用對比法，在同一事件中刻畫出性格不同的人物個性來。

旁擊法：「看其簾下勾情處，正是金蓮西門四目相射處，乃忽入王婆，且從王婆眼中照入唱喏，文情故爾緊湊的妙，而情景亦且旁擊的活動也。」（二回回評）潘金蓮失手將叉竿打在西門慶頭上，西門慶正待發作，見是一美貌婦人，「先自酥了半邊，那怒氣早已鑽入爪窪國去了，變做笑吟吟臉兒。」兩人正在借賠禮道歉調情時，卻被王婆看見，並開玩笑說：「打的正好！」這句話不僅說出了西門慶內心裏的話，而且使情景更為生

動。因此，所謂旁擊法即是從第三者的眼裏來活現故事情節，使場面更具藝術趣味性。

十成補足法：「篇內知縣，本為欲寫武二出門，故寫一知縣。卻又因知縣要寄禮物，乃又寫一朱勔文字。有十成補足法，此十成補足之法也，不知又為後文衛千戶本官伏脈。」（二回回評）十成補足法，即指小說描寫中，儘管是次要人物，也要交待清楚。《金瓶梅》中朱勔，是皇帝寵臣，身居光祿大夫、掌金吾衛事、太尉、太保兼太子太保之職。西門慶轉為提刑正千戶，全仰仗這個權奸的提拔。因此，朱勔雖不是小說描寫的主要人物，但在西門慶的罪惡生涯中，在揭露朝廷的腐朽黑暗方面，也可說是一個不可缺少的人物。小說開始便通過清河縣知縣向朱勔行賄，暗示出這位朝廷大員的貪婪本性，使人在後七十回與七十一回中看到西門慶向朱勔行賄時，不至於覺得突然。

一筆遮蓋法：「作者每於伏一線時，每恐為人看出，必用一筆遮蓋之文，一部《金瓶》皆是如此。如這回內寫婦人和他鬧了幾場，落後慣了，自此婦人約摸武大歸來時分，先自去收簾子，關上大門，此謂後落簾打西門之由，所謂針線也。又云：武大心裏，自也暗喜，尋思道：『恁的卻不好？』是其用遮蓋筆墨之筆，恐人看出也。」（二回回評）武二上東京前，特地囑咐武大，每日遲出早歸，以免受人欺侮，這實質上是為後文西門慶害死武大埋了一伏線。但作者又恐讀者看出破綻來，於是又故作漾開之筆，寫潘金蓮每日早關門、武大暗自高興，似乎武二的顧慮是多此一舉。以此來反襯後文情節的合理性及藝術性。這就是一筆遮蓋法，即用其他事情來遮蓋所埋的伏筆，使小說的伏線深藏在作者的縝密行文之中。

兩邊掩映法：「內將月娘眾人，俱在金蓮眼中描出，而金蓮又重新在月娘眼中描出，文字生色之妙，全在兩邊掩映，故下文武二文字中將李外傳替死，自是必然之事。」（九回回評）西門慶偷娶潘金蓮第二天，讓潘金蓮與吳月娘等人見面。小說先從月娘的眼裏，描寫了潘金蓮的標緻和吳月娘的內心活動，接著又從潘金蓮的眼裏，把吳月娘、李嬌兒、孟玉樓、孫雪娥的身材與出身描寫了一番，並暗示潘金蓮工於心計，為後文潘金蓮百般奉承吳月娘，唆使西門慶毒打孫雪娥作了鋪墊，根據這種描寫法，可知兩邊掩映法是指作者借助靜觀描寫法，客觀寫出人物彼此間的相互觀察及內心活動，遮掩住雙方的語言及行為，映照出人物的性格及各自對對方所取的態度。

文字淹沒法：「寫盡西門既娶新人，既難丟玉樓，又因娶玉樓，心中自慚不好去見金蓮，又恐玉樓看出破綻，一時心事有許多，欲進不前，故金蓮屢促而不至也。則金蓮處一分冷落，是玉樓處一分熱鬧。文字淹沒之法，全在一筆是兩筆也。」（八回回評）此回寫西門慶娶孟玉樓後一個多月的生活只是「燕爾新婚，如膠似漆」八個字。而大量篇幅是寫潘金蓮「盼情郎佳人占鬼卦」，寫她如何派王婆尋西門慶，如何叫迎兒前去打聽西門慶的消息，如何用紅繡鞋卜打相思卦，如何做蒸餃等西門慶來吃，如何求玳安給西

門慶轉遞她的花箋，把潘金蓮癡情西門慶的精神狀態和言行細緻地描繪出來了。這種極力描寫潘金蓮處的冷落，從文字上淹沒了孟玉樓處的熱鬧，淹沒了西門慶兩處為難的處境，但是細心的讀者還是可以想見得到的。通過小說第八回前回的這些描寫，我們可以體會到文字淹沒之法，即是在描寫兩件相關事情時，作者可以細寫其一件而略寫另二件，通過詳寫的部分來映襯簡寫的部分，給讀者充分想像的餘地。

借影法：「止是出瓶兒妙矣，不知作者又瞞了看官也。蓋他是順手要出春梅，卻恐平平無生動趣，乃又借瓶兒處繡春一影，下又借迎春一影，使春梅得寵一事，便如水光鏡影，絕非人意想像中，而又最入情理。」（十回回評）春梅是《金瓶梅》中描寫的女主角，但她又是潘金蓮房中的丫頭，又不能像金、瓶那樣單文專敘，所以，作者讓李瓶兒派丫頭繡春給西門慶家送禮，借繡春的乖覺來影射春梅的伶俐。後面又通過西門慶無恥地告訴潘金蓮，說李瓶兒房中另一丫頭迎春深得花子虛的寵愛，要潘金蓮效仿李瓶兒，以此影射春梅日後也深得西門慶的寵愛。這種以繡春、迎春來影射春梅的手法，即是借影法，這種手法可使人物出場避免雷同，更加生動有趣。

由漸而入法：「且瓶兒處不致寂寞，西門步步留心，垂涎已久。而金蓮得寵、惹潮、生事與氣傲志放，以致私僕，一筆中將諸事皆盡，而又層層深意，能使芙蓉亭一會，如梁山之小合泊。金、瓶、梅三人，一現在，一旁待，一趁來，俱會一處，儼然六房婢妾全盛之時也。天下事固由漸而起，而文字亦由漸而入，此皆『漸』字中一大結果也。」（十回回評）由漸而入法，即要求作者按照事物發展的內在邏輯，循序漸進地描寫事件的發生、發展以及結果。例如第十回寫潘金蓮答應讓西門慶收用春梅，因而得到西門慶的寵愛，所以她敢於唉打孫雪娥，私僕琴童。至於此回寫李瓶兒別有用心地給西門慶家送禮，寫西門慶收用春梅，已經暗示金、瓶、梅三人已全歸西門慶占有，西門慶與金、瓶、梅三人都將在「漸」字中展示他們的性格特點，了卻其罪惡而骯髒的一生。這種由漸而入法，在七十五回回評中分析吳月娘與潘金蓮吵架原因時亦有具體論述：前文教眾人到嬌兒房中去，是一番羞怒；此回月娘說春梅而金蓮護短，是一番羞怒；西門護短，又是一番羞怒；此月娘淘氣之由。而皮襖又是一番心事，合在其中發出，卻不在此帳算也。」可見由漸而入法對於以寫家庭瑣事為主的世俗小說而言，更有其借鑒意義。

打牆板兒法：「此文發脫雪娥到守備府也，一篇文字總是打牆板兒，兩閒話結語上結穴。」（九十回回評）此批語是根據小說中「自古世間打牆板兒翻上下，掃米卻做管倉人」演化出來的。孫雪娥原是西門慶的小老婆，龐春梅原是潘金蓮房中的丫頭。潘金蓮被娶進西門慶家後，第一個打擊的對象是孫雪娥，第二個打擊的對象是李瓶兒，最後把矛頭對準了吳月娘。而龐春梅在這些爭鬥中雖然始終維護著潘金蓮，但終因是丫頭身份，低人一等，以至最後被吳月娘發賣給周守備。誰知嫁給周守備後，由於春梅姿色非凡，

兼之伶俐乖巧，又給周守備生子，其地位竟在大老婆之上。而孫雪娥此時因拐盜西門慶家金銀被當官變賣。「這春梅聽見，要買他來家上灶，要打他嘴，以報平昔之仇」。而「孫雪娥到此地步，只得摘了髻兒，換了豔服，滿臉悲慟，在廚下去了。」結合以上情節，我們不難發現所謂打牆板兒法，就是要寫出人物身世沉浮、命運的變化，以顯示出世態炎涼、人情冷暖。

點睛法：「《金瓶》以冷熱二字開講，抑孰不知此二字為一部之金鑰乎？然於前點睛處，則未之知也。夫點睛安在？曰：在溫秀才、韓夥計。」（〈冷熱金針〉）張竹坡的「點睛法」，與其他文論家所主張的「點睛法」不同，是用人物的名字來體現小說的創作意圖。《金瓶梅》是部言世態炎涼、人情冷暖的奇書。小說中的西門慶的文書先生叫溫秀才，寓有「熱」的意思；而夥計姓韓，則寓有「寒」的意思；把這兩個人的名字合起來看，就能知道此書的主旨。因此，張竹坡的「點睛法」，即指用人名揭示全書的主題及主要描寫內容。

掉手成趣法：「侯林兒，言樹倒猢猻散，此皆掉手成趣。」（〈寓意說〉）此法主張用人物名字的諧音來加強小說的諷刺性，增加小說的幽默感。如小說中的侯林兒是個微不足道的小人物，但因作者最終要寫西門慶一家家破人亡，所以作者用侯林兒的名字暗示這一最終結局，看似「掉手成趣」，實為作者用心良苦。

大關鍵法：「起以玉皇廟，終以永福寺，而一回中，已一齊說出，是大關鍵處。」（〈讀法〉2）這裏的所謂「大關鍵法」，即指小說中所描寫的重要場所要開始交待清楚。《金瓶梅》中的玉皇廟是西門慶結拜兄弟的地方，也是西門慶為獨生子求神賜福的地方；而永福寺既是潘金蓮等死後安葬的地方，也是孝哥幻化的地方。張竹坡就是根據小說開始交待出這兩個關鍵地方而提出此種寫作方法的。

一番結束法：「冰鑒定終身，是一番結束，然獨遺陳敬濟。」（〈讀法〉3）《金瓶梅》中第二十九回中的「冰鑒」和第四十六回中的「卜龜」，都是借人物之口來預示人物命運的結局。因此，「一番結束法」的含義，是指在一定情節中用人物的語言來暗示人物以後的遭遇，暫作「一番結束」。然後又在下一個情節中適當地再暗示一下，作又「一番結束」，使讀者形成一種藝術鑒賞的預期心理態勢。

險筆寫人情法：「總之，用險筆以寫人情之可畏，而尤妙在既已破露，乃一語即解，絕不費力累贅，此所以為化筆也。」（〈讀法〉14）這種手法是指在情節描寫中插進他人，使情節顯得驚險感人。如潘金蓮私僕琴童，結果讓孫雪娥發現了，孫雪娥馬上告訴西門慶，西門慶聽後便把潘金蓮、琴童毒打了一頓。又如西門慶受賄，放走殺人犯，偏讓曾巡撫知道，奏明朝廷，要撤西門慶的職。由此可見，用險筆寫人情，即是要使小說中的情節儘量能險相環生，處處吸引讀者。

大綱法：「《金瓶》內正經寫六個婦人，而其實只寫得四個：月娘、玉樓、金蓮、瓶兒是也。然月娘，則以大綱故寫之。」（〈讀法〉16）吳月娘是西門慶家中的主婦，即所謂的「賢內助」。而她的主要性格是老謀深算，巧於協調夫妻、妻妾、主僕、主客之間的複雜關係。整部小說對吳月娘的心計與才能作了生動的描寫。因此，張竹坡根據小說對吳月娘的描寫實際所提出的「大綱法」，即根據主要人物的身份、地位、性格特點來寫好人物的主導面。

筆不到而意到者法：「曰：張二官頂補西門千戶之缺，而伯爵走動說娶嬌兒，儼然又一西門，其受報亦必又有不可盡言者。則其不著筆處，又有無限煙波，直欲又藏一部大書於無筆處也，此所謂筆不到而意到者。」（〈讀法〉23）由此可見，所謂「筆不到而意到者」法，指世情小說結束時，寫一與主人公同類型的人物，使其說話、行為與前主人公一樣，其結局雖不寫出，而讀者也自會明瞭。如《金瓶梅》中的張二官，仿西門慶行賄而得官，仿西門慶利用幫閒婚娶爛污女人，其命運也必然如西門慶一樣妻離子散。

一筆而三用法：「陳敬濟嚴州一事，豈不蛇足哉？不知作者一筆而三用也。」（〈讀法〉29）《金瓶梅》中的陳敬濟在失陷嚴州後便落入貧困交加的境地，流落街頭，淪為乞丐，妻子死。而置陳敬濟於死地的孟玉樓則因此贏得了丈夫李衙內的喜歡，致使李衙內不惜違抗父命與她終身結為伴侶。張竹坡據此所提出的「一筆而三用」法，即指小說前面所描寫的情節，要成為後面幾個情節的原因，要能推動後面情節的開展。

夾敘他事法：「《金瓶》每於極忙時，偏夾敘他事入內，如未娶金蓮，先插娶孟玉樓。娶玉樓時，既夾敘嫁大姐。」（〈讀法〉43）「夾敘他事」法，即指在小說所敘故事中間，插敘另一事情，使情節產生起伏頓挫的藝術效果。如西門慶正與潘金蓮打得火熱時，小說插敘西門慶貪財而娶寡婦孟玉樓，而讓潘金蓮擔驚受怕，以為西門慶變了心，轉托王婆、玳安去打聽西門慶的消息；在家打迎兒出氣；卜相思卦訴衷情，使西門慶娶潘金蓮的故事變得文情生動。

特特用意法：「《金瓶梅》內，有兩個人為特特用意寫之，其結果亦皆可觀：如春梅與玳安兒是也。」（〈讀法〉17）春梅是金蓮房內的丫頭，玳安兒是西門慶的貼身小廝。而這兩個小人物到後來，一個是守備夫人，續完了金蓮的故事；一個是西門慶家業的繼承人，結束了全書的故事。因此，小說在寫金蓮時，處處兼寫春梅；在寫西門慶時，處處不離玳安兒。如激打孫雪娥、私僕受辱、算計李瓶兒、與月娘鬥氣、與敬濟偷情，主要寫金蓮，而又有春梅參與其間。如偷娶金蓮、暗約瓶兒、妓院宿娼、與王六兒情通、私會林太太，主要寫西門慶，而又寫玳安兒如何撮合、如何替西門慶遮掩。這樣一來，後文春梅作夫人，玳安兒當員外，就順理成章了。由此可見，特特用意法指的是對作品中的重要的小人物，要用「層層筆墨」寫出他們「色色可人」，逐步使他們在小說中升

為主角地位，而最終了結全書的故事。

張竹坡的網狀結構理論是建立在《金瓶梅》的網狀藝術體系上的。《金瓶梅》不僅與《水滸傳》《三國演義》的結構不同，也與《儒林外史》《西遊記》的結構迥然不同。《儒林外史》「惟全書無主幹，僅驅使各種人物，行列而來，事與其來俱起，亦與其去俱訖，雖云長篇，頗同短制。」《西遊記》前十三回是按照大鬧三界，後是按照九九八十一難來安排情節的，也是單線結構法。《金瓶梅》與它們相比，一是社會環境固定，即寫西門慶的家庭。二是典型人物集中，主要典型人物是西門慶與一妻五妾、敬濟、春梅、應伯爵。三是圍繞西門慶家庭的興衰的各種生活事件，各類典型人物的矛盾交錯縱橫，典型人物不變，地點不變，而生活事件與矛盾又瞬息萬變，因而全書細針密線，網羅一體。這種圓圈式的體系，給張竹坡關於世情小說「千百人總合一傳」的網狀結構理論提供了堅實的基礎，這也是文學創作的發展給文學理論所帶來的同步變化。張竹坡的這種網狀結構論，對《紅樓夢》有探路作用，也對於當代作者用現實主義的筆觸來反映當代的現實，有一定的借鑒意義。

張竹坡的小說批評觀

　　中國文藝批評的傳統是久長的，由文論、畫論、詩話、詞話、曲論、書法理論一直走向戲曲、小說評點，尤其是明清兩代的戲曲、小說評點。隨著中國文學由抒情走向敘事，也隨著中國小說由說唱文學漸進到文人獨立創作，由短小的篇幅走向長篇巨著，由描寫一個生活的側面而深入到反映某一特定歷史時期複雜的社會生活，小說的評點也日趨成熟。

　　「評」，也叫作「批」，即批評、評論。「評」包括有序、跋、讀法、回前總評、回末總評、眉批、旁批、字下雙行夾批等。「點」，有「圈」，又有「點圈」，有單圈、雙圈、連圈、直線。「點」有頓點、撇點、捺點。圈又因顏色不同，還可分為朱圈、黃圈、墨圈。「評」，是對讀者而言，重在評介、剖析。「點」，是對評點者而言，重在「點睛」。作為一種文學批評方式的評點，盛行於宋代。一種是選學式的評點，為科舉服務。一種是劉辰翁的評點，為讀者服務。由於明代資本主義的萌芽，商品經濟的繁榮，市民階層的擴大，小說創作的繁榮，所以這種品評鑒賞性的文學批評蔚為大觀，一直延續到清代。明清兩代的小說評點，把文學欣賞、文學批評、理論闡述融為一體，多在感性的品評中妙悟出理性的內蘊，因而既顯得文學色彩濃重，具有可讀性，又顯得文學批評的自覺性強，具有耐嚼性。至於張竹坡對《金瓶梅》的評點，其耐嚼性則更長，因為他費盡心機要為「淫書」翻案，不得不手眼翻新，撰寫了〈竹坡閒話〉〈冷熱金針〉〈寓意說〉〈苦孝說〉〈第一奇書非淫書論〉〈凡例〉〈雜錄〉等總綱，因而較之李贄、葉晝、金聖歎更為突出。

　　作為我國古代傑出的小說批評家，張竹坡在其近二十萬字的小說評點中，除了表述他的小說創作論外，還披露出了他關於小說批評的許多觀點，這些都是我國古代文化寶庫中有理論價值的文學遺產。

一、小說批評也是一種文學創作活動

　　《金瓶梅》素有「淫書」之名，歷來為道學文人所不齒，至於對其詳批細評，探究此書的思想性與藝術性，則更無人敢於涉足。作為一個舉業心甚強的竹坡才子，為何要冒

天下之大不諱去評點《金瓶梅》呢？

> 邇來為窮愁所迫，炎涼所激，於難消遣時，恨不自撰一部世情書，以排遣悶懷。幾欲下筆，而前後結構，甚費經營，乃擱筆曰：我且將他人炎涼之書，其所以我前經營者，細細算出，一者可以消我悶懷，二者算出古人之書，亦可算我今又經營一書，我雖未有所作，而我所持以往作書之法，不盡備於是乎？然則我自做我之《金瓶梅》，我何暇與人批《金瓶梅》也哉？（〈竹坡閒話〉）

我們知道，「內心激動時卻要不動聲色那是折磨人的事，通過適當的活動讓內心的衝動縱橫馳騁才覺快意。」[1]小說創作是作家創作激情不可遏制的表現，而小說批評則是批評家被小說文本所誘發出來的激情的傳達。張竹坡自幼性格溫順，「柔弱類靜女」；身體虛弱，「青氣恆形於面，病後愈甚」。[2]但他卻根據自己的才能，選擇了小說批評作為自己的終身事業。張潮在《幽夢影》中說：「著得一部新書，便是千秋大業。注得一部古書，允為萬世弘功。」張竹坡對此極為贊同，批道：「注書無難，天使人得安居無累，有可以注書之時與地難為耳。」張竹坡於康熙乙亥年三月著手評點《金瓶梅》，當時他處於貧病交加的困難境地，可以說是既非注書之時，又無注書之地，但這一切均未難倒竹坡才子。那麼，張竹坡評點《金瓶梅》是否完全被這座「金礦」所誘惑，企圖從中漁利呢？「（兄）曾向余曰《金瓶》針線縝密，聖歎既歿，世鮮知者，吾將拈而出之。……或曰：此稿貸之坊間，可獲重價。兄曰：吾豈謀利而為之耶？吾將梓以問世，使天下人共賞文字之美，不亦可乎！」[3]可見張竹坡批《金瓶梅》完全是仿效金聖歎批《水滸傳》，要為被時人視為淫書之祖的《金瓶梅》翻案，讓天下人都能正確欣賞、評價這部「第一奇書」。張竹坡不僅評了《金瓶梅》，而且還刊行《金瓶梅》，其勇氣與毅力則可想而知。但是，這又談何容易呢？他在《幽夢影》中的一條批語中則道出了其中的艱難：

> 凡書不宜刻，若讀書則不可不刻。凡事不宜貪，若買書則不可不貪。凡事不宜癡，若行善則不可不癡。
> 余淡心曰：讀書不可不刻，請去一「讀」字，移以贈我何如？
> 張竹坡曰：我為刻書累，請並去一「不」字。（張潮《幽夢影》）

張潮強調讀書非刻不可。余淡心則強調書都要刻。張竹坡則說書不能刻，「我為刻

1　〔德〕E·格羅塞：《藝術的起源》。
2　張道淵：〈仲兄竹坡傳〉。
3　張道淵：〈仲兄竹坡傳〉。

書累」。很明顯，張竹坡的這種言不由衷的苦澀之論，道出了他評點、翻刻、發行《金瓶梅》的困難。蒼天不負有心人，張竹坡的心血沒有白費：「遂付剞劂，載之金陵。於是遠近購求，才名益振。四方名士之來白下者，日訪兄以數十計。」[4]這個遠近求購《金瓶梅》並拜識張竹坡的動人場景，也可以說是對張竹坡的最大安慰。但是，世態的炎涼、貧病難忍的處境，為評點《金瓶梅》所遭受到的非難與牽累，都導致了張竹坡改變了原來自己創作一部世情書的意圖，而決心通過對《金瓶梅》的評點來「排遣悶懷」，這也可以說是張竹坡的發憤批書論。排除其中的感情因素，冷靜地透視一下其中的理論內涵，我們便可發現，在張竹坡看來，小說批評也是一種文學創作活動。他認為在小說批評中，個人對世態的看法，可以表露其中；自己的情感，可以得到發洩；自己「所持以往作書之法」，可以「盡備於是」，即自己的藝術觀點，也能通過小說批評表明出來。所以，他把對《金瓶梅》的評點說成是「我自做我之《金瓶梅》」而不是「與人批《金瓶梅》」。（〈竹坡閒話〉）「我自做我之《金瓶梅》」，視小說批評為小說創作有兩層含義：一是客觀文本要有可讀性，能引發批評者的感情共鳴；二是小說批評者認為文本有可寫性，認為自己有這方面的生活經驗、情感體驗、文字傳達能力，即小說批評者的能寫性。有了可讀性、可寫性、能寫性這三個主客觀條件，小說批評家才能視小說批評為小說創作活動。

二、小說批評要仔細斟酌字句的奧妙

張竹坡在〈讀法〉71中指出即如「讀《金瓶梅》小說，若連片念過去，便味如嚼蠟，止見滿篇老婆舌頭而已，安能知其為妙文也哉？夫不看其妙文，然則止要看其妙事乎？是可一大揶揄。」怎樣才能知妙文呢？他認為必須要一字一字念，「而心中必將此一字，念到是我用出的一字方罷」。他強調的是用「心」去讀，而不是用「眼」讀。所謂用「心」去讀，即要化小說批評者為小說作者，把每一字當作是自己安排的。這也就是說，要仔細推敲一下作者為什麼要這樣遣詞用語。具體來說要結合小說的故事情節、小說中人物的性格、身份、心境、小說的社會環境與自然環境，細心品味文字的奧妙。小說第十六回潘金蓮說李瓶兒沒正式過門，就搬到自己樓上住，是「葷不葷，素不素，擠在一處，什麼樣子？」張竹坡夾批道：「此六字，可共贈金、瓶、梅三人。」指出西門慶家眾妻妾根本不講廉恥，與西門慶濫淫，毫無體統可言。又如第十八回寫西門慶家遭災，應伯爵也近一個月不敢與西門慶往來，等到西門慶家無事後，伯爵等人又趕忙去奉承西門慶，

4　張道淵：〈仲兄竹坡傳〉。

假問西門慶「端的在家做什麼？」張竹坡在這句問話後批道：「賊，竹山且知，況伯爵輩乎？十兄弟可矣。」揭示了伯爵故作不知道是反映出了十兄弟純屬酒肉朋友的可恥本質。在第六十九回夾批中，張竹坡將林太太房中擺設與西門慶家中擺設仔細比較後，認為此處描寫，「寫盡房中，不是西門家市井氣。」他在第七十五回把如意兒的床上用品與西門慶家一妻五妾的床上用品進行比較，認為此段文字「寫得好醜精粗之間，是個大家奶娘的被褥，又卻是得寵的奶娘被褥。」西門慶死後，勢利小人欲巴結張二官人，勸西門慶的歌童春鴻投奔張二官，談話中聲聲稱呼西門慶家為「他家」。張竹坡對照前面應伯爵對西門慶的稱謂，批道：「三個『他家』，與上文無數『大官人』『哥哥』相映也」，認為這些不同的稱號映襯了應伯爵這個幫閒趨炎附勢的性格特徵。正因為張竹坡細心咀嚼文字，用心體會作者用語的意圖，所以他對《金瓶梅》的評點能於無字處見真意、生趣，對後世讀者欣賞這部世情書具有引發人心的輔導作用。

三、小說批評要把握文本的整體

世情小說中寫事極繁，寫人極多，倘若小說批評者不明了整體，如被小說中一人、一事所遮目，其小說批評定會失之偏頗。張竹坡在〈讀法〉52 中說：「《金瓶梅》不可零星看，如零星看，便止看其淫處也。故必盡數日之間，一氣看完，方知作者起伏層次，貫通氣脈，為一線穿下來也。」「零星看」，即斷章取義地看，把整部小說變成是支離破碎的生活畫面，結果是隨心所欲地把興趣放在《金瓶梅》不健康的描寫方面，從而得出錯誤的結論。而「盡數日之間，一氣看完」的人，則可以「方知作者起伏層次」，把握住全書生活事件的錯綜複雜性，明確貫通全書的「氣脈和一線」。但是，張竹坡又認為整體讀法是建立在分解讀法的基礎上面的。他在〈讀法〉8 中說：「《金瓶梅》一百回，到底俱是兩對章法，合其目為二百件事。然有一回前後兩事中，用一語過節。又有前後兩回事，暗中一筍過下，如第一回，用元壇的虎是也。又有兩事兩段寫者，寫了前一事半段，即寫後一事半段，再完前半段，再完後半段者。有二事參伍錯綜寫者，有夾入他事寫者，總之，以目中二事為條幹，逐回細玩即知。」以回目為條，分解全書所描寫的生活事件；以百回為幹，總攬全書的氣脈；便是張竹坡關於小說批評的整體論的全部要義，這對長篇小說的文學批評是有借鑑意義的。因此，劉廷璣對此作了高度評價：「彭城張竹坡為之先總大綱，次則逐卷逐段分注批點，可以繼武聖歎，是懲是勸，一目瞭解。」（《在園雜誌》）這也是張評本廣為流傳的一個主要因素。

四、小說批評應謹防感受迷誤

在小說創作中，常出現一種作者的意圖迷誤，這種迷誤是作者遵循形象思維的規律，跟著形象走，因而表現出形象大於思想的特殊現象，深化了小說的思想傾向性。小說批評者的感受迷誤，則是批評者不能把握作品的整體，被個別生活事件或人物牽著走，曲解了小說的思想性。兩相比較，小說家的意圖迷誤是一種正常而積極的現象，而小說批評家的感受迷誤則是一種反常而消極的現象。張竹坡在〈讀法〉82 中，特別強調小說批評家應謹防自己藝術感受的迷誤。就《金瓶梅》這部世情小說而言，其所以被誤認為是淫書，就是讀者的感受迷誤所造成的。這種感受迷誤表面現象之一，是「《金瓶梅》誤人」；表現之二是「西門慶誤《金瓶梅》」。對於前一種感受迷誤，張竹坡舉例說：「夫對人說賊，原以示戒，乃聽者反因學做賊之術，是非說賊者之過也，彼聽說賊者本自為賊耳，故《金瓶梅》不任受過。」張竹坡緊接著指出：「《金瓶梅》寫姦夫淫婦、貪官惡僕、幫閒娼妓，皆通身力量、通身解脫、通身智慧，嘔心嘔血，寫出異樣妙文也。今止因自己目無雙珠，遂悉令世間將妙文目為淫書，置之高閣，使前人嘔心嘔血，做這妙文，雖本自娛，實亦欲娛千百世之錦繡才子者，乃為俗人所掩，盡付流水，是謂人誤《金瓶梅》。」可見這種感受迷誤，完全是讀者「喜其淫逸」的欣賞趣味所致，不能體會到《金瓶梅》的「示戒」創作意圖及客觀描寫。對於第二種感受迷誤，張竹坡剖析說：「何以謂西門慶誤《金瓶梅》？使看官不作西門慶的事讀，全以我此日之文心，逆取他當日的妙筆，則勝於讀一部《史記》。乃無於開卷，便止知看西門慶如何如何，全不知作者行文的一片苦心，是故謂之西門慶誤《金瓶梅》。然則仍依舊看官誤看了西門慶的《金瓶梅》，不知為作者的《金瓶梅》也。」所謂「西門慶誤《金瓶梅》」，是指的讀者全不審視作者行文的苦心，只看小說主人公西門慶如何如何，將《金瓶梅》這部奇書當成了西門慶的生活瑣事錄，產生出了感受迷誤。因此，就其實質而言，乃是讀者錯誤欣賞所造成的。為了避免這種感受迷誤，張竹坡認為要把《金瓶梅》看成是「作者的《金瓶梅》」，這即是說不僅要看到西門慶如何如何，還要揣摩出作者對西門慶如何如何，描寫這個主人公的意圖何在。也即是說，不僅要看到小說對西門慶的客觀描寫，而且要細味寓於客觀描寫之中的作者的思想與感情的深刻內涵。張竹坡認為第二種感受迷誤，完全是小說批評家缺乏應有的藝術鑑賞力與藝術剖析力，他諷刺地批評說：「常見一人批《金瓶梅》曰：『此西門之一大帳簿』，其兩眼無珠，可發一笑。夫伊於什年月日，見作者雇工於西門慶家寫帳簿哉？」（〈讀法〉82）總之，在張竹坡看來，所謂《金瓶梅》誤人和西門慶誤《金瓶梅》，都是讀者「人自誤之耳」。這種藝術感受迷誤，一是不健康的欣賞情趣所致，一是貧乏的藝術鑑賞力所致。而作為小說批評家來說，應謹防感受迷

誤。而要做到這一點，他認為關鍵是把小說看成是作者創作的小說，要「全以我此日文心，逆取他當日的妙筆」，「知作者行文的一片苦心」。這一觀點對於批評以冷靜客觀寫實而見長的批判現實主義小說，則更有小說批評實踐上的意義。

五、小說批評的方法應因書而異

張竹坡在〈凡例〉中說：「《水滸傳》聖歎批處，大抵皆腹中小批居多，予書刊數十回後，或以此為言。予笑曰：『《水滸》是現存大段畢具的文字，如一百八人，各有一傳，雖有穿插，實次第分明，故聖歎止批其字句也。若《金瓶》，乃隱大段精彩於瑣碎之中，止分別字句，細心者皆可為，而反失其大段精彩也！』《水滸》是以農民起義為題材的英雄傳奇小說，而且又是以傳記的形式來安排結構的，事件分明，內容明朗。因此，金聖歎腹中小批居多，多在字句的評點上下功夫。而《金瓶梅》是部寫日常生活的世情小說，事情瑣碎而複雜，小說的精彩隱於瑣碎之中。因此，張竹坡的評點多在總綱、讀法、回評上做文章，以揭示這部小說的思想性與藝術性。如他在第一回回評中，就指出「此書單重財色」是全書的主要描寫內容；勸人不要「作孽於酒色財氣之中」是全書的思想傾向性；「如一縷頭髮，千絲萬絲」是全書的結構特點。又如他在絕大多數的回評中，很注意上下兩回中生活瑣事的內在聯繫，其意圖旨在明析小說的精彩處。

張竹坡還特別強調這種批評方法的標新，一定要置根於小說的文本。如果文本的某些地方相同，則可不避雷同之嫌。他在第二回回評中說：「又見文字是件公事，不因那一人做出此情理，便不許此一人做出此情理也。故我批時亦照本文的神理、段落、章法，隨我的眼力批去。即有亦與批《水滸》者之批相同者，亦不敢避，蓋作者既不避嫌，予何得強扭作者之文，而作我避嫌之言哉？且即有相同者，彼自批《水滸》之文，予自批《金瓶》之文，謂兩同心可，謂各有見亦可；謂我同他可，謂他同我亦可；謂其批為本不可易可，謂其原文本不可異批，亦無不可。」張竹坡認為他關於《金瓶梅》前六回的評點與金聖歎關於西門慶霸占潘金蓮情節的評點有相同之處，這種相同是由於兩部小說在此處的情理相同，所以不能強扭作者之文，來故意標新立意地寫評點。至於誰與誰的評點相雷同，倒沒必要去評優論劣，因為「彼自批《水滸》之文，予自批《金瓶》之文」，是「原文本不異批」的結果。總之，張竹坡認為小說批評的同與異，應完全取決於小說文本的「神理、段落、章法」，絕非評者主觀願望上的標新立異。

六、小說批評家的情感滲透

亦如小說創作離不開情感一樣，張竹坡認為小說批評也應注重情感因素的介入。這種情感滲透，張竹坡認為有兩種情況。

一種情況是小說批評家洞察藝術奧秘的興奮。當張竹坡洞察到作者「是寫一小小金扇物事，便使千言萬語、一篇上下兩半回文字，既明明寫出皆化為烏有，而半日不置一語、不題一事之西門慶，乃復活跳出來」時，慨歎「此是作者異樣心力寫出來」的。當他發現「故金扇兒必是卜志道送來，而挑簾時金扇一照，成衣時金扇又一照，躍躍動人心目。作者又恐真個被人知道，乃又插入第八回內使金蓮扯之，一者收拾金扇了當，二者將看官瞞過，俱令在卜志道家合夥算帳」時，更是興奮不已：「今夜五更燈花影裏，我亦眼淚盈把，笑聲驚動妻孥、兒子輩夢魂也。」（三回回評）這種以藝術發現為樂事的興奮情感，對於小說批評家來說，可以轉化為一種職業式的批評責任感。

第二種情感的滲透是小說批評家與小說作者的強烈感情共鳴。張竹坡在批點第五回「飲鴆藥武大遭殃」時，援筆寫道：「此回文字幽慘惡毒，直是一派地獄文字。夜深風雨，鬼火青熒，對之心絕欲死。我不忍批，不耐批，亦且不能批，卻不知作者當日何以能細細的做出也？教我明日拿筆做這樣一篇文字，其實不敢，蓋想不得，非做不得也。」潘金蓮用砒霜毒死武大，是《金瓶梅》中最令人怵目驚心的文字，深刻揭示了封建社會中勞動人民無辜被害的慘痛現實。作者通過對武大服砒霜後「油煎肺腑，火燎肝腸。心窩裏如霜刃相侵，滿腹中似鋼刀亂攪。渾身冰冷。七竅流血」，「牙關緊咬」，「喉管枯乾」的冷靜描寫，傾注對惡棍、馬泊六、淫婦的無比痛恨和對柔弱、善良的武大的無限同情的情感，使這篇文字令人卒不忍讀。張竹坡以與作者同樣的情感感受到了這個場面描寫的情感內蘊，「對之心絕欲死」，到了「不忍批，不耐批，亦且不能批」的地步。這種感情上的強烈共鳴，使張竹坡對此回與後面情節的批點帶有濃烈的愛憎色彩，正如他在這回夾批中所寫的那樣：「以上是金蓮罪案」，「以下是王婆罪案」；「此蓋作者於此一篇地獄文字完，特特將七十九回一照，使看官知報應不爽，色欲無益」，覺「《水滸》用武松殺西門，不如用金蓮殺之也」。推而廣之，從張竹坡對混帳惡人、奸險「好人」、欲殺欲割的淫婦及對孝子、義士、悌弟的評點來看，他對各類人物性格與命運的準確把握，無一不得助於這種情感的滲透。

七、小說批評尤要注重人物形象的分析

張竹坡在〈讀法〉第 1 條就指出：「劈空撰出金、瓶、梅三個人來，看他如何收攏

一塊，如何發放開去，看其前半部止做金、瓶，後半部止做春梅。前半人家的金、瓶，被他千方百計弄來，後半自己的梅花，卻輕輕地被人奪去。」抓住金、瓶、梅三個女主角來看全書的內容分布，這完全和《金瓶梅》一書命名的創作意圖相吻合。張竹坡認為全書中重要的次要人物，在小說批評中也不應放過；他在〈讀法〉第 11 條中指出：「內有最沒正經、沒要緊的一人，卻是最有結果的一人，如韓愛姐是也。」他認為這個次要人物反襯了金蓮與春梅「一竟喪廉寡恥」，「於死路而不返」。他在〈讀法〉第 15 條中認為書童也是一個不應忽視的次要人物，「《金瓶》有特特起一事，生一人，而來既無端，去亦無謂，如書童是也。」從小說的全書內容來看，書童在全書中有兩個作用，一是描寫西門慶治家不嚴，以致書童內室乞恩；二是作為吳月娘與潘金蓮撒潑的緣由。潘金蓮淘氣因玉簫過舌，而玉簫為潘金蓮所用，是因與書童有私被潘金蓮抓住了把柄。所以作者寫書童這個次要人物非「無謂之筆墨」。

至於張竹坡強調要從人物的出身之處、細節描寫、心理活動、語言、行動來分析人物的主要性格特徵和複雜的性格，這已在論述張竹坡的世情小說理論的有關部分詳細介紹，這裏就不再評介了。

八、闡發人物名號的深刻寓意

中國古典小說人物的名號大多都是有寓意的，但在小說批評中注意到這一現象，卻是尤推張竹坡，他為此專寫了一篇〈寓意說〉。在這篇專論中，張竹坡認為《金瓶梅》中人物名號的寓意共有三種情況。

第一種情況是體現作者的藝術構思，屬這方面的人物有兩個。一個是李瓶兒的丈夫花子虛。為什麼叫花子虛呢？張竹坡在第一回回評中就已指出：「夫不有子虛，則瓶兒歸西門，是無孽之人矣，故必有子虛。然子虛不雖有如無，則瓶兒又何以歸西門，是故子虛是個影子中人。」這即是說，花子虛這個人物完全是為了刻畫李瓶兒的淫欲、狠毒和淺顯而虛設的。沒有花子虛，就沒有李瓶兒氣死丈夫的情節，也就顯示不出李瓶兒與西門慶的罪孽。同樣，不讓花子虛死去，則李瓶兒無法改嫁給西門慶，所以作者又必定要讓他先死去，好讓李瓶兒改嫁西門慶。因此，花子虛是個子虛烏有的人物，是專為李瓶兒、西門慶而虛擬的。其所以讓他姓花，是因為他的妻子名李瓶兒；瓶為盛花之器，故使他姓花名子虛。另一個人物是蔣文惠，號竹山的醫生。「文惠」與「聞悔」音近。他的出現是在李瓶兒聽說西門慶因楊戩案受累，悔恨自己不該輕率地把大筆財產寄放他家，悔恨自己不該對西門慶那麼癡心，於是暗氣暗惱，病倒床上，請蔣文惠來看病的時候。所以蔣文惠是「聞悔」而來的醫生。又何以號竹山？「竹山」音「逐散」，「蔣竹

山」實為「將逐散」，即將要被趕走的意思。李瓶兒不等西門慶家官司了結，便慌忙嫁給了蔣竹山，但她仍戀西門慶，日漸厭煩蔣竹山。當西門慶雇用流氓毆打蔣竹山後，她便將這第二個丈夫趕出家門，自己改嫁西門慶。因此，蔣竹山寓有「逐散」之意，暗示他與李瓶兒的夫妻生活將要在西門慶的毒打之後完結。蔣竹山的「將逐散」含義，對故事情節的發展和人物性格的刻畫，都有一定的寓意性。至於李瓶兒房中的奶媽如意兒的名字，張竹坡認為也是寓有故事情節設置的含義。他在六十五回回評中指出：「寫如意者，所以寫已死之瓶兒也。況瓶兒已死，則西門意中人，而奶子如之，所為如意兒也。總之，與金蓮作對，以便寫其妒寵爭妍之態也。故惠蓮在先，如意兒在後，總隨瓶兒與之抗衡，以寫金蓮之妒也。」由此可見，如意兒的名字，寓意清楚而豐富。一是標明她的身份，李瓶兒在世時，她是李瓶兒的如意奶媽，而當李瓶兒死後她又是西門慶的如意姘頭，仿佛是李瓶兒再世。二是西門慶寵如意兒，必然要引起潘金蓮的嫉妒，這樣更能表現出潘金蓮的狠毒，所以如意兒三字也含有是與潘金蓮作對的最如意的人物的意思。用如意兒來繼續描寫前面李瓶兒與潘金蓮的鬥爭，也可視為作者的如意之筆。

第二種情況是寓有作者的創作意圖。周守備的親隨李安是作者肯定的一個孝子，是作者用來反襯潘金蓮、陳經濟、王三官等不孝人物的正面形象。當主母春梅用財物引誘李安時，他立即向母親稟報，並按照母親的安排逃到叔叔李貴那裏避禍。張竹坡認為「李」與「理」音同，所以李安、李貴是以「理」為安，以「理」為貴；而「理」即是李安所表現出來的對主人忠、對慈母孝、不貪財、不戀色的倫理道德，而這種品質又正是蘭陵笑笑生所要表現的「經濟學問」。讀者能領悟到這神「理」，便可避禍趨福，安身立命，便會成為品行高貴的人。小說中還寫了義士王杏庵老人憐憫窮途末路的陳經濟，親自送他到晏公廟去謀生。張竹坡在〈寓意說〉中認為：「王杏庵送貧兒於晏公廟任道士為徒。『晏』，安也。『任』與『人』通，又與『仁』通，言我若得志，必以仁道濟天下，使天下匹夫匹婦皆在晏安之內以養其生，皆入人倫之中，以複其性，此作者之經濟也。」韓愛姐晚節可佳，張竹坡認為「愛」與「艾」同音，而艾火又可為人治病。因此，他在九十九回夾批中反覆批道：「此等艾火可炙金蓮對武大、瓶兒對子虛等病」；「此等艾火可炙一部淫婦、淫聲病」；「此等艾火可炙一部送物事病」；「此等艾火可炙一切姦夫淫婦、亂臣賊子、盜殺淫邪等病」。因此，在張竹坡看來，韓愛姐的名字寓有作者以《金瓶梅》勸誡世人的創作動機。

第三種情況是人物名號寓有人物性格特徵的含義。張竹坡認為這種情況在《金瓶梅》人物的命名中極為普遍。西門慶的十兄弟是一夥酒肉朋友，他們趨奉西門慶，為的是圖吃騙喝，全無一點人類的真正感情。他們的名字都寓有這種共性。應伯爵，寓「白嚼」的含義；謝希大，有「攜帶」的意思；祝實念，實是「住十年」；孫伯修，含「不羞」

意思;常時節,寓「常時借」之意;卜志道,諧音為「不知道」;吳典恩,含「無點恩」
意;雲裏守,字非去,含「飛去」寓意;白賴光,字光湯,不用解釋而寓意自明;賁地
傳,含有「背地傳」的寓意:傳自新,寓有「負自心」的意思,即昧著自己的良心為人
處世;韓道國,實是韓「搗鬼」,寓後來欺心背主、拐財私遁、暗中搗鬼的惡行;惠蓮,
實為「會憐」,即寓有「會憐」憫自己丈夫來旺兒的情意,又寓有讀者「會憐」憫惠蓮
不幸遭遇的情感因素。

　　張竹坡認為《金瓶梅》中一些次要人物的名號也有寓意:「如車(扯)淡、管世(事)
寬、遊守(手)、郝(好)賢(閑),四人共一寓意也。」這四個人是無業遊民,成天在
街上惹事生非,幫助有錢人欺負貧苦百姓,其名號正暗合他們的為人。又如被武松殺死
的李外傳,寓有「裏外」傳話、通風報信的性格特點。張竹坡的此類分析很多,我們一
覽〈寓意說〉便可領悟一二。

九、小說批評要藝術地把握住小說中的時空

　　張竹坡在批評《金瓶梅》時非常看重這一點。至於小說中的時間,他在〈讀法〉37
中明確指出,小說的時間跨度為西門慶 27 歲~33 歲。這一點,前文已備述,這裏不再
贅筆。

　　關於《金瓶梅》中主要人物生活的空間,張竹坡在閱讀完全部小說後,在「西門慶
房屋」一文中專門作了筆錄:「門面五間,到底七進(後要隔壁子虛房,共作花園)。上房
(月娘住)西廂房(玉樓住)。東廂房(李嬌兒住)。堂屋後三間(孫雪娥住)。後院廚房。前
院穿堂。大客屋。東廂房(大姐住)。西廂房。儀門。儀門外,則花園也。三間樓一院,
潘金蓮住。又三間樓一院,李瓶兒住。二人住樓,在花園前。過花園方是後邊。花園門
在儀門外,後又有角門,通著月娘後邊也。金蓮、瓶兒兩院,兩角門,前又有一門,即
花園門也。花園內,後有捲棚、翡翠軒,前有山子。山頂上臥雲亭,半中間藏春塢雪洞
也。花園外,即印子鋪門面也。門面旁開大門也。對門,乃要的喬親家房子也。獅子街,
乃子虛遷去住者,瓶兒帶來,後開絨線鋪。又獅子街,即打李外傳處也。內儀門外,甬
道旁乃群房,宋惠蓮等住者也。」人物居住處的安排,完全是服從敘述故事情節的需要。
吳月娘、孟玉樓、李嬌兒、孫雪娥居一處,而金蓮、瓶兒居前邊花園內,以示金蓮、瓶
兒非明媒正娶而來,身份等於外室,反不若李嬌兒從良和孫雪娥陪嫁。金蓮、瓶兒在一
處,便於二人爭寵。金蓮、春梅居一屋,以示其狼狽為奸,形影不離。金蓮樓上放貨物,
為敬濟弄一得雙的空間。雪娥住近廚房的後院,實為與來旺兒私通、拐財的空間。敬濟
住花園前的東廂房,又成了潘金蓮售色東床的地方。吳月娘等人住在花園後的廂房裏,

這又為潘金蓮、陳敬濟的亂倫在空間上提供了條件，花子虛屋緊連西門慶家，二人結拜兄弟，這又是花子虛引狼入室尚不知的原因。張竹坡在「雜錄小引」及〈讀法〉第 12 條中，反覆強調把握小說空間的重要性：「故云寫其房屋，是其間架處，……恐看官混混看過，故為之明白開出，使看官如身入其中，然後好看書中內有名人數進進出出，穿穿走走，做這些故事也。」時空是小說存在的基本形式，張竹坡認為小說批評應抓住小說所描寫的時間和空間，並視之為「大間架處」，這充分顯露出了他那獨到的藝術眼光。

十、小說批評要把握住人物之間的關係

作為一個才氣甚足的儒生，張竹坡精通易學，並以易學的觀點方法來探討《金瓶梅》中人物的複雜關係。《易經》歷來被封建統治階級及封建文人譽為「群經之首」。「易」為上日下月的象形字，又寓有變易、簡易、不易的意思。綜合起來看，《易經》即是以日月為系統，以天氣變化來探究自然萬物變化的規律，進而論述人生與世事變化的法則。正如《說卦傳》第一章所言：「昔者聖人之作《易》也，幽贊於神明而生蓍，參天兩地而倚數。觀變於陰陽而立卦，發揮於剛柔而生爻，和順於道德而理於義，窮理盡性以至於命」。因此，李鼎祚在《繫辭·上傳》中讚歎說，「易簡而天下之理得矣」；「易與天地準」，易「與天地相似」，即可用《易》處理萬事萬物。而張竹坡秉承《易經》的精髓及推衍的方法來評析《金瓶梅》人物間的關係及其命運：「其寓意說內，將其一部姦夫淫婦，悉批作草木幻影，一部淫情豔語，悉批作起伏奇文。」他在〈寓意說〉內，認為孟玉樓為杏花，潘金蓮為蓮花，龐春梅為梅花，李嬌兒為李花，孫雪娥為雪花，李瓶兒為插花之瓶：李桂姐為桂花，賁四嫂為落葉，林太太為秋下之林，陳敬濟為陳敗的莖荷，吳月娘為月亮。因月娘為月，「遍照諸花」，所以她是西門慶的大老婆，位在眾妾之上。又因月娘生於中秋，為中秋之月，中秋桂花香，所以「桂姐認她作乾娘。因孟玉樓為杏花，雪天對杏花不利，所以她「遇薛嫂而受屈」，嫁給了混帳惡人西門慶；陽春三月是桃杏開花的季節，所以她「遇陶媽媽而吐氣」，嫁給了如意郎君李衙內。「梅雪不相下，故春梅寵而雪娥辱，春梅正位而雪娥愈辱」。因此小說中有春梅為丫頭時調唆西門慶毒打孫雪娥的情節，有春梅為守備夫人時變賣孫雪娥為娼的情節。而又因「月為梅花主人，故永福寺相逢，必云故主，而吳典恩之事，必用春梅襄事。」這即是說即使吳月娘對春梅無情無義，但春梅仍替月娘排憂解難。梅以冬天為貴，至春已是爛漫不堪，所以春梅雖有骨氣，為炎涼翻案，但品性污穢，始被西門慶收用，中又與陳敬濟暗續鸞膠，後又與義子周義有私，終無一個好下場。誠如張竹坡所言：「至於春梅，則又作者最幸有此最不堪有此，故以兩種心事寫此一人也。何則？夫梅花可稱，全在雪裏寒

歲臘月底,是其一種雅慘,本自傲骨流出,宜乎為高人、節婦、忠臣、美人。今加一春字便見得爛漫不堪,有色香當時,亦世俗所爭賞,而一段春消息早已露泄東風,幽人、歲寒友所不肯一置目於其間者也。」至於潘金蓮,荷花勝於六月而遇陳敬濟這一陳敗莖荄,「故金蓮以敬濟而敗。」而陳敬濟的舅舅張團練搬走,「又荷盡已無擎雨蓋,留此敗莖」,必然要敗;又夏龍溪由清河縣調至京師,「原龍溪有水,荷花盛開,現龍溪已走,寓無水生根,故荷花不復存在」,故第七十一回後金蓮走下坡路。「以雪娥為言者,見得與諸花不投,而又獨與梅花作祟,故與梅花不合,而受辱守備府」。「至瓶兒,則為承注梅花之一,而又為金之所必爭,蓮之所必爭者也。何則?瓶為金瓶,未為瓶之金,必妒其成器」。所以,李瓶兒得寵與得子,金蓮憤恨不平,必置李瓶兒母子於死地。潘金蓮又名潘六兒。六為陰數,潘六兒與王六兒為兩陰。西門慶為陽,故潘六兒與王六兒一齊動手,兩陰克陽,西門慶便一命嗚乎。至於三娘孟玉樓為三月杏花。「於春光在金瓶梅花時,卻有一待時之杏,甘心忍耐於不言之天,是故知時、知命、知天之人,一任炎涼世態,均不能動之,則又作者自己身份、地步、色色古絕,而又教世人處此炎涼之法也。」「以李嬌兒名者,見得桃李春風牆外枝也。」所以未嫁西門慶時為娼妓,西門慶死後便第一個改嫁。「如月娘以月名者,見得有圓有缺,喻後文之守寡也,有明有晦,喻有好處有不好處,有賢時,有妒時也。」(以上均見第七回回評)因此,吳月娘性格複雜,有時有人性,有時無人性;命運坎坷,有時得寵,有時失寵;有時得勢,有時失勢。對秋菊所以能含恨泄幽情,張竹坡也從易學的方面加以解釋:「秋菊與金蓮何仇?但類各不同,互相怨恨耳。然而夏去秋來,池蓮褪粉,秋菊綻金,自是不得不然之時勢。又一屋中,蓮、梅、菊備三時,而添一陳敬濟之敗荷,則秋深時候,故應暫讓秋菊說話。」(八十三回回評)由於蓮、梅、菊不是同時生長的植物,所以秋菊總是受金蓮與春梅的欺凌,無端遭到金蓮與春梅的毒打。待到秋菊說話時,將金蓮、春梅與陳敬濟的醜事宣揚出去後,金蓮與春梅先後被吳月娘趕出了家門,秋菊方出盡自己的怨氣。張竹坡從「易與天地準」的思想出發,探究了《金瓶梅》這部世情書的寓意:「然則《金瓶梅》何言之?予又曰:玉樓而知《金瓶梅》者矣。蓋言雖是一枝梅花,春光爛漫,卻是金瓶內養之者。夫即根依土石,枝撼煙雲,其開花時亦為日有限,轉眼黃鶴玉笛之悲,奈之何摘下殘枝,能有多少生意?而金瓶中水能支幾刻殘春哉?明喻西門之炎熱危如朝露,飄忽如殘花,轉眼韶花頓成幻景,總是為一百回內第一回中色空、財空下一頂門針,而或謂如檮杌之意,是皆欲強作者為西門寫帳簿之人,烏知所謂《金瓶梅》者哉?」可見這部小說的書名就喻有西門慶熱極必衰、家破人亡的意思,因為金瓶貯存的梅花,雖摘下來時很豔麗,插在瓶中好看一時,但殘枝春意難以持久,瓶中水又會乾枯,又何況瓶後來又被金打破了。所以瓶內梅花由香變臭,由生到死,這寓有其主人西門慶也將隨之而亡,家道隨之

衰敗的象徵意義。張竹坡以易理剖析《金瓶梅》人物關係、人物性格、人物命運，用植物學、氣象學的現象來類比《金瓶梅》的世態炎涼，固然不十分科學，但在一定程度上尚有些獨特之處，增加了小說評點的可讀性，就是在引導讀者的欣賞力方面，也還有許多可給讀者啟示的地方。

十一、圓形批評法

> 讀《金瓶》，必須懸明鏡於前，庶能圓滿照見。（〈讀法〉95）

> 《金瓶》純是禪門圓通後做法。我批《金瓶》，亦批其圓通處也。（〈讀法〉99）

中國古代的哲學思想是天圓地方的二元宇宙觀，著名的太極圖以左邊含陰的陽、右邊含陽的陰，形象、生動、簡單、通俗地表現了對宇宙無限循環圓圈式的運動的認識。這種圓形動態論對劉勰的文學批評產生過影響，他提出了「圓照之象」的觀點。張竹坡的 95 條〈讀法〉，則是要求小說批評家在鑒賞階段要十分圓滿地把握住小說的方方面面，不要有所缺漏，為小說批評打下基礎。而 99 條〈讀法〉，則要求小說批評家，在「圓滿照見」後要進入理性階段，要能融會貫通小說的每個人物、每個情節，乃至每個場面及細節，使之渾然一體，給小說的思想與藝術以圓滿的評價，以減少主觀上的偏執。他反對「零星看」《金瓶梅》而強調「圓滿照見」；反對「呆看」《金瓶梅》而提出「圓通」法；這是富有理論眼光的。他認為《金瓶梅》是「千萬根共具一體，血脈貫通」，全書是「千百人合為一傳」，故事的發展是「千里相牽」的圓圈運動，體現了由盛到衰的趨勢。因此，他讀《金瓶梅》時非常注重小說中的「人情物理」及作者的「千秋苦心」，品味其中的奧妙，這也是他的圓形批評法的具體實踐。

「如果除淨了一切的穢褻的章節，她仍不失為一部第一流的小說，其偉大似更過於《水滸傳》。《西遊》《三國》之流，更不足和她相提並論。」[5]作為世情小說中藝術珍品的《金瓶梅》，它與神魔小說、傳奇小說、歷史演義小說的不同之點，是「借家家中之事，寫我一人手下之文」，描寫同時代的普通人，反映現代人的實際生活，更加嚴格地遵循現實主義的創作方法，更加注重按照生活的本來面目來反映生活，這與其他小說相比，是一個質的不同。它把我國的文學創作引向到了一個富於生活氣息、更為人們所接近的現代生活的新領域之中，這在我國小說發展史上是一個新的飛躍。由於《金瓶

5　郭箴一：《中國小說史》下冊（北京：商務印書館，1939 年 5 月），頁 369。

梅》的藝術成就要比《水滸傳》《三國演義》高，這就客觀上決定了張竹坡在批評《金瓶梅》中所表述的小說創作論和批評觀，要比葉晝、金聖歎、毛宗崗等人的理論要深刻得多、全面得多、完整得多，這是生活發展的必然趨勢，時代前進的必然結果。對於張竹坡所遺留下來的這份有價值的小說理論遺產，可惜我們研究得很不夠。即使目前僅有的從事這方面研究的學者，又往往多注重於張竹坡在〈苦孝說〉〈寓意說〉〈冷熱金針〉中所宣揚的封建倫理道德和因果報應等陳腐觀念、牽強附會的主觀臆測方法而忽視了他的小說理論。在開創古代文論研究的新局面中，認真研究張竹坡的小說理論，是建立民族化的馬克思主義文藝理論體系中的一件有益的工作，對探討當前的文學創作與文學批評也有一定的借鑒性，對公正而客觀地評價《金瓶梅》的文學價值和在我國文學史上的地位也極具啟示作用，這也是我三十多年來堅持從事《金瓶梅》研究的動機。

《金瓶梅》與其他

《金瓶梅》
──「一篇市井的文字」

  《金瓶梅詞話》的文學品位為「市井文字」，這是自它問世以後便有人定評的。欣欣子在《金瓶梅詞話・序》中曾指出它「其中未免語涉俚俗，氣含脂粉」。東吳弄珠客在《金瓶梅・序》中指出小說中的人物是描畫「世之大淨」「世之小丑」「世之丑婆淨婆」。謝肇淛在《金瓶梅・跋》中說書中有「閨闥之媟語，市里之猥談……狎客之從諛逢迎，奴怡之稽唇淬語」。滿文譯本《金瓶梅・序》則論述得更為詳細：「自尋常之夫妻，和尚道士、尼姑子、喇嘛、命相士、卜卦、方士、樂工、優人、妓女、雜戲、商賈、以至水陸雜物、衣用器具，嘻戲之言、俚曲，無不包羅萬象，敘述詳盡，栩栩如生，如躍眼前。此書實可謂四奇書中之佼佼者。」

  《金瓶梅》的三大評點者在文本解讀中多次從細微之處指出小說是部「世情」書，是篇「市井文字」。無名氏在《新刻繡像金瓶梅》中時時以「世情」解說、評點，表述他的審美見解：「此書只一味要打破世情，故不論事之大小冷熱，但世情所有，便一筆刺之」（第五十二回「崇眉」）；「說得世情冰冷，須從蒲團面壁十年才辦」（第一回「崇眉」）；「一篇世情語，出脫得乾乾淨淨，非武松將奈他何」（第九回「崇眉」）；「忽接一段生意，映出西門慶本來市井面目，以見後富貴破敗之暴無怪也」（第十六回「崇眉」）；「西門慶家居亦可謂富貴矣，今以此相形，便覺純是市井暴發戶景象，富貴寧有極耶？隱隱寫出」（第五十五回「崇眉」）；「笑人者復為人所笑，世情大都如此。然薛太監笑得直，笑得孩；溫秀才笑得矯，笑得腐，與其矯腐，寧直寧孩」（第六十四回「崇眉」）；「自信處卻說得道理分明，是以聖人惡佞舌。西門慶口角逼真市井」（第五十七回「崇眉」）。

  張竹坡在其對《金瓶梅》的評點中，尤為注重該小說的「市井」屬性。他認為西門

慶是「市井為習」（〈讀法〉22）；說西門慶半以奴隸半以女婿對待陳敬濟是「西門市井人待婿之薄」（第二十九回回評）；諷刺蔡太師賜爵西門慶及家人是「使市井小人皆得錫爵」，「並及市井小人之家人、夥計」（第三十回回評）；「太師又以之為人事送百千奔走之市井小人，而百千市井小人之中，有一市井小人之西門慶，實太師特以一提刑送之者也」（第三十四回回評）；指出西門慶與喬五太太攀結親家是「市井小人」「一朝得志」（第四十二回回評）；認為寫相府高貴「方使西門等員外家市井氣不言而出」（第五十五回回評）；也認為林太太房中的擺設「不是西門家市井氣」（第六十九回夾批）；痛感「西門拜太師乾子，三官又拜西門乾子，勢力之於人，寧有盡止？寫千古英雄同聲一哭，不為此一班市井小人哭也」（第七十二回回評）；嘲笑西門慶「問狀元仙鄉，可知其市井」（第三十六回夾批）；指出黃四用金銀賄賂西門慶是「黃白用事，世情皆出」（第六十七回夾批）；挖苦西門慶得官添子是「市井人做官矣」（第三十回「眉批」）；誇獎李安避春梅投李貴是「夫幸而處亂世之中，不為市井所污」（第一百回回評）。上述所列「市井」中，有的指西門慶的習性，有的指西門慶的行為，有的指西門慶的言談，有的指西門慶的心態，有的指西門慶的出身及身份，有的指西門慶家的家庭氛圍，總之，張竹坡從多方面窺見到了《金瓶梅》一篇「市井文字」的美學風貌。在張竹坡的評點中，「市井文學」與「世情書」是同義語，是交叉使用的：「邇來為窮愁所逼，炎涼所激，於難消遣時，恨不自撰一部世情書，以排遣悶懷。」（〈竹坡閒話〉）張竹坡說他自己原想模仿《金瓶梅》撰寫「一部世情書」，其意就是指《金瓶梅》這篇「市井文字」，就是「一部世情書」。

　　文龍在其評點中也是極為注意《金瓶梅》的市井氣、世情性。他說吳月娘是「一小武官之女，而嫁與市井謀利之破落戶」，將西門慶指為市井中的破落戶（第十八回回評（二））；認為三十一回中所寫到的西門慶慶賀生子得官的排場是「破落戶暴發情形」（第三十一回回評（二））；揶揄「西門慶家中規矩禮節，總帶暴發氣象」，「決非閥閱人家行徑，亦非久長門第情形」（第四十六回回評）；「西門慶招來和尚，吳月娘請到尼姑，一倡一隨，是夫是婦。西門慶偷民妻，玳安等鬧娼婦，上行下效，是主是奴，合而言之，可像是正經人家？成個什麼世界？」（第五十回回評）意即西門慶家是市井中無賴潑皮的家庭。

一、《金瓶梅》回目的市井性

　　《金瓶梅詞話》的市井文學審美特性首先明顯地表現在它的回目上面，在《金瓶梅詞話》的回目中，雖然文不甚雅，語呈鄙俗，甚至辭義費解，如「西門慶梳籠李桂姐」「吳月娘墓生產子」「守備使張勝尋經濟」「韓愛姐湖州尋父」，但是它仍注重情節的故事

性。「《金瓶》一百回，到底俱是兩對章法，合其目二百件事。然有一回前後兩事中，用一語過節；又有前後兩回事，暗中一筍過下，如第一回，用元壇的虎是也。又有兩事兩段寫者，寫了前一事半段，即寫後一事半段，再完前半段，再完後半段者。有兩事而參任錯綜寫者，有夾入他事寫者。總之，以目中二事為條幹，逐回細玩即知」（張竹坡：〈讀法〉8）；「《金瓶》一回，兩事作對固矣，卻又有兩回作遙對者。如金蓮琵琶、瓶兒象棋作對，偷壺、偷金作一對等，又不可枚舉」（張竹坡：〈讀法〉9）。張竹坡所「細玩」的世情小說中這些回目中的兩事的「參差錯綜」性與「作對」性，正是世情小說情節的複雜性與故事的對峙性，也是小說的引人入勝性、對讀者審美興味的「啟動」性，這也是世情小說的一個審美特性。

蔣劍人在《古本金瓶梅·原序》中說：

> 曩遊禾郡，見書肆架中，有《古本金瓶梅》抄本一書，取而讀之，乃與俗本迥異，蓋翠微山房所珍藏，後為大興舒鐵雲所得，因此贈其妻甥王仲瞿者，有仲瞿考證四則。其妻金氏加以旁注，而元美作書之本旨，乃揭以出。書賈索價五百金，乃謀諸應觀察，以三百七十金購得之。此書久在例禁之中，儒林羞道之，不知其微妙雅訓乃耳！

蔣劍人在序中所說的「俗本」是指《金瓶梅詞話》系列的刊刻本，《古本金瓶梅》則是「微妙雅訓」，蔣氏自稱這個本子才是古本。王曇則以考證人的身份來證實《古本金瓶梅》「不似流傳之俗本，專鋪張床笫等穢褻俚鄙之語」；斷言「古本與俗本，有雅鄭之別」，稱讚《古本金瓶梅》是「珍珠密字，楷法秀麗」；指斥張竹坡評本是「按俗本有聖歎長批，大半俗不可耐」（聖歎長批實即張竹坡評點）；並指出世謂《金瓶梅》是淫書的原因是：「本忠孝而作此書，而顧以淫書目之，此誤於俗本，而未觀古本之故也。」[1]存寶齋於民國五年刊印《古本金瓶梅》時易名為《繪圖真本金瓶梅》，並在「提要」中說，「此與列禁書之俗本全異」，「以俗本之多穢語，今雅訓微妙乃耳，始見元美之本來面目矣。」[2]上海卿雲圖書公司於民國十五年刊發《古本金瓶梅》時也在「提要」中申明：「全書七十萬言，雅訓微妙，一氣貫串，絕無半絲缺漏，斯見元美之本來面目矣。」[3]顯而易見，所謂的「古本」或「真本」《金瓶梅》與「俗本」的《金瓶梅》，一個明顯的分界線就是雅與俗，前者「雅訓微妙」，後者「穢褻俚鄙」。

1　王曇：《古本金瓶梅·考證》。

2　《繪圖真本金瓶梅·題要》。

3　卿雲圖書公司《古本金瓶梅提要》1926 年。

　　清同治甲子年間的《古本金瓶梅》的「雅」，一是洗盡了《金瓶梅詞話》中的性描寫；二是在內容增刪上略作改動；三是在文字加工上精心處理，這一點在回目上就可以明顯地反映出來了。《古本金瓶梅》回目的上下兩句可以說是對仗工整，頗具文人的詩文特色，如第九回「占鬼卦暗卜紅繡鞋　燒夫靈巧露青紗帳」中，動詞對動詞、名詞對名詞、形容詞對形容詞、動詞對動詞、專有名詞對專有名詞，極文極雅。

　　特別有趣的是《古本金瓶梅》為了求回目的工整，甚至還將原詞話本中只順手提及到的人物用在回目上面。第四回回目中「遊地府卓二姐歸陰」中的卓二姐在《金瓶梅詞話》中又叫卓丟兒，她是西門慶的第二個小妾。「詞話」第二回中的王婆與西門慶的對說提到這個人：「王婆道：『與卓二姐卻相交得好？』西門慶道：『卓丟兒別要說起，我也娶在家做了第三房。近來得了個細疾，卻又沒了。』」詞話本第七回中薛媒婆向西門慶保孟玉樓的媒時又提到她「我有一件親事，來對大官人說，管情中你老人家意，就頂死了的三娘窩兒，何如？」至於卓丟兒的生平舉止，小說再沒有任何敘述。作者為什麼要讓西門慶已死的三娘名叫卓丟兒呢？張竹坡認為，一是人物安排的需要：「至於丟兒，則又玉樓之署缺者。夫未娶玉樓，先娶此人；既娶玉樓，即丟開此人……故云『丟兒』也。」（張竹坡：批評第一奇書《金瓶梅》讀法47）作者先讓卓丟兒占據三娘的位置，然後由孟玉樓來取代，取代之前，先通過人物對話交待卓二姐已經「丟」（即死）了。二是為了襯托孟玉樓的性格。孟玉樓是作者贊許的人物，處炎涼而不動，在西門慶家處污濁而不染，她所處的三娘這個位置的「前任」，也應該是個品行卓然的女性：「讀至此，然後又知先有卓丟兒，所以必姓『卓』也。何則？夫丟兒固云為孟三姐出缺，奈何必姓『卓』哉？又是作者明明指人以處炎涼不動之本也。蓋云要處炎涼，必須聽天由命，守運待時。而聽天由命，守運待時，豈易言者哉？又必卓然不動，持守堅牢，一任金、瓶、梅笑我，我只是不為所動，故又要向『卓』字兒上先安腳跟牢定，死下工夫也。故三娘之位必須卓姓，生死守之，以待玉樓也。」（張竹坡：第七回回評）總之，「詞話」作者之所以要說原西門慶的三娘叫卓丟兒，其「卓」用來比喻後來的三娘玉樓的性格，其「丟兒」是說她死去，這個缺由孟玉樓來填補。作者意在孟玉樓，所以對卓丟兒沒有一言一行的描寫。而《古本金瓶梅》為了回目的整齊，竟將王婆、西門慶、薛嫂順口提到的卓丟兒寫進了回目，可見《古本金瓶梅》的整理者為了去《金瓶梅詞話》的俚俗而求「雅訓」，確實是費盡心機。

　　崇禎本《金瓶梅》的回目，頗似明清擬話本小說中的短篇名稱只求字數相同、順口而已，如第二十四回：「敬濟元夜戲嬌姿，惠祥怒罵來旺婦」。張評本所自錄的回目全用兩個字，意在將每回中所敘兩件事點示讀者，便於讀者解讀，重在提要，如第一回的「熱結　冷遇」，第五回的「捉姦　飲鴆」，第四十三回的「爭寵　賣富」等等。

　　而明代萬曆丁巳本的《金瓶梅詞話》，作為說唱本，其回目的確「鄙俗」，保持著宋元話本小說中說書人的特色，既不求字數相同、韻語順口，更不求對仗工整。如第一回：「景陽崗武松打虎，潘金蓮嫌夫賣風月」；第二回：「西門慶簾下遇金蓮，王婆貪賄說風情」；第十七回：「宇給事劾倒楊提督，李瓶兒招贅蔣竹山」；第二十二回：「西門慶私淫來旺婦，春梅正色罵李銘」；第四十九回：「西門慶迎請宋巡按，永福餞行遇胡僧」；第五十二回：「應伯爵山洞戲春嬌，潘金蓮花園看莫（蘑）菇」；第八十五回：「月娘識破金蓮姦情，薛嫂月下賣春梅」；第九十七回：「陳經濟守備府用事，薛嫂賣花說姻親」等等。在這些回目中，有的上句為八個字，下句七個字；有的上句為七個字下句為八個字；有的上下兩個均為八個字，且都不押韻。我們知道，回目中上下兩句是指小說中所講的兩個故事，所以可以分作兩個故事的篇題。作為宋代話本集的《清平山堂話本》中每篇故事的篇題字數是不等的，如〈戒指兒記〉〈刎頸鴛鴦會〉〈簡帖和尚〉〈柳耆卿詩酒玩江樓記〉等，說明它們是不同說書人的底本，可是當他們被收入到馮夢龍的擬話本「三言」中時，經過馮夢龍的整理，其篇題則整齊劃一了，則依次改成〈閑雲庵院三償冤債〉〈蔣淑貞刎頸鴛鴦會〉〈簡帖僧巧騙皇甫妻〉〈眾名姬春風吊柳七〉，這就少了一點宋元話本原始的市民色彩。同樣，宋人小說，〈碾玉觀音〉〈西山一窟鬼〉在「三言」中成為〈崔待詔生死冤家〉〈一窟鬼癩道人除怪〉；〈張生彩鸞燈傳〉（《熊龍峰四種小說》），在「三言」中被改成〈張舜美元宵得麗女〉，也是由宋元話本轉成擬話本時漸趨文雅。萬曆本《金瓶梅詞話》回目的原貌也具有類似《清平山堂話本》和《熊龍峰四種小說》中各篇篇題的特點，其模仿說書人藝術的痕跡是非常醒目的。

　　有的人則根據《金瓶梅詞話》回目字數的不整齊、上下兩句不押韻，有說書人的口吻，以詩詞入話，就否定這部「第一奇書」是文人獨立創作的，認為是說書藝人集體創作而成。[4]這一觀點是難以成立的，我們知道，說書人的底本是供他們講故事用的。試想一下，《金瓶梅詞話》中多達四十餘處的性事描寫，尤其是第二十七回，其間涉及到性器官、性技巧、性器具、性場面，說書人不可能在瓦舍勾欄中當著眾多的男女聽眾去講這些內容。另外《金瓶梅詞話》中以唱代說的地方甚多，如第三十三回中陳經濟與潘金蓮調情，陳經濟唱〈山坡羊兒〉曲詞，是唱了又唱，連唱四支，而且每支詞又相當長。若是說書人在場上這樣不斷地唱，別說他自己的喉嚨受不了，恐怕聽眾也聽得不耐煩了，可見《金瓶梅詞話》是模仿宋、元、明說書人的伎藝而獨立創作的、一個屬於說唱系列的長篇小說，是供文人案頭閱讀的長篇「擬話本」，而非說書人講話的底本。因此，當時頗負盛名的袁宏道說他看《金瓶梅詞話》手抄本是「伏枕略觀，雲霞滿紙，勝於枚生

4　潘開沛：〈《金瓶梅》的產生和作者〉，《光明日報》，1954 年 8 月 29 日。

〈七發〉多矣。」（袁宏道〈與董思白〉）袁宏道雖然肯定手抄本是「雲霞滿紙」，但他之所以要躲在帳內「伏枕略觀」，是因為這部小說在性描寫方面大膽露骨了，以至在當時名流圈中名聲很臭。總之，以上四種本子上的《金瓶梅》的回目是由俚俗到漸雅、由漸雅而到極雅，這充分說明作為原創本的《金瓶梅詞話》確是張竹坡所認為的「一篇市井的文字」，保留著鮮明的宋元以來說書人的藝術特色。這種藝術特色，《紅樓夢》第一回就有，我們總不能否定它是曹雪芹的獨創吧。

二、入話的技藝性

在宋元話本中我們可以看到無論是用以入話的詩詞，還是敘事中、人物言說中的詩詞，大都不在文人所謂的詩眼詞境上下功夫，而是求明白易曉、好記順口、易為聽眾所接受，這大概是說書人為避免說書的單調，活躍說書的氣氛而穿插其中的。《快嘴李翠蓮》中翠蓮告別父母時，「觀見二親滿面憂愁，雙眉不展，就道：爹是天，娘是地，今朝與兒成婚配。男成雙，女成對，大家歡喜要吉利。人人說道好女婿，有財有寶又豪貴；又聰明，又伶俐，雙六，象棋通六藝，吟得詩，做得對，經營買賣諸般會，這門女婿要如何？愁得苦水兒滴滴地。」其實在通篇中，她的丈夫一句韻語都沒有，就吟詩、作對來說都是作者胡謅的。這種胡謅，聽眾不會說說書人講得不真實，倒還聽後樂滋滋的。用韻語對話，也是宋元話本的市民文學特色。《清平山堂話本·張子房慕道記》中，高祖說韓信死有餘辜：「韓信功勞十代先，夜斬詩祖赫趙燕。長要損人安自己，有心要奪漢朝天。」張良為之辯解說：「韓信遭逢呂后機，不由天子只由妃。智賺未央宮內見，不想褒州拜將時。」這裏君臣對話均用詩句，張良當面指責劉邦、呂后，這在常理之下是完全不可能的，但在說書中倒是可行的。馮沅君在《古劇說匯》第五篇中指出：

> 讀《金瓶梅詞話》時，最能使我們感到奇特而注意的是書中人常常以韻語，尤其是曲，來代替普通的言語。如：「且說老虔婆見西門慶打的不成模樣，不慌不忙拄拐而出，說了幾句閒話。西門慶心中越怒起來，指著罵道：『有〔滿庭芳〕為證：「虔婆你不良。迎新送舊，靠色為娼，巧言詞將咱誆，說短論長。我在你家使夠有黃金千兩，怎禁賣狗懸羊！我罵你句真伎倆，媚人狐黨，衡一片假心腸！」虔婆亦答道：「官人聽知，你若不來，我接下別的。一家兒指望他為活計，吃飯穿衣，全憑他供柴糴米。沒來由暴叫如雷。你怪俺全無意，不思量自己，不是你憑媒娶的妻。」西門慶聽了，心中越怒，險些不曾把李老媽媽打起來……』」這些以韻語代語言的例子都應與〈蔣淑真刻頸鴛鴦會〉中的十篇商調〈醋葫蘆〉有

同樣的功用或來源，雖然書中並無「奉勞歌伴，先定格律，後聽蕪詞」，和「奉勞歌伴，再和前聲」等辭句。換句話說，這些代言語的韻語都是用以供「說話」時歌唱的，至少也是這種體例的遺跡。不然的話，一個人在罵架的時候居然會罵出一支曲子出來，不是太不近情理嗎？

《金瓶梅詞話》保留屬宋元話本的特色是十分明顯的，因而其市井小說的特色令人一看便知。

1. 入話。以詩詞入話是《金瓶梅詞話》模仿的說書人的慣用手法，每回都是如此。

> 斗積黃金侈素封，蘧蘧莊蝶夢魂中。曾聞郿塢光難駐，不道銅山運可窮。此日分贏推鮑子，當年沉水笑龐公。悠悠末路誰知己，惟有夫君留古風。（《金瓶梅詞話》第五十六回）

這八句單說人生世上，榮華富貴，不能常守。有朝無常到來，恁地堆金積玉，出落空手歸陰。因此西門慶仗義疏材（財），救人貧難，人人都是讚歎他的也不在話下。

以上是以詩入話，整部《金瓶梅詞話》中大約有一半都是這樣的。

> 詞曰：丈夫雙手把吳鉤，欲斬萬人頭，如何鐵石，打成心性，卻為花柔？
> 請看項籍並劉季，一怒使人愁。只因撞著，虞姬戚氏，豪傑都休。此一支詞兒，單說著情、色二字，乃一體一用。故色絢於目，情感於心；情色相生，心目相視。（《金瓶梅詞話》第一回）

這首詞是全抄宋人話本〈刎頸鴛鴦會〉（一名〈三送命〉，又名〈冤報冤〉）「入話」中的一首，其解說文字一字未改。原「入話」中還有一首詩：「眼意心期卒未休，暗中終擬約秦樓。光陰負我難相偶，情緒牽人不自由。遙夜定憐香蔽膝，悶時應弄玉搔頭。櫻桃花謝梨花發，腸斷青春兩處愁。」《金瓶梅詞話》借用一首詞而捨去這首詩。《金瓶梅詞話》中作入話的詩詞也為數不少，即便以詞入話，作者聲明「是前人所作」如第四十六回。這些用作入話的詩詞大多語俗而意明，可見作者擅長於順口溜似的詩詞，其審美口味與市井平民頗為相同。

> 格言：有福莫享盡，福盡身貧窮；有勢莫倚盡，勢盡冤相逢。福宜常自惜，勢宜常自恭。人間勢與福，有始多無終。（《金瓶梅詞話》第九十五回）

這八句格言，是針對此回中西門慶死後，第五個妾被迫在酒店為娼；女兒西門大姐身亡；吳月娘與女婿陳敬濟打官司；家人來昭兒死去；丫頭繡春出家當尼姑等勢敗禍生

有感而發的。總之，《金瓶梅詞話》或以詩入話，或以詞入話或以格言入話，都是師承宋元說書藝術的藝術手法而來，烙上了鮮明的「市井文字」的印記。

2. 說書人的口吻，這也是《金瓶梅詞話》保留宋元話本藝術特徵的一個方面。《金瓶梅詞話》借詩、或借詞、或借格言「入話」後的頭一句是「話說……」，以此敘述各回的故事情節。而每一回的最末兩句幾乎都是：「畢竟未知後來如何，且聽下回分解。」這兩句都是說書藝人用來招攬聽眾的慣用語言。《金瓶梅詞話》在敘述故事的中間，說書人說話的痕跡也是多種多樣的、顯而易見的。

> 話說孫雪娥賣在酒家店為娼，不題。話分兩頭，卻說吳月娘自從大姐死了，告了陳經濟一狀到官……（《金瓶梅詞話》第九十五回）

> 看官聽說：但凡世上養漢子的婆娘，饒他男子漢十分精細，咬斷鐵的漢子，吃他幾句左話兒右說的話，十個九個都著了他道兒。正是：東淨裏磚兒，又臭又硬。
> 有詩為證：
> 宋氏偷情家主房，來旺乘醉詈婆娘。雪娥暗泄蜂媒事，致使干戈肘腋旁。（《金瓶梅詞話》第二十五回）

用說話人的口吻敘述故事，這是話本或擬話本的最主要的特徵之一。從表現形式上的初衷來看，這一特徵是說話人用以親和與讀者或聽眾關係的手法，意在爭取更多的讀者或聽眾。從這一表現形式的發生學來看，這是資本主義因素的萌芽所催生出來的小說技藝。從這一表現形式的終端結果來看，這一形式促使廣大市民不知不覺地步入文學的審美的領域，形成了一個廣大的審美群體，為中國古代小說的興盛繁榮培植了深厚而廣大的藝術土壤。上舉《金瓶梅詞話》中的眾例尤其是最後一例，典型地再現了這部「市井文字」的世俗美學風貌。

3. 以韻語代替人物的語言，在《金瓶梅詞話》中亦不乏其例。《金瓶梅詞話》第三十回接生婆與吳月娘的對話也是韻語體。「良久，只見蔡老娘進門，望眾人道：『那位主家奶奶？』李嬌兒道：『這位大娘哩』。那蔡老娘倒身磕頭下去。月娘道：『姥姥，生受，你怎的這咱才來？』蔡老娘道：『你老人家聽我告訴：我做老娘姓蔡，兩雙腳兒能快。身穿怪綠喬紅，各樣鬏髻歪戴。嵌絲環子鮮明，閃黃手帕符搽。入門利市花紅，坐下就要管待。不拘貴宅嬌娘，那管皇親國太。教他任意端詳，被他褪衣刮劃。橫生就用刀割，難產須將拳揣。不管臍帶胞衣，著忙用手撕壞。活時來洗三朝，死了走的偏快。因此主顧偏多，請的時常不在。』」蔡老娘回答吳月娘的問話，其實就用最後兩句便足夠了。而這二十句韻語，把接生婆的穿戴、職業，尤其是要「管待」而不負責任等行為

——作了概括，這種插科打諢的韻語完全有背人物說話的特定情景，卻可令讀者忍笑不已，這完全是效仿說書藝人在瓦舍勾欄中說話的技巧，是為迎合市民聽書時審美趣味而採用的。在小說第六十一回中，西門慶請了一個趙醫生給李瓶兒看病，趙醫生自我介紹說：

> 「不敢。在下小子，家居東門外頭條巷二郎廟三轉橋四眼井住的，有名趙搗鬼便是。平生以醫為業，家祖見為太醫院院判，家父見充汝府良醫，祖傳三輩，習學醫術。每日攻習王叔和、東垣勿聽子、《藥性賦》《黃帝素問》《難經》《活人書》《丹溪纂要》《丹溪心法》《潔古老脈訣》《加減十三方》《千金奇效良方》《壽域神方》《海上方》，無書不讀，無書不看。藥用胸中活法，脈明指下玄機。六氣四時，辨陰陽之標格；七表八裏，定關格之沉浮。風虛寒熱之症候，一覽無餘；弦洪芤石之脈理，莫不通曉。小人拙口鈍吻，不能細陳。聊有幾句，道其梗概。」
> 便道：
> 「我做太醫姓趙，門前常有人叫，只會賣杖搖鈴，那有真材實料。行醫不按良方，看脈全憑嘴調。撮藥治病無能，下手取積兒妙。頭疼須用繩箍，害眼全憑艾醮。心疼定敢刀剜，耳聾宜將針套。得錢一味胡醫，圖利不圖見效。尋我的少吉多凶，到人家有哭無笑。正是：半積陰功半養身，古來醫道通仙道。」眾人聽了，都呵呵笑了。

趙醫生的說白中有的地方是駢散結合，四六文或六四文。至於那段韻語，恰是他的諢名趙搗鬼的注釋：「得錢一味胡醫，圖利不圖見效。」這種以駢文、韻語來介紹人物的職業及職業道德的手法，無疑是說書人場上插科打諢伎倆的文字化的再現，具有逗人發笑的美學效果。因此張竹坡欣賞說：「若止講病人，便令筆墨皆穢；止講醫人，卻又筆墨枯澀。看他用一搗鬼雜於其間，便令病家真是忙亂，醫人真是嘈雜，一時情景如畫，非借此罵岐黃流了。」（第六十一回夾批）

三、說經

說經是宋元以來說話四大家數之一，《都城紀勝》《西湖老人繁勝錄》《夢粱錄》《武林舊事》《醉翁談錄》《應用碎金》及《通俗編·古杭夢遊錄》中都有明確的記載。「說經謂演說佛書」（《都城紀勝·瓦舍眾伎》）；「談經者，謂演說佛書」（《夢粱錄》）；「一說經，謂演說佛書」（《通俗編·古杭夢遊錄》）。說經遠起於唐五代，當時的「變文」及「講經」都是「僧講」的底本，其題材主要為佛經故事，其語言淺顯通俗，韻散結合，

其說講技巧是既說又唱或又說既唱，如《太子成道經》《維摩詰經講經文》《降魔變文》《大目犍連變文》等。這些是「僧講」的經文故事。它們完全是利用說書的俗文學形式及小說感人既深刻又快捷的美育作用敷衍而成的，意在普及佛教經典。值得注意的是，在敦煌莫高窟中所發現的變文中，有《孟姜女變文》《王昭君變文》《董永變文》《秋胡變文》《張義潮變文》《伍子胥變文》等。這些來自民間的變文又採用說經中唱白並舉、散韻夾雜的形式來演說民間的故事，其民俗文學的審美特色更為鮮明醒目，更為市民百姓所欣賞。

清雍正年間石成金的擬話本《新刻揚州近事通天樂》中的第十二種〈念佛功念佛三昧〉，敘說揚州西來庵懶和尚真念佛而不是口念佛的故事。石成金的另一個擬話本《新刻揚州近事雨花香》之所以名曰《雨花香》，用作者的話來講：「是為善有如此善報，為惡有如此惡報，皆現在榜式，前車可鑒。種種事說，雖不敢上比雲師之教濟雨花，然而醒人之速悟，復人之天良，與雲師之講義微同，因妄以《雨花香》名茲集。」（石成金《雨花香·自敘》）至於該集中的四十個故事都是：「意在開導常俗，所以不為雅訓之語，而為淺俚之言。令讀之者，無論賢愚，一開即解，明見眼前之報應如影隨行，乃告禍福自召之義，一予一取，如贈答焉。神為之悚懼，心為之憬悟，志行頓然自新。若以此書遍佈戶曉，人各守分備良，普沾聖天子太平安樂之福，亦有補於名教不小，又何可計其言之雅訓淺俚也耶？」（袁載錫：〈雨花香序〉）袁序則將《雨花香》用「淺俚之言」「講經說法」的創作意圖揭示無遺，並指出只要是有益於「開導常俗」，「有補於名教」，不必計較其語言的「雅訓淺俚」。

《雨花香》第二十八種〈亦佛歌〉中的天寧寺大師巨渤給許長年宣講「正覺佛法」時，有「佛者，覺也」等白話；有「你笑我無，我笑你有。死期到來，大家空手」的念詞；還有「三界塵勞如海闊，無古無今鬧聒聒」等二十句的唱詞，融散白、念誦、唱歌於小說之中，具有寺院「俗講」的特點以及市民文學的審美趣味。

《金瓶梅詞話》中的說經也是極為明顯的，小說第七十四回的下半回，敘說了「吳月娘聽宣黃氏卷」的說經故事。宣講人是薛姑子和她的徒弟，其場面大致與第三十九回相同，經文題為《黃氏女卷》，講的是黃氏女到張員外家托化，女轉男生，名叫張俊達，「十八歲科舉登黃甲」，最後升天的因果故事。其宣講形式有演說經文、念偈、唱《金剛經》、說白，中間也穿插唱〈楚江秋〉〈山坡羊〉〈皂羅袍〉〈臨江仙〉等民間小調和時曲。此回中經文內容之多，篇幅之長超過第三十九回。作者寫這一回的意圖是：「此處寫薛姑子佛口談經，明言孝哥，蓋一眼覷定一百回內幻化之結也。」（張竹坡：第七十四回回評）從這個意義上來說，小說中西門慶轉化為孝哥，孝哥又被普淨法師幻化為明悟和尚，也是一部大因果寶卷。由此我們可以看到《金瓶梅詞話》在說經方面也與宋元以

來的話本小說義脈相通，不失為一部「市井的文字」。

四、《金瓶梅詞話》中的「市井豔詞」

在中國文學史上，人們往往注重明代的小說戲劇，而忽略了民歌時調，但是它們卻備受明代文人青睞。卓珂月聲稱：「我明詩讓唐，詞讓宋，曲讓元，庶幾《吳歌》《掛枝兒》《羅江怨》《打棗竿》《銀絞絲》之類，為我明一絕耳！」（見陳宏緒：《寒夜錄》）在卓珂月看來，上述民歌時調是可以與唐詩、宋詞、元曲並駕齊驅的明代文學，足可以顯示出明代文學成就的輝煌，其價值不在明代的小說戲曲之下。明代的李開先、沈德符、馮夢龍、王驥德等大文學家也是非常重視這些俗文學的，尤其是馮夢龍這位「學道毋太拘」的離經叛道文人，花費了不少的精力，採集民歌，精心編輯了《掛枝兒》《山歌》《夾竹桃》等民歌時調集，並為之予以評點，為後人保留了這份彌足珍奇的文學遺產。李開先在他的文集中，將這些民歌時調統稱為「市井豔詞」，並為之作「序」。

> 憂而詞哀，樂而詞褻，此古今同情也。正德初尚〈山坡羊〉，嘉靖初尚〈鎖南枝〉，一則商調，一則越調。商，傷也；越，悅也；時可考見矣。二詞嘩於市井，雖見女子初學言者，亦知歌之。但淫豔褻狎，不堪入耳，其聲則然矣，語意則直出肺肝，不加雕刻，俱男女相與之情，雖君臣友朋，亦多有託此者，以其情尤足感人也。故風出謠口，真詩只在民間。《三百篇》太半（原作平，疑形近而誤。）采風者歸奏，予謂今古同情者此也。嘗有一狂客，浼予仿其體，以極一時謔笑，隨命筆並改竄傳歌未當者，積成一百以三，不應弦，令小僕合唱。市井聞之嚮應，真一未斷俗緣也。久而僕有去者，有忘者，予亦厭而忘之矣。客有老更狂者，堅請目其曲，聆其音，不得已，群僕人於一堂，各述所記憶者，才十之二三耳。晉川栗子，又曾索去數十，未知與此同否？復命筆補完前數。孔子嘗欲放鄭聲，今之二詞可放，奚但鄭聲而已。雖然，放鄭聲，非放鄭詩也，是詞可資一時謔笑，而京韻、東韻、西路等韻，則放之不可，不亟以雅易淫，是所望於今之典樂者。（中華書局本《李開先集・閒居集》之六〈市井豔詞序〉）

李開先的這篇〈市井豔詞序〉可以說是為「市井豔詞」正名鳴鑼開道的宣言，它肯定這些「市井豔詞」「語意則直出肺肝，不加雕刻，俱男女相與之情⋯⋯以其情尤足感人也。故風出謠口，真詩只在民間」；客觀地承認它們極為廣大市民所欣賞，「嘩於市井」，「市井聞之嚮應」。繼後沈德符在《顧曲雜言・時尚大全》中對李開先的〈市井豔詞序〉予以補充擴展，並作了進一步的說明：「元人小令行於燕、趙後，浸淫日盛。

自宣、正至化、治後，中原又行〈鎖南枝〉〈傍妝台〉〈山坡羊〉之屬。李崆峒先生初自慶陽徙居汴梁，聞之，以為可續國風之後。何大復繼至，亦酷愛之。今所傳〈泥捏人〉及〈鞋打卦〉〈熬髮髻〉三闋，為三牌名之冠，故不虛也。自茲以後，又有〈耍孩兒〉〈駐雲飛〉〈醉太平〉諸曲，然不如三曲之盛。嘉、隆間乃興〈鬧五更〉〈寄生草〉〈羅江怨〉〈哭皇天〉〈乾荷葉〉〈粉紅蓮〉〈桐城歌〉〈銀絞絲〉之屬，自兩淮以至江南，漸與詞曲相遠，不過為淫媒情態，略具抑揚而已。比年以來，又有〈打棗干〉〈掛枝兒〉二曲，其腔調約略相似，則不問南、北，不問男、女，不問老、幼、良、賤，人人習之，亦人人喜聽之，以至刊布成帙，舉世傳誦，沁人心腑，其譜不知從何來，真可駭歎！又〈山坡羊〉者，李、何二公所喜。今南、北詞俱有此名。但北方惟盛愛〈數落山坡羊〉。其曲自宣、大、遼東三鎮傳來。今京師妓女，慣以此充弦索北調。其語穢褻鄙賤，並桑、濮之音亦離去已遠。而羈人遊婿，嗜之獨深，丙夜開樽，爭先招致；而教坊所隸箏、篴等色，及九宮十二則，皆不知為何物矣！俗樂中之雅樂，尚不諧里耳如此，況真雅樂乎？」[5] 沈德符所記民歌時調大大超過了〈山坡羊〉〈鎖南枝〉市井二詞，尤其是他對李開先的「市井聞之嚮應」作了生動而具體的解說，更使我們看到當時「市井豔詞」之多，影響之大，所受市民歡迎的面之廣，真是令人「駭歎」！而這些「市井豔詞」竟在《金瓶梅詞話》第四十四回中集錦似地彙集在一起。

> 西門慶道：「我也不吃酒了，你們拿樂器唱《十段錦兒》我聽，打發他兩個先去罷。當下四個唱的：李桂姐彈琵琶，吳銀兒彈箏，韓玉釧兒撥阮，董嬌兒打著緊急鼓子，一遞一個唱《十段錦‧二十八半截兒》。吳月娘、李嬌兒、孟玉樓、潘金蓮、李瓶兒都在屋裏坐的聽唱。先是桂姐唱：
> 〔山坡羊〕「俏冤家，生的出類拔萃。翠衾寒，孤殘獨自。自別後朝思暮想。想冤家何時得遇？遇見冤家如同往，如同往。」該吳銀兒唱：
> 〔金字經〕「惜花人何處，落江春又殘，倚遍危樓十二欄，十二欄。」韓玉釧唱：
> 〔駐雲飛〕「悶倚欄杆，燕子鶯兒怕待看。色戒誰曾犯？鬼病誰經慣？」董嬌兒唱：
> 「呀，減盡了花容月貌，重門常是掩。正東風料峭，細雨漣灕，落紅千萬點。」桂姐唱：
> 〔畫眉序〕「自會傷冤家，銀箏塵鎖怕湯抹。雖然是人離咫尺，如隔天涯。記得百種恩情，那裏計半星兒狂詐。」吳銀兒唱：
> 〔紅繡鞋〕「水面上鴛鴦一對，順河岸步步相隨，怎見個打魚船驚拆在兩下裏飛。」

韓玉釧唱:

〔耍孩兒〕「自從他去添憔瘦,不似今番病久。才郎一去正逢春,急回頭雁過了中秋。」董嬌兒唱:

〔傍妝台〕「到如今,瑤琴弦斷少知音,花好時誰共賞?」桂姐唱:

〔鎖南枝〕「紗窗外,月兒斜,久想我人兒常常不捨。你為我力盡心竭,我為你珠淚偷揩。」吳銀兒唱:

〔桂枝香〕「楊花心性,隨風不定。他原來假意兒虛名,倒使我真心陪奉。」韓玉釧唱:

〔山坡羊〕「惜玉憐香,我和他在芙蓉帳底抵面,共你把衷腸來細講。講離情,如何把奴拋棄,氣的我似醉如癡來呵。何必你別心另敘上知己。幾時,得重整佳期?佳期,實相逢如同夢裏。」董嬌兒唱:

〔金字經〕「彈淚痕,羅帕斑。江南岸,夕陽山外山。」李桂姐唱:

〔駐雲飛〕「嗏,書寄兩三番,得見艱難。再倩霜毫,寫下喬公案。滿紙春心墨未乾。」吳銀兒唱:

〔江兒水〕「香串懶重添,針兒怕待拈。瘦體岩岩,鬼病懨懨。俺將這舊恩情重檢點,愁壓挨兩眉翠尖。空惹的張郎憎厭。這些時鶯花不卷簾。」韓玉釧唱:

〔畫眉序〕「想在枕上溫存的話,不由人肉顫身麻。」董嬌兒唱:

〔紅繡鞋〕「一個兒投東去,一個兒向西飛。撇的俺一個兒南來,一個兒北去。」李桂姐唱:

〔耍孩兒〕「你那裏偎紅倚翠銷金帳,我這裏獨守香閨淚暗流。從記得說來咒,負心的隨燈兒滅,海神廟放著根由。」吳銀兒唱:

〔傍妝台〕「美酒兒誰共斟?意散了如瓶兒碎,難見面似參辰。從別後歲月深,畫劃兒畫損了掠兒金。」韓玉釧唱:

〔鎖南枝〕「兩下裏心腸牽掛,誰知道風掃雲開,今宵復顯出團圓月。重令情郎把香羅再解,訴說情誰負誰心,須共你說個明白。」董嬌兒唱:

〔桂枝香〕「怎忘了舊時山盟為證,坑人性命。有情人,從此分離了去,何時再得成?」李桂姐唱:

〔尾聲〕「半叉繡羅鞋,眼兒見了心兒愛。可喜才,舍著搶白,忙把這俏身挨。」

此回是寫西門慶賣富貴,讓官哥與當今東官貴妃娘娘的親嬸娘喬五太太的女兒長姐聯姻,「見西門慶以市井小人,一朝得志,便與大戶聯姻,猶心不足。」(張竹坡:第四十三回評語)為了顯示自家的富貴與權勢,西門慶特地請了李桂姐等來家演唱。這些妓女

所唱的民歌時調，令人目不暇接，仿佛李開先、馮夢龍、沈德符、王驥德、凌濛初等人所備加讚歎的「市井豔詞」撲面而來，散發出一股濃烈的市井氣息。

明代怪才馮夢龍尤喜世俗文藝，他對當時的民歌時調極為欣賞。

> 最淺最俚，亦最真。（馮夢龍：《掛枝兒·別部》評注）

> 亦真。以上篇，毫無奇思，然婉如口語，卻是天地間自然妙文。何必胭脂塗牡丹也。（馮夢龍《掛枝兒·私部》評注）

這是馮夢龍對《掛枝兒》最為讚賞的地方，即「真」，即是情真。這種真情發自民心，出於自然，不假修飾，不加遮蓋，率性而出。是「天地間自然之文」。這個評論，移之於評價《金瓶梅詞話》中的「市井豔詞」也是極為恰切的。無論是妓女唱的〈山坡羊〉還是李瓶兒的哭〈山坡羊〉；也無論是吳月娘、孟玉樓哭西門慶的〈山坡羊〉，還是龐春梅、孟玉樓哭潘金蓮的〈山坡羊〉；也無論是〈鎖南枝〉〈羅江怨〉，還是〈耍孩兒〉〈寄生草〉〈錦搭絮〉等，其所表述思兒、思夫、想情人的感情真切、真實。而且這些民歌時調「婉如口語」，流暢自然，中無滯礙；其語言最為淺顯、最為俗俚；其中的借喻，均為市民日常生活中常見的事物，如果子、花兒、銀子、手帕、柏、青絲等，令人一聽，仿佛置身於市井大千世界中，感到四周均係市民階層的生活習俗及市民喜怒哀樂之聲。張竹坡不僅看到了這些詞曲的市井氣，而且還品味了這些詞曲的隱寓性：「《金瓶梅》內，即一笑話，一小曲，皆因時致宜，或直出本回之意，或足前回，或透下回，當於其下另自分注也。」（張竹坡：《金瓶梅》〈讀法〉50）

五、俗語的行業性

在《金瓶梅詞話》的「市井文字」中，張竹坡非常欣賞其間的俗語。這些通俗並在當時市井生活中廣泛流行的、定了型的語句，簡練而形象、生動而樸實，十分真實而貼切地反映了小說中所描寫的俗人俗事、俗情俗理。這些俗語，首先呈現為小說中各種行業的專門術語。

1.婊子行市語。《金瓶梅詞話》第三十二回中，鄭愛香兒替李桂姐罵應伯爵：「不要理這望江南、巴山虎兒、汗東山、斜紋布。」張竹坡批道：

> 「望」作「王」，「巴」作「八」，「汗」同「汙」，「斜」作「邪」，合成「王八汙邪」四字，蓋婊子行市語也。（張竹坡：第三十二回眉批）

所謂「婊子行市語」，即妓院中流行的娼妓行業的市井語言，也即是他們職業中的行話。

　　《金瓶梅詞話》成書的萬曆年間，娼妓盛行。伴隨著現實生活中的娼妓行業所出現的「市語」，於是便在生活中的陰暗角落裏流行，反映到《金瓶梅詞話》這部「市井文字」中，即張竹坡所稱謂而欣賞的「婊子行市語」。

　　《金瓶梅詞話》中所寫到或涉及的妓院與妓女還有很多，妓院如麗春院、吳家妓院、鄭家妓院、揚州王家妓院、馮家妓院、潘家妓院、武家妓院，妓女如李桂姐、李桂卿、吳銀兒、鄭愛月兒、鄭愛香兒、齊香兒、馮金寶、董貓兒、董金兒、秦玉枝、洪四兒、董嬌兒、董金兒、董官女兒、賽兒、金兒、包氏、劉氏、朱愛愛、黃玉仙，羅存兒、劉九兒、何金蟾兒。

　　據《通俗編·市語條》可知，杭州三百六十行，行行有行話，即各行內部流行的市語，這些市語亦有通行於市井中，成為市井語言的各個分支。上述「婊子行市語」就是市井語言中的一個分支，有人稱為青樓文化語言。這些市語，有的連吳月娘等人也不明白其中的意思，說明其行話的專業性及使用範圍的狹窄性。如第三十二回中，「月娘坐在炕上聽著他說，道：『你每說了這一日，我不懂，不知說的是哪家話。』」還令人頗感興味的是，這些婊子行市語有些出現在妓院場所，如第六十八回。有些卻出現在西門慶家裏，如第三十二回中，西門慶既得官，又添子，大喜大慶，就請了妓女李桂姐、吳銀兒、鄭愛香兒、韓玉釧及藝人郁大姐等人陪客，當著喬大戶等十四位客人的面，當著吳月娘等人說了這麼多的市語，極力諷刺提刑官西門慶的家實是一個流行市語的婊子行。總之，《金瓶梅詞話》中無論是出現在妓院還是出現在西門慶家中，也無論是出現在鴇子、妓女、幫閒口中還是出自於西門慶一妻五妾之口的這些婊子行市語，又從另一個生活側面展現出這部第一奇書特有的市井風貌，給人一種別具韻味的審美愉悅。

　　2.商貿及金融方面的行話。如小說第十六回中的「沉香」「白蠟」「水銀」「胡椒」「細貨」「科兌」「押合同」「批合同」「行市」「川廣客人」；小說第三十八回中的「攬頭」「做買賣」「過稅」「走標船」「鹽引」「貨物」「五分行例」「年例利息」；第三十三回中「夥計」「寫立合同」「打背工」；第五十五回中的「火浣布」「奇南香帶」「麝香」「合香」「標行」；第五十六回中的「孔方兄」；第五十九回中的「卸車的小腳子」「馬牙香」「做賣手」「立莊置貨」；第六十回中「南京貨船」「單稅銀兩」「過稅」「講說價線」「專管收生活」「櫃上發賣」「夥計主管」「新開張」「夥計攢帳」「關銀子」「天平兌收」「新市街」「寫立房契」；第八十一回中的「置買貨物」「加三利息」「鈔關納稅」「打包裝載」；第九十二回中的「發賣零碎布匹」「半船絲綿細絹」「治了半船貨」等。

　　3.卜巫方面的術語。如第十二回中的符水、鎮物，以及「回背」「開財門」「發利

市」「治病灑掃」「禳星告斗」「回背」「書符」「燒灰」「燒神紙」「紙紮信物」「兩重庚金」「羊刃太重」「剋」「生時八字」「取煞印格」「亥中有癸水」「庚中又有癸水」「己土」「關煞」「今歲流年」「朱砂書符」「香燭紙馬」；第二十九回中的「麻衣相法」「六王神課」「貴造」「年趕著月」「月趕著日」「天庭高聳」「地閣方圓」「有心無相，相逐心生」「有相無心，相隨心滅」「山根不斷」「六府豐隆」「福堂明潤」「兩額朝拱」「早年剋父」「周歲剋娘」等。

4. 佛道方面的術語。如第五十七回中的「陀羅經」「萬回老祖」「百丈清規」「西印度」「流沙河」「行腳」「卓錫」「古佚菩薩」「發心成就善果」「如見子活佛一般」「三千世界盡皆蘭若」「梵王宮」「隨緣」「隨分」「心施」「法施」「財施」「嫦娥」「織女」「許飛瓊」「西王母」「四禪天」「切利天」「兜率天」「大羅天」「不周天」等。

5. 時興遊藝。如第五十七回中的「猜枚」「打鼓」「催花」；第五十九回中的「行令」「擲骰」「看牌」「急口令」「江湖令」「太平氣重」「孤紅」「二姑」「三綱」「四紅」「五嶽」「綠暗」等。

6. 醫療方面的行話。如第六十一回中的「脈息」「七情感傷」「肝肺火太盛」「木旺土虛」「血熱妄行」「六脈細沉」；第七十九回中的「虛火上炎」「腎水下竭」「脫陰之症」「補其陰虛」「藥金」「癃閉便毒」「膀胱邪火」「濕痰流聚」「心腎不交」「嘔血流膿」「腎水竭虛」「太極邪火」等。

7. 除了各種行業的行話外，張竹坡特別欣賞《金瓶梅詞話》中的熟語，這些由兩個以上基本詞彙所構成的定型的片語與短語，如諺語、成語、慣用語、歇後語或少數格言，因在社會生活中流傳為廣大市民所熟悉運用，有著時代的印記、地域的特色、使用人的情感。張竹坡在批評《金瓶梅》的總綱中，特闢〈第一奇書《金瓶梅》趣談〉一節，從全書中篩選出一些精彩的熟語，以凸現「第一奇書」的「市井文字」的色彩。

鍾敬文在《民俗文化學發凡》中指出：「中華民族的傳統文化可以分為三條幹流，第一條是上層文化，從階級上說，它主要是封建地主階級所創造和享用的文化。第二條是中層文化的幹流，它主要是市民文化。第三條幹流是下層文化，即由廣大農民及其勞動人民所創造和傳承的文化。」與上述三種文化相應的則有三種文學，首先是上層文學，即官方化了的專業作家的文學。其次是唐宋以來的俗文學，亦稱都市文學，再次是民間文學。它們是多元而互動的，《水滸傳》《三國演義》《金瓶梅》都兼有這三種文學性質，既滲透官方的意識形態性，又浸潤著民俗氣息；既有文人的語言，又有民間俗語，離開這兩種語言所構成的文化語境是無法深究其中語言魅力。而作為「市井文字」的《金瓶梅詞話》，其俗語在表現人物性格方面具有畫龍點睛的作用。如宋蕙蓮罵西門慶是「害

死人還要看出殯」，「幹下這等絕戶計」；還有孟玉樓的「世上錢財倘來物，哪是長貧久富家」「閃的我樹倒無陰，竹籃打水」；王婆的「孫武教女兵，十捉八九著」；陶媽媽的「從頭看到腳，風流往下跑」「妻大兩、黃金長；妻大三，黃金山」；應伯爵的「念了經打和尚，往後不省人了」「常言：一在三在，一亡三亡，哥你聰明，你伶俐，何消兄弟每說」等，如果離開了當時的「市井」語境，是品味不到它們在塑造人物性格所具有的藝術魅力的。

對同一人物形象的不同審美評點

　　中國古代小說評點派在比較文學的研究中，亦有以前人對人物的審美評價作為小說評點的對象，從而表達自己對人物的新的審美評價。光緒年間的文龍，本姓趙，字禹門，漢軍正藍旗人。附貢生，曾任南陵、蕪湖等地方的知縣。他於光緒五年（1879）、六年（1880）、八年（1882）三次在康熙乙亥年（1695）於在茲堂刊刻的張竹坡的《皋鶴堂批評第一奇書金瓶梅》上面進行評點，寫了約六萬字的眉批、夾批及回評。其間有不少觀點與張竹坡相悖，尤其是在人物評價方面，特別是對孟玉樓、吳月娘的審美評價，可以說是楚項相爭、冰炭不容。

一、關於孟玉樓

　　「玉樓是乖人。」[1]這是張竹坡對孟玉樓下的審美判斷。

　　孟玉樓，「險人哉！」[2]這是文龍對孟玉樓所下的審美判斷。

　　孟玉樓是西門慶的第二個小妾，在西門慶的一妻五妾中，她排行第三。張竹坡說她是「乖人」，是基於他的天人感應論，語有云：「玉樓人罪杏花天，然則玉樓者，又杏花之別語也。必杏花又奈何語？其日邊仙種，本該倚雲栽之，忽因雪早幾致零落，見其一種春風，別具嫣然，不似蓮出污泥，瓶梅為無根之卉也。觀其命名，則作者待玉樓，自是特特用異樣筆墨寫一絕世美人高眾妾一等。」[3]「高」在何處？張竹坡認為「蓮出污泥」，金蓮不堪；瓶中梅花，「其開花時亦為日有限，轉眼有黃鶴玉笛之悲」，春梅好時光不長；「命金瓶中水能支幾刻殘春哉」，又何況瓶中梅花已成殘枝，李瓶兒亦也「轉眼韶華頓成幻景」。[4]而「於春光在金瓶梅花時，卻有一待時之杏甘心忍耐於不言之天，是固知時、知命、知天之人，一任世態炎涼均不能之」，「見得杏花必待三月也」。[5]杏

1　　張竹坡：《金瓶梅》讀法十二。

2　　文龍：第二十九回回評。

3　　張竹坡：《金瓶梅》第七回回評。

4　　張竹坡：《金瓶梅》第七回回評。

5　　張竹坡：《金瓶梅》第七回回評。

花能守時待命，杏花又喻指玉樓，玉樓也就「甘心忍耐」，「一任世態炎涼均不能動」，「作者寫玉樓，不是寫他被西門所辱，卻是寫他能忍辱」，[6]因此「玉樓是乖人」。

基於這種審美思路，張竹坡在解釋孟玉樓的命運時說，「來自楊家，後嫁李家，遇薛嫂而受屈，遇陶媽媽而吐氣」。[7]薛即「雪」的諧音字，杏花遭雪侵，自然是氣候不佳，所以孟玉樓經薛嫂說媒嫁到西門慶家，當然要「受屈」。杏花與桃花同時爭豔，所以玉樓因陶（桃）媽媽介紹到李衙內家後，便與李衙內恩愛無比，方才「吐氣」。

在解釋孟玉樓經常站在潘金蓮一邊，唆使潘金蓮作惡時，張竹坡只說是「處處以花枝招展」的孟玉樓來陪襯潘金蓮，替孟玉樓開脫。

相比之下，文龍對孟玉樓的審美評價則比較客觀而公正，因為文龍是從小說文本的客觀描寫出發來評價這個人物的。

首先，文龍讚賞孟玉樓的第二次改嫁行為：

> 試觀「奴也吃人哄怕了」一語，全身筋節、滿腹精神，都於此七字中迸出來。則此數年來之玉樓，含羞忍辱，懷忿蒙污，藏拙守愚，聽天由命，竟不意於清明之日洩其機，陶媽媽之來發其隱。而今而後，大可遂其志也，如其意，而仍不違其初心也。此玉樓之所以含笑允婚，灑淚上轎也。[8]

孟玉樓原是「南門外販布楊家的正頭娘子」，丈夫死後，守寡一年。薛嫂向她介紹西門慶，孟玉樓問，「但不知房裏有人沒有人」。薛嫂道：「好奶奶，就有房裏人，那個是成頭腦的！我說是謊，你過去就看出來。他老人家名目，誰不知道！清河縣數一數二的財主，有名賣生藥放官吏債西門大官人。知縣知府都和他往來。近日又與東京楊提督結親，都是西門親家，誰人敢惹他！」孟玉樓說還要徵求楊姑娘的意見。薛嫂道：「姑奶奶聽見大官人說此椿事，好不歡喜！說道不嫁這等人家，再嫁那樣人家！我就做硬主媒，保這門親事」；「莫不俺做媒，敢這等搗謊」。（《金瓶梅》第七回）薛嫂的這些謊話說得孟玉樓決心要嫁給西門慶，並不顧張四舅的強烈反對，跨進了西門慶家的門檻。其實，西門慶家中已有官吳千戶之女吳月娘作繼房，妓女出身的李嬌兒，毒死武大郎的潘金蓮也在納娶之列，並還「收用」了三四個丫鬟婦女，都是「成頭腦」的角色。至於西門慶則圖的是她手裏現銀上千兩、好梭衣三二百筒、幾箱四季衣服。南京拔步床兩張，並非對她有感情。正如張竹坡所言：「而玉樓有錢，見西門慶既貪不義之色，且貪無恥

6　張竹坡：《金瓶梅》第七回回評。

7　張竹坡：〈金瓶梅寓意說〉。

8　文龍：第九十一回回評。

之財，總之良心喪絕」；「要知玉樓在西門慶家，則亦雖有如無之人，而西門慶必欲有
之者，本意利其財而已」。[9]孟玉樓後來對改嫁西門家中是悔恨不已：「……夫玉姐自入
門時至今，何日不含酸，……固一念及而薛媒婆之恨，已悔無及矣。」[10]當她在清明節
看見李衙內一表人材時，便動了第二次改嫁的念頭，鑒於以前受騙，她反覆盤問陶媽媽：
「……且說你衙內今年多大年紀？原娶過妻小沒有？房中有人也無？……從實說來，休
要搗謊！」當得知李衙內「兒花女花都沒有」，自己娶過去是正房娘子，於是便不顧吳
月娘責怪，一心愛嫁李衙內，跳出了西門家這個火坑，終於找到了終身伴侶。文龍對孟
玉樓自己擇偶的二度改嫁行為是非常欣賞的，「此一回孟玉樓又大大方方、從從容容而
嫁李衙內矣」。[11]尤其是她斥責媒人謊話更是體現了她的精神與精明。

其次，文龍指出孟玉樓在西門慶家含酸受屈時能守時待命，但並不安分守己，是個
陰險的女性。

> 玉樓豈是安分婦人？其不滿月娘處，隨便帶出，其意總以不做老大為恨也。又不
> 自己出頭，卻來調唆金蓮，險人哉！[12]

「又不自己出頭，卻來調唆金蓮」，正是孟玉樓在西門慶家一妻五妾的勾心鬥角中所
慣用的伎倆。潘金蓮私琴童受辱，孟玉樓因琴童是自己從楊家帶來的小廝，便百般替潘
金蓮開脫，以使金蓮與自己「交好」，共同對付其他的人。（《金瓶梅》第十二回）西門慶
貪戀宋蕙蓮，潘金蓮一心要除掉這個情敵，她兩次以宋蕙蓮的心仍在丈夫來旺兒身上為
誘餌，迫使西門慶陷害宋蕙蓮兩口子。而潘金蓮的壞主意全是來自孟玉樓。來旺兒揚言
要殺西門慶，消息是孟玉樓傳遞給潘金蓮的，潘金蓮惱羞成怒，唆使西門慶栽贓陷害來
旺兒，治了來旺兒的盜竊罪。在宋蕙蓮的苦苦哀求下，西門慶答應放過來旺兒。「孟玉
樓早已知道，特來告潘金蓮」，並笑著說「我是小膽兒，不敢惹他，看你有本事和他纏。」
潘金蓮聽後，又讓西門慶改變主意，反寫信要夏提刑把來旺兒遞解徐州，宋蕙蓮也上吊
自縊。如果說西門慶舉起屠刀殺了宋蕙蓮，那麼西門慶的刀來自潘金蓮之手：而潘金蓮
的刀，又是孟玉樓悄悄塞給潘金蓮的。（《金瓶梅》第二十五回至第二十六回）所以文龍說，
「然人皆知死於雪娥之打，而不知實死於金蓮，更不知死於玉樓」。[13]李瓶兒生子，全家
高興，忙忙碌碌，潘金蓮卻與孟玉樓躲在一邊，孟玉樓說李瓶兒是「六月裏孩子」，以

9 　張竹坡：《金瓶梅》第七回回評。
10 　張竹坡：《金瓶梅》第七十五回回評。
11 　文龍：第九十一回回評。
12 　文龍：第二十九回旁批。
13 　文龍：第二十六回回評。

致潘金蓮罵李瓶兒的孩子不是西門慶的。孟玉樓說接生用的草紙是吳月娘準備的，於是潘金蓮也順便罵吳月娘，讓潘金蓮替自己出氣，出頭與吳、李相鬥。（《金瓶梅》第三十回）西門慶與吳月娘鬧矛盾後二人和好，孟玉樓清晨便告訴潘金蓮，潘金蓮便大罵吳月娘「乾淨假撇清！」（《金瓶梅》第二十回）金蓮撒潑，與吳月娘大吵大鬧，吳月娘以家主婆的身份、地位壓倒了潘金蓮，並以被潘金蓮氣動胎迫使西門慶揚言要打潘金蓮。孟玉樓一邊對吳月娘說要潘金蓮給吳月娘磕頭賠不是，一邊又對潘金蓮罵吳月娘「有勢休要使盡，有話休要說盡」。因此，文龍說孟玉樓「舌上有刀」，並說玉樓「果是賢良婦人乎？迨至金蓮與月娘冰炭，玉樓之計，得半之功矣。西門慶不死，殺月娘者，必玉樓也。」[14]文龍的這個結論是說孟玉樓的陰險、狠毒在潘金蓮之上。因此，他批評張竹坡的「至謂作者以玉樓自比，何其謬也！」[15]

文學批評是一個仁者見仁、智者見智的個人活動，批評要做到客觀公允，真正能體現出作者的創意圖，發掘出作品的內涵，是件極不容易的事件。因此，劉勰在《文心雕龍·知音》篇裏就發出了「知音其難哉！音實難知，知實難逢。逢其知音，千載其一乎」的慨歎。究其原因，劉勰認為：「夫篇章雜遝，質文交加，知多偏好，人莫圓賅。慷慨者逆聲而擊節，蘊藉者見密而高蹈，浮慧者觀綺而躍心，愛奇者聞詭而驚聽。會己則嗟諷，異我則沮棄。各執一隅之解，欲擬萬端之變。所謂『東向而望，不見西牆』也。」因此，劉勰特別強調批評家的人品和態度，應「無私於輕重，不偏於憎愛」，而不要以自己的好惡去取捨作品，影響了對文學作品客觀文本的客觀評價。他認為批評家只有先去掉了私心、個人的憎愛，客觀地對待一部文學作品，「然後能平理若衡，照辭如鏡矣。」（《文心雕龍·知音》）

至於小說批評，更應如此。因為作為一種敘述文學，小說反映的社會面廣，生活現象複雜，小說中的事件多；人物形形色色，作者的愛憎時隱時現、時明時暗，甚至由於「圓形」人物性格的多色調、多重性，作者的態度也呈多維性、多極性，這就要求批評家應細析文本，綜觀全貌，好處說好，壞處說壞，不能一概而論，使審美鑒賞豐富多彩而又恰如其分。在這方面，文龍是頗有審美體會的。

14　文龍：第二十九回回評。
15　文龍：第二十九回回評。

二、關於吳月娘

文禹門云：宋蕙蓮，蟹也，一釋手便橫行無忌。潘金蓮，蠍也，一挨手便掉尾螫
人。西門慶，蛆也，無頭無尾，翻上翻下，只知一味亂鑽，仍是毫無知覺，此刻
直如傀儡，任人撮弄。閱之無如之何，但責備其妻不能救正，是所謂豺狼當道，
轉問狐狸，不揣其本，而齊其末，不清其源，而澄其流者也。「大姐姐不管」一
語，玉樓可以言之。論人者，當立腳高處，始可分辨皂白。若有偏好偏惡，是先
自迷其目。彼尚未見西門慶何如人也，烏足與論天下事乎？（文龍《金瓶梅》第二十
五回回評）

文龍的這番評點是針對張竹坡的兩條夾批而言的。當來興兒告訴潘金蓮、孟玉樓說
來旺兒揚言要殺西門慶與潘金蓮時，孟玉樓埋怨吳月娘「大姐姐又不管」，並慫恿潘金
蓮出來管「六姐你還該說說」。張竹坡夾批道「寫盡月娘之惡」；「寫玉樓真正好人」。
文龍對此反批道：「我不知月娘為何惡哉！」「寫玉樓真正老奸之辣貨也」。西門慶與
宋蕙蓮苟且，是潘金蓮最早發現的，並且還把自己的房間騰出來為他們提供方便。對此，
玉樓亦有察覺：「嗔道賊臭肉在那裏坐著，見了俺每，意意似似，待起不起的。誰知原
來背地有這本帳！」而月娘此時是蒙在鼓裏。張竹坡說「大姐姐不管」是「寫盡月娘之
惡」，是與文本不符的。要知道，孟玉樓的「大姐姐又不管」是與「六姐你還該說說」
是前後相連的，她埋怨吳月娘意在唆使潘金蓮出頭露面，而潘金蓮一則恨宋蕙蓮爭寵，
二則爭強好勝，總想壓倒吳月娘，所以玉樓一激，她便挑頭兒要陷害來旺兒夫婦。孟玉
樓的這一叼唆，既滿足了自己的心願，又做得神不知鬼不覺，同時還落得個好名聲。文
龍細品此回，作出了「寫玉樓真正老奸之辣貨」的審美判斷，而張竹坡對此未作分析，
說「孟玉樓真正好人」，其審美判斷完全與文本失之千里。為了證實自己的審美判斷，
文龍將宋蕙蓮比做「蟹」，說她背地說潘金蓮壞話，甚至還想借潘金蓮與陳敬濟暗地調
情來挾制潘金蓮，是「一釋手便橫行無忌」；將潘金蓮比做「蠍」，說她見宋蕙蓮竟敢
與自己作對便欲置宋蕙蓮於死地，是「一挨手便掉尾螫人」；將西門慶比做「蛆」，沒
有頭腦，「只知一味亂鑽」，只要能長期霸占宋蕙蓮，潘金蓮要他幹啥他就幹啥，「直
如傀儡，任人撮弄」。

文龍通過小說第二十六回文本的閱讀，認為吳月娘不是不管，而是由於西門慶、潘
金蓮、孟玉樓三人絞在一起暗害來旺兒夫婦，她管不了：「月娘被喝之後，其言曰：『亂
世為王』，『九尾狐狸精出世』。明明作者不肯抹煞月娘，而使之出頭受辱，並出此言
也。豈專指金蓮一人乎？玉樓固在其中矣。何以知之？玉樓勸蕙蓮曰：『你爹正在氣頭

上，待會俺們再勸他。』厥後不但不聞玉樓之勸。要放來旺，金蓮尚不知，玉樓去報信，並激之曰：『看你本事』，含笑而道之。背後一而再，再而三：『大姐姐又不管』，分明指使金蓮出謀，而暗中參議。是金蓮陽暴，玉樓陰險，其病根總在於嫉妒。謂予不信，細味玉樓之言：『合你我一般，什麼張致』。金蓮之言：『若與西門慶作了第七個老婆，把潘字倒過來。』觀此金、玉二人之意，不但欲置來旺於死地，即蕙蓮亦不令其能活也。」[16]小說文本原本如此，而張竹坡卻說月娘可惡，文龍譏諷這種評點「是所謂豺狼當道，轉問狐狸，不揣其本，而齊其末，不清其源，而澄其流者也」。即主次不分、本末倒置、源流不辨的主觀臆斷的小說評點方法，而有害於審美鑒賞。

文龍在這則回評中，勸「論人者當立腳高處，始可以分辨皂白。若有偏好偏惡，是先自迷其目」的人物審美評判態度是客觀而公正的。「立腳高處」，就是要以鑒賞家的姿態與眼光跳出庸俗世界，對人物作全面而富於理性的審美觀照；就是要超越個人的好惡，用審美的眼光客觀對待小說中的人物，謹慎地作出自己的審美評價。如若是「矮人觀場」，則會「先自迷其目」，難以「分辨皂白」，紅黑顛倒。文龍的這一人物審美批評主張，是針對張竹坡關於吳月娘與孟玉樓的審美評價而言的。

張竹坡其所以對吳月娘的審美評價偏頗，源於他對繼室的反感。《金瓶梅》開篇介紹吳月娘是「本縣清河左衛吳千戶之女，填房為繼室」，張竹坡便下筆定論說：

> 寫月娘惡處，又全在繼室也。從來繼室多是好好先生，何則？因彼有妻過，一旦死別，乃續一個人來，則不想他自己心上怕丈夫疑他是個填房；或有兒子，怕丈人疑他偏心；當家，怕丈夫疑他不如先頭的……故做繼室者，欲管不好，不管不好，往往多休戚不關，以好好先生為賢也。[17]

從這種個人的好惡出發，張竹坡認為小說介紹吳月娘於「夫主面上百依百順」是吳月娘的罪過，西門慶「奸險苟且之行」是吳月娘「不知規諫」所造成的，這完全是本末倒置、源流不分。李瓶兒瞞著花子虛，私將財物轉移到西門慶家中，「食盒裝銀」，「牆頭遞物」，「主謀盡是月娘」，但絕非像張竹坡所言「月娘之惡，令人髮指」。[18]因為算計花子虛，勾引李瓶兒，誘使李瓶兒寄放財物的是西門慶，如果把罪名全加在吳月娘身上，豈不「是所謂豺狼當道，轉問狐狸」？吳月娘雪夜祝贊三光，「不拘妾等六人之中，早見嗣息，以為終身之計」。作為妻妾之首，吳月娘此舉本無可厚非，張竹坡卻認

---

16 文龍：第二十六回回評。
17 張竹坡：《金瓶梅》第一回回評。
18 張竹坡：《金瓶梅》第十四回回評。

為「全是一團做作，一團權詐」；「全是作者用陽秋寫月娘真是權詐不堪之人也」，[19]未免是欲加之罪，何患無辭了。《金瓶梅》第七十五回中，西門慶見吳月娘被潘金蓮氣動了胎，極為惱怒。張竹坡評曰：「寫月娘挾制西門慶，先以胎挾之，後以死制之，再以瓶兒之前車動之。誰謂月娘為賢婦人哉？吾生生世世不願見些人也。」[20]吳月娘被氣動胎是事實，李瓶兒母子被潘金蓮害死亦是事實，吳月娘由李瓶兒母子受害想到潘金蓮也會加害於自己，以此來挾制西門慶，挫敗潘金蓮，鞏固她的家主婆的地位，可謂是與潘金蓮半斤對八兩，亦不至於像張竹坡所評的那樣壞。文龍認為吳月娘這樣做是「在上之下而下之上」的舉動：

> 彼月娘者，情不若玉樓之深，淫不如金蓮之甚，其欲收服西門慶，不亦難乎？幸也有孕以要挾之也，否則亦將入贅字號中矣。婦人以情感男子，上焉者也；以淫惑男子，下焉者也。至非淫非情，而以子息動丈夫，斯固在上之下而下之上焉，殆榮之中焉者也。批者亦何必深惡痛恨，以至於斯乎？[21]

從西門慶家妻妾爭寵的角度來評價吳月娘的言行，這一審美角度較之張竹坡的偏執要合理得多，其審美評價自然也較為客觀。文龍在九十一回的回評中，反駁張竹坡的「以此知月娘貪刻陰毒，無處不然也」的審美評價，針鋒相對地指出：「更可見月娘之不偷不嫁，為西門慶真妻室，為《金瓶梅》之正經人。作者亦何曾奸險視之，陰狠譏之？而為批書者所窺？舍大節而求小過，不肯一步放過也。若西門慶者，固一時之雄也，而今安在哉？彼嬌、玉、雪、金、瓶、梅以及迎春、玉簫、繡春與桂兒、銀兒、月兒、林太太、王六兒、賁四嫂、蕙蓮等，吾亦曰：固一時之雌也，而今安在哉？」文龍從封建倫常的「大節」出發，而不求「小過」，將吳月娘與西門慶、西門家中諸婦人作通盤對照，得出了吳月娘是《金瓶梅》中「正經人」的審美結論，從審美方法論來講是較為科學而合理的。僅此一點，就可看出文龍的有些人物論較之張竹坡的人物論，更符合審美的批評原則。

19　張竹坡：《金瓶梅》第二十一回回評。
20　張竹坡：《金瓶梅》第七十五回回評。
21　文龍：第七十五回回評（二）。

市井《金瓶梅》與韻筆《西廂記》

下面我們就張竹坡的評點來品味一下《金瓶梅》的「市井文字」與《西廂》「花嬌月媚」的「韻筆」。

> 《金瓶梅》，倘他當日發心不做此一篇市井的文字，他必能另出韻筆，作花嬌月媚如《西廂》等文字也。（張竹坡：《金瓶梅》讀法八十）

張竹坡以《西廂》《牡丹亭》等為「花嬌月媚」的文字為參照，認為《金瓶梅》是「一篇市井的文字」；辨別出了「花嬌月媚」的文字採用的是「韻筆」，「市井文字」所採用的是俗筆。這個審美判斷完全符合《金瓶梅》與《西廂記》的客觀文本。

張竹坡其所以將《金瓶梅》與《西廂記》並題比較，是基於《金瓶梅》為言情小說，《西廂記》為言情戲曲，二者都旨在言情，都是敘述描寫男女私情；而且《金瓶梅》是以「第一奇書」的風貌出現在中國小說史上，《西廂記》是以「北曲之祖」的面目出現在中國戲曲史上，都是富有開創意義的文學珍品。因此，它們在審美意蘊上具有極大的可比性和參照性。

一、在言情上，二者就見出了俗雅之分。《金瓶梅》言情重在言性，即男女間的房事。欣欣子在《金瓶梅詞話·序》中對此表述得極為明白：「此一傳者，雖市井之常談，閨房之碎語，使三尺童子聞之，如飫天漿而拔鯨牙，洞洞然易曉，雖不比古之集理趣，文墨綽有可觀。其他關係世道風化，懲戒善惡，滌慮洗心，無不小補，譬如房中之事，人皆好之，人皆惡之，人非堯舜聖賢，鮮不為所耽？富貴善良，是以搖動人心，蕩其素志。觀高堂大廈，雲窗霧閣，何深沉也；金屏繡褥，何美麗也；鬢雲斜嚲，春酥滿胸，何嬋娟也；雄鳳雌凰迭舞，何殷勤也；錦衣玉食，何侈費也；佳人才子，嘲風詠月，何綢繆也；雞舌含香，唾圓流玉，何溢度也；一雙玉腕縮復縮，兩隻金蓮顛倒顛，何猛浪也。既其樂矣，然樂極必悲生。」很明顯《金瓶梅》的創作意圖之一是寫市井小人房中之事，使讀者「洞洞然易曉」，既「如飫天漿而拔鯨牙」，又要深知此事「樂極必悲生」的道理。西湖釣叟在〈續金瓶梅集序〉中就洞察到這一點「《金瓶梅》舊本，言情之書也。情至則易流於敗檢而蕩性。令人觀其顯而不知其隱，見其放而不知其止，喜其誇而不知其所刺。蛾油自溺，鴆酒自斃，袁石公先敘之矣。」《金瓶梅》言情以至於「蕩性」，

寫得那樣「顯」「放」「誇」，究其原因，在於它創作時的取材。「《金瓶梅》一書，摘《水滸傳》之回目，而演為奇文，可謂小說之小說，不特於舊說部據有地位，即於文章作風屢變之今日，猶不失為名貴之作，使人百讀而不厭，直不能以摛藻鋪棻，盡態極妍者視之，明矣。」[1]《水滸傳》中西門慶與潘金蓮的風月故事，實為市井小人中的淫婦與惡棍的偷情私通。《金瓶梅》「摘」此撰構全書，其市俗氣息，可謂是從「娘胎」中就帶來了。作者蘭陵笑笑生又在「演為奇文」的創作過程中，「爰馨平日所蘊者」，採擷市井小人的日常瑣事，仿佛「舊時京師，有一西門千戶延一紹興老儒於家。老儒無事，逐日記其家淫蕩風月之事，以西門慶影其主人，以餘影其諸姬，瑣碎中有無限煙波，亦非慧人不能。」[2]因此，無論從題材的搬演還是從生活素材的採擷來看，《金瓶梅》的言情實際上是講市井小人「淫蕩風月之事」。

《西廂記》也是言情：「《西廂》者，字字皆擊開情竅，刮出情腸，故自邊會都鄙及荒海窮壤，豈有不傳乎？」[3]但《西廂記》所言的主要是青年男女的戀情，遠非《金瓶梅》中的性欲及房事。這一點首先從《西廂記》的演變過程就可以看出來。「記崔氏不自實甫始也。微之既傳《會真》，入宋而秦少遊、毛澤民兩君子，爰譜《調笑》，實始濫觴。安定之趙復次第傳語，寄詞鼓子，則節拍有加矣。迨完顏時，董解元始演為北詞，比之弦索，命曰《西廂》。然第摘彈家言，而匪登場之具也。於是，實甫者起，沿用爨弄諸色，組織董記，倚之新聲。董詞初變詩餘，多樸樕而寡雅馴。實甫斯酌才情，緣飾藻豔，極其致於深淺濃淡之間，令前無作者，後掩來哲，遂擅千古絕調。」[4]王驥德在此序中清晰地勾勒出了《西廂記》的演變過程：唐代元稹的《會真記》（又名《鶯鶯傳》）→宋代秦觀及毛澤民的《調笑》（又名《調笑轉踏》）→宋代趙令畤的《商調蝶戀花鼓子詞》→金代董解元的《西廂記諸宮調》→元代王實甫《西廂記》。《會真記》屬唐代三類傳奇中思想與藝術價值最高的愛情類中的名篇，所寫的是相國小姐佳人崔鶯鶯與才子張君瑞自由戀愛的故事，其書名《會真記》是由張生賦《會真詩》十三韻而來，本來就「辭旨頑豔頗切人情」，[5]深受文人雅士喜愛。後經歷代文人加工，更是「雅馴」「藻豔」，「遂擅千古絕調」。但真正雅豔的是王《西廂》：「董解元倡為北詞，初突詩餘，用韻尚間俗詞體。獨以俚俗口語譜入弦索，是詞家所謂本適當行之祖。實甫再變，粉飾婉媚，遂

1　姚靈犀：《瓶外卮言》序一。

2　袁中道：《遊居柿錄》。

3　何璧：《西廂記》序。

4　王驥德：《新校注古本西廂記》自序。

5　汪辟疆：「按語」，見《唐人小說》。

掩前人。大抵董質而俊，王雅而豔，千古而後，並稱兩絕」。[6]

二、《西廂記》所言的是才子佳人間的純真的高雅的男歡女愛的戀情。劇中的相國千金崔鶯鶯是一個多才、貌美的未婚青年女子：「一十九歲，針指女工，詩詞書算，無不能者」；長得「恰更似檀口點櫻桃，粉鼻兒依瓊瑤，淡白梨花面，輕盈楊柳腰。妖嬈，滿面兒撲堆著俏；苗條，一團兒真是嬌」。佛殿邂逅，她見張生「臉兒清秀身兒俊，性兒溫克情兒順」，頓生愛慕之心，並且在母親賴婚後，她以「兄妹關係」作掩護，終於追求到自己理想中的愛情。張生是一個父母雙亡、「功名未遂」「遊於四方」的窮書生，自與鶯鶯一見鍾情後，便朝思暮想，飲食不安。為了崔鶯鶯，他仗義解白馬普救寺之圍，他向鶯鶯的簡帖叩拜，他忍痛與鶯鶯告別，上京赴試，也是為了他與鶯鶯日後永遠團圓，完全是一個志誠種、忠於愛情的癡呆狂。「《西廂記》寫張生，便真是相府子弟，便真是孔門子弟，異樣高才，又異樣苦學，異樣豪邁，又異樣淳厚，相其通體自內至外，並無半點輕狂、一毫奸詐。年雖二十有餘，卻不知裙帶之下有何緣故。雖自說顛不刺的見過萬千，他亦只是曾不動心。寫張生直寫到此田地時，須悟全不是寫張生，須悟全是寫雙文，錦鏽才子必知其故。」[7]他們這種衝破封建禮教束縛的才子佳人式的愛情故事，一直被後人傳為佳話，成了歷代公子小姐摹仿的對象。

《西廂記》五本二十一折，正名全題目是：「張君瑞巧做東床婿，法本師主持南禪地，老夫人開宴北堂春，崔鶯鶯待月西廂記。」依照元雜劇慣例，全劇劇名取題目正名最後一句而成了《崔鶯鶯待月西廂記》。第一本的劇名是「張君瑞鬧道場」，重在崔張二人一見鍾情，二人在晚上隔牆吟詩傳情。第二本劇名是「崔鶯鶯夜聽琴」，重在普救寺之圍解後，老夫人賴婚，張生夜彈《鳳求凰》，情感崔鶯鶯。第三本劇名是「張君瑞害相思」，重在鶯鶯暗約張生幽會；張生如約前來時，崔鶯鶯又變卦，張生一病不起。第四本的劇名是「草橋店夢鶯鶯」，重在鶯鶯主動赴約，二人好事成雙；紅娘巧斥老夫人；張生赴京應赴途中，在草橋店夢會鶯鶯。第五本劇名是「張君瑞慶團圓」，重在鄭恒從中挑撥，崔張二人消除誤會，終於夫妻團圓。全劇所述的是崔張二人歷盡艱難曲折，終於獲取得了幸福而美滿的自主婚姻，歌頌了他們敢於反抗封建禮教、至死不渝的忠貞愛情。崔張二人的愛情基礎是「他有德言工貌，小生有恭儉溫良」。孫飛虎兵圍普救寺，是外部勢力使崔張愛情經受到嚴峻考驗；老夫人賴婚，是封建禮教使崔張愛情又一次面臨夭折危險。但是崔張二人心心相印，堅如磐石，在紅娘的全力支持下，終於品味到愛情的禁果。這個「郎才女貌合相仿」的愛情故事，是那樣的純真天然、美好動人、格調

6　方諸生：《新校注古本西廂記·附評語十六則》。
7　金聖歎：〈讀第六才子書《西廂記》法〉五十五。

高雅。

《金瓶梅》則不可同日而語矣。這也正如曼殊在〈小說叢話〉中所言：「至於《金瓶梅》，吾固不能謂為非淫書，然其奧妙，絕非在寫淫之筆，蓋此書的是描寫下等婦人社會之書也。試觀書中之人物，一啟口，則下等婦人之言論也；一舉足，則下等婦人之行動也。雖裝束模仿上流，其下等如故也；供給擬於貴族，其下等如故也。」《金瓶梅》中的西門慶與一妻五妾的關係，實為追財逐色的利害關係，毫無夫妻情義可言。西門慶是個地痞流氓，用張四舅的話來說，「此人行止欠端，專一在外眠花臥柳」；「他最慣打婦熬妻，又管挑販人口，稍不中意，就令媒婆賣了」。（《金瓶梅》第七回）潘金蓮多次遭毒打；孫雪娥被拳打腳踢；李瓶兒入西門慶家的新婚之夜就被西門慶逼迫脫光衣服，跪在地上，挨了一頓皮鞭子；孟玉樓含酸；吳月娘遭鄙棄；李嬌兒被冷淡，這一妻五妾均與西門慶無真情可言，所有的只是爭寵求歡。其間除吳月娘是未婚女進西門慶家外，其他五妾均是後婚女子；又除孟玉樓外，餘者都是西門慶先姦而後娶的。西門慶像混世魔王一樣，任意蹂躪、玩弄她們，誠如蘇聯漢學家里夫金在〈蘭陵笑笑生及其長篇小說《金瓶梅》〉一文中所概括的那樣：「在中國封建制度下，婦女的命運是悲慘的，她們的肉體被任意買賣、懲罰，她們是軟弱無力的。毫不奇怪，在西門慶身邊的這些女人，沒有一個感覺到生活在這個富裕家庭的幸福。西門慶摧殘她們像對待奴隸一樣，由信賴到絕情，毫無憐憫之心，不顧她們的死活！」[8]因此我們可以看到《金瓶梅》中男女關係是占有與被占用、蹂躪與被蹂躪的關係，其間散發著由銅臭與肉欲混合的穢濁氣息。

三、在感情表達方式上，《金瓶梅》是俗，而《西廂記》為雅。

> 打狗關門，喚貓上牆，雞叫過牆，妙絕情事。（張竹坡第十三回夾批）

這條夾批是對西門慶與李瓶兒暗中苟且的高度概括。西門慶初見到李瓶兒後，「自此西門慶就安心設計，圖謀這婦人」。（《金瓶梅》第十三回）而李瓶兒初見西門慶後，便主動下帖請西門慶來家吃酒，並把丈夫花子虛委託給西門慶照顧，說「奴恩有重報，不敢有忘」。「這西門慶是頭上打一下腳底板響的人，積年風月中走，什麼事兒不知道？今日婦人倒明明開了一條大路，教他入港，豈不省腔！」但是礙著花子虛，二人只好偷雞摸狗，暗續鸞膠。

> 單表西門慶推醉到家，走到金蓮房裏，剛脫了衣服，就往前邊花園裏去坐，單等李瓶兒那邊請他。良久，只聽得那邊打狗關門。少頃，只見丫鬟迎春黑影裏扒著

8　馬努欣譯本《金瓶梅》，蘇聯國家文學出版社 1977 年首版。

牆，推叫貓。看見西門慶坐在亭子上，遞了話。這西門慶就搬過一張桌凳來踏著，暗暗扒過牆來。這邊已安下梯子。李瓶兒打發子虛去了，已是摘了冠兒，亂挽烏雲，素體濃妝，立在穿廊下。看見西門慶過來，歡喜無盡，忙迎接進房中。燈燭下，早已安排一桌齊整酒肴果菜，壺內滿貯香醪。……當下二人如膠似漆，盤桓到五更時分。窗外雞叫，東方漸白，西門慶恐怕子虛來家，整衣而起，照前越牆而過。兩個約定暗號兒，但子虛不在家，這邊就使丫鬟在牆頭上。暗暗以咳嗽為號，或先丟塊磚兒，見這邊無人，方才上牆。（《金瓶梅》第十三回）

西門慶與李瓶兒的這種借助狗、貓、雞和磚塊梯子來傳情私會，實為市井小人中姦夫淫婦的鄙俗行為。張竹坡對以上生動描敘備加欣賞，認為作者是用「史筆」寫出了市井小人偷期密約的「化境」：「人知迎春偷覷為影寫法，不知其於瓶兒佈置偷情，西門虛心等待，只用『只聽得打狗關門』數字，而兩邊情事、兩人心事，俱已入化矣，真絕妙史筆也」（張竹坡第十三回回評）。

張生與鶯鶯在表達愛情方式上完全是才子佳人式的，顯得極為高雅別致。張生為了試探鶯鶯的愛情，在鶯鶯月夜燒香時，在花園牆外太湖石畔高吟：「月色溶溶夜，花陰寂寂春。如何臨皓魄，不見月中人？」鶯鶯被此詩撥動了愛情琴弦，情不自禁地依韻吟道：「蘭閨久寂寞，無事度芳春。料得行吟者，應憐長歎人。」這一問一答的詩歌唱和，便使兩人間的紅線赤繩連結得更緊了，致使鶯鶯「想著文章士，旖旎人；他臉兒清秀身兒俊，性兒溫克情兒順，不由人口裏作念心兒裏印」，並產生了「誰肯把針兒將線引，向東鄰通過殷勤」的強烈願望。當張生在相國夫人賴婚後染病不起時，鶯鶯毅然以詩簡主動私約張生前來臥室幽會：

> 待月西廂下，迎風戶半開。
> 隔牆花影動，疑是玉人來。

張生應酬簡翻牆而來赴約時，鶯鶯由於身受封建禮教束縛太深而作出了賴簡的反常行為，致使張生的病更是雪上加霜。鶯鶯被張生的至誠、傻、癡感動，終於主動投進了張生的懷抱，實現了二人的美好願望。《西廂記》中張生與鶯鶯這種借琴弦傳遞愛情，以詩詞溝通感情，特別是「待月西廂下」的幽會密約方式，被歷代文人視為高雅別致的典範，反覆出現在後人才子佳人大團圓的戲曲與小說之中。就連《金瓶梅》第八十二回中潘金蓮在「月黑星密」夜，「伏枕而待」陳敬濟時，文中也插入了「待月西廂下」這首詩，也試圖以雅沖俗，誰知詩後描寫的二人「相摟相抱」的情景，更使得潘陳二人的私通顯得庸俗可笑，完全是市井無賴與市井蕩婦的所作所為。

《西廂記》中的張生以一曲《鳳求凰》的琴聲，博得了鶯鶯的讚賞：「彈得好也呵！其詞哀，其意切，淒淒然如鶴唳天；故使妾聞之，不覺淚下」；贏得了鶯鶯的真心實情：「我若得些兒閒空，張生呵，怎教你無人處把妾身作誦。」張生以琴感鶯鶯的行為，更使這一才子佳人的戀愛顯得風流雅致。《金瓶梅》中的潘金蓮也慣於用琵琶來表達自己的感情，不過這種感情不是戀情，而是怨恨乃至憤怒之情。如小說第八回，她見西門慶長時間不娶她，彈琵琶唱《綿搭絮》：「誰想你另有了裙釵，氣的奴似醉如癡，斜依定幃屏故意兒猜。不明白，怎生丟開？傳書寄柬，你又不來。你若負了奴的恩情，人不為仇，天降災。」這種潑婦的口吻、潑婦的語言，正好把她對西門慶與孟玉樓燕爾新婚卻冷淡她近一個多月的怨恨之情宣洩得淋漓盡致。又如小說第三十八回中，潘金蓮見西門慶在李瓶兒房中飲酒作樂，「罵了幾句負心賊」，「一經把那琵琶兒放得高高的，口中又唱道：『心癢痛難搔，愁杯悶自焦。讓了甜桃，卻尋酸棗。奴將你這定盤星兒錯認了。想起來，心兒裏焦，換了我青春年少。你撇的人有上稍來沒下稍。』」這一招真管用，西門慶聽後便到她房中夜宿。張竹坡對此評道：「潘金蓮琵琶寫得怨恨之至，真是舞殿冷袖，風雨淒淒。而瓶兒處互相掩映，便有春光融融之象。迨後打狗畜貓，皆時憤恨所鍾。」（張竹坡第三十八回回評）可見，潘金蓮的琵琶不僅僅是她傳情達意的樂器，而且是她用以擊敗西門慶最寵的愛妾李瓶兒的武器，甚至還可以說是她日後殺害李瓶兒母子的刀子。這與張生以琴會鶯的溫文爾雅有天壤之別。另外小說中還寫到孟玉樓會月琴，但也不似張生借琴尋覓愛情上的知音，而是諷刺孟玉樓與眾妾均是非知音之人：「金蓮琵琶，為妒寵作線；玉樓月琴，為翡翠軒作地。翡翠軒必用月琴者，見得西門對面非知音之人。一面寫金、瓶、梅三人熱處，一面使玉樓冷處不言已見，是作者特借一月琴，將翡翠軒、葡萄架文字皆借入玉樓傳中也。文字神妙處，誰謂是粗心人可解？」（張竹坡第七回回評）可見，同樣是樂器，但在《金瓶梅》中彈奏的是市井婦人之音，在《西廂記》裏傳遞的是「花嬌月媚」的兩心共鳴的純潔戀情。

　　四、《金瓶梅》的「市井文字」與《西廂記》的「花嬌月媚」還表現在春梅與紅娘這兩個丫鬟身上。春梅雖是潘金蓮房裏的大丫鬟，但她是這部小說命名的三個女性之一，其在小說中的重要地位不亞於吳月娘、潘金蓮、李瓶兒、孟玉樓，尤其是在小說後十回中，由她取代潘金蓮而成了小說的女主人公，續完了《金瓶梅》的故事。在張竹坡看來，春梅是個倚仗主人與主母的寵愛而助桀為虐的大丫鬟。她心高氣傲，本應具梅花的品格，但她不是雪中梅花，而是春天將殘的梅花，已屬「爛漫不堪」，淪為與潘金蓮是同功一體之人，既淫蕩又凶悍。潘金蓮私僕，小說「寫辱金蓮，兩次必用春梅解，則春梅之寵不言可知，文字寫一是二之法也」（張竹坡第十二回回評），可見西門慶寵春梅不在潘金蓮之下。為了幫潘金蓮出這口氣，她可以一氣罵李銘近二十個「賊忘八」（《金瓶梅》第二

十二回）。為了替潘金蓮除掉李瓶兒母子，她也是大打出手。尤為值得注意的是潘金蓮與女婿陳敬濟亂倫，她既是串線者，又是同流合污者。西門慶一命嗚呼後，「潘金蓮便與春梅打成一家，與這小夥兒暗約偷期，非止一日」，致使「陳敬濟弄一得雙」。（《金瓶梅》第八十二回）因丫鬟秋菊洩密，潘金蓮一個多月不曾與陳敬濟私會，便寫了〈寄生草〉一束：「將奴這桃花面，只因你憔瘦損。不是因惜花愛月傷春困。則定因今春不減前春恨，常則是淚珠兒滴盡相思症。恨的是繡幃燈照影兒孤，盼的是書房人遠天涯近」，並讓春梅帶給陳敬濟。春梅是先把秋菊灌醉，然後以到前邊馬坊中取草墊枕頭為名去暗約陳敬濟：「我去馬坊中推取草，到前邊就把他來叫。歸來把狗兒藏，門上將鎖兒套。尊前酒兒篩，床上燈兒罩。帳暖度春宵，準備鳳鸞交。休教人知覺，把秋菊灌醉了。聽著，花影動知他到；今宵，管憑兩個成就了！」陳敬濟如約而至，不但解了潘金蓮相思之渴，而且也讓春梅「諧佳會」。春梅這番「推取草」「灌秋菊」「寄束」「藏狗」「套鎖」「咳嗽」「關角門」「擺酒肴」「同下鱉棋兒」「在身後推送」的一系列行為，全然就是市井人家蕩婦的貼身丫鬟的惡作穢行。

頗有諷刺意味的是，當春梅給陳敬濟傳遞潘金蓮暗約信息時，陳敬濟「就和春梅兩個摟抱，按在炕上，且親嘴砸舌，不勝歡謔」。小說在下面插寫兩句詩：

無緣得會鶯鶯面，且把紅娘來解饞。（《金瓶梅詞話》本第十三回）

這完全是對王實甫《西廂記》中紅娘形象的極大歪曲。王《西廂》曾將董《西廂》中張生欲與紅娘歡合這一細節刪去，以寫張生品行高潔、愛情專一。紅娘也是《西廂記》中的主要人物，在整個劇本五本二十一折中，紅娘獨唱的有第六折、九折、十折、十一折、十二折、十四折、十九折等七折，與人互唱的有第二十折。對紅娘所唱諸曲，方諸生在〈附評語十六則〉中頗為推崇：「記中諸曲，生旦伯仲間耳。獨紅娘曲，婉麗豔絕，如明霞燦錦，爛人目眥，不可思議。」所以，金聖歎說：「《西廂記》止寫得三個人，一個是雙文，一個是張生，一個是紅娘。其餘，如夫人，如法本，如白馬將軍，如歡郎，如法聰，如孫飛虎，如琴童，如店小二，他俱不曾作一筆半筆寫。俱是寫三個人時，所忽然之傢伙耳。」[9]金聖歎還認為：「《西廂記》寫紅娘，凡三用加意之筆，其一，於〈借廂〉篇中，峻拒張生，其二，於〈琴心〉篇中，過尊雙文，其三，於〈拷豔〉篇中，切責夫人，一時便似周公制禮，乃盡在紅娘一片心地中。凜凜然，侃侃然，曾不可得而少假借者。寫紅娘直寫到此田地時，須悟今不是寫紅娘，須悟全是寫雙文。錦繡才子必知

9　金聖歎：〈讀第六才子書《西廂記》法〉四十七。

其故。」[10]紅娘雖然身處下賤，但她既是崔夫人的心腹，又是鶯鶯（即雙文）的貼身丫鬟，同時又是崔鶯鶯與張生的堅定支持者，《西廂記》則成功地寫出了她的三種特殊身份。在「佛殿奇逢」中，當她發現張生被鶯鶯美貌吸引住時，立即催鶯鶯：「那壁有人，咱家去來！」忠於老夫人及鶯鶯，充當了保護人的角色，並嘲笑張生是「傻角」。當張生一書信「退了半萬賊兵」，保全了鶯鶯的冰清玉潔時，她為張生的仁義、至誠、才華所感動，於是背叛了老夫人，成了崔張二人的傳書遞柬的密使，堅定地幫助他們成就美好姻緣。鶯鶯作為相國千金，受封建禮教束縛至深，在對張生的態度上有時出爾反爾、言行不一，紅娘譏諷她「對人前巧語花言，沒人處便想張生，背地裏愁眉淚眼」；「歡時節」求「紅娘，好姐姐，去望他一遭」。對於張生的書呆子氣和軟弱，紅娘笑他是「酸溜溜螫得人牙疼」；「銀樣蠟槍頭」。正是她的這些侃笑與責備，鼓舞了崔張二人的追求幸福的鬥志，衝破了封建禮教的藩籬，譜寫出了「但願天下人終成眷屬」的愛情頌歌。特別是在〈拷紅〉中，她不懼威嚴，不怕拷打，挺身而出，以「信者人之根本」為依據，指出崔張二人暗結合歡帶「非是張生小姐紅娘罪，乃是夫人之過也」，是夫人「兵退身安」，「悔卻前言」賴婚所造成的。並且指出若不成全崔張二人，最終「便是與崔相國出乖弄醜」，辱沒相國家譜；有辱老夫人自身，「背恩而忘義」「治家不嚴之罪」，逼使老夫人承認了崔張的結合。可見紅娘是崔張二人愛情的調解者、促成者，在《西廂記》中處於關鍵地位。這正如乾隆年間的任以治在《元本北西廂》卷首中所詳析的那樣：

> 《西廂》只有三人，張生、雙文、紅娘也。三人有三副性情，三種作用。雙文性情，即張生所道「多情」二字，其作用，即紅娘所稱「撒假」二字。觸處看來多情，撒處看來撒假。張生性情，即雙文所稱「志誠」二字，其作用。即雙文所謂「懦」字。一味志誠，所以成得事來；一味懦，所以急成不得事來。紅娘性情，即張生所云「鶻伶」二字，其作用，即紅娘自道「殷勤」二字。惟鶻伶則心眼尖利，事事瞞他不得；惟殷勤則意思周密，事事缺他不得。一個多情，一個志誠，兩相遇也；一個撒假，一個懦，又兩相制也。中間放著一個鶻伶殷勤的，一邊去憐懦，一邊去捉假，一邊為懦用，一邊為假用。（〈《西廂》只有三人〉）

對於紅娘在崔張二人追求婚姻自主過程中所起的調解、轉合作用，金聖歎也有個形象的比喻：「譬如雙文字，則雙文是題目，張生是文字，紅娘是文字之起承轉合。有此許多起承轉合，便令題目透出文字，文字透入題目也。其餘如夫人等，算只是文字中間

10　金聖歎：〈讀第六才子書《西廂記》法〉五十六。

所用『之、乎、者、也』等字。」[11]任以治還就唱詞的巧妙安排上見到了紅娘在此部愛情劇中的重要作用:「《西廂》只有三人,故只有三人唱。唱者,與其有辭也,有情而後有辭,欲盡其情,而後能盡其辭。張生有辭,所以寫張生之情,尤以寫崔之情;崔之有辭,所以寫崔之情,尤以寫張之情。而崔之情,有崔之辭所不能盡;張之情,有張之辭所不能盡者,紅則為之旁寫之。而崔之情,有張之辭所不能盡;張之情,有崔之辭所不能盡者,紅則為之參寫文。而紅之辭盡,而紅之情亦盡,而崔張之情,亦遂無不盡。」[12]顯而易見,紅娘的唱詞,全是從旁為道崔之難言之情、張之難言之情而設置的,一旦崔張二人如願,紅娘的作用便完了,她的詞也就「盡」了。

五、在整體語言風格上,《西廂記》給人的是一種豔麗、華采的審美感受,《金瓶梅》則給人一種世俗、平白、質樸的審美感受,這都是由作品所反映的內容、所描寫的對象所決定的。《西廂記》寫才子佳人戀愛,《太和正音譜》評其曲「如花間美人。鋪敘委婉,深得騷人之趣。極有佳句,若玉環之出浴華清,綠珠之采蓮洛浦」;[13]「其和雅溫純,則〈國風〉之雅;幽奇委婉,則屈、宋之儔;俊逸清新,則參軍、開府;悠閒秀麗,則彭澤、宣城。至其筆幻心靈,情真景肖,令人詠之躍然,思之未罄」。[14]上述二人的審美評價,《西廂記》是當之無愧的。《長亭送別》中的〔正宮·端正好〕是《西廂記》善於用詩情畫意的境界渲染氣氛、烘托人物心理的名曲:

> 碧雲天,黃花地,西風緊,北雁南飛。曉來誰染霜林醉?總是離人淚。

這段唱詞是由北宋范仲淹的〈蘇幕遮〉轉化而成。原詞是「碧雲天,黃葉地,秋色連波,波上寒煙翠。山映斜陽天接水,芳草無情,更在斜陽外。　　黯鄉魂,追旅思,夜夜除非,好夢留人睡。明日樓高休獨倚。酒入愁腸,化作相思淚。」范詞寫鄉思離愁苦,而《西廂記》點化後,寫一對熱戀情人「昨夜成親,今日別離」時的離愁別緒,更顯得充滿詩情畫意,悲愴萬分。

《西廂記》中就是表白人物心跡的唱詞也寫得文采飛揚,令人賞心悅目。第二本第一折中的〔混江龍〕:「落紅成陣,風飄萬點正愁人。池塘夢曉,闌檻辭春,蝶粉輕沾飛絮雪,燕泥香惹落花塵;繫春心情短柳絲長,隔花陰人遠天涯近。香消了六朝金粉,清減了三楚精神。」這段情景交融的唱詞,把鶯鶯被張生所撥動的愛情心聲抒發無遺,預

11　金聖歎:〈讀第六才子書《西廂記》法〉四十八。
12　任以治:〈《西廂》只有三人〉。
13　盧冀野:《西廂記》跋。
14　澄園主人:〈《徐文長先生批評西廂》敘〉。

示著她在反抗封建禮教上邁出了第一步：「淋漓襟袖啼紅淚，比司馬青衫更濕，伯勞東去燕西飛，未登程先問歸期。雖然眼底人千里，且盡生前酒一杯。未飲心先醉，眼中流血，心裏成灰。」（第四本第三折〔耍孩兒〕）這段曲文糅白居易〈琵琶行〉與〈古樂府〉詩以及《拾遺記》《煙花錄》的典故為一體，極寫鶯鶯新婚之夜後不忍與張生分離的淒情愁苦。

六、《金瓶梅》中關於世態炎涼，人情冷暖的總體性的描寫，更能使我們品味再三，興味無窮。張竹坡在〈竹坡閒話〉中指出：「將富貴，而假者可真，貧賤，而真者亦假。富貴，熱也，熱則無不真；貧賤，冷也，冷則無不假。不謂冷熱二字，顛倒真假一至於此。」潘金蓮之與潘姥姥，名為真母子，由於潘姥姥貧窮，兩人之間的感情卻像假母女。李桂姐之與吳月娘，吳銀兒之與李瓶兒，名為假母女，而來往密切又像真母女。西門慶之與蔡太師，雖是假父子，但儼然與真父子一樣。花子虛之與花子由等人是真兄弟，可是為了家產竟鬧到官府，結果是花子虛家破人亡，妻子改嫁。應伯爵、謝子純等人之與西門慶是結拜的兄弟，由於西門慶居官經商，有錢有勢，既可以庇護他們，也可以供給他們的吃喝穿戴，所以倒像真兄弟一樣親密。而一當西門慶身亡，應伯爵即尋新的主子，不僅搶走了西門慶的生意，而且誘使張二官娶西門慶的老婆李嬌兒、潘金蓮。西門慶與一妻五妾，名為真夫妻，實為假夫妻，而他與姘婦王六兒、奶媽如意兒倒似真夫妻。韓道國之與王六兒，熊旺之與如意兒，名為真夫妻，倒又像假夫妻。這些各具市井習氣的假親戚的假情、假義、假言、假行，形象地揭示了在金錢的腐蝕下人類真實情感被泯滅的時代現實，生發出一種諷刺喜劇般的藝術誘惑力，讓讀者在幽默的嘲笑中去否定這個罪惡的社會，去和這些人類天性殘缺的俗人告別。因此，張竹坡把「冷熱」二字作為欣賞整部《金瓶梅》「市井文字」的「金鑰」與「文眼」。

而《西廂記》所反映的是封建禮教、封建勢力與追求自主婚姻青年男女之間的鬥爭。作為封建禮教代表的老夫人企圖通過「父母之命，媒妁之言」，將鶯鶯嫁給門當戶對的官家子弟、自己內侄鄭恆，反對她與「窮酸餓醋」的「白衣餓夫窮士」的結合。老夫人派心腹紅娘監督鶯鶯恪守閨門禮規，「但出閨門，影兒般不離身」。鶯鶯對這種限制人身自由的作法極為不滿：「俺娘也沒意思，這些時直恁般提防著人；小梅香伏侍的勤，老夫人拘繫的緊，則怕俺女孩兒折了氣分。」張生解普救寺之圍後，老夫人仍以張生是白衣女婿為由，背信棄義，要崔張二人兄妹相稱，導致崔張紅三人結成統一戰線，齊心合力與老夫人鬥。鶯鶯說老夫人是「口不應心的狠毒娘」，毀滅了她的美好姻緣：「……俺娘呵，將顫巍巍雙頭花蕊搓，香馥馥同心縷帶割，長攙攙連理瓊枝挫。白頭娘不負荷，青春女孩成擔擱，將俺那錦片也似前程蹬脫。俺娘把甜句兒落空了他，虛名兒誤賺了我。」（第二本第四折〔離亭宴帶歇指煞〕）紅娘斥責老夫人是「兵退身安，夫人悔卻

前言，豈得不為失信乎？」張生一氣之下，竟要「解下腰間之帶，尋個自盡」。在紅娘的調停、布置、鼓舞下，鶯鶯終於擺脫了封建禮教的束縛不顧老夫人的威焰及相國的門第，私自投入到張生愛情的懷抱之中，永結同心縷帶。當老夫人硬逼張生新婚夜後赴京，「得官呵來見我，駁落呵休來見我」時，鶯鶯則堅定的表示，「但得一個並頭蓮，煞強如狀元及第！」並勸張生「你卻休金榜無名誓不歸」，「我這裏青鸞有信頻頻寄」。由此可見，《西廂記》描寫的是封建禮教與自由戀愛青年男女之間的鬥爭，反映的是封建禮教扼殺青年男女的殘酷現實，與《金瓶梅》的「市井文字」全不相同。

　　七、市井俗人的形象美。《金瓶梅》中的人物形象，既不是《三國演義》中的帝王將相，也不是《水滸傳》中的超人或半超人，更不是《西廂記》中的才子佳人，而是市井中的凡夫俗子。我們知道，明中葉以後，商品生產發達，城市經濟繁榮，市民階層擴大。隨著資本主義關係的萌芽，重利、貪色的思想因素日趨滋長。作為一部「單重財色」的長篇世情小說，《金瓶梅》中的絕大多數人物形象無不滲透著這些思想因素。他們的性格特徵上無不打上了這道時代的印記。作為全書「正經香火」的西門慶，就是一個兼具拜金狂與色情狂性格特徵的典型的市井無賴。在西門慶看來，逐財與逐色是人生的兩大追求目標。

　　作為一個拜金狂來說，西門慶不擇手段地聚斂財富。其手段之一，便是陽卜選色之名，陰行斂財之術，專一在富孀身上打主意，千方百計地誘騙興家。寡婦孟玉樓原是布販子楊宗錫的妻子，本來人不甚漂亮，臉上還有稀稀幾點微麻。但因為她手中有上千兩銀子、二三百筒好三棱布，四五箱子四季衣服與妝花袍兒，兩張南京拔步床，不計其數的珠子箍兒、胡珠環子、金寶石頭面、金鐲銀釧。於是，西門慶用錢買通楊姑娘，讓楊姑娘來抑制張四舅的阻攔，把孟玉樓的財產全部搶到家中。西門慶還不顧吳月娘的反對，執意要娶寡婦李瓶兒，這是因為李瓶兒手中有三千兩金銀、四口描金箱櫃、蟒衣玉帶、帽頂條環、提繫條脫、值錢珍寶玩好之物、四十斤沉香、二百斤白蠟、兩罐子水銀、六十錠大元寶、八十斤胡椒以及房子花園。其手段之二便是結交官府，攀附權貴。西門慶深知權能長財，官能護商。於是，他不惜重金賄賂太師蔡京，並拜蔡京為義父，終於由一市井無賴而晉升為理刑千戶。他還交結宋巡按、安郎中、蔡狀元等朝廷要員，利用他們來包攬古董生意、壟斷食鹽市場、偷稅漏稅。其手段之三便是貪贓枉法。苗青殺人，按律應斬，而西門慶受賄千兩銀子之後，竟放走這個殺人犯，使之逍遙法外。劉太監兄弟劉百戶動用皇木蓋屋被官府緝辦，向西門慶賄一百兩銀子後便平安無事。黃四的小舅子打死了人，西門慶受賄一百兩銀子後致書錢老爹，替他開脫了罪責。何九的兄弟何十作賊被緝捕，西門慶接受了何九的賄賂後，便把弘化寺的一個和尚捉來頂了何十的罪名，一手製造了「張公吃酒李公醉，桑樹上脫枝柳樹上報」的冤案。其手段之四便是經商放

高利貸。作為明代社會中一個新興商人的代表，西門慶深諳經商之道，他熟悉市場行情，不肯輕易進貨；他懂得經商心理，千方百計地壓低價錢。他開設的鋪子有生藥鋪、印子鋪、鍛子鋪、絨線鋪、綢絨鋪，累計資本約六萬兩銀子。西門慶深知貨幣流通的特性，說金銀「生性好動不喜靜」，於是貸款給李三、黃四、徐家鋪子，從中牟取暴利。

　　作為一個色情狂，不顧死活地縱欲又是西門慶這個典型人物全部生活的另一個主要內容。在這方面，西門慶所表現出來的第一個性格特徵便是陰險殘忍。潘金蓮原是武大的妻子，西門慶為了將她占為己有，竟傷天害理地鳩殺武大，把潘金蓮偷娶過來。李瓶兒第一個丈夫是西門慶的拜把兄弟花子虛，為了與李瓶兒私通，他要應伯爵等人成天把花子虛勾引到妓院中去鬼混。後來以幫花子虛打官司為名竟把花家的六十錠大元寶據為己有。花子虛因此氣惱成疾，他又唆使李瓶兒虐待花子虛，致使花子虛被活活氣死。當李瓶兒招贅醫生蔣竹山後，西門慶指使草裏蛇魯華、過街鼠張勝兩個流氓砸了蔣竹山的藥店，邏打蔣竹山。又買通夏提刑，給蔣竹山強加了賴債不還的罪名，並痛打三十大板。蔣竹山知道無法在李瓶兒家存身，只得「另尋房兒」，讓李瓶兒改嫁給西門慶。西門慶縱欲的第二個性格特徵便是施行小恩小惠。來旺妻子宋蕙蓮、韓道國妻子王六兒、來爵妻子惠元、奶娘如意兒，都是在他的金錢、衣物的引誘之下賣身給他。西門慶縱欲的第三個性格特徵便是收買媒婆替他撮合姦事。如他用十兩銀子收買王婆，王婆幫他把潘金蓮弄到手。他給了馮媽媽一兩銀子，馮媽媽便從中牽線，使王六兒被他「包占」了。文嫂兒在得了西門慶的五兩銀子和幾匹綢緞之後，便「喜歡無盡」地替他向林太太暗中通情，以此滿足了他的虛榮心與色欲。

　　西門慶正是以上述這些性格特徵著稱於我國文學史，引起了古今讀者的極大審美興味，使人們仿佛觸摸到了生活在十六世紀末與十七世紀初新興商人的血肉之軀。不僅如此，當我們在閱讀《金瓶梅》時，我們仿佛置身於明代的市井俗人之中，看到了西門慶的一妻五妾、男女僕人、和尚道士、幫閒篾片、妓女優伶、媒婆尼姑、商人小販怎樣在財色的引誘下勾心鬥角，爾虞我詐，揣摩到了他們的變態心理，並把他們各自的音容相貌深深地刻印在自己的腦海中。而這些俗人群像的美，是我們在其他古典小說中無法欣賞到的。甚至像武大、武松、潘金蓮、西門慶、王婆、何九等從《水滸傳》中借用過來的人物，也只在《金瓶梅》這部「世情書」中，我們才覺得他們一個個「俗態可掬」，鮮活如畫。

　　而《西廂記》塑造的是封建禮教的叛逆者、自主婚姻追求者的感人形象。鶯鶯身為相國小姐最初是反感母親對她行動自由的監控；與張生一見鍾情後便萌生了自主婚姻的念頭；張生義退賊兵後，便從感情上更加敬重、愛慕張生；母親賴婚後，促使她完全站在張生一邊，克服封建禮教的束縛及性格上的弱點，私自與張生結成了夫妻，這是一個

外表與內質兼美的女性形象。張生也是一個忠於愛情、性格善良的感人形象。自第一次被鶯鶯的美貌打動後，便一步步地將自己的命運與鶯鶯聯結在一起。孫飛虎要搶走鶯鶯，他作為一個文弱書生，敢於出面解圍，使鶯鶯免遭賊兵污辱。老夫人賴婚，他恨不得以命殉情。鶯鶯約他幽會，他不顧牆高，如約而至。鶯鶯假意斥他非禮，他是羞愧而歸，一病不起。鶯鶯委身於他時，他才將「非先王之德行不敢行」的古訓置之腦後，熱情地接受了鶯鶯的愛情。老夫人逼他上京，他為了鶯鶯要去「白奪一個狀元」回來。並且謹賡一絕，以剖寸心：『人生長遠別，孰與最關情？不遇知音者，誰憐長歎人！』以表示自己對鶯鶯的愛情忠貞不二。張生身上的傻與癡，正是他「志誠」的特殊表現方式。紅娘是一個富於同情心、有膽有識、多謀善斷的丫鬟，是一個促成青年男女自主婚姻的天使，幾乎成了後世文學中樂於助人實現美好愛情者的專有名詞了。《西廂記》中的老夫人雖然是封建禮教的代表，但她最終在兩難選擇中還是將女兒許嫁給張生，仍不失母子之情。火頭僧人惠明，也是一個仗義扶危的英雄，這個佛教叛逆者形象的意義，反映了當時社會中「僧不僧、俗不俗、男不男、女不女」的另一個陰暗面。至於劇中「法本師主持也」「白馬將大功臣也」，都是值得肯定的。因此，《西廂記》的出現，替人間譜寫了一曲美好愛情的頌歌，為中國文學人物長廊中增添了崔鶯鶯、張君瑞、紅娘這三個光彩鮮明的藝術形象。

　　八、世俗語言美。從馬克思主義的能動反映論來看，審美對象所顯示的世界，是藝術家的心靈虛構的世界，而這一虛構的世界又滲透著現實世界的氣息。被國內外讀者稱之為奇書的《金瓶梅》，誠如魯迅所言：「諸世情書中，《金瓶梅》最有名。」[15]作為世情小說的《金瓶梅》，其主要審美價值就在於它用世俗的語言描繪了明萬曆以來的俗情，塑造了當時社會中俗人的形象。因此，《金瓶梅》的審美凝聚點在於世俗，即俗情、俗人、俗語所構成的藝術美。

　　俗語寫俗情美。明代是我國資本主義萌芽的一個時代。晚明時期，灶丁王艮、樵夫朱恕、陶匠韓貞、田夫范延美以及封建制度的叛逆者李贄宣導一種世俗哲學，提出了「穿衣吃飯即人倫物理」的重要哲學觀點。把哲學從程朱理學的先驗世界拉回到「穿衣吃飯」的物質世界。《金瓶梅》正是在這種哲學思潮的薰陶下，把它的美學鏡頭集中在俗情的場面上的。在小說的第一回中，我們可以看到武大為了「穿衣吃飯」，終日挑擔子出去，街上賣燒餅度日。在「消折了資本」之後，只好「移在大街坊張大戶家臨街房居住，依舊做買賣」。為了安身，他極力奉承張宅家中人；為了得到五兩銀子的本錢，他甘心讓自己的妻子與張大戶暗中「廝會」。小說的五十六回更是活靈活現地描寫了一對「柴米

15　魯迅：《中國小說史略》。

夫妻」：

> 常時節作謝起身，袖著銀子，歡的走到家來。剛剛進門，只見那渾家鬧吵吵嚷將出去，罵道：「梧桐葉落滿身光棍的行貨子！出去一日，把老婆餓在家裏，尚兀自千歡萬喜到家來，可不害羞哩？房子沒的住，受別人許多酸嘔氣，只教老婆耳朵裏受用。」那常二只是不開口，任老婆罵的完了，輕輕把袖裏銀子摸將出來，放在桌兒上，打開瞧著道：「孔方兄，孔方兄！我瞧你光閃閃響噹噹的無價之寶，滿身通麻了，恨沒口水咽你下去。你早些來時，不受這淫婦幾場合氣了。」那婦人明明看見包裏十二三兩銀子一堆，喜的搶近前來，就想要在老公手裏奪去。

對於這段描寫，張竹坡連批三個「為銀子」、一個「可憐」、一個「可歎」和「又為財字一哭」，並說這是「一篇柴米夫妻文字」。它不僅形象生動地描繪了「常峙節得鈔傲妻兒」的神態，而且傳神地描繪出常二妻子的感情變化『迎門接住』與前『進門』『嚷將出來』，怒顏喜色躍然紙上」，給了我們一種美的享受。所以無名氏在「崇眉」中感歎地說：「止此一物，其未得也，婦人怨之罵之而啞口不能對；其既得也，則冷譏熱訕，使之陪笑，陪笑不已，使之下淚。寫貧家一種有柴米而無恩愛夫妻情景，真令人欲哭。」（第五十六回）小說通過對另一對「柴米夫妻」韓道國與王六兒「出妻獻子」行為的描寫，反映了當時的俗情。韓道國是西門慶雇用的夥計，為了討好西門慶，讓西門慶把自己十五歲的女兒愛姐送給太師蔡京的大管家翟謙當小妾，對於西門慶這種坑害他們女兒的行為，不僅不怨恨，反而說是「殺身也難報大爹」的大恩。更有甚者，夫婦二人竟合計讓西門慶霸占王六兒。小說第三十八回這樣寫道：

> 婦人道：「這不是有了五十兩銀子，他到明日一定與咱多添幾兩銀子，看所好房兒。也是我輸了身一場，且落他些好供給穿戴。」韓道國：「等明日鋪裏去了，他若來時，你只推我不知道，休要怠慢了他，凡事奉承他些兒。如今好容易賺錢，怎麼趕的這個道路！」老婆笑道：「賊強人，倒路死的！你倒會吃自在飯兒，你還不知道老娘怎樣受苦哩！」兩個又笑了一回，打發他吃了晚飯，夫妻收拾歇下。

從這段對話中，我們不僅得到了如聞其聲、如見其人的藝術感受，而且也像張竹坡一樣領悟到「世情可歎」的時俗。奶媽如意兒在西門慶的兒子官哥兒死了之後，謊說自己的男人死了，不惜屈身辱體地事奉西門慶，以使自己不致被解雇，她為什麼要這樣呢？潘金蓮的一番罵語道出了實質：「天不著風兒晴不的，人不著謊兒成不的！他不恁攛瞞著，你家肯要他！想著一來時，餓答的個臉，黃皮兒寡瘦的，乞乞縮縮那等腔兒。看你賊淫婦，吃了這兩年飽飯，就生事兒雌起漢子來了。」顯而易見，如意兒之所以說謊話，

之所以任憑西門慶在她的身上發洩獸欲，無非是為了圖一口「飽飯」。小說中的這些生活畫面的描繪，藝術地再現了「穿衣吃飯即人倫物理」的世俗生活，從批判諷刺的角度反映了市井小人的這些俗情，給我們一種「真」中蘊「美」的審美愉悅。

世俗語言的美。語言是小說的藝術媒介。俗語入書，是《金瓶梅》的一大特色。《金瓶梅》的世俗語言的美，主要表現在下述兩個方面。首先是俗中傳神，即人物語言的個性化。劉廷璣在《在園雜誌》中指寫：「凡寫一人，始終口吻酷肖到底，掩卷讀之，但道數語，便能默會為何人。」俗人說俗話，俗話見俗性，是《金瓶梅》人物個性化的一個重要手法。吳月娘的老謀深算、李瓶兒的熱極淺顯、潘金蓮的淫蕩嫉妒、孟玉樓的圓滑乖巧、李嬌兒的橫蠻放刁、孫雪娥的愚笨粗俗、龐春梅的凶悍無恥、應伯爵的趨炎附勢、陳敬濟的浮浪輕信，直至妓女李桂姐的恃寵生驕、吳銀兒的虛情假義、鄭月兒的工於心計、王婆的狠毒、薛嫂的心深、文嫂的細心周密，都是借助於人物的語言傳達出來的。

試就潘金蓮阻娶李瓶兒的一段話來欣賞《金瓶梅》的俗語之美。

> 金蓮道：「呸！有甚難處的事？你到那裏，只說：『我到家對五娘說來，他的樓上堆著許多藥料，你這傢伙去到那裏，沒處堆放。亦發再寬待此時，你這邊房子七八也蓋了，攛掇匠人早些裝修，油漆停當，你這裏孝服也將滿，那時娶你過來，卻不齊備些？強似搬在五娘樓上，葷不葷，素不素，擠在一處，甚麼樣子？』管情他也罷了。」（《金瓶梅》第十六回）

張竹坡夾批道，「然則同在花園住，亦只葷不葷，素不素？此六字，可供贈金、瓶、梅三人」，極賞「葷不葷，素不素」可泛指西門慶與金、瓶、梅三人的淫穢關係。在小說第七十六回中，孟玉樓勸潘金蓮向吳月娘賠禮道歉，說了兩段話：

> 玉樓說：「六姐，你怎的裝憨兒？把頭梳起來，今日前邊擺酒，後邊恁忙亂，你也進去走走兒，怎的只顧使性兒起來？剛才如此這般，俺每勸了他一回。你去到後邊，把惡氣兒揣在懷裏，將出好氣兒來，看怎的與他下個禮，賠個不是兒罷？你我既在矮簷下，怎敢不低頭？常言：『甜言美語三冬暖，惡語傷人六月寒。』你兩個已是見過話，只顧使性兒到幾時？人受一口氣，佛受一爐香，你去與他賠個不是兒，天大事都了了。不然，你不叫他爹兩下裏也難。待要往你這邊來，他又惱。」

> 玉樓道：「你又說，我昨日不說的，一棒打三四個人。就是後婚老婆，也不是趁將來的，當初也有個三媒六證，難道只恁就跟了往你家來！砍一枝，損百株。就

是六姐惱了你，還有沒惱了你的。有勢休要使盡，有話休要說盡。凡事看上顧下，留些兒防後才好。不管蚰蟲、蟋蟀，一例都說著。對著他三位師父，郁大姐。人人有面，樹樹有皮，俺每臉上就沒些血兒？他今日也覺不好意思的。只是你不去，卻怎樣兒的？少不的逐日唇不離腮，還在一處兒。你忙些把頭梳了，咱兩個一答兒到後邊去。」

張竹坡的「夾批」認為這些由成語、諺語、方言所組成的勸潘金蓮的話語是「可兒，可兒，真正出色」，表現出孟玉樓「真能化有事為無事者」的本領，刻畫了孟玉樓一頭放火，一頭放水的「妙人」性格，同時也把孟玉樓「自己的心事」和「後文別嫁」的打算也顯示出來了。這也是通部《金瓶梅》中眾婦人語言所共有的世俗特點：通俗、火辣、流變、自然、見性。

其次，俗中藏趣，這是《金瓶梅》的俗語美的第二個特色。《金瓶梅》是一部批判現實主義的傑作，它在刻畫世俗小人形象的時候，往往用俗語安置一個諷刺趣味極濃的環境，以此間接地替人物畫相立品。六十九回中西門慶到「招宣府初調林太太」時，小說描寫招宣府的後堂中，「迎門朱紅匾上寫著節義堂三字，兩壁隸書一聯：傳家節操同松竹，報國勳功並斗山。」

這三大筆的突兀描寫，把王府裝點為一個講究禮義廉恥的聖地。而緊靠這塊聖地的五間正房內卻住著一個徐娘半老的淫婦。這個淫婦身為二品夫人，竟與一個市井無賴之徒西門慶私通，甚至為了使西門慶以後來往方便，甘心讓自己的兒子認西門慶作義父。這段對王府後堂的描寫所顯示出的諷刺趣味性，正如張竹坡在回評中所指出的那樣：「林太太之敗壞家風，乃入門一對聯寫出之，真是一針見血之筆。」《金瓶梅》八十四回描寫岱嶽廟道士石伯才的方丈是：「裏面糊的雪白，正面芝麻花坐床，柳黃錦帳，香几上供養一軸洞賓戲白牡丹圖畫，左右一聯，淡濃之筆大書：攜兩袖清風舞鶴；對一軒明月談經。」對這些物件的描寫。張竹坡在夾批中連續批寫道：「妙絕好地面」，「妙絕好床」，「妙絕好帳」，「又妙絕好畫」。張竹坡之所以嘖嘖稱讚這段細節描寫，就是因為這裏所寫到的每一個細節，都在暗示道士石伯才只不過是個披著道冠的好色之徒，暗示出這個宣經講法的聖地實為任意姦淫婦女的濁土。小說中所描寫的王六兒房中的張生遇鶯鶯圖、西門慶廳堂裏的奇形怪狀的擺設，都是為它的主人背面傳粉，傳神立品，同時也顯露了淫風甚熾的明末時代氣息。《金瓶梅》中這些用俗語描繪的人物環境，都是一種「婉而多諷」的藝術魅力，它們雖然「無一貶詞」，但能使人物「情偽畢露」。這種描寫實開我國諷刺小說之先河，給了集諷刺藝術之大成的《儒林外史》以藝術啟迪。

美國學人海托華認為：「中國的《金瓶梅》與《紅樓夢》二書，描寫範圍之廣，情

節之複雜,人物刻畫之細緻入微,均可與西方最偉大的小說相媲美……中國小說在質的方面,憑著上述兩部名著足可以同歐洲小說並駕齊驅,爭一日之短長。」[16]《金瓶梅》正是以其用俗語寫俗人、俗事、俗情的獨特美學風貌來饗國外的讀者,為中國古典小說贏得極高的聲譽。

後人亦曾作過文學嘗試,將《金瓶梅》這部「市井文字」改變成花嬌月媚的「西廂」文字。寒小窗的《哭官哥》仿《西廂記》第四本第三折中「滾繡球」和「叨叨令」來寫李瓶兒喪子之痛:

> 李瓶兒守著孩兒增悲歎,衣帶不解怎成眠?正逢八月中秋節,對景的佳人越淚漣……但只見桌兒上的銀燈昏倦倦,又聽得簷前的鐵馬兒鬧喧喧,野寺鐘鳴聲噎噎,譙樓鼓打響連連,金風陣陣把窗櫺打,寒蛩唧唧惹愁煩,竹韻悠悠生淒慘,鴻雁哀哀鳴碧天。意懸懸心中思往事,撲簌簌兩眼淚如泉。悲切切自恨生來多命苦。痛哀哀一番心恨鎖眉尖;茶呆呆手托香腮思往事,眼巴巴盼望哥兒的病體安,淒慘慘櫻桃小口長吁氣,恨漫漫暗踪小金蓮,一陣陣涼風吹弱體,冷清清獨自痛心酸,咕冬冬譙樓交五更,悶錯錯一陣睡應纏。軟怯怯香腮偎繡枕,忽悠悠已入夢魂間,眼睜睜瞧見花子虛的面,孤零零獨自站床前,惡狠狠指定開言罵,絮叨叨不住地問要原,說你好端端為何身從西門慶,活樸樸氣死我到陰間!一椿椿告到地森羅殿,急速速拿你赴黃泉……(第一回〈詩篇〉,傳惜華藏本《子弟書選》)

《西廂記》第四本第三折〔叨叨令〕中也有「見安排著車兒、馬兒,不由人熬熬煎煎的氣,有什麼心情兒、醫兒,打扮的嬌嬌滴滴的媚;準備著被兒、枕兒,則索昏昏深深的睡;從今後衫兒、袖兒,都搵著重重疊疊的淚」之句。很明顯,寒小窗借用了《西廂記》疊字的修辭手法來抒寫李瓶兒痛子之悲,頗有點「花嬌月媚」的《西廂》文字韻味。而此段情節,《金瓶梅》則是這樣寫的:「李瓶兒通衣不解帶,晝夜抱在懷中,眼淚不乾的只是哭……那時正值八月下旬天氣,李瓶兒守著官哥兒睡在床上,桌上點著銀燈……當下李瓶兒臥在床上,似睡非睡,夢見花子虛從門外走來,身穿白衣,恰似活時一般。見了李瓶兒,厲聲罵道:『潑賊淫婦』你如何抵盜我財物與西門慶!如今我告你去也!』被李瓶兒一手扯住他衣袖,央及道:『好哥哥,你饒我則個。』花子虛一頓,撒手驚夢,卻是南柯一夢。睡來手裏扯著,卻是官哥兒的衣衫袖子。連嘁了幾口道:『怪哉,怪哉!』聽一聽更鼓,正打三更三點。李瓶兒唬的渾身冷汗,毛髮皆豎。」這裏的情景、人物的心情、人物的語言、人物的夢境都是「市井文字」,頗具世情小說的文學特色。

---

[16] 海托華:〈論金瓶梅〉,《中國文學在世界文學中的地位》,頁45。

市井《金瓶梅》與雍肅《紅樓夢》

　　《金瓶梅詞話》在明代列為四大奇書之中，而在明清兩代的五大奇書中亦占有一席之地。《紅樓夢》與《金瓶梅詞話》並列在這五大奇書之中，而且是中國古典小說的頂峰。太平閒人在〈石頭記讀法〉中指出：「《石頭記》脫胎在《西遊記》，借徑在《金瓶梅》；攝神在《水滸傳》。」這個審美評價是說《紅樓夢》中的「木石前盟」與「金玉良緣」的神話色彩來自神魔小說《西遊記》；《紅樓夢》以一家之事反映當時社會現實的寫法都是從《金瓶梅》那裏借用過來的；《紅樓夢》中給眾人物「攝神」方面模仿了《水滸傳》。《紅樓夢》「借徑在《金瓶梅》」，但並不等於《金瓶梅》，因為《紅樓夢》寫的是封建大官宦一家之事，而《金瓶梅》寫的是一市井小人家中之事。家事不同，則小說的美學風貌自然也就不同。戚蓼生在《石頭記‧序》中說：

> 試一一讀而繹之：寫閨房則極其雍肅也，而豔冶已滿紙矣；狀閥閱則極其豐整也，
> 而式微已盈睫矣；寫寶玉之淫而癡也，而多情善悟不減歷下琅琊也；寫黛玉之妒
> 而尖也，而篤愛深憐不啻桑娥石女。他如華繪玉釵金屋，刻畫蒳澤羅襦，靡靡焉
> 幾令讀者心蕩神怡矣。而欲求其一字一句之粗鄙猥褻，不可得也。（有正本《脂硯
> 齋重評石頭記》）

　　用雍肅、豔冶、豐整來形容《紅樓夢》的美學風貌當不為失實，這與《金瓶梅》的「市井文字」的美學風貌是大相徑庭的。這種雅與俗，在《紅樓夢》中大家閨秀似的青年女子的身上和《金瓶梅》中市井婦人的身上尤為明顯。

　　《金瓶梅》以西門慶這個市井小人為中心，刻畫了許多女性形象。《紅樓夢》圍繞賈寶玉這個「富貴閒人」（也即俄羅斯文學中「多餘的人」）也描繪了眾多的女性形象。正是在這些女性群像的身上，顯示出了這兩部小說的雅與俗。

一、作品審美傾向性的雅與俗

　　文學形象是作家思維的藝術結晶，作品的客觀審美傾向性是「從場面和情節中自然

而然地流露出來」的，[1]是通過形象或形象體系來顯現的。《金瓶梅》與《紅樓夢》的客觀審美傾向性，在很大程度上取決於它們各自描繪的「女人國」。首先，能顯示出這兩部作品客觀思想傾向性高下的是小說中的女主角。《金瓶梅》中的女主角是西門慶的一妻五妾：吳月娘、李嬌兒、孟玉樓、潘金蓮、孫雪娥、李瓶兒。潘金蓮原是武大的妻子，與西門慶勾搭上後便毒死了武大，轉嫁西門慶。到了西門慶家後，一味倚色肆惡，先是與小廝琴童私通，後叨唆西門慶毒打孫雪娥。她與李瓶兒爭寵，蓄意馴養了一隻名叫雪獅子的大貓，驚嚇死了李瓶兒的僅有一歲零四個月的孩子，使李瓶兒悲傷過度而最終死去。為了獨占西門慶，她還假西門慶之手迫害家人來旺兒，逼得來旺兒的妻子、西門慶的姘頭宋蕙蓮懸樑自盡；還千方百計地辱罵毒打李瓶兒的奶娘如意兒。西門慶縱欲身亡後，她便立即售色東床，與西門慶的女婿陳敬濟姦宿。當她被王婆領出去發賣時，這個精粗美醜兼收的蕩婦竟與王婆的兒子王潮兒偷饞抹嘴。最後這個被惡勢力造就的變態的女性被武松手刃，了卻她那污濁不堪的一生。至於李瓶兒，原是西門慶結拜的兄弟花子虛的妻子。花子虛在世時她主動暗約西門慶私通，把三千兩銀子與珠寶瞞著花子虛而寄放在西門慶家中。花子虛出獄後追問這筆財產時，她謊稱打官司用盡了。花子虛氣憤成疾，她竟殘忍地不給他請醫求治，以致花子虛活活氣死。花子虛一死，西門慶又因楊戩一案受到牽連，沒來得及娶她，她便嫁給醫生蔣竹山。婚後不三天，她又嫌蔣竹山不能滿足她的性要求，又無情地將他趕走。等西門慶官司一了結，她便主動而無恥地嫁給西門慶，並演出了新婚夜上吊的惡作劇，遭到西門慶一頓鞭打，其鮮廉寡恥、熱極淺顯，令人憎惡。吳月娘是西門慶的繼室，是一個綿裏裹針、貪財趨勢的家主婆。西門慶在外胡作非為，在家打妻熬妾，她從不規勸。太師蔡京的大管家翟謙要討小妾，她勸西門慶趕快買個黃花閨女送去，以討好翟謙，打通西門慶的晉升之道。李瓶兒私寄家財，食盒抬銀、牆頭遞物的主意都是吳月娘出的，以便掩人耳目。更有甚者，當她聽王婆說武松願出一百兩銀子買下潘金蓮為妻時，她明知潘金蓮必死無疑，卻不當面點破。她明知李桂姐是西門慶包占的妓女，為了討好西門慶，竟收桂姐為乾女兒，為桂姐與西門慶的來往大開綠燈。

《紅樓夢》中的女主角是金陵十二釵，是一群貴族的青年女子，其中除王熙鳳外，作者都有不同程度讚美之詞。林黛玉是一個病如西子勝三分，心比比干多一竅的弱女子。她離經叛道，不遵封建禮教規定的閨禮婦道，與以賈母、賈政、王夫人為首的封建統治階級相悖，同富有反叛精神的賈寶玉站在一邊，從不向他說仕途經濟之類的混帳話。在寶玉所作的力所能及的反抗中，她是寶玉惟一知心的支持者。在她的纖弱的身體內，積

1　恩格斯：〈致敏·考茨基〉，《馬克思恩格斯選集》第 4 卷，頁 453。

聚著憤世嫉俗的傲骨精神。當代表封建禮教的「金玉良緣」擊潰了富有叛逆性質的「木石前盟」時，她毫不妥協地焚詩稿，斷癡情，抗濁世，求速死，寧願魂歸離恨天，不肯苟延殘喘留人間。她的這種「質本潔來還潔去」的可貴品質，在讀者的心目中留下了一個優美的形象。曹雪芹不僅「悼玉」，而且「悲金」。儘管薛寶釵是一個封建禮教與封建制度的衛道者，但是她對寶玉的真心愛慕，她的聰明美麗，曹雪芹都描寫得令人讚賞。至於探春的「才自清明志自高」，迎春「金閨花柳質，一載赴黃粱」的命運，惜春的「獨臥青燈古佛旁」的結局，史湘雲的豪放豁達與熱情直率，在《紅樓夢》中都寫得如泣如訴，震動著讀者的心弦。總之，在蘭陵笑笑生的筆下，西門慶的一妻五妾都是些惡婦、妒婦、毒婦、淫婦。而在曹雪芹的筆下，大觀園中的貴族青年女子大多數有其令人稱道的性格和令人同情的命運。

其次，能見出這兩部作品審美傾向雅俗的是奴婢的形象。王六兒是西門慶家夥計韓道國的妻子。為了騙取女兒的嫁妝、房子、丫鬟，為了給丈夫謀個好差事，她借色圖財、甘心情願地屈體奉承西門慶，任憑西門慶慘無人道地在她身上胡行亂來，不以為恥，反以為榮；不以此為苦，反以為樂，津津樂道地欣賞自己的這條進財之道。宋蕙蓮是西門慶家人來旺的妻子，她本意無情西門慶，但為了得到西門慶的一些錢物，也不惜出賣自己的肉體，甚至到後來甘心給西門慶當外室，以致最終妒寵不勝，死於潘金蓮之手。特別顯得卑劣無恥的是潘金蓮的丫鬟龐春梅，當她被西門慶收用後，便恃寵生驕，欺凌他人。潘金蓮激打孫雪娥，迫害來旺兒夫婦，毆打如意兒，毒打秋菊，都少不了她。甚至潘金蓮與西門慶白日宣淫，與陳敬濟通姦，她不僅在場，而且介入其中，肆惡無忌，縱欲無度。潘金蓮發賣前，她被發落在周守備家，周守備對她百依百順，她卻繼續與陳敬濟姦宿，甚至與老家人周忠次子周義私通，竟死在周義身上。可見，在《金瓶梅》中的這些奴婢的身上，不僅勞動婦女的美德蕩然無存，而且失去了起碼的人性，毫無人格可言。

而對《紅樓夢》中的丫鬟，曹雪芹則褒多於貶，多用憐香惜玉之筆，寫得極有分寸、極為動人。晴雯這個「身為下賤」的女奴卻「心比天高」，從不聽任主子擺布，時時處處捍衛自己的人格尊嚴。王夫人賞了秋紋兩件衣服，秋紋為之誇耀，晴雯卻說：「要是我，我就不要」；「衝撞了太太，我也不受這口氣」。抄檢大觀園，別人都是規規矩矩地聽候檢查，她卻怒氣衝衝地把箱子掀開，兩手提著箱底子，把物件往地上一倒，表現出對王夫人的極大憤怒。她同情支持寶玉與黛玉的叛逆性的自由結合，鄙視所謂金玉良緣。總之，在曹雪芹看來，晴雯是個「其為質則金玉不足喻其貴；其為體則冰雪不足喻其潔；其為神則星日不足喻其精；其為貌則花月不足喻其色」的品貌極優的少女。當我們讀到她抱屈夭折風流的悲慘結局時，直覺得「斑斑血淚，灑向西風，默默餘哀，訴憑

冷月」。鴛鴦是賈母的貼身丫鬟,當兒孫滿堂、鬚髮斑白的賈府大老爺賈赦要娶她做小老婆時,面對「半個主子」的「又體面又尊貴」的榮華富貴,她視如糞土,毫不動心。面對賈赦的淫威強權,她也毫不妥協地表示:「就是老太太逼著我、一刀子抹死了,也不能從命!」賈母一死,鴛鴦自知難逃出老色鬼賈赦的魔爪,於是毅然自盡。鴛鴦這種寧為玉碎,不為瓦全的內在美,連同她那蜂腰削背、鴨蛋臉、頭髮烏黑、高鼻樑的外形美,深深地刻印在讀者的腦海中。曹雪芹筆下的另一些奴婢、戲子如司棋、金釧、齡官、芳官、蕊官、藕官等都不甘心任憑主子蹂躪,用各自的鬥爭方式來反抗封建統治者,捍衛自己的人格尊嚴,給人一種悲壯美,而不似《金瓶梅》中的奴婢個個委曲求全,以色相討好主子,並相互間殘殺。

文學形象既是作品思想情感的載體,也是讀者以審美方式領悟作品的意蘊的引發器。讀完《金瓶梅》,我們直覺得「《金瓶梅》雖有許多好人,卻都是男人,並無一個好女人。屈指不二色的要算月娘一個,然卻不知婦道,以禮持家,往往惹出事端。至於愛姐,晚節固可佳,乃又守得不正經的節,且早年亦難清白。」(張竹坡:〈讀法〉90)而男子中的好人,在《金瓶梅》中倒是不少。《紅樓夢》則恰恰相反。男性群像中除寶玉、柳湘蓮外,其餘都是些濁臭不堪的人物。而女性群像中的多數人物,在不同程度上都有著令人同情、令人敬佩、令人讚美的地方。如果說《金瓶梅》中的女性群像,使我們在黑暗的王國裏只覺得一片混濁污穢,而《紅樓夢》中的女性群像,則使我們在黑暗的王國中見到一線光明,看到了封建王朝必然滅亡的徵兆。

二、作家審美意識的雅與俗

《金瓶梅》與《紅樓夢》同為我國古典現實主義小說的明珠,蘭陵笑笑生與曹雪芹都是我國古代言情小說的巨匠,為什麼這兩部小說通過外在的女性群像以表現出來的理性意蘊懸殊如此之大呢?文學是作家對生活的能動反映。文學創作就其實質而言,是作家的審美意識、審美情感、藝術才能的自我表現。在作家從事創作的三大主體要素中,思想是首要的因素。作家的世界觀不僅支配作家對生活的審美感受,而且制約著作家的創作意圖,決定作家對生活的藝術提煉和藝術傳達,從而導致出作品不同的客觀審美傾向性。恩格斯曾在〈詩歌和散文中的德國社會主義〉一文中指出,情節大致相同的同樣題材,在革命民主主義者海涅和小資產階級代表人物倍克的筆下產生出兩種不同的作品,前者是「以自己的大膽激起了市民的憤怒」,後者「因自己和市民意氣相投而使市民感到慰藉」。其所以如此,恩格斯認為這是兩人不同的世界觀所造成的。《紅樓夢》是以廣大青年女子的悲慘命運激起人們對封建制度、封建禮教的憎恨,而《金瓶梅》則是以

眾多淫婦的惡德敗行來替以男性為軸心的封建社會開脫罪責，這也是取決於這兩部小說的作者的世界觀的雅與俗。

《金瓶梅》七十九回，作者在西門慶縱欲身亡後寫道：

> 花面金剛，玉體魔王。綺羅妝做豺狼。法場斗帳，獄牢牙床。柳眉刀，星眼劍，絳唇槍。口美舌香，蛇蠍心腸，共他者無不遭殃……

> 二八佳人體似酥，腰間仗劍斬愚夫……

很明顯，蘭陵笑笑生承襲了封建統治階級歷來宣揚的女色禍水、男尊女卑的觀點，把婦女看成是亡國亡家的禍根，看作是「腰間仗劍斬愚夫」的「花面金剛、玉體魔王」。在這種鄙俗、落後的婦女觀的制約下，蘭陵笑笑生自述《金瓶梅》的創作意圖是：「如今這本書，乃虎中美女，後引出一個風情故事來。」其意在於告訴讀者，西門慶之所以死，西門慶家庭之所以破產，其罪責都在潘金蓮、王六兒、李桂姐等「虎中美女」的身上。因此，在《金瓶梅》中所出現的婦女，不論是西門慶的一妻五妾，還是西門慶家中的奴婢，還是西門慶包占的妓女，絕大多數是「嘲漢子的班頭，壞家風的領袖」，是「柳眉刀、星眼劍、絳唇槍」似的尤物，是具有「蛇蠍心腸」的壞女人，個個爭風吃醋，人人趨炎附勢、爾虞我詐。馬克思、恩格斯曾非常讚賞傅立葉關於婚姻問題的這段論述：「侮辱女性既是文明的本質特徵，也是野蠻的本質特徵，區別只在於：野蠻以簡單的形式所犯下的罪惡，文明卻賦之以複雜的、曖昧的、兩面性的、偽善的存在形式……對於使婦女陷入奴隸狀態這件事，男人自己比任何人都更應該受到懲罰。」[2]然而，遭到蘭陵笑笑生懲罰與鞭笞的更多的是潘金蓮、王六兒、李桂姐等「虎中美女」，而得到寬容的則是劉邦、項羽等封建帝王和西門慶之流的混帳男人。這當然是一種顛倒黑白、混淆是非的錯誤傾向。

曹雪芹處於封建末期，曹氏家庭的破產，那種「始於繁華，終於零落」的生活經歷的重大轉變，使他接受了黃宗羲、顧炎武、戴震、王夫之、唐甄等人的進步思想，具備了初步民主主義思想家、文學家的世界觀，在許多方面突破了封建觀念的束縛，尤為突出的則是他的進步的婦女觀。《紅樓夢》裏的賈寶玉與甄寶玉的思想是頗能代表曹雪芹的觀點。曹雪芹借他們之口說：「凡山川日月之精秀，只鍾於女兒，鬚眉男子不過是些渣滓濁沫而已」；「女兒是水做的骨肉，男子是泥做的骨肉，我見了女子便清爽，見了男子便覺濁臭逼人」；「這『女兒』兩個字，極尊貴、極清淨的，比那阿彌陀佛、元始

2　馬克思、恩格斯：《神聖家庭》。

天尊這兩個寶號，還更尊榮無雙的呢」！這些話雖然說得絕對，也缺乏階級分析，但是，它的鋒芒所向的是指男尊女卑、唯女子與小人難養的封建觀念，是對封建禮教的大膽挑戰。膽從識來。正因為曹雪芹識膽如鐵，所以他的文膽也如鐵。他像文藝復興時期的「護花使者」卜迦丘一樣，立誓把自己的全部心血獻給青年女子。

> 他自云：「今風塵碌碌，一事無成，忽念及當日所有之女子，一一細考較去，覺其行止見識皆出我之上；我堂堂鬚眉，誠不若彼裙釵；我實愧則有餘，悔又無益，大無可如何之日也！……我雖不學無文，又何妨用假語村言，敷演出來，亦可使閨閣昭傳，復可破一時之悶，醒同人之目，不亦宜乎？」

曹雪芹創作《紅樓夢》意在使讀者知道「閨閣中歷歷有人」，不讓「使其泯滅」。在這種進步而高雅的審美意識的指導下，曹雪芹一反前人那種千部一腔、千人一面的風月筆墨，嚴格地遵循現實主義的創作方法，「按跡循蹤，不敢稍加穿鑿」，「只按自己的事體情理」寫去，敷演出了這曲「千紅同哭（窟）」「萬豔同悲（杯）」的婦女悲劇。在黛玉、晴雯、鴛鴦、司棋、齡官、芳官等女性形象的代表人物身上，我們看到了封建社會中婦女身上的一種「怡紅快綠」的人性美和反抗精神。即使是賈母、王夫人、王熙鳳這些封建禮教的衛道者，在曹雪芹看來，也是因為她們「只一嫁了漢子，染了男人的氣味，就這樣混帳起來」，這就揭示出了封建社會中婦女的罪惡的根源是以男子為中心的封建禮教制度與觀念。

十八世紀的德國美學家萊辛指出，一個天才的藝術家，「他的主要人物性格的布局和塑造，包含著遠大的目的，即教導我們應該做什麼，或者允許做什麼的目的；教導我們認識善與惡，文明與可笑的目的；……至少讓我們希望和憎惡的力量，借適當的題材得到表現，並使這些題材隨時顯示其真實的面貌，免得我們弄得是非顛倒，該我們希望的卻遭到憎惡，該我們憎惡的卻又寄予希望。」[3]「市井文字」的《金瓶梅》中的女性形象「性格的布局和塑造」，給人們以「是非顛倒」的錯覺，使人們把憎惡的力量集中在這群被奴役、被踐踏的婦女身上。《紅樓夢》則以其對女性形象卓越的現實主義的刻畫，顯示出了那個時代的真實面貌，使我們獲得了認識善與惡、美與醜、文明與可笑的「特殊標誌」，讓我們愛慕與憎惡時沿著正確的審美方向得到表現。《紅樓夢》正是揚棄了《金瓶梅》中的思想糟粕，而代之以早期的人文主義的思想，突破了傳統思想與傳統手法的束縛，因此整部作品所流露出來的審美傾向性更富有時代特色，更具有人民性與進步性。所以毛澤東說：「《金瓶梅》的作者不尊重女性，《紅樓夢》《聊齋志異》是尊重

3　萊辛：《漢堡劇評》第34篇。

女性的。」[4]這是《金瓶梅》所無法比擬的。正因為如此,桐花鳳閣主人說:「予年十七,始讀《紅樓夢》傳奇。悅其舌本之香,醉其豔情之長。」他還用文采飛揚之筆稱讚《紅樓夢》:

> 采羅浮之綠梅,熟邯鄲之黃粱,飛漆園之蝴蝶,跨秦台之鳳凰,淚橫江之孤鶴,薦蹴蔬之惰羊。寫以牡丹亭畔之筆,鐫以青埂峰頭之石。供以紅樓夢裏之圖,藏以紫瓊館中之篋。辭曰:紅樓兮玉京,瀟湘館兮芙蓉城,彈紫璃兮為我吟,夢之來兮鑒我情。[5]

桐花鳳閣主人的這種審美愉悅,典型地代表了後世讀者閱讀《紅樓夢》這部「花嬌月媚」言情小說時的審美愉悅。

鵷雛(姚錫鈞)在〈稗乘譚焦〉中言:「《金瓶梅》如急湍峻嶺,殊少迴旋;《石頭記》如萬壑爭鳴,千岩競秀。《金瓶梅》如布帛粟食,僅資飽暖;《石頭記》如瓊裾玉佩,儀態萬方。此皆以文論也。」[6]這一見地,似可定為《紅樓夢》與《金瓶梅》的雅俗之論。

4　《毛澤東的讀書生活》,頁 224。
5　桐花鳳閣主人陳其泰:〈吊夢文〉。
6　見《春聲》第 1 集,1916 年。

《金瓶梅》與《紅樓夢》

「深得《金瓶》壺奧」,是《紅樓夢》前承《金瓶梅》最顯著的特色。

1961 年 12 月在中央政治局常委和各大軍區第一書記的會議上,毛澤東明確地指出:

> 《金瓶梅》是《紅樓夢》的祖宗,沒有《金瓶梅》就寫不出《紅樓夢》。[1]

毛澤東的這一論斷,一是洞燭到了《金瓶梅》與《紅樓夢》屬同類題材性質的長篇小說;二是《金瓶梅》開了此類性質小說之先河,《紅樓夢》完成了此類性質小說之終結;三是《金瓶梅》在我國古代文學史、古代小說史上占有重要的地位,具有重大創作實踐意義,「沒有《金瓶梅》就寫不出《紅樓夢》」。早在二十世紀三十年代,中國文壇巨擘魯迅就在《中國小說史略》中將《金瓶梅》列入「明之人情小說」之中,而將《紅樓夢》列入「清之人情小說」中,把它們視為「人情小說」中的兩部代表作。

在魯迅看來,人情小說亦即世情小說。對世情小說,魯迅在《中國小說史略》中是這樣詮釋的:「當神魔小說盛行時,記人事者亦突起,其取材猶宋市人小說之『銀字兒』。大率為離合悲歡及發跡變態之事,間雜因果報應,而不甚言靈怪,又緣描摹世態,見其炎涼,故或亦謂之『世情書』也。」魯迅認為在明代的「『諸世情書』中《金瓶梅》最有名」。而在清代世情小說中,魯迅極力肯定《紅樓夢》:「全書所寫,雖不外悲喜之情,聚散之跡,而人物事故,則擺脫舊套,與在先之人情小說甚不同。如開篇所說……蓋敘述皆存本真,聞見悉所親歷,正因寫實,轉成新鮮。」[2]說《紅樓夢》屬世情小說,這是為它的創作題材定性;說它「擺脫舊套」「轉成新鮮」,這是為它的藝術創新定論。

《紅樓夢》的小說評點者憑藉他們的審美直覺,亦常常將它與《金瓶梅》回環對照,發掘出異曲同工之美。

> 寫個個俱到,全無安逸之筆,深得《金瓶》壺奧。(脂硯齋:《紅樓夢》第十三回甲戌眉批)

---

1 《毛澤東的讀書生活》(北京:三聯書店,1986 年),頁 224。
2 魯迅:《中國小說史略》。

　　壼，本義指古時宮中道路，「宮中巷謂之壼」。（《爾雅·釋宮》）奧，室隅。壼奧後引申為先賢聖人的精要、奧妙、獨到之處：「皆及時君之門闈，究先聖之壼奧」。（《漢書·敘傳上》）脂硯齋在這裏取其精要、奧妙之意。他的這條評語是針對《紅樓夢》第十三回賈珍為兒媳採買上等棺木而言的，其原作是：

> 且說賈珍恣意奢華，看板時，幾副杉木板皆不中意。可巧薛蟠來吊，因見賈珍尋好板，便說：「我們木店裏有一副板，說是鐵網山上出的，作了棺材，萬年不壞的。這還是當年先父帶來的，原係忠義王老千歲要的，因他壞了事，就不曾用。現在還封在店裏，也沒有人買得起。你若要，就抬來看看」。賈珍聽說甚喜，即命抬來。大家看時，只有幫底皆厚八寸，紋若檳榔，味若檀麝，以手扣之，聲如玉石，大家稱奇。賈珍笑問道：「價值幾何？」薛蟠笑道：「拿著一千兩銀子只怕沒處買。什麼價不價，賞他們幾兩銀子作工錢就是了。」賈珍聽說，連忙道謝不盡，即命改鋸造成。賈政因勸道：「此物恐非常人可享，殮以上等杉木也罷了。」賈珍如何肯聽。（《紅樓夢》第十三回）

賈珍購棺木一節，與《金瓶梅》第六十四回西門慶購棺木極為相似。《金瓶梅》的文本是這樣寫的：

> 薛內相道：「我瞧瞧娘子的棺木兒。」西門慶即令左右把兩邊帳子撩起，薛內相進去，觀看了一遍，極口稱讚道：「好副板兒，請問多少價買的？」西門慶道：「也是舍親的一副板，學生回了他的來了。」應伯爵道：「請老公公試估估，那裏地道，什麼名色？」薛內相仔細看了，說：「此板不是建昌，就是副鎮遠。」伯爵道：「就是鎮遠，也值不多。」薛內相道：「最高者必定是楊宣榆。」伯爵道：「楊宣榆單薄短小，怎麼看得過？此板還在楊宣榆之上，名喚做桃花洞，在於湖廣武陵川中。昔日唐漁父入此洞中，曾見秦時毛女在此避兵，是個人跡罕到之處。此板七尺多長，四寸厚，二尺五寬，還看一半親家分上，還要了三百七十兩銀子哩。公公，你不曾看見，解開噴鼻香的，裏外俱是花色。」薛內相道：「是娘子這等大福，才享用了這板。俺每內官家，到明日死了，還沒有這等發送哩。」（《金瓶梅》第六十四回）

　　購買名貴棺木，是賈珍替兒媳辦喪事、西門慶為愛妾辦喪事的主要內容。西門慶其所以不惜血本為李瓶兒辦喪事，是因為李瓶兒不僅貌美，對他癡情，為他帶來一大筆財產；而且李瓶兒還為他生了一個兒子，並且就在這一天他還升了官，所以西門慶捨盡財力替李瓶兒辦喪事，雖似荒唐但還有夫妻之名分。而賈珍傾其所有替秦可卿辦喪事，表

面上是為兒媳，實質上也是為愛妾，只是說不出口而已，其譏諷之意已暗寓其間，這是《紅樓夢》「深得《金瓶》壺奧」之一，正如俞平伯所言，「敘秦氏死後買棺一節，幾乎全襲用《金瓶梅》李瓶兒之死文」。[3]

「深得《金瓶》壺奧」之二，就是借描寫喪事之盛來反映家庭的興衰。《金瓶梅》此回寫李瓶兒的喪事，是西門家由盛而衰的時期，作者極寫李瓶兒喪事場面之大、喪事之熱鬧、喪事之隆重，都是為了襯托後七十九回西門慶喪事之冷落，「喪禮盛……許多曲曲折折，總為西門一死對照」（張竹坡第六十五回總評）；「試看他於李瓶兒一死曲曲寫來，無事不備，無人不來，總為西門一死，詳略之間，特特作照，此回猶是第一熱鬧文字，不是冷局也」（張竹坡第六十三回總評）。《紅樓夢》中秦可卿的喪事也是在賈府處於由盛而衰的時期，當時是「百足之蟲，死而不僵」，還能講排場，擺闊氣，甚至為了讓兒媳喪禮「風光些」，賈珍不惜花一千五百兩銀子，讓「秦可卿死封龍禁尉」。喪事期間，寧、榮兩府上下人等一齊出動。而一百一十回賈太君去世，按理應比重孫媳婦不知要隆重多少倍，可是此時賈府已被抄，處於窮途末路。全府上下，可調派的人不過三十多人；辦喪事的銀子是鴛鴦出一分，王夫人出一分，東拼西湊，而朝廷答應的銀子也沒發下來；前來弔孝的人怨聲不絕，說：「叫了半天，上了菜，短了飯，這是什麼辦事的道理」；「雖說僧經道懺，弔祭供飯，絡繹不絕，終是銀錢吝嗇，誰肯踴躍，不過草草了事」。這種借喪事的熱冷對照來反映賈府的由盛而衰，也是《紅樓夢》從《金瓶梅》中演化而來的。闞鐸將《紅樓夢》第十三和十四回與《金瓶梅》第六十三和六十四回對照指出「可卿壽木與瓶兒壽木」，「可卿喪事與瓶兒喪事之比較」：「此數回之所本全在《金瓶梅》書六十三、六十四等回敘瓶兒喪事。」[4]

「深得《金瓶》壺奧」之三是「寫個個俱到」，即描寫了辦喪事期間的許多人物，以此來「描摹世態，以見炎涼」。李瓶兒死後，「喬大戶看木頭」，「伯爵定喪禮」，「皇仕內相送竹木」，「夏提刑來」，「胡府尹上祭」，「韓畫師傳真」，「翟管家寄書致賻」「黃真人發牒」，「胡知府、周守備、荊都監以下武官，李知縣以下文官，又宋御史、黃主事、安郎中、翟管家，色色俱來，特與西門一死相應」。（張竹坡第六十三回、第六十六回回評）西門慶死後，「其家中人上下一個不少，然此覺凄涼，不似瓶兒熱鬧，真神化之筆也」。（張竹坡第七十九回評語）西門慶生前曾資助過的蔡御史，拜靈之後，「揚長起身上轎去了」；宋御史將原答應給西門慶的古器批文轉給了別人；西門慶剛死，潘金蓮就「售色赴東床」，李嬌兒便「盜財歸麗院」，春鴻私扣批文，韓道國拐財，湯來

3　俞平伯：〈讀《紅樓夢》隨筆〉。
4　闞鐸：《紅樓夢抉微》，無冰閣校印本，1924 年。

保欺主，應伯爵投奔到張二官門下，等等，雖然也是「個個俱到」，但與前借給李瓶兒弔孝為名趨勢附炎於西門都判若兩人，真是人情逐冷暖，世態見炎涼。《紅樓夢》中秦可卿出殯，送殯的除了與寧榮二府平起平坐的「六公」之外，「諸王孫公子，不可枚數」，大轎十來頂，小轎三四十頂，車子百餘輛，各色執事陳設有三四里之遠。設路祭的有東平郡王、南安郡王，西寧郡王、北靜郡王等四大王爺家。出殯之氣派，「一時只見寧府大殯浩浩蕩蕩，壓地銀山一般從北而至」（《紅樓夢》第十四回）。賈母死後，小說只用兩小節文字，說連日王妃誥命也來的不少，鳳姐也不能上去照應，「叫了那個，走了這個；發一回急，央及一回；支吾過了，又打發一起」；「靈柩出了門，便有各家的路祭，一路上的風光，不必細述」。這遠不及秦可卿出殯時的詳描細敘。這種場面的冷清，藝術地折射出寧榮二府日薄西山、氣息奄奄的頹勢，從側面反映出當時的朝野上下對行將入墓的寧榮二府的歧視與冷淡。

此段應與《金瓶梅》內西門慶、應伯爵在李桂姐家飲酒一回對看，未知孰家生動活潑？（脂硯齋：《紅樓夢》第二十八回甲戌眉批）

在《金瓶梅》第十二回中，西門慶的十兄弟應伯爵等人，「正在那裏伴著西門慶，摟著粉頭歡樂飲酒」。席間小廝將潘金蓮要西門慶回家的一個束帖悄悄塞給西門慶，被妓女李桂姐撕得粉碎，並「走入房中，倒在床上」。「慌的西門慶親自進房，抱出她來」。伯爵等人為了討好西門慶，每人湊銀置辦酒席，替李桂姐消氣。席間場面生動，個個人物如畫，先是應伯爵唱了支《朝天子》的曲兒，點明西門慶在李桂姐身上使錢費物，圖的就是「一摟兒」；後是謝希大講了一個「有錢便流，無錢不流」的笑話，諷刺李家妓院。李桂姐針鋒相對地講了一個老虎「只會白嚼人」的笑話，挖苦應伯爵等人成天在妓院裏騙吃騙喝。西門慶貪色，應伯爵等人隨處討好及無恥卑劣，李桂姐的刁鑽奸詐，都被刻畫得入木三分，特別是西門慶此時梳籠李桂姐，為後面西門慶鞭打潘金蓮埋下了伏筆。

《紅樓夢》第二十八回中，馮紫英請寶玉、薛蟠飲酒，並有唱小旦的蔣玉函、錦香院妓女雲兒作陪。酒席上以女兒的「悲、愁、喜、樂」行令，從寶玉開始，接著馮紫英、下接雲兒，再下接薛蟠，最後蔣玉函收束。由於薛蟠文墨不通，粗俗不堪，時時插話，使得整個氣氛也活潑不已，尤其是賈寶玉的相思之情、雲兒的妓女之苦、薛蟠的下流卑鄙、蔣玉函的溫文爾雅，都在自己的令詞中一表無遺。席間賈寶玉結識蔣玉函，兩人私贈信物，為後文「不肖種種大承笞撻」的導火線。脂硯齋說《紅樓夢》與《金瓶梅》這兩個酒宴的描寫，「未知孰家生動活潑」，實際是欣賞它們各具特色，極為生動活潑，分不出鑒賞的高下，這便足以表明，在脂硯齋看來，《紅樓夢》繼承了《金瓶梅》這方

面的長處，具有較高的審美魅力。這是「深得《金瓶》壼奧」之四。

奇級之文，極趣之文。《金瓶梅》中有云：「把忘八的臉打綠了」已奇之至，此云「剩忘八」，豈不更奇？（脂硯齋：《紅樓夢》第六十六回乙卯夾批）

《紅樓夢》中柳湘蓮聽賈寶玉說尤三姐「真是一對尤物，她又姓尤」時跌腳道：「你們東府裏，除了那兩個石獅子乾淨罷了，只怕連貓兒狗兒都不乾淨，我不做這剩忘八！」忘八即王八也即亡八，詈語。它是由孝悌忠信、禮義廉恥八字而來，記其第八字「恥」，即無恥。「南人以龜為王八，北人以鱉為王八，市井小人以鴨為王八，均指陽性不足的男人。」柳湘蓮誤認為尤三姐是被賈府中貴公子玩得不要的女人，如果他要娶了尤三姐，便是一個剩餘的忘八了。《金瓶梅》中「把忘八的臉打綠了」，則出自小說第二十二回「春梅姐正色閑邪」情節中。

> 玉簫和蘭香眾人，打發西門慶出了門，在廂房內廝亂頑成一塊。一同都往對過東廂房西門慶大姐房裏摳混去了。止落下春梅一個，和李銘在這邊教演琵琶。李銘也有酒了，春梅袖口子寬，把手兜住了，李銘把他手拿起，略按重了些，被春梅怪叫起來，罵道：「好賊忘八！你怎的撚我的手調戲我？賊少死的忘八，你還不知道我是誰哩！一日好酒好肉，越發養活的你這忘八靈聖兒出來了，平白撚我的手來了！賊忘八，你錯下這個鍬撅了！你問聲兒去，我手裏你來弄鬼？爹來家等我說了，把你這賊忘八一條棍攛的離門離戶，沒你這忘八，學不成唱了？愁本司三院尋不出忘八來！撅臭了你這忘八了。」被他千忘八，萬忘八，罵的李銘拿著衣服往外走不迭。正是：
> 兩手劈開生死路，翻身跳出是非門。
> 當下春梅氣狠狠直罵進後邊來。金蓮正和孟玉樓、李瓶兒並宋蕙蓮在房裏下棋，只聽見春梅從外罵將來。金蓮便問道：「賊小肉兒，你罵誰哩？誰惹你來？」春梅道：「情知是誰？巨耐李銘那忘八，爹臨去，好意分付小廝留下一桌菜，並粳米粥兒與他吃。也有玉簫他們，你推我，我打你，頑成一塊，對著忘八，雌牙露嘴的，狂的有些褶兒也怎的！頑了一回，都往大姐那邊去了。忘八見無人，盡力把我手上撚一下，吃的醉醉的，看著我嗤嗤待笑。那忘八。見我吆喝起來，他就夾著衣裳往外走了。剛才打與賊忘八兩個耳刮子才好！賊忘八，你也看個人兒行事，我不是那不三不四的邪皮行貨，教你這忘八在我手裏弄鬼，我把忘八臉打綠了！」金蓮道：「怪小肉兒，學不學沒要緊，把臉氣的黃黃的，等爹來家說了，把賊忘八攛了去就是了。那裏緊等著供唱賺錢哩？怎的教忘八調戲我這丫頭！我

知道賊忘八業罐子滿了。」春梅道:「他就倒運,著量二娘的兄弟,那怕他二娘莫不挾仇,打我五棍兒?」宋蕙蓮道:「論起來,你是樂工,在人家教唱,也不該調戲良人家女子。照顧你一個錢,也是養身父母,休說一日三茶六飯兒扶侍著。」金蓮道:「扶侍著?臨了還要錢兒去了,按月兒一個月與他五兩銀子。賊忘八錯上了墳,你問聲家裏這些小廝們,那個敢望他雌牙笑一笑兒,吊個嘴兒?遇喜歡,罵兩句;若不喜歡,拉倒他主子跟前就是打。賊忘八造化低,你惹他生薑,你還沒曾經著他辣手!」因向春梅道:「沒見你,俺爹去了,你進來便罷了,平白只顧和他那房裏做什麼?卻教那忘八調戲你。」春梅道:「都是玉簫和他們,只顧還笑成一塊,不肯進來。」玉樓道:「他三個如今還在那屋裏?」春梅道:「都往大姐房裏去了。」玉樓道:「等我瞧瞧去。」那玉樓起身去了。良久,李瓶兒亦回房,使繡春叫迎春去。至晚西門慶來家,金蓮一五一十告訴西門慶。西門慶分付來興兒:「今後休放進李銘來走動。」自此斷了路兒,不敢上門,而「春梅身價竟天高」。

李銘來自李桂姐家妓院。李桂姐是西門慶第一個小妾李嬌兒的侄女。在外面李桂姐與潘金蓮是死對頭,在家裏潘金蓮又是李嬌兒的死對頭。春梅是潘金蓮的心腹,所以時時想替潘金蓮出口惡氣。當李銘教她彈琵琶略微將她的手腕按重了時,她便趁機發難,大罵李銘調戲了她,一口氣罵了李銘二十一個「忘八」,並揚言「我把忘八的臉打綠了」。忘八本是烏龜,頭為綠色,所以俗罵忘八是帶綠帽子的男人。春梅翻新,將忘八的臉也罵成綠色,即是罵李桂姐妓院的小廝是帶綠帽、長綠臉的烏龜。脂硯齋又將「綠忘八」與「剩忘八」聯繫起來予以調侃,見到了《紅樓夢》前承《金瓶梅》又自出新意。這是「深得《金瓶》壺奧」之五。

> 送花與秘戲,截然兩事,全不相干,特借送花人眼中看出耳。若用直筆,便是《金瓶梅》文字矣。(「桐評」第九回夾批)

這是陳其泰在《紅樓夢》第七回裏的評語。「送花」指周瑞家的將薛姨媽的宮花送到各處。「秘戲」指此回中王熙鳳與賈璉的房事。當周瑞家的送花到鳳姐院中時,房門關著,小丫頭豐兒坐在房門檻上,擺手示意。她走開。緊接著,房內傳出賈璉的微笑聲,房門開了,平兒喚丫頭給賈璉、鳳姐洗手。而《金瓶梅》中寫白天房事的都是「直筆」描述。如第四回「赴巫山潘氏幽歡」,小說不僅直接描寫西門慶與潘金蓮在王婆房中第一次幽歡,而且還描寫王婆「推開房門入來,大驚小怪,拍手打掌……西門慶和那婦人都吃了一驚」。陳其泰將《紅樓夢》的隱筆與《金瓶梅》的「直筆」對比賞析,見到了

它們各自運筆之妙。

> 一筆而其事已悉，真李龍眠白描法也。《金瓶梅》亦有用此法者。潘金蓮入房見
> 春梅耳少一環，在床下腳踏上覓得是也。（「桐評」第七回夾批）

　　如果說上一條夾批是針對周瑞家的送花時的眼見與耳聞寫的，那麼，這條夾批則是直接針對鳳姐的貼身丫鬟平兒所寫的。賈璉鳳姐白天過夫妻生活，平兒身在房內，而後又是她開門叫丫鬟舀水進來，則平兒的身份、地位，尤其是她與賈璉的性關係不言而自明。《紅樓夢》第四十四回中賈母罵賈璉說，「鳳丫頭和平兒還不是兩個美人胎子，你還不知足？」就明確無誤地點明了平兒與賈璉的這層關係。這種畫家李龍眠的白描法，《金瓶梅》中早就多處運用過。小說第二十七回「潘金蓮醉鬧葡萄架」時，潘金蓮的大丫頭春梅在一旁燙酒、打扇，弄棋子耍子，並與西門慶兩個一遞一口飲酒；第五十一回西門慶與潘金蓮試藥時，西門慶要春梅脫衣，潘金蓮則要春梅倒茶，都不回避春梅。因此，張竹坡說，「總之，金、梅二人原是同功一體之人，天生成表裏為惡，非一時半霎都分不開者」（《金瓶梅》第六回總評）。陳其泰用「白描法」來概括《紅樓夢》與《金瓶梅》在這方面的相似性，說明《紅樓夢》對《金瓶梅》的繼承性。這是「深得《金瓶》壺奧」之六。

　　一語抵得《金瓶梅》數百言。（「桐評」第二十一回評語）

　　《紅樓夢》第二十一回，寫賈璉與「多渾蟲」的媳婦輕薄：「二鼓人定，賈璉便溜進來相會，一見面，早已神魂失據，也不及情談款敍，便寬衣動作起來。」《金瓶梅》第二十三回中，西門慶也是夜約夥計來旺之妻宋蕙蓮在藏春塢相會，小說從點葉兒香、籠火盆、鋪床、脫衣，一直寫到就寢，二百多字，詳細備至。第三十七回中，西門慶私會夥計韓道國之妻王六兒，小說寫婦人遞茶、與西門慶閒聊、陪西門慶飲酒，掩上房門，西門慶許銀子，不少於七百多字。僅寫王六兒房內：「上面紙窗門兒，廂的炕床掛著四扇各樣顏色綾剪貼的張生遇鶯鶯蜂花香的吊屏兒，上桌鑒妝、鏡架、盆罐、錫器家活堆滿，地下插著棒兒香。上面設著一張東坡椅兒。」就有五十多個字。第三十八回寫西門慶第二次到王六兒家一事，也是七八百字，從丫鬟錦兒上果仁茶、磕頭，一直寫到西門慶答應給王六兒買新房，其間寫西門慶特意從家中帶來的「一弄兒淫器」就有七種之多，真可謂是至細至密，無一遺。陳其（太）將《紅樓夢》與《金瓶梅》類似情節的描寫，誇《紅樓夢》「雅」描寫「一語抵得《金瓶梅》數百言」，這既是他主張以「真事隱」「簡淨」手法為美的具體評點，也是他欣賞《金瓶梅》俗事繁寫的審美觀照。這是「深得《金瓶》壺奧」之七。

　　《紅樓夢》「深得《金瓶》壺奧」之八，還見之於劉姥姥初見王熙鳳時的場景描寫。《金瓶梅》第二十三回寫宋蕙蓮侍侯潘金蓮：「金蓮正臨鏡梳頭，蕙蓮小意在旁，拿抿鏡，掇洗手，掇洗手，殷勤侍奉，金蓮正眼也不瞧他。蕙蓮道：『娘的睡鞋裏腳，我轉來收了去。』金蓮道：『由他，你放著，叫丫頭進來收。』」《紅樓夢》第六回則這樣敘述：

> 那鳳姐家常帶紫貂昭君套，圍著那攢珠勒子，穿著桃紅灑花襖，石青刻絲灰鼠披風，大紅洋縐銀鼠皮裙，粉光脂豔，端端正正坐在那裏，手內拿著小銅火箸兒撥手爐內的灰。平兒站在坑沿邊，捧著一個小小的填漆茶盤，盤內一個小蓋鍾兒。鳳姐也不接茶，也不抬頭，只管撥那灰，慢慢的道：「怎麼還不請進來？」

鳳姐在劉姥姥面前持傲與潘金蓮在宋蕙蓮面前持傲，其神態，舉止極為相仿。

　　《金瓶梅》第六十四回借玳安之口，把大娘吳月娘、二娘李嬌兒、五娘潘金蓮、六娘李瓶兒的秉性作了生動的介紹，並重點將李瓶兒與潘金蓮進行對照，褒貶分明。並且連帶地指出春梅與潘金蓮是天生的一對「合氣星」。《紅樓夢》繼承了《金瓶梅》這種間接刻畫人物的手法，在第六十五回中借興兒之口，把王熙鳳、李紈、元春、迎春、探春、惜春、黛玉、寶釵作了生動的描繪，其描繪的重點是鳳姐，及黛玉寶釵，並且也把鳳姐房中的平兒順帶作了介紹。這兩部小說裏的小廝都是在喝酒忘形時吐的真言，既具客觀性，又具全面性，也具生動性，同時省去了許多筆墨，如出一轍，如源一水。這是「深得《金瓶》壺奧」之九。由此可見，脂硯齋的「深得《金瓶》壺奧」審美判斷，是極具藝術眼光和審美見地。

　　《野叟曝言》的回評認為該書「寫夫妻口解，此回如春鶯弄舌妖鳥啼春，酷類《金瓶》諸婦人勃谿口吻；寫主婢室淫如浪蝶逮花狂蜂采芯，酷類《金瓶》男女穢褻世界，非摹仿《金瓶》也。……兼見作者力量將全部《金瓶》所作之事，把說之話，撮其要領，擷其精華，收撮書頁中。更有後文兩番喪事以盡其變，而《金瓶》壺奧悉見」（第二十八回回末總評）；「此回前半合之前一回，將《金瓶梅》中序述家常瑣碎周密全副精神傾倒盡情，後半加李四嫂之蜜嘴蛇心，緯風糊日，則又王婆之等領袖也。」（第三十回回末總評）這兩則回評道出了《野叟曝言》亦是「深得《金瓶》壺奧」的「人間第一奇書」，可見金瓶梅》對後世影響之大。

《金瓶梅》與《水滸傳》

《金瓶梅》與《水滸傳》的關係，張竹坡在其評點中不時提及到，從這些評點中亦可見出張竹坡比較文學研究的審美功力。

一、「俱與《水滸》作表裏」

張竹坡見到了《金瓶梅》的故事是借用了《水滸傳》中西門慶與潘金蓮的故事：

> 冷遇兩段，則一段是武大的文字，一段是金蓮的文字。伯爵看去固是引子，即武松打虎、見官諸事，亦是信藥也。（張竹坡《金瓶梅》第一回回評）

> 此回俱與《水滸》作表裏。（張竹坡《金瓶梅》第八十七回夾批）

張竹坡的第一則評語指出小說第一回借西門慶熱結十兄弟時所提到的武松打虎是個「引子」，引出了原《水滸傳》中武松、武大郎、潘金蓮的故事；《水滸傳》中所寫的武松打虎、見官諸事也就成了《金瓶梅》的「信藥」，即生發出了《金瓶梅》的百回故事。第二則評語則指出了《金瓶梅》中的某些內容與《水滸傳》的某些內容是「表裏」一致的，亦即是重複的。由此，張竹坡看到了《金瓶梅》是借《水滸傳》的一個風月故事而寫出了一部百回的世情小說。關於這一點，在《金瓶梅》問世時，袁中道就看到了：「往晤董太史思白，共說小說之佳者。思白曰：『近有一小說，名《金瓶梅》極佳。』予私識之。後從中郎真州，見此書之半，大約模寫兒女情態俱備，乃從《水滸傳》潘金蓮演出一支」。[1]魯迅亦洞見道：「這種小說，大概都敘述些風流放縱的事情，間與悲歡離合之中，寫炎涼的事態，其最著名的是《金瓶梅》，書中所述是借《水滸傳》中西門慶做主人，與他一家的事蹟。」[2]

《金瓶梅》又是如何將《水滸傳》中西門慶、潘金蓮故事生發出這部奇「書」的呢？

1 　袁中道：《遊居柿錄》。
2 　魯迅：《中國小說史略》，附錄〈中國小說的歷史的變遷〉（北京：北新書局，1931 年）。

我們不妨摘抄幾處原文便可窺見其藝術奧妙：

且說西門慶正和縣中一個皂隸李外傳在樓上吃酒……正吃在熱鬧處，（西門慶）忽然把眼向樓窗下看，只見武松似凶神般從橋下直奔酒樓前來，已知此人來意不善，不覺心驚，欲待走了，卻又下樓不及，遂推更衣走往後樓躲避。武二奔到酒樓前，便問酒保道：「西門慶在此麼？」酒保道：「西門大官人和一相識在樓上吃酒哩。」武二拔步撩衣，飛搶上樓去，早不見了西門慶，只見一個人坐在正面，兩個粉頭坐在兩邊。認的是本縣皂隸李外傳，就知是他來報信，不覺怒從心起，便走近前，指定李外傳罵道：「你這廝，把西門慶藏在哪裏去了？快說了，饒你一頓拳頭！」李外傳看見武二，先嚇呆了，又見他惡狠狠逼緊來問，哪裏還說得出話來？武二見他不則聲，越加惱怒，便一腳把桌子踢倒，碟兒盞兒都打得粉碎。兩個粉頭兒嚇得魂都沒了。李外傳見勢頭不好，強掙起身來就要往樓下跑。武二一把扯回來道：「你這廝，問著不說，待要往哪裏去？且吃我一拳，看你說也不說！」早颼的一拳，飛到李外傳臉上。李外傳叫聲「啊呀」，忍痛不過，只得說道：「西門慶才往後樓更衣去了，不干我事，饒我去罷！」這武二聽了，就趁勢兒用雙手將他撮起來，隔著樓窗兒，往外只一兜，說道：「你既要去，就饒你去罷！」撲通一聲，倒撞在當街心裏。武二隨即趕到了後樓來尋西門慶。此時西門慶聽見武松在前樓行凶，嚇得心膽都碎，便不顧性命，從後樓窗一跳，順著房檐，跳下人家後院內去了。（《金瓶梅》第九回）

且表西門慶跳下樓窗，扒伏在人家院裏藏了，原來是行醫的胡老人家，只見他家使的一個大胖丫頭，走來毛廁裏淨手，蹶著大屁股，猛可見一個大漢子扒伏在院牆下，往前走不迭，大叫：「有賊了！」慌的胡老人急進來，看見認得西門慶，便道：「大官人，且喜武二尋你不著，把那人打死了。地方拿他縣中見官去了。這一去，定是死罪。大官人歸家去，料無事矣。」西門慶拜謝了胡老人，搖擺來家，一五一十對潘金蓮說，二人拍手大笑，以為除了患害。婦人叫西門慶上下多使些錢，務要結果了他，休要放他出來。西門慶一面差心腹家人來旺兒，饋送了知縣一副金銀酒器，五十兩銀子，上下吏典也使了許多錢，只要休輕勘了武二。（《金瓶梅》第十回）

那婦人見頭勢不好，卻待要叫，被武松腦揪倒來，兩隻腳踏住他兩隻胳膊，扯開胸脯衣裳。說時遲，那時快，把尖刀去胸前只一剜，口裏銜著刀，雙手去挖開胸脯，摳出心肝五臟，供養在靈前。再乞察一刀，便割下那婦人頭來，血流滿地。

四家鄰舍，眼都定了，只掩了臉。看他忒凶，又不敢勸，只得隨順他。武松叫士
兵去樓上取下一床被來，把婦人頭包了，揩了刀，插在鞘裏。（《水滸傳》第二十
五回）

武松一直撞到樓上，去閣子前張時，窗眼裏見西門慶坐著主位，對面一個坐著客
席，兩個唱的粉頭坐在兩邊。武松把那被包打開，一抖，那顆人頭血淥淥的滾出
來。武松左手提了人頭，右手拔出尖刀，挑開簾子，鑽將入來，把那婦人頭望西
門慶臉上擲將來。西門慶認得是武松，吃了一驚，叫聲：「哎呀！」便跳起在凳
子上去。一隻腳跨上窗檻，見下面是街，跳不下去，心裏正慌。說時遲，那時快，
武松卻用手略按一按，托地已跳在桌子上，把些盞兒、碟兒都踢下來。兩個唱的
行院，驚得走不動。那個財主官人，慌了腳手，也倒了。西門慶見來得凶，便把
手虛指一指，早飛起右腳來。武松只顧奔入去，見他腳起，略閃一閃。恰好那一
腳正踢中武松右手，那口刀踢將起來，直落下街心裏去了。西門慶見踢去了刀，
心裏便不怕他。右手虛照一照，左手一拳，照著武松心窩裏打來。卻被武松略躲
而過，就勢從脅下鑽入來，左手帶住頭，連肩胛只一提，右手早拌住西門慶左腳，
叫聲：「下去！」那西門慶一者冤魂纏定，二乃天理難容，三來怎當武松神力，
只見頭在下，腳在上，倒撞落在當街心裏去了，跌得個發錯第一十。街上兩邊人
都吃了一驚。
武松伸手下凳子邊，提了淫婦的頭，也鑽出窗子外，湧身往下只一跳，跳在當街
上，先搶了那口刀在手裏。看這西門慶，已跌得半死，直挺挺在地下，只把眼來
動。武松按住，只一刀，割下西門慶的頭來。把兩顆頭相結做一處，提在手裏，
把著那口刀，一直奔回紫石街來。（《水滸傳》第二十五回）

顯而易見，《水滸傳》裏武松替武大報仇，是先殺淫婦潘金蓮，後殺姦夫西門慶。
殺潘金蓮時，四鄰均在場，殺的場面寫得很細緻。殺西門慶時，西門慶還與武松交手打
了幾招，其場面也很生動。而在《金瓶梅》裏，武松是先去殺西門慶，然後再去殺潘金
蓮。《金瓶梅》將《水滸傳》中陪西門慶飲酒的「財主官人」換成了替西門慶通風報信
的皂隸李外傳，並讓李外傳成了西門慶的替死鬼。而西門慶本人連武松的照面都未打，
更不說像《水滸傳》裏與武松交手，他先跳到胡行醫家院子裏，被淨手的胖丫頭發現，
最後是大搖大擺地回到家裏，與潘金蓮合計進一步暗害武松。結果是武松發配，西門慶
與潘金蓮安然無事地過著荒淫無恥的生活。可見《金瓶梅》的作者在借用《水滸傳》這
個題材時，十分高明地讓西門慶、潘金蓮從武松的刀下逃過死劫，在英雄傳奇小說的題
材上而開出了世情小說的奇葩：「《金瓶梅》──全篇百回，取《水滸傳》中唯一的豔

事那西門慶與潘金蓮的事做骨子,加以種種複雜描寫而成的。」[3]張竹坡在評點時用「引子」「信藥」「表裏」三詞,精微地指出了《金瓶梅》作者處理《水滸傳》中題材的藝術結撰能力,其審美鑑別力真非一般讀書人所及。

二、人物賓主顛倒

> 《水滸傳》本意在武松,故寫金蓮是賓,寫武松是主。《金瓶梅》本意寫金蓮,故寫金蓮是主,寫武松是賓。文章有賓主之法,故立言本自不同,所以打虎一節,亦只得在伯爵口中說出。(張竹坡《金瓶梅》第一回回評)

《水滸傳》的「立言」是寫英雄傳奇,所以武松是小說中的主要人物,潘金蓮、西門慶則是次要人物。而《金瓶梅》「立言」寫市井小人的日常生活,因此它在借用《水滸傳》裏潘金蓮與西門慶一段姦情時,便反賓為主,將潘金蓮、西門慶作為主要描寫對象,而將武松置於從屬地位,成了表現姦夫淫婦性格的配角。張竹坡用「立言本自不同」來辨析《水滸傳》與《金瓶梅》中的「賓主」易位、主從倒調,表露出他在審美鑑賞中善於先把握作者的創作意圖,然後再去細品作者筆下的每個人物。同樣,金聖歎也是如此,於是武松、潘金蓮、西門慶、王婆這四個人物,在金聖歎的評點中和在張竹坡的評點中,其性格的規定性和美的表現形式是迥然不同的。

(一)兩個武松

在《水滸傳》中,天傷星行者武松是三十六天罡星之一,他與天孤星花和尚魯智深並列,而在金聖歎的審美心理描述中,他考定人物時開筆就說:「一百八人中,定考武松上上。時遷、宋江是一流人,定考下下。」同時定為上上人物依次而下的有魯智深、天殺星黑旋風李逵、天雄星豹子頭林冲、天機星智多星吳用、天英星小李廣花榮、天敗星活閻羅阮小七、天暗星青面獸楊志、天勇星大刀關勝。在這九個上上人物中,武松是排在第一位的。他在論述第二個上上人物魯智深時說,「然不知何故,看來便有不及武松處」;「想魯達已是人中絕頂,若武松真是天神,有大段及不得處」。他還將武松與第三位上上人物李逵和第七位上上人物阮小二進行比較「李逵粗鹵凶蠻」,「阮小七粗鹵是悲憤無說處」(以上評語,均見〈讀第五才子書法〉),而武松更帶英雄氣。除了〈讀法〉

3　〔日本〕鹽谷溫:《中國文學概論》,原載鄭振鐸:《中國文學研究》下冊(上海:上海商務印書館,1927年)。

之外，金聖歎還在許多回評中嘖嘖稱讚武松：

> 或問於聖歎曰：「魯達何如人也？」曰：「闊人也。」「宋江何如人也？」曰：「狹人也。」曰：「林沖何如人也？」曰：「毒人也。」「宋江何如人也？」曰：「甘人也。」曰：「楊志何如人也？」曰：「正人也。」「宋江何如人也？」曰：「駁人也。」曰：「柴進何如人也？」曰：「良人也。」「宋江何如人也？」曰：「歹人也。」曰：「阮七何如人也？」曰：「快人也。」「宋江何如人也？」曰：「厭人也。」曰：「李逵何如人也？」曰：「真人也。」「宋江何如人也？」曰：「假人也。」曰：「吳用何如人也？」曰：「捷人也。」「宋江何如人也？」曰：「呆人也。」曰：「花榮何如人也？」曰：「雅人也。」「宋江何如人也？」曰：「俗人也。」曰：「盧俊義何如人也？」曰：「大人也。」「宋江何如人也？」曰：「小人也。」曰：「石秀何如人也？」曰：「警人也。」「宋江何如人也？」曰：「鈍人也。」然則水滸之一百六人，殆莫不勝於宋江。然而此一百六人也者，固獨人人未若武松之絕倫超群。然則武松何如人也？曰：「武松，天人也。」武松天人者，固具有魯達之闊，林沖之毒，楊志之正，柴進之良，阮七之快，李逵之真，吳用之捷，花榮之雅，盧俊義之大，石秀之警者也。斷曰第一人，不亦宜乎？（金聖歎：《水滸傳》第二十五回回評）

在這則回評中，金聖歎虛擬一人提問，並由他自己作答，在自問自答，將武松與宋江、魯達、林沖、楊志、柴進、阮小七、李逵、吳用、花榮、盧俊義、石秀等人多方面進行審美比較，說「武松，天人也」，「固獨人人未若武松之絕倫超群」，並最後作出審美判斷：「斷曰第一人，不亦宜乎？」由此可見，金聖歎推崇武松已經到了無以復加的審美地步了，同時也將宋江鄙夷得一無是處。

金聖歎還惟恐對武松的審美評價不足，在《水滸傳》第二十七回回評補評武松的仁慈：「上文寫武松殺人如菅，真是血濺墨缸，腥風透筆矣。入此回，忽然就兩個公人上，三翻四落寫出一片菩薩心胸，一若天下之大仁大慈，又未有仁慈過於武松也者，於是上文屍腥血跡洗刷淨盡矣。蓋作者正當寫武二時，胸中真是出格擬就一位天人，憑空落筆，喜則風霏露灑，怒則鞭雷叱霆，無可無不可，不期然而然。而且對於武松不聽張青勸阻堅持要救兩個公人的言行，不僅金聖歎認為寫出了武松的「一片菩薩心胸」「大仁大慈」；而且「容眉」也稱讚「武二郎是個漢子，是個仁人」；「余象斗評」亦持同樣的審美態度，「觀此段武松叫救二公人，乃義氣使發，真丈夫也。」

在《金瓶梅》中，由於作者立意是「獨罪財色」，而不是寫綠林英雄造反，於是將武松由《水滸傳》中的主位挪到了賓位，成了西門慶與潘金蓮的配角。因此，《金瓶梅》

中主要是寫武松三件事，武松主要是起了「三陪」的藝術作用，這些都反映在張竹坡的審美心理描述中。

其一，間接描寫武松打虎，以陪襯應伯爵口舌之妙。《水滸傳》是直接描寫武松打虎，令人「讀打虎一篇，而歎人是神人，虎是怒虎」（金聖歎第二十二回回評）。《金瓶梅》在第一回「西門慶熱結十兄弟」時，通過吳道官之口轉敘出「俺這清河縣近著滄州路上，有一條景陽崗，崗上新近出了一個吊睛白額老虎，時常出來吃人」。然後通過應伯爵的介紹，交待了武松打虎的故事。

> 西門慶說：「甚麼稀罕事？」伯爵道：「就是前日吳道官所說的景陽崗上那隻大蟲，昨日被一個人一頓拳頭打死了。」西門慶道：「你又來胡說了，咱不信。」伯爵道：「哥，說也不信。你聽著，等我細說。」於是手舞足蹈說道：「這個人有名有姓，姓武名松，排行第二」，先前怎的避難在柴大官人莊上，後來怎的害起病來，病好了又怎的要去尋他哥哥，過這景陽崗來，怎的遇了這虎，怎的怎的被他一頓拳腳打死了。一五一十說來，就像是親見的一般，又像這隻猛虎是他打的一般。（《金瓶梅》第一回）

張竹坡指出這節文字「活現」了伯爵的口才：「一段文字，武二出來，武大亦出來，而虛擬打虎、傳聞打虎者色色俱到，卻只是八個『怎的』，兩個『像是』，便覺奇絕，妙絕（張竹坡第一回夾批）；「《水滸》上打虎，是寫武松如何踢打；虎如何剪撲；《金瓶梅》卻用伯爵口中幾個『怎的』『怎的』，一個『就像是』，一個『又像』，便使《水滸》中費如許力量方寫出來者，他卻一毫不費力便了也，是何等靈滑手腕！」（張竹坡第一回回評）可見武松打虎在《金瓶梅》中只是個新聞，而傳播這一新聞的應伯爵則被描寫得「色色俱到」，「奇絕、妙絕」，武松在此成了應伯爵炫耀三寸不爛之舌的資料。

其二，直接寫武松報仇未遂，以陪襯西門慶之狡猾。《金瓶梅》中的武松已不是《水滸傳》中的那位天神，而是一個「孝子悌弟」，他視兄如父，與毒殺武大的西門慶、潘金蓮勢不兩立。他告狀不成，「不覺仰天長歎一聲，咬牙切齒，口中罵淫婦不絕」。「那武松是何等漢子，怎消洋得這口惡氣！一直走到西門慶生藥店前，要尋西門慶廝打。」（《金瓶梅》第九回）當他趕到獅子樓要殺西門慶時，西門慶讓李外傳當了替死鬼，自己卻抽身逃脫。武松大仇未報，不但遭到西門慶與潘金蓮的取笑，反而被西門慶抓住把柄，落井下石，賄賂官府，將他發配孟州。而那「西門慶打聽他上路去了，一塊石頭方落地，心中如去了痞一般，十分自在。於是家中吩咐來旺、來保、來興兒，收拾打掃後花園芙蓉廳乾淨，鋪設圍屏，掛起錦障，安排酒席齊整，叫了一起樂人，吹彈歌舞。」（《金瓶梅》第十回）這個報仇的結局與《水滸傳》中報仇的結局全然相反，作者意在表現《金瓶

梅》中主要人物西門慶的奸猾與無恥,同時也是為了讓《水滸傳》的故事儘快脫卸為《金瓶梅》的故事,以便後文專寫西門慶與一妻五妾的矛盾糾葛、家中的日常生活:「下文武二文字中,將李外傳替死,自是必然之法。又恐與《水滸》相左,為世俗不知文者口實,乃於結處止用一『倒說是西門大官人被武松打死了』,遂使《水滸》文字,絕不礙手,妙絕,妙絕」(張竹坡第九回回評);「此回收拾武松,是一段過接文字」(張竹坡第十回回評)。

其三,直寫武松誘殺潘金蓮,以陪襯潘金蓮之淫和愚蠢。《金瓶梅》第八十七回用百餘文字交待武松義奪快活林,醉打蔣門神、大鬧飛雲浦、血濺鴛鴦數,「一路將《水滸》接入」後(張竹坡夾批),便寫武松「遇赦回家」。回家後聽說潘金蓮住在王婆家待嫁人時,便說自己要娶嫂子回家。「那婦人在簾內聽見武松言語,要娶他看管迎兒,又見武松在外出落得長大身材,胖了,比昔時又會說話兒,舊心不改,心下暗道:『我這段姻緣還落在他手裏。』就等不得王婆叫他,自己出來,向武松道了萬福,說道:『既是叔叔,還要奴家去看管迎兒,招女婿成家,可知好哩。』」並且還催武松快去籌錢贖她:「既要娶奴家,叔叔上緊些。」結果是她主動願嫁武松,送上門讓武松殺了,誠如張竹坡所分析的那樣,「為金蓮者,蓋既從《水滸傳》中武二手內刀下奪下來,終須還他殺去」(張竹坡第八十七回回評)。其實西門慶的大老婆吳月娘聽後,便「暗中跌腳」「與玉樓說:『往後死在他小叔子手裏罷了。那漢子殺人不斬眼,豈肯干休?』」吳月娘為什麼不直接給潘金蓮點破此事呢?張竹坡分析說:「夫打死李外傳,月娘之夫幾遭毒手,豈有不冷眼覷破今日之事?乃不發一言,止暗中跌腳,且轉而與玉樓言,是其情義盡矣,其怨恨深矣。」(張竹坡第八十七回回評)可見月娘看著潘金蓮送死而不做聲,是潘金蓮平日作惡太多,與人積怨太深。因此,《金瓶梅》中武松誘娶潘金蓮來替武大報仇,絲毫沒有《水滸傳》中此一情節的英雄氣,頗有點滑稽可笑,而且也顯得庸俗,這主要是為了刻畫潘金蓮「舊心不改」、見色亡命,以及她平日為人奸詐狠毒、貌似伶俐實即愚蠢的性格。

(二)兩個潘金蓮

《水滸傳》中的潘金蓮,出現於小說第二十三回,終止於小說第二十五回,是襯托主要人物武松弟兄至性的一個次要人物,在這幾回的回評中,金聖歎一是點出「武二遇嫂」(第二十三回回評);二是集中點評潘金蓮之淫:「此回是結煞上文西門潘氏姦淫一篇」,「第三段寫淫婦下毒」,「寫淫婦心毒,幾欲掩卷不讀,宜疾取第二十五卷快誦一過,以為羯鼓洗穢也」(第二十四回回評);「西門慶如何入奸,王婆如何主謀,潘氏如何下毒,其曲折情事,羅列前幅,燦如星斗,讀者既知矣」(第二十五回回評)。在金聖歎的這評

點中，潘金蓮的罪案是殺夫通姦，其性格特點是好淫及狠毒，所以金聖歎讀第二十回回評「淫婦鴆武大郎時，幾乎讀不下去了，只想趕快去看第二十五回，看武松是如何殺死她的，以此大快人心。」

《金瓶梅》中，如果說西門慶是男性角色之首的話，潘金蓮則是女性角色之首。當《金瓶梅》的半部手稿在社會流傳時，袁中道釋其書名說：「所云金者，即金蓮也；瓶者，李瓶兒也；梅者，春梅婢也。」[4]可見《金瓶梅》小說命名的第一個字「金」，取自於潘金蓮，足見潘金蓮在《金瓶梅》整部的藝術結構中，所處的地位之重要。

「夫以《金瓶梅》為名，是金蓮、瓶兒、春梅，為作者特特用意欲寫之人」（張竹坡第七回回評）；「劈空撰出金、瓶、梅三個來，看他如何收攏一塊，如何發放開去？」（張竹坡〈金瓶梅讀法〉1）很明顯，張竹坡在此處既是在詮釋《金瓶梅》的書名，也是在指出小說是圍繞這三位女性來虛構市井家庭日常生活，來杜撰這三位女性的經歷及命運。這也說明，張竹坡在欣賞《金瓶梅》全部文本時，看到了潘金蓮在小說藝術中的主角地位。如果說沒有林黛玉、薛寶釵這兩位女性就沒有《紅樓夢》的話，那麼，沒有潘金蓮、李瓶兒、春梅這三位女性，也就沒有「天下第一奇書」《金瓶梅》。正是從這個意義上來說，西文早期的譯本是 1912 年的法文譯本，譯者莫朗乾脆將《金瓶梅》譯成《金蓮》。

《金瓶梅》中的潘金蓮發展了《水滸傳》中潘金蓮的淫蕩個性。張竹坡在〈雜錄小引〉專為潘金蓮開了一個欄目「潘金蓮淫過人目」，在這些人目中，除《水滸傳》裏提到過的人以外，如琴童是西門家中的小廝，陳敬濟是潘金蓮的女婿，王潮兒是王婆的兒子，都是在《金瓶梅》中新增的，只要看看這些人物的身份，就可以看出潘金蓮淫蕩到了何程度，難怪張竹坡說：「若夫金蓮，不異夏姬，故於其淫過者，亦錄出之，令人知懼」（〈雜錄小引〉）。

《金瓶梅》中的潘金蓮則更是一個殺人成性的女魔頭，除了《水滸傳》中所提到的武大外，她為了爭寵、固寵，不擇手段，置人於死地。她先唆使西門慶陷害來旺兒，使宋蕙蓮不忍看丈夫蒙冤而上吊，去掉了她的情敵。為了與李瓶兒爭寵，她馴練大白貓嚇死李瓶兒的兒子，致使「李瓶兒哀痛身亡」。她不憤西門慶與林太太、王六兒勾勾搭搭，為了滿足自己的欲望，她趁西門慶在昏迷時給他服下加倍的春藥，致使西門精血流乾，「猶水銀之瀉筒中相似」，「再無個收救」，「四肢不收」，「腎囊脹破」，又流血又流黃水，「聲若牛吼一般」，「嗚呼哀哉斷氣身亡」，三十三歲便送了命。（《金瓶梅》第七十九回）潘金蓮害死西門慶後，慫恿吳月娘審問玳安、琴童，把責任全部推到王六兒、林太太身上，替自己開脫了罪責。在審問期間，她是一個問題接著一個問題地逼問，讓

4　袁中道：《遊居柿錄》。

吳月娘轉移視線,不再懷疑到自己頭上。張竹坡尤為欣賞這番審問:「總用飛舞之筆寫一金蓮,蓋寫殺人之金蓮,不得不飛舞之筆矣」;「純是飛舞之筆。寫得金蓮活跳,方是活金蓮,方可殺人」(張竹坡第七十九回夾批)。

　　至於潘金蓮在妻妾成群的西門慶家中,為了牢牢把西門慶拴在自己的褲腰帶上,離間吳月娘與西門慶的關係,唆打孫雪娥,離間吳月娘與李瓶兒的關係,拉攏孟玉樓,排斥李嬌兒,集中精力打擊李瓶兒,最後把矛頭直指吳月娘,《金瓶梅》都寫得繪聲繪影、惟妙惟肖。總之,活躍在《金瓶梅》一百回中的潘金蓮,比出現在《水滸傳》三回中的潘金蓮,其人生遭遇、性格命運要豐富得多、生動得多,其藝術魅力也要深廣得多,給讀者的審美力度也強烈得多。

(三)兩個西門慶

　　《水滸傳》中的西門慶,亦如潘金蓮一樣,在小說的人物設置上處於配角地位,是為描寫主要人物武松的賓角。作者筆下的西門慶,「原來只是陽穀縣一個破落戶財主,就縣前開著個生藥鋪。從小也是個奸詐的人,使得些好拳棒,近來暴發跡,專在縣裏管些公事,與人放刁把攬,說事過錢,排陷官吏。因此,滿縣人都饒讓他些個。」「近來發跡有錢,人都稱他做西門大官人。」(《水滸傳》第二十三回)在金聖歎的審美心理描述中,他最為欣賞的是西門慶慣於調風弄月,勾引別人的老婆:「寫西門慶接連數番趲轉,妙於疊,妙於換,妙於熱,妙於冷,妙於寬,妙於緊,妙於瑣碎,妙於影借,妙於忽迎,妙於忽閃,妙於有波折,妙於無意思,真是一篇花團錦湊文字」(第二十三回回評);「此西門勾搭婦人一篇大文,後亦有王婆人來分付姦夫淫婦一篇小文。耐庵胸中,其間架經營如此,胡能量其才之斗石也?」(第二十三回夾批)另外,金聖歎還欣賞西門慶毒殺武大時所表現出來的陰險、狠毒的性格:「……第三段寫淫婦下毒,第四段寫王婆幫助,第五段寫何九瞧料,段段精神,事事出色,勿以小篇而忽之也。」(第二十四回評)砒霜是西門給的,「王婆幫助」是西門慶安排的;「何九瞧料」是西門慶收買的,可見這三段的「段段精神,事事出色」,係指小說對西門慶性格刻畫的「精神」與「出色」。因此,在金聖歎的評點中,《水滸傳》中的西門慶只是一個下流無恥、心狠手辣的市井無賴。

　　《金瓶梅》中的西門慶迥異於《水滸傳》中的西門慶,是整部小說中的中心人物。明代袁中道最早在《遊居柿錄》就指出了這一點:「舊時京師,以西門慶影主人,以餘影諸姬。瑣碎中有無限煙波,亦非慧人不能。」德國漢學家庫恩也曾把握住這一藝術中樞,1930 年他的德文譯本《金瓶梅》的小說書名是《金瓶梅:西門與其六妻妾奇情史》。法國結構主義的文學評論家在《敘事作品結構分析導論》(1966 年)中指出:「從結構的角

度來看，敘事的作品具有句子的性質，但絕不可能只是句子的總和。敘事作品是一個大句子，如同凡是陳述句在某種程度上都是小敘事作品的開始一樣。」庫恩所譯的《金瓶梅：西門與其六妻妾奇情史》，實際上是把八十多萬字、洋洋灑灑一百回的《金瓶梅》改寫「一個大句子」，既概括，又通俗。同樣，一百二十回的《三國演義》，我們也可以改成「吳蜀魏三分天下的的」「一個大句子」，一百二十回的《紅樓夢》也可改成「寶黛釵三角戀愛」的「一個大句子」了。

西門慶是《金瓶梅》裏面的中心人物，在張竹坡的審美心理描述中更是明確無疑。他在第三回回評中，不惜用近千字的篇幅強調這一點：「文內寫西門慶來，必拿灑金川扇兒。前回云『手裏拿著灑金川扇兒』，第一回云『卜志道送我一把真川金扇兒』，直至第八回內，又云『婦人見他手中拿著一把紅骨細灑金金釘鉸川扇兒』。吾不知其用筆之妙，何以草蛇灰線之如此了。何則？金、瓶、梅、蓋作者寫西門慶精神注寫之他……而西門慶為此書正經香火……今看他偏有三十分巧，三十分滑，三十分輕快，三十分討便宜處，寫一金扇出來……止用將金扇一幌，即作者不言，而本文亦不與《水滸》更改一事，乃看官眼底自知為《金瓶》內之西門，不是《水滸》之西門。且將半日敘金蓮之筆，武大、武二之筆，皆放入客位內，依舊現出西門慶是正經香火，不是《水滸》是為武松寫出金蓮，為金蓮寫出西門。卻明明是為西門方寫金蓮，為金蓮方寫武松……」「而西門慶為此書正經香火」，是張竹坡的審美判斷，而這一審美判斷除了來自小說直接描述西門慶的罪跡劣行外，而且還來自張竹坡對一小小物事灑金川扇兒的審美觀照，因為作者正是藝術地借助灑金川扇兒，「照顧」到不在場的西門慶，使讀者不「冷落」西門慶，在「讀者」眼底「依舊現出西門慶是正經香火」。

西門慶是《金瓶梅》中的「正經香火」，在張竹坡的〈雜錄小引〉中也十分清楚，如「西門慶家人名數」二十三人，「西門慶家人媳婦」五人，「丫鬟」十三人，「西門慶房屋」，這都是以西門慶為中心進行統計的，這也足以說明張竹坡審美鑒賞之細微。

「西門慶是混帳惡人」（〈讀法〉32），這是張竹坡對《金瓶梅》中的西門慶的一個審美總的評價。這個評價遠非金聖歎的「通篇寫西門愛姦」的結論（《水滸傳》第二十三回評）。《水滸傳》中西門慶的「愛姦」只見於他與潘金蓮，而《金瓶梅》中的西門慶則是一個淫蕩成性的淫棍。張竹坡在〈雜錄小引〉開列了〈西門慶淫過人目〉之後說：「而西門慶淫過婦人名數，開之，足令看者傷心慘目，為之不忍也。」可見《金瓶梅》中西門慶的姦淫行為，已到了張竹坡認為慘不忍睹的地步。

《金瓶梅》的西門慶是個血債累累的殺人狂。毒死武大時，「拿砒霜來，是西門罪案」（張竹坡第五回回評）。「西門一沉吟，子虛死矣」（張竹坡第一回回評）。子虛即花子虛，是西門慶的結拜兄弟，他串通應伯爵一夥，騙走了花子虛的家財，強占了他的老婆李瓶

兒，致使花子虛「斷氣身亡，亡年二十四歲」（《金瓶梅》第十三至第十四回）。西門慶為了長期霸占來旺兒的妻子宋蕙蓮，用「紙棺材暗算計了」來旺兒。宋蕙蓮怒罵說：「……你原來就是個弄人的劊子手！把人活埋慣了，害死人還看出殯的！」（《金瓶梅》第二十五回至第二十六回）這充分說明西門慶不僅十分凶殘，而且還極為陰險。

《金瓶梅》中的西門慶是個無惡不作的市井無賴、地痞流氓。為奪花子虛的妻子，西門慶讓應伯爵等人纏住花子虛在妓院玩，他脫身與李瓶兒私通。李瓶兒見西門慶吃官司，便改嫁醫生蔣竹山。西門慶官司了結後，收買草裏蛇和張勝兩個流氓，誣賴蔣竹山借銀不還，砸了藥店，打傷竹山，並告到官府，致使李瓶兒趕走蔣竹山，復歸西門慶（《金瓶梅》第十七回至第十九回）。妓女李桂姐接了一個名叫丁二官的客，西門慶撞見後掀桌子，砸傢俱，撕床帳，還揚言要把李桂姐與丁二官關鎖在房內（《金瓶梅》第二十回）。西門慶與王六兒私通，嫌其小叔子二搗鬼礙事，便差兩個緝捕，「把二搗鬼拿到提刑院，只當做掏摸大賊，不由分說，一夾二十，打的順腿流血。睡了一個月，險不把命花了」（《金瓶梅》第三十八回）。西門慶為了與林太太長期苟合，決定先制伏她的兒子王三官，他敲山震虎地把陪王三官的小張閑等五個光棍抓起來，「打得皮開肉綻」，並勒索了他們五十兩銀子。「王三官躲了一夜，不敢出來」，最後還認西門慶為乾爹。張竹坡評點道：「西門通林氏，使不先壓倒王三官，則必不能再調。且必不能林氏請過去，西門請過來。今看他止借林氏借話，便一過入王三官求情，則王三官不折自倒，而一任林氏與西門停眠整宿矣」（張竹坡第六十九回回評）。

活躍在《金瓶梅》中的西門慶還是一個貪官，善於搞權錢交易，用手中的錢買官、賄官，又用手中的權去牟取更多的錢、更大的利潤。他第一次給當朝太師蔡京送去「白米五百石」（即白銀五百兩），於是蔡京把犯人名單中的西門慶改成「賈廉」，使他逃脫了牢獄之懲（《金瓶梅》第十八回）。蔡太師做壽，他送了一份厚禮，並給蔡京的大管家翟謙送了一個黃花閨女作小妾，於是他平步青雲，由一介市井之徒當上了司法部門的理刑副千戶（《金瓶梅》第三十回至第三十一回）。蔡京第二次做壽，他送了二十擔金銀綢緞等厚禮，並認蔡京為乾爹，於是他升為理刑正千戶，並能上殿拜見皇上。連何太監也要給他送飛魚蟒袍衣，求他照看侄兒何千戶（《金瓶梅》第五十五回至第七十一回）。蔡狀元回鄉探親，他既送路費又送妓女作陪，蔡狀元便提前一個月給他批了「三萬引」的淮鹽，使他壟斷市場，大發橫財（《金瓶梅》第三十六回至第四十九回）。他給宋御史送了十二抬的金銀酒器（《金瓶梅》第四十九回），宋御史在考核地方官員時把他說成是好官；他給宋御史信中封了「金葉十兩」，宋御史便答應把朝廷定做古器的批文轉給西門慶。（《金瓶梅》第七十八回至第七十九回）他用錢財交給稅務官錢老爹，便少報貨物偷稅漏稅。西門慶還貪贓枉法，收受賄賂。《金瓶梅》第四十七回中，揚州苗員外被家人苗青與船夫陳三、翁

八合夥殺死，一千兩金銀、二千兩綢緞被劫走。苗員外的家人安童報了官，要替家主報仇。苗青通過樂三嫂找到了西門慶的姘頭王六兒，又通過王六兒向西門慶行賄一千七百兩銀子、一頭豬，於是西門慶便放走殺人主犯苗青，將陳三、翁八問斬。張竹坡評點這個圖財害命案件說：「寫陳三、翁八之惡，襯起苗青；寫苗青之惡，又襯起西門慶也。然則寫王六兒、夏提刑等，無非襯西門慶也。西門慶之惡十分滿足，則蔡太師之惡不言而喻矣。」（張竹坡第四十七回回評）

《金瓶梅》中的西門慶還是一個奸商。他開有緞子鋪、絨線鋪、綢絨鋪、印子鋪、生藥鋪，總計資本十萬餘兩銀子。在進貨時，他善於壓低進價。川廣客人有許多細藥急於出手，西門慶把握他們的這一心理，又仗著他的鋪子大這一優勢，硬是壓低藥價，只花一百兩銀子就盤下了這樁生意（《金瓶梅》第十四回）。冰河解凍時船運不再受阻，他拒收大米壓倉，以免虧損。他讓三個夥計搞長途販運做棉衣生意，在江南設置貨物採購站。他還放高利貸，買地置房產。他還善於搞股份制，如他和親家喬大戶與夥計開店，他、喬大戶出錢各占四股，夥計出錢、力只算兩股，年利按股分紅。他臨死之前，囑咐女婿陳敬濟，要回喬親家的本錢及利息，要追回李三、黃四的本錢五百兩、利錢一百五十兩，討回徐四鋪所欠的本錢和利錢三百四十兩，結清劉學官、華主簿所欠債務二百五十兩；並說「都有合同見在，上緊使人催去」。他自知死後，西門家無權無勢，生意難做，要陳敬濟一是把貨物趕快賣盡，二是把談好了的生意轉讓給別人，三是賣房地產，四是壓縮營業範圍，只保留了印子鋪與生藥鋪，五是趕快去江南採購站接貨，以防不測（《金瓶梅》第七十九回）。由此，我們可以看到西門慶在經商方面是非常精明老道的。所以，毛澤東說：「在揭露封建社會經濟生活的矛盾，揭露統治者和被壓迫者的矛盾方面，《金瓶梅》是寫得很細緻的。」[5]

綜合所述，我們可以品味到「西門慶是混帳惡人」含義之豐富，即西門慶是一個集地痞、奸商、貪官於一身的「混帳惡人」，他是明末商品經濟發達、資本主義萌芽時期的混血兒，他身上散發著流氓氣息、銅臭氣息、封建官僚氣息。這是《水滸傳》中的西門慶所完全沒有的，也是《金瓶梅》之後任何一部古典小說中已不復再現的一個典型人物。

(四) 兩個王婆

《水滸傳》中的王婆名為賣茶，實質上是個拉皮條的老虔婆。「老身為頭是做媒，又

5　毛澤東：1959 年 12 月至 1960 年 2 月讀蘇聯《政治經濟學》（教科書）時的談話，見《毛澤東的讀書生活》（北京：三聯書店，1986 年），頁 240。

會做牙婆，也會抱腰，也會收小的，也會說風情，也會做馬泊六。」（《水滸傳》第二十三回）「風情中智囊，斷以王婆為第一」。[6]她貪西門慶之財，為西門慶精心設計勾引潘金蓮的「挨光」之計，逼使潘金蓮步步上鉤，最後墜入西門慶的情網，像一隻紅蜘蛛一樣走上了罪惡之路。金聖歎在夾批中認為這個情節「活畫出積世虔婆」，欣賞王婆說事的口才：「下文將排出十分光，上文都先排出五件事，所謂欲變大陣，先設小陣也。然小陣一變，即成大陣，猶未足為奇觀。此只以小陣一變，仍作小陣讀者方謂極情盡致，無可復加。而下文不覺早已排山倒海，沖至前面，真文字極觀也」（金聖歎第二十三回夾批）；「寫王婆定計，只是數語可了，看他偏能一波一折，一吐一吞，隨心恣意排出十分光來。於十分光前，偏又能隨心恣意，先排出五件事來，真其所謂其才如海，筆墨之氣，潮起潮落者也。」（金聖歎第二十三回回評）後來王婆教唆西門慶與潘金蓮藥鴆武大，「袁夾」連批「婆子狠」「婆子心毒」「可恨可怕」「毒甚」（第二十四回），指出王婆不僅是個慣於撮合的馬泊六，而且還是個心地殘忍的老虔婆。

《金瓶梅》中的王婆仍然保持了《水滸傳》中王婆的這些罪惡特性，而且還著重突出了王婆的勢利。在《金瓶梅》中，西門慶並未急於將潘金蓮娶回西門家中。小說插進王婆替潘金蓮上街「打酒買肉」遇到雷雨情節，張竹坡指出這個情節「見得此輩止知愛錢，全不怕天雷，不怕鬼捉，昧著良心在外胡做，風雨晦明都不阻他的惡行。」（張竹坡第六回回評）這節審美描述是說王婆勢利，以取悅潘金蓮。後來西門慶又忙於娶富孀孟玉樓，嫁姑娘西門大姐，又把潘金蓮冷落了一個多月，王婆又到處找西門慶，把西門慶拉回到潘金蓮身邊，剛走到門首，便報導「大娘子恭喜」，以此表功，討好潘金蓮（《金瓶梅》第八回）。西門慶一死，吳月娘當家，潘金蓮失勢，王婆便翻臉不認人，大罵潘金蓮是「賊淫婦」「浪蹄子淫婦」，並揚言「我如今要打發你上陽關」！就按吳月娘的意思把潘金蓮領出去發賣。她明知潘金蓮與陳敬濟相好，陳敬濟要見潘金蓮一面，她勒索了五兩銀子、一對金頭銀腳簪子；陳敬濟要用五六十兩銀子為潘金蓮贖身，並跪下求情，她反倒把陳敬濟扯到街上罵了一通，不成全他們二人的好事。最後貪圖一百兩銀子，竟把潘金蓮送到武松的刀下，連她自己的一條老命也賠進去了。《金瓶梅》通過增補的上述故事情節，使王婆的性格更為豐滿了。

俞平伯在〈隨筆〉中說：「《水滸傳》《金瓶梅》《紅樓夢》這三部巨著，實為一脈相連，而《紅樓夢》與《金瓶梅》的關係尤為密切，《金瓶梅》給《紅樓夢》以直接影響。」[7]這可說是慧眼識珠，精妙絕倫。

6　袁無涯：《水滸傳》第二十三回末評。
7　俞平伯：〈讀《紅樓夢》隨筆〉。

《查泰萊夫人的情人》與
《金瓶梅詞話》之比較

　　《查泰萊夫人的情人》，是歐美文壇 1928 至 1929 年間爭議最大的一部小說。《金瓶梅詞話》，是我國明萬曆年間至今爭議最大的一部世情小說。因此，這兩部小說的作者 D. H. 勞倫斯與蘭陵笑笑生所得到的褒與貶也是文學史上罕見的。如今，勞倫斯正像他的夫人所說的那樣，「像一隻小鳥似的，被埋葬在地中海的燦爛的陽光之下的一個寂寞的墳墓裏了」。[1]而蘭陵笑笑生的真實名姓，則如同斯芬克斯之謎一樣，正處於一片迷霧之中。這兩部小說的共同命運，取決於它們的共同「罪因」——描寫了性愛生活。然而，這兩部小說在性愛描寫上卻有著絕然相反的地方。

一為世戒　一為世勸

　　在創作意圖上，《金瓶梅詞話》與《查泰萊夫人的情人》是完全不同的。對於《金瓶梅詞話》的創作意圖，明萬曆年間的東吳弄珠客曾明確指出：

> 然作者亦自有意，蓋為世戒，非為世勸也。如諸婦多矣，而獨以潘金蓮、李瓶兒、春梅命名者，亦楚《檮杌》之意也。（〈金瓶梅序〉）

　　蘭陵笑笑生的創作意圖正在於此。在《金瓶梅詞話》卷首的〈四貪詞〉中，作者指出了「色」的危害性：「休愛綠鬢與美朱顏，少貪紅粉翠花鈿。損身害命多嬌態，傾國傾城色更鮮。莫戀此，養丹田。人能寡欲壽長年。從今罷卻閑風月，紙帳植花獨自眠。」緊接著在第一回的回首，作者以叱吒風雲的劉邦與項羽為例進一步說明貪色的危害：「丈夫隻手把吳鉤，欲斬萬人頭。如何鐵石，打成心性，卻為花柔？請看項籍與劉季，一似使人愁。只因撞著，虞姬戚氏，豪傑都休。」在用這兩首詞定下了整部小說的思想基調後，作者概述全書的故事是：「如今這一本書，乃虎中美女，後引出一個風情故事來。

1　〈譯者序〉，《查泰萊夫人的情人》（長沙：湖南人民出版社，1986 年），頁 1。

一個好色的婦女，因與一破落戶相通，日日追歡，朝朝迷戀，後不免屍橫刀下，命染黃泉，永不得著綺穿羅，再不能施朱傅粉。靜而思之，著甚來由。況這婦人，他死有甚事，貪他的斷送了堂堂六尺之軀，愛他的丟了潑天哄產業，驚了東平府，大鬧了清河縣。」作品中男女主人公的悲慘結局正是體現了作者的這一創作意圖。西門慶因沉溺女色，日夜宣淫，縱欲喪命，亡年三十三歲。死後，他的十五歲的兒子孝哥兒被普淨師幻化，當了和尚，終於得到了封建社會所認為的最慘痛的懲罰——斷子絕孫。被作者用來命作書名的三個女主人公，同樣因貪戀色情而慘死。潘金蓮是西門慶的第三個小妾，結果在西門慶死後與女婿陳經濟通姦被吳月娘交給王婆發賣，被武松假娶回家用刀殺死，亡年僅三十二歲。死時「星眸緊閉，直挺挺屍橫光地下；銀牙半咬，血淋淋頭在一邊離。好似初春大雪壓折金絲柳，臘月狂風吹折梅花。這婦人嬌媚不知歸何處，芳魂今夜落誰家。」死後一個多月無人領埋她的屍首，「風吹雨灑，雞犬作賤，無人領埋。」最後才被春梅冒充親戚安葬了她。李瓶兒是西門慶最小的一個妾，原是西門慶結拜兄弟花子虛的老婆，後改嫁給醫生蔣文惠，因花子虛與蔣文惠均不能滿足她的性要求，百般哀求西門慶收她作小妾。她的結局也是很悲慘的。她的兒子官哥兒只活了一年零兩個月，就被潘金蓮用「雪獅子」貓兒驚嚇死了。她本人憂傷成疾，經水淋漓，終於在二十七歲時死去，死時身底下一灘血漬。龐春梅原是潘金蓮的貼身丫頭，潘金蓮為了牢寵西門慶，主動讓西門慶收用了她。西門慶死後，潘金蓮又與她合夥與陳經濟通姦。她被賣給周守備後，淫性不改，繼續與陳經濟姦宿。陳經濟死後，她又與家人周忠次子周義私通，最後因「淫欲無度，生出骨蒸癆病症」，「體瘦如柴」，竟死在周義的身上，死時也只有二十九歲。至於小說中另一男主人公陳經濟也是因貪戀女色，縱情聲色，逼死妻子，嫖妓宿娼，甚至與丈母娘公開通姦，連救命恩人的愛妻也不放過，終被周守備的家將張勝捅殺在春梅的床上，死時赤身露體，屍首異處，年齡不足三九，死於非命。總之，「《金瓶梅》是部懲人的書，故謂之戒律亦可」。[2]小說中男女主人公的慘死，「令人讀之汗下」，「生畏懼心」，[3]具有世戒的社會作用。

《查泰萊夫人的情人》的創作意圖，借用東吳弄珠客的話來說，則是世勸。勞倫斯宣稱：

這本書的真正意義便在這兒。我要世間的男子女子能充分地、完備地、純正地、無瑕地去思想性的事情。縱令我們不能如心所欲地作性的行動，但至少讓我們有

2　《張竹坡評點金瓶梅輯錄》（武漢：華中師大出版社，1986年），頁42。
3　《張竹坡評點金瓶梅輯錄》，頁239。

完備無瑕的性的思想。（著者序）[4]

　　小說中的性描寫正是在這一創作意圖的規範下進行的。在女主人公康妮與蔑克里斯的性生活中，蔑克里斯是自私的、粗野的。他所追求的是自身的性滿足：而當康妮也要求性滿足時，他竟然用極其粗野的話來嘲諷她。於是，「正當她給一種不能以語言形容的快感燃燒著，正當她滋生著一種對他的愛情的這個時候，這種意外的粗野的話把她驚呆了。」蔑克里斯這種玩弄她的感情的「那種不可思議的粗野」，「是康妮有生以來所受到的最殘酷的打擊」，「她心裏什麼東西都毀滅了」。小說在批評蔑克里斯的極端利己主義的同時，還批評了不能正確對待性愛的兩種女人。一種是像奧拉東地方的校長的女兒那樣的女人，只有柏拉圖式的精神上的愛而無性愛。一種是像白黛・古蒂斯式的女人，這種女人只有庸俗的性要求和無止境的性渴望，而缺乏精神上的愛和對男子的真正的感情。作品通過康妮與守獵人梅樂斯的完美結合，勸導人們在性愛方面要互相尊重、互相體貼，男子要用「溫暖的心」去愛，女子也要「用溫暖的心去接受」，男女雙方都要成為「一個需要我，又需要『那個』的完美的、真實的、現實中的人。」小說的思想傾向性告訴人們：「如果精神與肉體不能諧和，如果它們沒有自然的平衡和相互尊敬，生命是難堪的」，男女之間的結合也是非人性的。總之，小說中康妮與梅樂斯「充滿著希望的」終身相聚，正是作者為人們用「完備無瑕的性的思想」「去思想性的事情」所描繪出來的美好結局。觀海道人論《金瓶梅詞話》時說：「此正所以警惕乎惡者，獎勸乎善者也」。[5]此話移之於分別揭示《金瓶梅詞話》的世戒作用和《查泰萊夫人的情人》的世勸作用，則是非常恰當的。

一為貶斥　一為讚美

　　清初張竹坡在〈雜錄小引〉中指出：「而西門慶淫過婦人名數，開之，足令看者傷心慘目，為之不忍也。若夫金蓮，不異夏姬，故於其淫過者，亦錄出之，令人知懼」。[6]《金瓶梅詞話》的創作意圖在於「世戒」，因此小說中所寫到的西門慶一類的姦夫與潘金蓮一類的淫婦，都是作者著意貶斥的對象。作為明中葉以來縱欲時風的典型，西門慶不僅是富翁奸商、地痞流氓、濫官污吏的代表，而且是一個色情狂。他憑藉手中的權勢，仰仗自身的錢財與色貌，無止境地縱欲。被他淫過的婦女，有妓女卓丟兒、李桂姐、吳

4　《查泰萊夫人的情人》，頁 5。
5　《張竹坡評點金瓶梅輯錄》，頁 243。
6　《張竹坡評點金瓶梅輯錄》，頁 3-4。

銀兒、鄭愛月兒，有丫鬟春梅、迎春、繡春、蘭香，有家人媳婦宋惠蓮、惠元，有夥計的妻子王六兒、賁四嫂，有奶媽如意兒，有二品夫人寡婦林太太。他的妻妾中，既有妓女出身的李嬌兒，也有毒死親夫的潘金蓮，氣死親夫、氣走親夫的李瓶兒，富孀孟玉樓，原配夫人的陪房丫頭孫雪娥。作品在寫到他的濫淫行為時，用筆刻毒，極盡污穢，把他牢牢地釘在道德的恥辱柱上。在四十九回中，當西門慶無恥地向胡僧求施春藥時，小說描寫胡僧的外貌是，「形骨古怪，相貌搊搜：生的豹頭凹眼，色若紫肝，戴了雞蠟籬兒，穿一領肉紅直裰，頦下髭鬚亂拃，頭上有一溜光簪」，「把脖子縮到腔子裏，鼻口中流下玉箸來」。描寫西門慶廳堂的擺設是，「門上掛的龜背紋、蝦鬚織抹綠珠簾，地上舖獅子滾繡球絨毛線毯。正當中放一張蜻蜓腿螳螂肚肥皂色起楞的桌子。……周圍擺的都是泥鰍頭楠木靶腫筋的校椅，兩壁掛的畫都是紫竹竿兒絞邊瑪瑙軸頭。」至於西門慶招待胡僧的看饌則有肥肥的羊貫腸、光溜溜的滑鰍、兩個肉圓子夾著一條花筋滾子肉、裂破頭高裝肉包子、腰州精製的紅泥頭一股一股邋出滋陰摔白酒，以及寸紮的騎馬腸兒，流心紅李子，一龍戲二珠湯等等。上述這些描寫，無一不顯示出西門慶這個色情狂的性格特徵。所以張竹坡在此段的腹中小批中連續地批道：「像什麼？」「又像什麼？」「更像什麼？」以示作者的這些暗含性意識的描寫都是為了極力醜化西門慶。同樣，小說在寫潘金蓮的淫事時，一是運用比興手法來渲染環境與氣氛，如蚊子飛鳴、老鼠廝打、兩犬交戀，極盡其縱欲的醜態。二是借人物之口來揭示其無恥下流到了極點。如第十一回孫雪娥告訴吳月娘：「娘，你不知淫婦，說起來比養漢老婆還浪，一夜沒漢子也成不的。背地幹的那繭兒，人幹不出，他幹出來。當初在家把親漢子用毒藥擺死了，跟了來，如今把俺們也吃他活埋了。弄的漢子烏眼雞一般，見了俺們不待見。」小說中的這些藝術描寫，使讀者看到了西門慶這個「混帳惡人」和潘金蓮這個「玉體魔王」的淫蕩無恥，產生出一種「予生生世世不願見此等男女也」的憎惡感。對於《金瓶梅詞話》的這一創作特色，魯迅曾高度地概括為：「著此一家，即罵盡諸色，蓋非獨描摹下流言行，加以筆伐而已。」[7]紐約版的《二十世紀世界文學百科全書》指出：「D. H. 勞倫斯在他的最後一部重要小說中揭示性愛的美感和意義。雖然這部小說引起了一場法律上色情問題的激烈爭論，但是勞倫斯對於愛情行為的生動描繪，實際上是展現了康斯坦斯·恰特里（按：為康妮）對更加充實的生活的追求」。[8]這一評價正符合《查泰萊夫人的情人》讚美正常的性生活的思想特質。康妮是一個精力充沛、身體健壯的村姑模樣兒的中年婦女。她從小生活在充滿政治和美術氣氛的環境中，追求一種純正而美麗的性愛自由。她的丈夫克

7 魯迅：《中國小說史略》（北京：人民文學出版社，1973年），頁153。
8 《書林》1988年第1期。

利福是一個在佛蘭大斯前線受傷以至下身癱瘓的男爵。這個生活在鐵與煤的世界中的貴族，只有鐵的殘忍、煤的烏煙，具有英國貴族的利己、虛偽、傲慢、頑固的性格特徵。他只有雙肩，而沒有兩腿；只有冷酷，而沒有熱情：只有貪婪，而沒有靈魂。他企圖用古典的拉辛式的有條理有法則的情緒來扼殺康妮的「溫柔的熱烈的生命之火焰」。他所關心的只是自己的榮譽與利益，而毫不考慮康妮所需要的性愛。在他的眼中，康妮只是一位隨身看護婦，根本不是一個有血有肉的妻子。因此，他們的夫妻生活是在理想與著作中渡過的，是一種新野蠻時代的機械的違反人的自然本性的生活。特別無恥的是，他明知自己是個廢人，卻要康妮給他生個兒子，以便繼承他的事業，且不管這孩子的真正的父親是誰。面對著這個一條死魚一樣的上流人物以及充滿虛偽的貴族社會，康妮作出了抗爭。小說讚美了康妮對有生命的、實質上的「更加充實的生活」的執著追求以及所作的一切努力。當康妮發現她的第一個情人蔑克里斯是一個儀表堂堂而內心深處具有一種不可言狀的厚顏的男人時，不顧及他們之間的兩次異性接觸，不為他的珠寶、衣裳、夜總會所引誘而繼續屈體奉承他，而是毅然地與他斷絕關係，作品肯定了康妮這種自尊自重的性愛行為。小說由衷地讚美了康妮與梅樂斯的純正而美麗的性愛。梅樂斯是克利福的看園人，當過鐵匠，當過兵，屬於「灰色的下人」這個階層。他有顆真誠的心，有著純正的愛，真心實意地愛著康妮。正是他填滿了康妮意識的空洞，喚起了她作為女性的活力，充實了她富有人性的真實生活。為了真正的性愛，為了使自身成為一個真正的女性，康妮不顧世俗的偏見，不計較他們之間地位、身份、財富之間的懸殊，勇敢地選擇他作為自己的終身伴侶。小說不僅讚美梅樂斯的身體多麼強壯，「他的皮膚多麼純潔，多麼可愛」，讚美康妮的鮮麗、動人、柔軟的身體，而且高度肯定他們之間靈與肉的結合，認為這是「在幾千年以前，甚至在萬年以前就有過了！」認為「那是必須的，絕對必須的」。在他們異性接觸的場面的氛圍的描寫上，小說飾之以乳白色的毋忘我、粉紅色的野蝴蝶花、含苞未放的耐冬花、柔軟的橡樹細枝、圓葉風鈴草、玉簪花、櫻斗菜花、爬地青藤、香東葉草，並描寫了金色的陽光、翩翔與歡歌的小鳥。以此來歌頌康妮與梅樂斯是真正的人，他們的生活是真正的人的生活，讚美他們在追求幸福的道路上「充滿著反叛的熱情，全沒有失望者的頹喪樣兒」。郁達夫曾就此指出：「他的寫工人階級，寫有生命力的中流婦人，處處充滿著同情，處處露出了卓見」。[9]總之，「《金瓶梅》描寫性交只當性交，勞倫斯描寫性交卻是另一回事，把人的心靈全解剖了。在於他靈與肉復合為一」。[10]《金瓶梅詞話》貶斥西門慶的性生活是一種獸性，是靈與肉的分裂。《查

---

9 〈談勞倫斯〉，《查泰萊夫人的情人》，頁 6。
10 〈談勞倫斯〉，《查泰萊夫人的情人》，頁 1。

泰萊夫人的情人》則歌頌康妮與梅樂斯靈與肉的複合，隨著對他們性生活描寫的逐層深入，這種讚美的色彩越來越濃烈，直至最後為他們展示出一個光明的前景。但是，由於《查泰萊夫人的情人》主要讚美的是「男女之間性生活的和諧，那是我生命中最重要的事」，因而小說的視野不開闊。道格拉斯認為勞倫斯筆下的這兩個人物是扁平人物，小說以「小說家的筆觸」歪曲了人生的全部生活：「『小說家的筆觸』產生於對人心的複雜多變缺少體認。它為了文學的目的，僅只選取人性中兩三種特性——最能聳人聽聞，所以也是最有用的特性——而將人性的其他部分棄而不顧。任何與所選取的特性不合的東西都予以刪除，且必須刪除，因為不這樣就無法湊成篇章。小說家先選定材料，於是把一切與這些材料不合之物拋到九霄之外。他這種作法有一個似是而非的藉口：它只取其所好，棄其所惡。他之所取也許不離人生真相，但是由於幅度太窄，所以絕非人生真相，這就是『小說家的筆觸』，它歪曲了人生。」[11]我們承認《查泰萊夫人的情人》的這種讚美對批判崇拜機械、毀掉人性的波爾雪維克主義哲學，對批判克利福企圖用錢「把人類古老的人性的感情消滅掉，把從前的亞當和夏娃切成肉醬」，把精神依俯在屍首上的謬論有一定的積極意義，但也不能不指出作品所反映的社會生活不夠廣泛。反之，《金瓶梅詞話》把它的貶斥的對象放在明中葉以來的時風中加以鞭笞，「其中朝野之政務，官私之晉接，閨闥之媒語，市里之猥談，與夫勢交利合之態，心輸背笑之局，桑中濮上之期，尊罍枕席之語，驅驂之機械意智，粉黛之自媚爭妍，狎客之從諛逢迎，奴伈之稔唇淬語，窮極境象，駴意快心。」[12]所以法國漢學家莫朗認為：「我們讀了它以後，知道了明末清初的人情風俗、語言文字，更知道了那時候的家庭狀況和婦女心理，連帶又知道那時的社會一切，等於我們讀了巴爾札克的《人間喜劇》和左拉的《盧貢－馬卡爾家族》二書，知道了法國十九世紀的一切一樣。」[13]由此可見，蘭陵笑笑生的融小說家、歷史學家、社會學家為一體的「筆觸」，較之勞倫斯的「小說家的筆觸」要深廣犀利得多。

一為客觀　一為主觀

描寫技巧，作為再現作家的心靈所感受到、所同化了的社會生活的藝術手段，往往要受到作家創作意圖的支配。《金瓶梅詞話》立意在於世戒，在於貶斥西門慶、潘金蓮

11　佛斯特：《小說面面觀》（廣州：花城出版社，1981 年），頁 58。

12　《張竹坡評點金瓶梅輯錄》，頁 240。

13　〈金瓶梅在國外〉，《河北大學學報》，1980 年第 2 期。

姦夫淫婦，因而多採用客觀的寫實手法，「赤裸裸的毫無忌憚的表現著中國社會的病態，表現一『世紀末』的最荒唐的一個墮落的社會的景象」。[14]《查泰萊夫人的情人》立意在世勸，作者旨在用健全的、符合人性的生活「藉以發洩他長期以來對社會的憤怒，並且表達自己的上述信念，即文明社會所造成的創傷是可以通過男女之間新的關係而癒合的」。[15]因此，作品對性生活的描寫多用主觀抒情手法。《金瓶梅詞話》中有關性方面的客觀描寫，大致可以歸納為三個方面。一是對淫器的客觀介紹。如十六回介紹勉子鈴，第十三回描寫「春意二十四解」，等等。二是詳細描寫了男女主人公的性行為。如二十七回的回目是「李瓶兒私語翡翠軒，潘金蓮醉鬧葡萄架。」這一回主要是描寫了西門慶與李瓶兒、潘金蓮白日在花園內的淫事。其描寫的細膩如牛毛繭絲，纖毫不漏。如二十九回潘金蓮蘭湯邀午戰；三十七回西門慶包占王六兒；五十回琴童潛聽燕鶯歡；六十一回韓道國延請西門慶；六十九回文嫂通情林太太；七十三回潘金蓮不憤憶吹簫；七十八回西門慶兩戰林太太；七十九回西門慶貪欲得病；八十回陳經濟竊玉偷香；八十二回潘金蓮月下偷期，陳經濟畫樓雙美；八十五回月娘識破金蓮姦情；八十三回春梅寄柬諧佳會；九十七回陳經濟守備府用事等。三是對男女雙方淫聲豔語的如實描摹，這些描寫在《金瓶梅》中占有很大的成分，特別是在西門慶與潘金蓮和王六兒、林太太、宋惠蓮、賁四嫂、鄭愛月兒等人的房事的描寫，繪聲繪色繪景繪情，到了纖毫不露的地步。例如七十八回中西門慶與奶媽如意兒姦宿時，「西門慶便叫：『章四兒，你是誰家的老婆？』婦人道：『我是爹的老婆。』西門慶教與他：『你說是熊旺的老婆，今日屬於我的親達達了。』那婦人回答道：『淫婦原來是熊旺的老婆，今日屬於我的親達達了。』小說中這些貌似冷漠，不帶任何主觀色彩，不作任何主觀評價的靜觀描寫，卻剝掉了西門慶身上的衣冠，顯露出其禽獸的原形，把西門慶依仗權勢和錢財霸占人妻的惡行揭露無餘。唯其如此，德國漢學家庫恩高度評價說：「《金瓶梅》的文字有許多雙關的含義，它的描寫常有辛辣諷刺，手法是現實主義的。……對各種人物都是如實地寫出他們的優缺點，沒有唯心主義的寫法。由此，《金瓶梅》這部小說提高了自己的地位，它可說是不可多得的明代文獻。談到它的藝術性，那無可爭辯的是屬於最好的作品。」[16]

　　與《金瓶梅詞話》的客觀的寫法相反，《查泰萊夫人的情人》則為一種主觀的寫法。林語堂曾中肯地指出了二者寫法之間的區別：「我不是要貶卻《金瓶梅》，《金瓶梅》有大膽，有技巧，但與勞倫斯不同——我自然是講他的《查泰萊夫人的情人》。勞倫斯

14　鄭振鐸：〈談《金瓶梅詞話》〉。
15　《大不列顛百科全書》（第15版），《書林》1988年第1期。
16　〈金瓶梅在國外〉，《河北大學學報》，1980年第2期。

也有大膽，也有技巧，但是不同的技巧。《金瓶梅》是客觀的寫法，勞倫斯是主觀的寫法。」[17]如果說蘭陵笑笑生是從單純敘事者的角度，側重於對男女雙方性行為、性語言以及性場面的客觀鋪述，那麼，勞倫斯則是從小說中當事人的角度出發，側重於從人物的自我觀察和自我感受的主觀描寫。小說第十章描寫康妮感受到梅樂斯的身體「好像輕柔的火焰的輕撫，輕柔得像毛羽一樣，向著光輝的頂點直奔，美妙地、美妙地把她溶解，把她整個內部都溶解了。那好像是鐘聲一樣，一波一波地登峰造極。」這種描寫的主觀色彩，隨著康妮與梅樂斯的靈與肉的完美結合而愈為濃重。作者還進一步潛入康妮的內心深處，發掘出她心靈的幸福顫音：「唉，太美了！太可愛了！在那波濤退落之中，她體會這一切的美麗而可愛了」；「她已經沒有了，她已經沒有了，她再也不存在了，她出世了：一個婦人。」小說有時還直接用主觀抒情的筆調來代替現實主義的客觀描寫。如第十章寫到康妮一掃近代婦女的煩惱時的愉快心情：「她已經沉醉在她溫柔的美夢裏了，好像一個發著芽的春天的森林，夢昧地、歡樂地在嗚咽著。她可以感覺著在同一的世界裏，他和她是在一起的，他，那無名的男子，用著美麗的兩腳，神妙的美麗的兩腳，向前移動著。在她的心裏，在她的血脈裏，她感覺著他和她的孩子。他的孩子是在她所有的血脈裏，像曙光一樣。」顯而易見，《查泰萊夫人的情人》的這種主觀激情的描寫法，使小說在現實主義的描寫中融進了浪漫主義的成分，它像主觀鏡頭一樣，突出地讚美了富有人性的真正的愛情。這種主觀的描寫法，緊縮著讀者的視力，使讀者專注於康妮與梅樂斯的靈與肉的複合。《金瓶梅詞話》所採用的客觀冷靜的寫法，繪形繪神、摹聲擬態地描寫男女主人公的性愛行為，使這部小說在現實主義的描寫中夾雜著自然主義的成分。由於作者在這種客觀描寫融匯了當時的民情風俗和政治經濟的層面，因此，它擴張了讀者的視力，使讀者的欣賞眼力超越於性描寫之外，看到了一個罪惡的世界。亦即魯迅所言：「作者之於世情，蓋誠極洞達，凡所形容，或條暢，或曲折，或刻露而盡相，或幽伏而含譏，或一時並寫兩面，使之相形，變幻之情，隨在顯見，同時說部，無以上之。……至謂此書之作，專以寫市井間淫夫蕩婦，則與本文殊不符，緣西門慶故稱世家，為縉紳，不惟交通權貴，則士類亦與周旋，著此一家，即罵盡諸色。蓋非獨描摹下流言行，加以筆伐而已」；[18]「然《金瓶梅》作者能文，故雖間雜猥詞，而其他佳處自在，至於末流，則著意所寫，專在性交，又越常情，如有狂疾，惟《肉蒲團》意想頗似李漁，較為出類而已。」[19]

17　〈談勞倫斯〉，《查泰萊夫人的情人》，頁2。
18　魯迅：《中國小說史略》（北京：北新書局，1931年），頁153。
19　魯迅：《中國小說史略》（北京：北新書局，1931年），頁155。

　　頗有意味的是，《金瓶梅詞話》與《查泰萊夫人的情人》所採用的關於性愛描寫的藝術手法，具有一定的代表性。在中外文學史上，凡是批判淫行的作品，如《復活》《飄》《紅樓夢》《續金瓶梅》《醒世姻緣》等作品，多採用《金瓶梅詞話》式的客觀的寫法。而凡是讚美男女真正性愛的作品，如《巴黎聖母院》《西廂記》《遊仙窟》等，多採用《查泰萊夫人的情人》式的主觀寫法。這可以說是文學史上一個具有普遍性的小說創作現象，值得人們深究。

附　錄

一、陳昌恆小傳

　　男，1945 年生，湖北省漢陽縣（今武漢市蔡甸區）人，華中師範大學漢語言文學系 1964 級本科，華中師範大學文藝學 1979 級文學碩士，華中師範大學出版社編審，中國《金瓶梅》學會理事，中國《金瓶梅》研究會（籌）理事，中華全國美學學會會員。除《金瓶梅》研究成果外，還曾主編《聊齋志異全本譯賞》《三言二拍佳篇賞》，參編《文學原理》《中國古代文論百家》《文學人物鑒賞辭典》等。

二、陳昌恆《金瓶梅》研究專著、編著、論文目錄

(一)專著

1. 馮夢龍 ·《金瓶梅》· 張竹坡，武漢：武漢出版社 1994 年。
2. 審美心理自我描述：中國古代小說評點理論研究，加拿大楓華圖書公司 2004 年。

(二)編著

1. 張竹坡評點《金瓶梅》輯錄，武漢：華中師範大學出版社 1986 年。

(三)論文

1. 「西門典型尚在」——張竹坡的文學典型理論概述兼與朱星先生商榷
   華中師範學院研究生學報，1981 年第 3 期。
2. 張竹坡的文學典型理論續述——評點派小說理論發微之三
   華中師範學院研究生學報，1982 年第 4 期。
3. 論張竹坡關於文學典型的摹神說
   華中師範學院學報，1983 年第 1 期；蔡國梁選編《金瓶梅評注》，灘江出版社 1986 年。
4. 《張竹坡評金瓶梅》理論拾慧
   中南民族學院學報，1986 年第 2 期。
5. 《金瓶梅》研究之歷史問題
   文學研究參考，1988 年第 2 期。
6. 《查泰萊夫人的情人》與《金瓶梅詞話》之比較
   外國文學研究，1988 年第 3 期。
7. 《金瓶梅》作者馮夢龍考述
   華中師範大學學報，1988 年第 3 期。
8. 《金瓶梅》作者馮夢龍續考
   湖北大學學報，1988 年第 6 期。
9. 《金瓶梅》研究之歷史回顧
   中國文學研究，1989 年第 2 期。
10. 略論《金瓶梅詞話》小說文化學的研究
    《金瓶梅研究》第三輯，江蘇古籍出版社 1992 年。
11. 《情史類略》與《金瓶梅》
    《金瓶梅研究》第四輯，江蘇古籍出版社 1993 年。
12. 憶劉輝先生
    《金瓶梅研究》第八輯，中國文史出版社 2005 年。

後　記

　　二十世紀八〇年代，當鄧小平的改革開放的思想給中國大陸的經濟鼓起陽剛之力的時候，鄧麗君甜蜜蜜的歌聲給大陸民眾的心田吹進了一縷陰柔之美的清風。在這個時人稱之為的「兩鄧時代」，毛澤東關於《金瓶梅》的講話陸陸續續的傳到民間：

　　「《水滸傳》是反映當時政治情況的，《金瓶梅》是反映當時經濟情況的，這兩本書不可不看。」——毛澤東 1956 年如是說。

　　「在揭露封建社會經濟生活的矛盾，揭露統治者和被壓迫者的矛盾方面，《金瓶梅》是寫得很細緻的。」——毛澤東 1959 年如是說。

　　「《金瓶梅》是《紅樓夢》的祖宗，沒有《金瓶梅》就寫不出《紅樓夢》。」——毛澤東 1961 年如是說。

　　「《金瓶梅》沒有傳開，不只是因為它淫穢，主要是它只暴露黑暗，雖然寫得不錯，但人們不愛看。」——毛澤東 1962 年如是說。

　　毛澤東在中共中央高層的這些言說，一掃籠罩在《金瓶梅》上面的陰霾，打破了金學研究的沉悶局面：1980 年華中師大中文系開設了古代小說理論課，講介《金瓶梅》的序跋；湖北大學舉辦元明清文學講習班，很多學者向學員講授《金瓶梅》在中國文學史的地位；1985 年聊城地區成立金瓶梅研究會；1985 年首屆全國《金瓶梅》學術討論會在徐州召開；1987 年中國《金瓶梅》學會籌委會成立……。

　　1989 年，中國《金瓶梅》學會在古代兵家必爭之地的徐州正式成立，躋身於《三國》《水滸》《紅樓》四大學會之中，這才為這部世界名著正了名並給了它一個應得的名分。

　　黑格爾在曠世名著《美學》中描繪了這樣一個場面：一個小男孩朝水面上摔去一個石頭，水面上泛激起道道漣漪，他驚喜地呆望著這一個又一個的圓圈。中國《金瓶梅》學會這個石頭在「金學」的水面上也激起道道漣漪，會員們也像黑格爾老人筆下的頑童驚喜地看著這圓圈由徐州向臨清、聊城、揚州、寧波、棗莊等地漾開去——一屆又一屆的學術會議，對「金學」團體來說是「添人」，對會員來說是「給力」，對「金學」成果來說是「催生」。今天，臺灣學生書局吹響的集結號，應該說是對這一時期「金學」研究成果的大巡禮。

　　望著琳琅滿目的「金學叢書」所展示出來的有關《金瓶梅》的作者、版本、流傳、

思想、藝術、評價，以及《金瓶梅》評點者和《金瓶梅》的文化學意義等諸方面的成果，我仿佛有種「橫看成嶺側成峰，遠近高低各不同。不識廬山真面目，只緣身在此山中」的迷茫感。看到劉輝、吳敢、黃霖、東有、興勤、昭連等這些熟悉的署名，我又產生了「驀然回首，那人卻在，燈火闌珊處」的驚喜之情。凝視著「學生書局」四個大字，使我倍增對臺灣出版界的敬意。我在華中師大出版社編輯的《東坡樂府編年箋注》《佛教與美學》《明清小說的藝術世界》《中國山水詩史》《戲劇概要》曾被臺灣的文津、洪葉等出版單位出版。今天，學生書局這一大手筆在「金學」研究史上所書寫的恢宏篇章，在中國古代文學研究史上具有承上啟下的作用。這一大手筆向世界表明：海峽兩岸是隔山隔水不隔音，兩岸四地的學者是同宗同種同域同文的一家人。

「滿紙荒唐言，一把艱辛汗。他人不我知，自味苦中甘。」

1979 年，我告別土家族世代繁衍的鶴峰縣，回到母校，成了華中師大文學理論專業的研究生，師從孫子威、周偉民、彭立勛三位導師，攻讀碩士學位。湖北這塊與晚明文學有深厚關係的熱土，麻城的劉承禧、居住麻城的李贄、公安三袁為《水滸傳》《金瓶梅》的保存和傳揚曾作出過傑出的貢獻。而此時期正興起明清小說研究的熱潮：水滸與三國的研究會的秘書處設在湖大，華師研究古代小說理論的曾祖蔭、黃清泉正在整理古代小說序跋，王先霈、周偉民正開設古代小說理論的選修課。（後來他們的研究成果分別由長江文藝出版社和花城出版社出版。）在這種古代小說研究氛圍的啟蒙下，我選定研究張竹坡的評點作為碩士論文。《金瓶梅》當時並未完全開禁，華師圖書館是有書目而無書，經我的導師周偉民與湖北大學的郁源教授努力，華師從湖大圖書館影印回張竹坡的康熙乙亥本，專供導師和我用。但此本的〈讀法〉只有 86 條。此期間，我用張竹坡的評語細嚼《金瓶梅》的精妙，撰寫了兩篇關於張竹坡文學典型理論的文章，先後在華中師大研究生學報發表。

1981 年，我開始了碩士論文的資料收集工作。10 月，在南京大學圖書館，憑介紹信和黨費證，看到了張竹坡的康熙乙亥本的全貌。但此書由於長期無人問津，被蟲蛀蝕得破碎不堪，難以翻閱，圖書館要我 7 天再來，等他們裱糊好再看。正在此時，華東師大的陳謙豫教授又與該校圖書館聯繫好了，同意讓我查閱張竹坡的評點本。於是，我即刻趕赴上海，在華東師大看到了張竹坡的康熙乙亥本和附有清宮珍寶豔美圖的乾隆丁卯本，其喜悅和感激之情難以言表。我用一個多月的時間，抄錄了張竹坡批評《金瓶梅》的總綱、回評、讀法。此期間專程拜訪黃霖老師，並且多次向陳謙豫彙報我的心得與體會。爾後我到北京大學、北京師範大學以核實資料的名義，看到了《金瓶梅詞話》的崇禎本以及張竹坡的兩個評點本。在北京，我靜心地核對張竹坡評點的原文，並選錄了崇禎本上的眉批夾批。本欲去吉林大學拜訪王汝梅老師，因經費不足返校，以致遺憾至今。

　　回到華師，我用了近半年的時間，在周偉民導師的精心指導下，四易其稿，撰寫出碩士論文〈論張竹坡關於文學典型的摹神說〉。該文答辯通過後，首先發表在《華師學報》，後被《人大大學文科資料學報》選載，又被收入到蔡國梁的《金瓶梅評注》一書中。

　　在研究《金瓶梅》的奇特的思想內容和藝術特色時，發現這些與「學道毋太拘，自稱古狂士」的馮夢龍的經歷、思想、才華、文學觀念，與他對《金瓶梅》的讚賞和極力鼓動刊刻的態度有種隱秘的內在關係，於是便認真發掘有關資料，尋覓軌跡，探求馮夢龍創作《金瓶梅》的條件和過程，並付之筆墨，先後刊載於華師與湖大的學報上，公之於學人，以見教於大方之家。我想我的這一努力，至少對馮夢龍的研究有點幫助。快到退休，我以張竹坡的評點為主幹，兼及李贄、葉晝批《水滸》、金批《水滸》、毛批《三國》、脂評《紅樓》、但批《聊齋》、閑齋批《儒林》等，寫了《審美心理自我描述——中國古代小說評點理論研究》一書，對自己的學術研究作了個總結。

　　承蒙臺灣學生書局的青睞，挑選了我歷年著述中的一部分，使之再次與讀者見面，令我感慨萬千。我要特別感謝學長吳敢教授，在我身處加拿大暫時無法回國時，是他查閱我的研究《金瓶梅》的全部著述，從中精挑嚴選，幫我敲定了此書的格局與規模，又安排人打印並親自校對，還全權代表我處理一切有關出版事務。這使我感受到北方學者的質樸與熱情，以及他對「金學」事業的始終不渝的執著精神。對此，我向他致以誠摯的敬意和由衷的感謝！

　　李卓吾說，《水滸傳》「便可以與天地相終始」；「若令天地間無此等文字，天地亦寂寞了也」。《水滸》如此，《金瓶》，《紅樓》，《三國》，《西遊》，《聊齋》，亦如此。來自市井平民的《金瓶梅》終將會回到民眾中去，與天地相終始，令人間不寂寞，讓平民去評點欣賞，這是歷史的必然，也是歷史的公正，這也是《金瓶梅》的歷史命運。

（說明：1.毛澤東關於《金瓶梅》的談話，分別見柳文郁、唐夫主編的《毛澤東讀書與評點》，紅旗出版社 1998 年 11 月版；龔育之等人著的《毛澤東的讀書生活》，三聯書店 1986 年版。2.李卓吾語，見明容與堂刊本水滸傳第十回回評和第二十五回回評。）

陳昌恆

2014 甲午馬年季春，校讀於多倫多大學鄭裕彤東亞圖書館

國家圖書館出版品預行編目資料

陳昌恆《金瓶梅》研究精選集

陳昌恆著. – 初版. – 臺北市：臺灣學生，2015.06
面；公分（金學叢書第 2 輯；第 15 冊）

ISBN 978-957-15-1664-6 (精裝)

1. 金瓶梅　2. 研究考訂

857.48　　　　　　　　　　　　　　　　104008054

陳昌恆《金瓶梅》研究精選集

著　作　者：陳　　　昌　　　恆
主　　　編：吳敢、胡衍南、霍現俊
出　版　者：臺 灣 學 生 書 局 有 限 公 司
發　行　人：楊　　　雲　　　龍
發　行　所：臺 灣 學 生 書 局 有 限 公 司
　　　　　　臺北市和平東路一段七十五巷十一號
　　　　　　郵 政 劃 撥 帳 號 ：00024668
　　　　　　電話　：（02）23928185
　　　　　　傳眞　：（02）23928105
　　　　　　E-mail：student.book@msa.hinet.net
　　　　　　http://www.studentbook.com.tw

定價：　精裝 30 冊不分售
　　　　新臺幣 45000 元

二 ○ 一 五 年 六 月 初 版

有著作權・侵害必究
ISBN 978-957-15-1664-6 (本冊)
ISBN 978-957-15-1680-6 (全套)

金學叢書 第二輯